다향

www.bbulmedia.com

뿔
www.bbulmedia.com

자장자장

자장자장

초판 1쇄 찍음 2017년 2월 7일
초판 1쇄 펴냄 2017년 2월 14일

지은이 | 아 은
펴낸이 | 정 필
펴낸곳 | **(주)뿔미디어**

편집장 | 박경희
기획 · 편집 | 김수정

출판등록 | 2002년 9월 11일 (제1081-1-132호)
주소 | 경기도 부천시 원미구 소향로 17, 303(두성프라자)
전화 | 032)651-6513 / 팩스 | 032)651-6094
E-mail | dahyangs@naver.com
블로그 | http://blog.naver.com/dahyangs
비북스 | http://b-books.co.kr

값 9,000원

ISBN 979-11-315-7753-0 03810

※파본은 구입하신 서점에서 교환하여 드립니다.

자장 자장

DAHYANG ROMANCE STORY

아은 장편 소설

Contents

프롤로그	- 7
ch. 1	- 29
ch. 2	- 56
ch. 3	- 87
ch. 4	- 115
ch. 5	- 140
ch. 6	- 190
ch. 7	- 210
ch. 8	- 252
ch. 9	- 326
에필로그	- 359
외전 — 새근새근	- 373
작가 후기	- 399

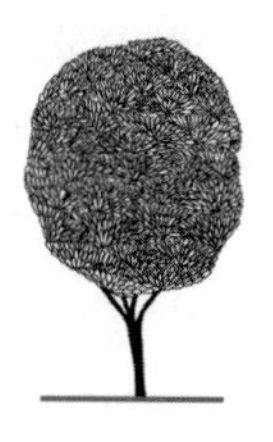

프롤로그

오전 6시 29분, 여느 때와 마찬가지로 태하의 아침이 시작된다. 정확히 30분에 울리기로 된 알람은 벌써 몇 년간 소리를 내 본 적이 없었다. 정확히 말하면 태하의 아침은 6시 29분에 시작되는 것이다.

"또…… 시작이군."

지겹다는 목소리와는 달리 침대를 빠져나오는 태하의 동작은 간결했다. 오히려 착착 자로 잰 듯이 뉴스 채널을 켜고 욕실로 향하는 일상이 침대 속보다 더 편안한 것 같아 보인다. 실제로 차라리 태하에겐 분주한 아침이 더 나았다. 끔찍한 불면이 이어지는 한밤중보단 훨씬 더 견딜 만했다.

— 오늘도 사상 최대치의 온도를 경신하며 폭염을 이어 갈 전망입

니다. 특히나 올여름 더위는 열대야 현상을 동반하여 시민들이 잠을 못 이룬다는 푸념이 이어지고 있는데요. 기상 특보원 연결해 보겠습니다.

셔츠를 걸치던 태하가 앵커의 목소리에 피식, 낮은 실소를 했다. 유치한 심정이라는 건 알지만 괜히 심사가 꼬이는 탓이다. 누군 열대야를 떠나서 숙면의 느낌조차 잊고 산 지가 몇 년인데, 고작 그 정도로 엄살이라니.

[도착했습니다.]

늘 같은 시각에 울리는 메시지가 태하의 불만을 끊어 냈다. 오늘도 똑같은 하루가 시작될 것이다. 어제만큼이나 피곤하고, 내일만큼이나 지겨운 나날들이.

“좋은 아침입니다, 이사님.”

안 실장을 만난 후로 좋은 아침이었던 적은 없다. 하지만 젊은 나이답지 않게 늘 깍듯한 예를 차리는 안 실장에게 그 말을 못 해 매일 같은 소리를 듣는 태하였다.

“커피는 늘 드시던 걸로 준비해 뒀습니다.”

태하가 차에 타자마자 안 실장이 뒷좌석의 홀더를 가리켰다. 매일 반복되는 일상이라 한 번쯤 넘어갈 법도 한데 참 빡빡하게 사는 사람이었다. 하긴, 공복에 에스프레소를 마시며 억지로 하루를 시작하는 태하가 누구더러 그런 말을 할 처지는 아니겠지만.

“오늘 일정은 미리 보고드렸던 것과 같습니다만, 약간의 변동이 생겼습니다.”

"안 실장이 그렇다면 불가피한 사안이겠지."

안 실장은 태하 못지않은 원칙주의자였기에, 분초를 다투는 스케줄을 믿고 맡길 수 있는 사람이었다. 솔직히, 태하의 곁에서 버텨낸 유일한 수행원이기도 했고.

"예, 그렇습니다. 다섯 시에 본사에 방문하는 일정을 부득이 가장 첫 스케줄로 변경했습니다."

"굳이 가장 짜증 나는 스케줄을 맨 처음으로 넣은 이유는?"

"본사 정문에 취재진이 몰려들 예정인데, 그나마 가장 마찰이 적은 시간대라 생각했기 때문입니다."

당장 떠오르는 문제는 많았다. 어제저녁 뉴스로는 본사의 회장이 내정된 공개 채용을 전면 취소하면서 했던 발언이 핫 이슈였지.

"영감님은 또 왜 쓸데없는 말씀을 하셔 가지고는…… 안 그래, 안 실장?"

"저는."

빽빽한 강남대로에 접어든 안 실장이 빨간불 앞에서 느릿하게 브레이크를 밟았다.

"노코멘트하겠습니다."

그럼 그렇지. 안 실장은 휘어지느니 부러질 사람이었다.

"그보다, 이사님."

하지만 마냥 뻣뻣하지만은 않은 게 또 태하의 맘에 들었다.

"새로 공수해 온 침구 세트는 어떠셨는지요."

"아, 그거."

"예, 어젯밤에는 매트리스부터 새롭게 세팅한 걸로 알고 있습니다만."

"내다 버려."

"예."

"차라리 저번 주에 시도했던 게 그나마 나았어."

"그럼 그걸로 다시 교체하겠습니다. 그런데……."

신호에서 벗어나자 본사의 건물이 코앞이었다. 안 실장은 곤란하다는 듯이 취재진이 에워싼 정문을 봤다.

"정문으로는 못 들어가실 것 같습니다."

"뒤로 들어가지."

애써 짜증을 억누른 태하가 차창 밖을 보았다. 저걸 뚫고 가느니 자신이 피해 가겠다는 심산이었다.

"어차피 이사님께서 돌파하셔야 할 문제 아닐까요. 회장님께선 언론 쪽에 문제가 생기면 늘 이사님을 찾으시니까요."

"안 실장."

태하는 낮게 안 실장을 불렀다. 더 듣지 않아도 뻔한 이야기니 이제 그만하라는 뜻이다.

"내가 제일 싫어하는 두 가지가 뭐지."

"시간 낭비와 소모적인 것들이죠."

"그럼 답은 나왔군."

대쪽 같은 안 실장도 이 고집엔 못 당했다. 체념한 안 실장이 건물 뒤편으로 차를 몰아가는 사이 태하는 흘깃 왼쪽 손목에 찬 시계를 봤다.

반짝이는 다이아가 꼭 열두 개 박혀 있는, 언제나 지겹고 무의미한 시곗바늘을.

*＊ * *

부르릉, 요란한 소리를 내며 버스가 멀어진다.

"아, 놓쳤다."

사실 뛰어가면 잡았을 거리지만, 애초부터 의욕이 없었던 목소리로 초연이 말했다.

"뭐, 다음 거 타면 되지."

원래 양반은 뛰지 않는 법이랬다. 뭣보다 더워서 뛸 기력도 없다. 초연은 어제 버스에서 주웠던 뽀로로 부채를 팔랑이며 터벅터벅, 버스 정거장으로 향했다.

"삼복더위에 조교 팔자가 서럽구나."

대학엔 방학이 시작됐지만, 초연은 출근지가 학교에서 정 교수의 센터로 바뀌었을 뿐, 쉴 수는 없었다. 솔직히 경쟁률이 치열한 정 교수의 센터 조교로 도대체 왜 자신이 뽑혔는지는 알 수 없지만, 뭐 다 이유가 있겠지 싶었다.

"전산 오류는 아니겠지. 어제 전화도 왔으니까……."

복잡한 생각은 초연과 어울리지 않는다. 정 교수의 수면의학센터는 국내에서 전문성으론 최고였고, 초연이 시작한 심리학 석사 과정 논문에도 큰 도움이 될 터였다. 그만큼 피 터지는 경쟁률을 자랑하는 자리라 기대도 안 했는데, 덜컥 초연이 뽑혀 버렸다.

"거긴 에어컨 빵빵했으면 좋겠다."

태평하게 다음 버스를 내다보며, 초연은 이 행운을 즐기기로 했다.

잠시 후, 초연이 내린 정거장은 으리으리한 빌딩들이 서 있는 강남의 한복판이었다. 그중 삼 층짜리 수면의학센터는 여러모로 눈에 뜨이는 건물이었다. 찾아야 눈에 들어오는 작은 간판과 현대적이고 심플한 디자인은 초연의 마음에 쏙 들었다. 당분간, 여기가 초연의 직장 아닌 직장이 될 것이다.

"안녕하세요!"

스르륵, 자동문이 열리자마자 밝은 초연의 목소리가 로비를 울렸다. 널찍한 실내와 잔잔히 흐르는 클래식 음악은 초연이 상상했던 분위기 그대로였는데, 인사를 받아 주는 사람만 달랐다.

"이초연 학생?"

"예, 제가 오늘부터 여기서 조교로 근무하게 된 이초연이라고 합니다."

로비에 놓인 화분에 물을 주던 중년의 여성이 읏차, 하며 허리를 폈다. 무섭고 딱딱한 사람만 있으면 어쩌나 했는데, 왠지 찜질방 단골일 것 같은 아주머니의 인상에 초연의 마음이 놓였다.

"실례지만, 정 교수님께 인사를 드리려면 어디로 가야 할까요?"

"이미 했는데."

"……네?"

에이, 설마. 선배들의 풍문을 엿들은 바로는 정 교수님은 이 바닥의 실력자인 동시에 가장 대하기 어려운 교수로 꼽히는 사람이었다. 지금 눈앞에 있는 인상 좋은, 조금 난해한 무늬의 원피스를 입고 있는 아주머니와 동일 인물이라 보기엔 무리가 있었다.

"학생이 찾는 사람이 정화진 교수라면, 내가 맞아."

"아…… 정말 실례했습니다! 제가 대학원에 이번 학기에 진학하느라 교수님을 뵌 건 재작년 대형 강의실에, 그것도 자리가 없어서 저 먼발치에서만 뵙느라고……."

"불쾌하지 않았으니 변명은 안 해도 돼. 그럼, 업무에 대해서 얘기를 좀 해 볼까."

"네…… 네!"

정 교수가 먼저 원장실로 들어가 초연에게 손짓으로 자리를 권했다. 깔끔한 로비와는 달리 서적들이 여기저기 쌓여 있는 책상이 오히려 정 교수와 더 어울렸다.

"이초연 씨는 앞으로 서류 관리와 환자들의 수면 측정 데이터를 주로 다루게 될 거야. 조교의 수준에 무리가 가지 않는 일들이니 부담 가질 거 없어."

"네, 알겠습니다."

또렷한 초연의 대답에 정 교수는 한참 동안 말없이 초연을 관찰하듯 바라봤다. 꿀꺽, 초연이 긴장감에 마른침을 삼키려는 순간, 다행히 정 교수가 다시 입을 떼었다.

"이초연 씨는 왜 이 자리에 본인이 뽑혔다고 생각하지?"

참으로 어려운 질문이다. 솔직히 초연이 생각해도 그리 우수한 인재는 아니었으니까.

"모르겠습니다."

"정직해서 좋군. 난 모르면 모른다고 말하는 사람을 좋아해. 그리고 그게 이초연 씨를 뽑은 이유야."

"그 말씀도…… 잘 모르겠는데요."

지원자 중 초연의 성적이 최하위였다. 꼴찌라는 것까진 몰라도 스스로 하위권이라는 건 아는 초연이다.

"난 평생 사람 공부를 해 왔어. 그 연장선이라고 해 두지. 이초연 씨가 정말 내가 생각한 그런 특별한 사람인지 앞으로 증명해 주길 바라."

여전히 무슨 말인지 모르겠지만, 특별한 사람이라니까 좋은 뜻인 것 같다. 초연은 정 교수의 말에 일단 환하게 웃어 보였다. 이해타산은커녕 타인에 대한 경계심조차 하나도 없는 해맑은 웃음이었다.

* * * *

안 실장의 예상대로 회장실에서 나온 태하의 얼굴은 구겨져 있었다. 예전부터 언론 쪽에 문제가 터지면 태하에게 뒷수습을 맡기는 게 회장의 특기였다. 화통하고 유쾌한 최 회장의 성격 덕분에 때때로 쏟아지는 자극적인 발언은 기자들의 주 먹잇감이었고, 태하는 매번 그 희생양이 되었다.

"기자들 인터뷰 스케줄 잡겠습니다."

눈치 빠른 안 실장의 말에 태하가 고개를 끄덕였다.

"오늘 저녁부터 괜찮을까요?"

"오늘 저녁은 안 돼."

"내일 아침까지 해결이 안 되면 회장님께서 한 말씀 하실 텐데요. 정 교수님과의 일정을 미루시는 게 좋을 것 같습니다."

"안 돼."

이 문제에 있어서 태하의 고집은 쇠심줄 같았다. 꼬박꼬박 잡혀 있는 수면 측정과 내담, 할 수 있는 갖가지 검사를 다 해야만 직성이 풀리는 것이다. 약물치료에 반대하는 입장인 정 교수가 최소량으로 처방한 수면제를 먹으면서도 미국에서 공수한 멜라토닌에 잠이 잘 온다는 침구를 끼고, 때때로 침까지 맞았다. 심지어 그걸로도 효과가 없어 정 교수에겐 비밀로 한약까지 먹어 본 태하다.

“그러실 것 같아서 일단 보도 자료 돌려 놨습니다.”

“그럼 안 실장은 이만 퇴근해. 센터엔 내가 직접 운전해서 가지.”

“예, 알겠습니다.”

태하는 오랜만에 직접 운전석에 앉아 시동을 걸었다. 주차장을 빠져나가는 길부터 이미 지난밤의 불면으로 머리가 멍했지만 검사를 앞두고 커피를 마실 수는 없었다. 태하는 꽉 막힌 도로를 보며 라디오를 틀었다.

— 오늘 서울 도심 한복판에서 대규모 정전 현상이 발생했습니다. 여름철 전력 수요가 막대한 가운데 공급량은 한정되어 있기 때문에 종종 일어나는 일인데요.

라디오의 내용도 답답하긴 마찬가지다. 게다가 자체 비상 전력을 보유한 회사 건물이나 태하의 집과는 거리가 먼 내용인지라 태하는 채널을 돌렸다.

— 제이드 그룹 총수인 최재두 회장이 또 구설에 올랐습니다. 하반기 공개 채용을 취소하는 과정에서 기자들과의 오찬 중 요즘 젊은 이들이 부실한 것을 이윤을 내는 기업이 책임질 필요는 없다는 취지의 발언을 했기 때문인데요…….

이런, 더 답답한 소식이다. 태하는 아예 라디오를 끈 채로 막 파란색으로 바뀐 신호등을 향해 액셀을 밟았다. 언제나 그렇듯, 그는 이 지친 하루가 조금이라도 빨리 끝나길 바랄 뿐이다.

* * * *

정 교수와의 면담을 끝낸 초연은 오후가 되도록 강 실장과 이런 저런 업무를 익히고 있었다. 까만 뿔테 안경을 쓴 삼십 대 중반의 강 실장은 깐깐해 보이는 첫인상답게 똑 부러지는 교육을 진행 중이었다.

"여기는 수면 관측실이야. 환자분이 오시면 준비된 옷으로 갈아입은 후에 이곳에서 잠을 자도록 유도하지. 이 장치들은 그 환자의 심박과 뇌파를 측정하는 거고, 장치는 피부에 직접 닿되 너무 자극이 되지 않도록 붙여 주면 돼. 자세한 매뉴얼은 여기."

강 실장이 건네준 자료를 보며 초연이 연신 고개를 끄덕였다.

"대답은 항상 분명히 하도록."

"네!"

바짝 얼어 대답하는 초연을 보던 강 실장이 어깨를 으쓱했다.

"나 때문이 아니야. 생긴 거랑 달리 군기 잡는 데 취미도 없고."

"아, 네…… 전 괜찮은데."

"여기 오는 환자들은 일반적인 사람보다 훨씬 예민한 사람들이야. 지쳐 있기도 하고."

그 비싼 비용을 지불하고 이런 데 와서 잠을 자는 걸 관찰할 사람들이면 그럴 만도 했다.

"가급적 신경을 거스르지 않도록 주의해. 대답은 명확하게 하되, 먼저 말을 걸지는 말고. 모르는 게 있으면 교수님께 대답을 넘겨, 괜히 어설픈 대처는 일만 커지게 만드니까."

"네, 알겠습니다."

비록 초연의 성적을 보고 반대했던 강 실장이지만 씩씩한 건 썩 마음에 들었다. 앞으로 어떻게 일을 할지는 지켜봐야 아는 거겠지만.

"오늘 관측실 일정은 하나 남았어. 자주 오시는 분이니 별다른 안내는 필요 없고, 기기 부착만 해 드리면 돼. 그 정도는 할 수 있지?"

"저 혼자서요?"

"그래, 매뉴얼대로만 하면 돼."

"네!"

다시 한번 씩씩하게 대답하는 초연은 그때까지만 해도 강 실장이 태하를 고의적으로 피하는 줄은 몰랐다. 그가 얼마나 피곤한 남자인지도. 초연은 배운 대로 머리를 한 번 더 정리하고 기기들을 부착할 순서에 따라 꺼내 놓았다. 환자의 안정감을 위해 향기가 나는 디퓨저를 테이블 위에 꺼내 놓기까지 했다.

하지만 곧 알 수 있었다. 태하와 정 교수의 면담이 끝나고, 수면 관측실에서 두 사람이 마주한 지 불과 삼 초 만이었다.

"안녕하세요, 정 교수님의 새로 온 조교 이초연이라고 합니다."

지시대로 짧은 인사를 건넸지만 돌아오는 건 철저한 무시였다.

"지금부터 수면 관측 기기를 부착할 테니, 소매를 조금 걷어 주시고 편안한 자세로……."

"설명은 필요 없어. 한두 번 해 본 것도 아니니까."

저음의 목소리엔 날이 서 있었다. 그러고 보니 인상도 어딘지 날카로웠다. 다소 창백해 보이는 안색, 유난히 강한 눈매에 찌푸린 미간, 굳게 다문 입술까지.

"저, 그럼…… 일단 부착하겠습니다."

역시나 대답은 없다. 중간에 긴장한 초연의 손이 살짝 떨리자 바로 매섭게 미간을 찌푸릴 뿐이었다. 하필이면 첫 환자가 이런 사람이라니, 액땜이라 생각해야 하는 건가. 그 순간, 초연의 손이 재차 미끄러졌다. 자꾸 의식을 하니 부담이 되어 쉬운 일도 버거워진다.

"내가 할 테니 나가 봐."

"하지만 제가……."

"앞으로 나한테 두 번 말 시키지 말고."

매뉴얼에 이런 상황은 적혀 있지 않았다. 초연이 잠시 망설이는 사이 태하는 익숙한 손길로 제 몸에 장치들을 부착하고 있었다. 어쩐지 주객이 전도된 느낌이다.

"그럼, 기기 전원은 제가 켜고 나가 보겠습니다."

도저히 태하의 손에서 기기를 뺏을 수 없던 초연이 내린 선택은 남은 일을 해치우고 나가자는 것뿐이었다. 그저 전원만 켜면 되는 아주 간단한 일이다.

"어…… 이게 왜 이러지……."

그런데 초연이 누른 스위치가 빠르게 깜박이기 시작한다. 이것도 매뉴얼엔 없던 이야기인데.

"제대로 할 줄 아는 게 없군."

"아뇨, 그게 아니라 원래대로면 이게 켜져야 하는데."

"됐고, 다른 사람 불러와. 그쪽한테 낭비할 시간 없어."

초연이 뭐라 반박하려는 사이, 이번엔 실내의 형광등이 깜박이기 시작한다. 초연의 잘못이 아닌 건 확실한데, 당황스럽긴 마찬가지다. 그리고 피익, 하는 소리와 함께 순간 불이 완전히 꺼졌다. 초연의 손끝에 있던 기계의 스위치도, 방 안의 조명도 전부 다.

"갑자기 이게 무슨……."

주머니에서 무언가 뒤적뒤적 꺼내던 초연이 우습게 생긴 인형을 누르자 작은 빛이 새어 나왔다. 거기에 비친 초연의 얼굴이 더 무섭다는 말 대신 태하는 고개를 돌렸다.

"정전이겠지."

아까 라디오의 이야기를 떠올린 태하가 나직이 중얼거리곤 자리에서 일어섰다. 안 실장에게 전화해서 인터뷰 스케줄을 잡는 편이 나을 것이다. 어쨌든 오늘 실험은 글러 먹었으니.

"저, 죄송한데요."

초연의 말을 무시하고 문을 나서려던 태하가 뭔가 잘못됐음을 직감했다.

"아까 교육받을 때, 이 건물의 모든 방은 밖에서 잠기면 안에선 열 수 없다고……."

초연의 말을 무시한 태하가 어둠 속에서 더듬더듬 문손잡이를 찾았다. 그러나 쿵, 거칠게 문손잡이를 밀어 봐도 요지부동이었다. 초연의 말이 사실이란 뜻이다.

"그리고 모든 보안 설비가 최신식 전자장치라서 전기가 없으면…… 자동으로 잠기는 걸로 아는데……."

"그 말을 왜 지금 하나!"

홱, 돌아보는 태하의 타깃은 이제 열리지 않는 문 대신 초연이다.

"제가 말하려고 했는데 무시하셨잖아요."
"그렇게 느리게 말을 하는 걸 내가 일일이 기다려 줘야 할 의무는?"
"없죠."
다소 맥 빠지는 초연의 반응에 태하는 잠시 말을 잃었다. 보통 이런 상황이면 보다 적극적으로 변명을 해야 하는 거 아닌가. 그것도 조교 나부랭이 주제에.
"저기, 지금 상황 파악이 안 되나 본데."
어이가 없다는 듯 미간을 팍 구긴 태하의 표정이 꽤 인상적이지만 초연은 별로 개의치 않았다.
"아뇨, 잘되는데요."
"지금 일종의 조난 상태라는……."
"그냥 정전인데 무슨 조난이에요."
초연은 계속 작은 빛을 내고 있는 열쇠고리를 흔들어 보이며 태연히 말했다.
"이런 첨단 장비가 있는 조난이 어디 있다고."
"진심으로 그딴 애들 장난감 같은 게 첨단 장비라고 생각하는 건 아니지?"
초연은 이제 태하의 말 대부분을 적당히 무시하기로 한 것 같았다.
"세상에 백 퍼센트 확실한 건 없다니까?"
"그래서요?"
전혀 예상치도 못했던 초연의 반격에 순간 태하가 말문을 잃었다. 보통 이렇게 몰아붙이면 대개의 사람들은 해법을 내놓거나 변명이라도 하기 마련인데, 아무리 실내라지만 맨바닥에 털썩 주저앉은 여자는 천연덕스러운 얼굴로 태하를 본다.

"그래서가 아니라 대책을 생각해야 되는 거 아닌가?"

"뭐, 영화에서처럼 문 부수고 탈출이라도 해요?"

"비현실적인 소리는 집어치우지. 핸드폰으로 정 교수님이든 119든 연락해 봐."

환자는 옷을 갈아입으며 개인 소지품을 모두 맡기게 되어 있었다. 조금 성가시긴 했지만 혼자가 아닌 초연이라도 있어 그나마 다행인 셈이다.

"없는데요."

"뭐?"

"가방에 두고 왔나 봐요."

저 태평한 표정이 태하를 더 미치게 만든다.

"왜?"

"깜박했나 보죠."

"하, 진짜 돌겠군."

새삼 안 실장의 소중함이 느껴졌다.

"잠깐, 이 건물 전체라는 건…… 직원들도 건물 밖으로 못 나가는 건가? 신고도 못 하고?"

"그건 저도 모르죠. 오늘 처음 왔거든요."

"그쪽은 대체 아는 게 뭐야? 이런 때를 대비한 대책은 교육 안 받았나?"

아, 진짜. 이 남자는 언제 봤다고 성질인가. 초연이 보기에는 정전을 일으킨 게 그녀도 아니고, 남들도 불편을 겪는 건 마찬가지일 텐데 유난도 이런 유난이 없었다.

"대책이랄 게 뭐 있겠어요. 핸드폰도 없고 문은 잠겼고, 정전도 가끔 있는 일이잖아요."

"정전 때문에 강제로 감금되는 일은 없지! 구조대도 바쁠 테니 금방 온다는 보장도 없고!"

버럭 태하가 성질을 냈다. 그는 초연의 태도에 체면이고 뭐고 열이 뻗쳐서 참을 수가 없었다.

"언젠가는 오겠죠!"

하지만 성질이라면 누구한테 지지 않는 초연이다. 초연이 맞받아치자 제가 먼저 소리친 건 생각도 안 하고 태하가 흠칫 놀랐다. 그러나 놀란 내색을 전혀 하지 않는 태하는 괜히 헛기침을 두어 번 하고는 다시 초연을 향해 시비 아닌 시비를 걸었다.

"그쪽이 그렇게 팔자 좋게 바닥에 앉아 있을 때가 아닌 걸로 아는데?"

"뭘 할 수 있는 것도 아닌데 좀 어때요."

정 교수가 이상한 걸 센터에 들여놨다. 태하가 생전 처음 보는 타입의, 아주 이상한 여자.

"저기요, 제가 좀 피곤해서 그런데."

"내가 더 피곤해. 단언컨대 그쪽보다 훨씬 더."

일차원적인 상황이 되자 사람도 일차원적으로 유치해지나 보다. 평소라면 이런 말싸움 따위 쳐다도 보지 않았을 태하가 오히려 열을 올리고 있었다.

"난 팔 년째 불면증을 앓고 있어. 덕분에 안 그래도 소중한 시간을 매달 이런 곳에서 허비하고 있지. 그쪽처럼 이런 상황에서 태평하게 쉴 수도 없을뿐더러, 지금 이 순간에도 내 시간은 계속 낭비되는 중이야."

다다다, 쏘아붙이는 태하를 보는 초연의 얼굴에선 특별한 감정을 읽을 수 없었다. 아니, 말을 제대로 듣고나 있는 건지 모르겠다.

"그거 참…… 안타까운 일이네요."

"누가 위로해 달라고 했나?"

그럼 도대체 어느 장단에 맞추라는 건지. 이래서야 예전에 아르바이트하던 어린이집에서 했던 일과 다를 것도 없었다.

"그럼 어떻게 해 드릴까요."

아이들에게도 늘 이렇게 물었다. 눈을 빤히 바라본 채로, 정확히 원하는 걸 말해 보라고.

"그건 그쪽이 알아서 해야지!"

대체로 떼를 쓰는 아이들은 자신이 원하는 걸 정확히 모른다. 모르니까 답답하고 그래서 상대에게 화를 내게 되는 것이다. 초연은 크게 고개를 끄덕였다. 그래, 다 큰 아이라고 생각하자. 이런 때는 또 특효약이 있었다.

"하, 어쩔 수 없네요."

초연이 바닥에서 일어나 툭툭 제 옷을 털었다. 태하는 그 먼지조차 신경이 쓰였지만 지금 당장은 일말의 가능성 있는 대책을 내놓을 수 있는 것은 초연뿐이기에 꾹 참았다. 하다못해 구조요청 흉내 정도는 할 수 있지 않을까.

"정말 이러면 안 되는데…… 말씀하셨듯이 긴급한 사태니까 할 수 없죠."

태하가 재촉하려는 사이 초연이 주머니에서 라벨이 붙어 있지 않은 작은 약병을 꺼냈다. 손바닥 안에 들어올 정도로 작은 약병 속에선 톡, 하고 하얀색 알약이 나온다.

"뭐야."

태하가 의심스러운 눈초리로 초연이 내민 알약을 훑어본다. 태하가 생각한 대책에 이런 종류는 없었던 것 같아서 더더욱 미심쩍다.

"진정제니까 드세요."

"처음 보는 약인데? 어지간한 진정제는 내가 다……."

"신약이에요. 제가 연구실 출신이거든요. 물론 임상도 완료했으니까 안전해요. 겨울에 출시할 약이었거든요."

초연이 내민 손을 잠시 바라보던 태하의 눈동자에서 망설임이 읽힌다.

"안 내키시면……."

"아니."

망설이다가도 도로 가져가려고 하면 발끈하는 게 아이들의 특징이다. 지금 태하도 그랬다. 초연의 마음이 변할세라 알약을 낚아채곤 입에 달랑 털어 넣는 모습이 우스울 정도로.

"그럼 이제 쉬세요."

무슨 일이 있었냐는 듯 초연이 다시 벽에 기대고 맨바닥에 앉았다.

"아니, 이게 대책의 단가? 나더러 그냥 쉬고 있으라고?"

"네, 다예요."

"뭔가 조치를 취해 줘야 하는 거……."

"눈을 감고 마음을 편하게 가져 보세요."

"장난하자는 거지? 지금……."

황당함에 찬 태하의 말이 채 끝나기도 전에 초연이 자신의 말을 그대로 실행했다. 눈을 감고, 마음을 편하게 가지는 것이다.

"장난 아니에요."

태하의 기준에서 이 긴급한 조난 상황이 이 여자에겐 아무 일도 아닌 것 같다. 아니, 태하의 존재 자체가 아무것도 아닌 수준이다.

"그리고 그 약, 정말 효과적인 신약이에요."

그 말을 끝으로 초연은 말이 없었다. 오히려 숨소리가 조금 고르고 차분해지는 걸 느낄 수 있었다.

"하, 세상에."

믿기지 않지만, 이 여자는 이대로 잠들 작정인가 보다. 어떤 의미에선 부러울 정도로 무신경한 여자였다.

따스하고 얕은 바다에 온몸이 잠긴 것 같다. 잔잔한 파도가 서서히 밀려들고, 어딘지 아득한 기분이 드는 곳. 언제까지고 이 흐름에 몸을 맡긴 채 눈을 뜨고 싶지 않은 곳…… 그건 태하의 무의식이었다.

쾅! 요란한 소리가 아주 먼 곳에서 들리는 것만 같이 느껴진다. 그 소리가 없어졌으면 좋겠다. 조금만 더 이대로 있었으면 좋겠다. 그러나 야속하게도 팟, 하는 소리가 이어지더니 감은 눈꺼풀조차 날카롭게 찌르는 조명이 억지로 태하를 깨우고야 말았다.

"최 이사, 미안해. 우리 센터 측이 정전에 대비를 못 해서. 별일 없었지?"

다급하게 들어온 정 교수의 눈에 비친 태하는 처음 보는 멍한 표정을 하고 있었다.

"괜찮은 거야? 상태가……."

태하는 아직 정신이 완전히 들지 않았는지 대답도 않은 채 멍하니 제 손을 바라보았다.

"피곤하다고 하시더니, 좀 주무셨나 봐요."

옆에 있던 초연이 담담하게 대꾸하자 실내의 모든 사람이 소리 없는 경악을 했다. 당사자인 태하는 여전히 제가 무슨 말을 들었는지 파악조차 안 되는 상태로 몽롱한 머리를 짚어 볼 뿐이었다.

"이 조교, 여기가 어디지?"

간신히 평정을 찾은 정 교수의 말에 초연이 해맑게 답한다.

"수면의학센터요."

그리고 잠시의 간격을 두고 아, 하는 탄성을 냈다.

"불면증 있으시다고 했죠, 참."

정 교수는 놀라움을 감추지 못하고, 초연은 너무도 쉽게 말한다. 그 둘의 대화를 듣는 태하로서는 가뜩이나 멍한 머릿속이 더 흐려지는 기분이었다. 저 무신경한 여자의 말대로라면 나는 잠들었던 것이다. 시계를 보니 약 한 시간이 지난 시각, 잠시 끊겼던 의식과 기억을 두고 보면 가장 설득력 있는 답안이었다.

"내가…… 잠에 들었다고……."

믿기지 않는 나머지 나직한 혼잣말이 새어 나왔다.

"네. 주무셨잖아요."

"내가?"

"아, 저도 깜박 졸긴 했죠."

그러고 보니 생각났다. 저 무신경한 여자가 정전에도 손을 놓고 있길래 조금 닦달을 했더니 아직 출시도 되지 않은 진정제를 줬었다. 설마, 정말로 신약의 효과로 잠에 든 건가. 여태 온갖 방법을 다 써도 잠들지 못했던 자신이, 고작 신약 하나로?

"최 이사, 일단 불편한 데 없으면 안정하고 있어. 아무래도 내가 보안 프로그램을 재부팅하고 와야겠어. 첨단인 건 좋은데 꼭 내 지문이 필요하다니까. 거기 다른 직원들도 다 따라와요."

"네."

정 교수가 떠나자 단둘이 있기가 어색해진 초연도 황급히 방을 나서려 했다.

"잠깐만!"

처음 신경질적이던 남자는 어디로 갔는지 태하가 절박하게 초연의 소매를 붙들었다. 초연은 시큰둥한 표정으로 슥, 태하를 올려 봤다.

"아, 그 약이요?"

"어, 이번엔 말이 좀 통하네."

태하의 눈동자에 희망이 빛나고 있었다. 그 눈동자로, 피로감이 켜켜이 쌓여 있던 아까의 남자와는 전혀 다른 사람인 것처럼 초연을 뚫어져라 보았다.

"비밀, 지켜 주셔야 해요. 들키면 저도 큰일 나거든요."

"무조건 지킬게. 단, 그 약에 대해서 나와 다시 한번 얘기할 기회를 준다면."

"뭐, 그러죠."

예상외로 선선히 대답한 초연은 이내 밖에서 자신을 찾는 정 교수의 목소리를 듣더니 후다닥 나가 버렸다. 사실, 곤란한 자리를 피하고 싶은 마음이 더 커서 발이 빨라졌던 것 같다.

"저, 교수님. 긴히 드릴 말씀이 있는데요."

로비에서 컴퓨터를 체크하던 정 교수가 의아한 눈짓으로 되묻는다.

"아까 정전이 일어났을 때 최태하 씨가 많이 예민하고 또 흥분 상태를 보이셔서요."

"왜 아니겠어. 그 정도는 나도 예상한 바야, 고생 많았지?"

"그래서 제가…… 약을 드렸어요. 그리고 아마 지금 잠들었던 것도 그 약의 효과 덕분이라고 굳게 믿고 계시는 것 같아요."

"약을 줬다고?"

"네, 제가 평소에 먹는 건데, 마침 주머니에 있어서……."

우물쭈물 솔직하게 고백하는 초연을 보면서 정 교수의 머리는 빠르게 회전하기 시작했다. 지난 팔 년간 다뤘던 환자 최태하는 각종 수면제는 물론 진정제에도 강한 내성을 갖고 있었다. 즉, 마취제가 아닌 단순한 알약 정도로 잠이 드는 건 불가능하단 뜻이다.

"이번 실험엔 변수가 있었군."

정 교수는 눈을 동그랗게 뜨고 자신을 바라보는 살아 있는 변수, 초연을 보며 깊은 생각에 빠져들었다. 어쩌면, 구 년이 되기 전에 최태하를 고칠 수 있을지도 모르겠다.

ch. 1

원장실 책상에 앉은 정 교수의 표정이 심상치 않았다. 각각 그 맞은편에 앉은 태하와 초연도 그런 정 교수를 주목하고 있다.

"최 이사는 잠이 든 것 같다고 했지? 이 조교의 말도 비슷한 맥락이었고."

"네."

두 사람이 거의 동시에 대답했다.

"애석하게도 하필 정전인 때라 장치가 작동되지 않아서 확인할 길은 없어."

태하가 원했던 건 명확한 사실이었다. 그래야만 여태 고생을 한 보람이라도 있을 텐데.

"하지만 소득이 없던 건 아니야. 새로운 가설을 세워 볼 수는 있게 됐어."

"그게 뭡니까."

"여태까지 했던 실험과 다른 새로운 변수, 즉 이초연 씨가 같은 자리에 있었을 때 최 이사가 잠에 들었다는 거야."

태하의 생각은 전혀 달랐지만, 아까 비밀이라던 초연을 떠올리고는 입을 굳게 다물었다. 약물치료에 부정적 생각을 갖고 있는 정 교수가 알아봐야 좋을 게 없기도 했다.

"그래서 말인데, 이 실험 세트를 최 이사 자택으로 옮기면 어떨까 해. 익숙한 장소에서라면 새로운 변수가 더 도드라질 거야."

"그 새로운 변수까지 제 집에 들이라는 뜻입니까?"

"물론 쉽지 않은 행동이겠지만, 그게 아니면 새로운 가설을 입증할 길이 없어. 실제로 최 이사의 정확한 병명은 상세 불명의 심인성 불면증이잖아. 말 그대로 확실한 원인을 파악할 수도 없고, 그로 인해 뜻밖의 조치로 개선된 사례도 많아. 영국의 의료진도 환자와 어린아이를 동침하게 해서 큰 효과를 본 경우가 있다고 하고, 반려 동물을 통해 치유된 경우도 꽤 흔하다니까."

우습지만, 그 두 가지 모두 태하가 시도했던 것들이었다. 어린아이의 경우에는 스트레스가 심해져서 일시적인 고혈압이 왔었고, 동물의 경우에는 실험이 시작되기도 전에 알러지 발작으로 죽음의 문턱을 건널 뻔한 이력이 있다.

"저, 말씀 중에 죄송한데요."

아까부터 멍하게 듣고만 있던 초연이 불쑥 끼어들었다.

"그 새로운 변수라는 게 설마…… 전가요?"

"아직은 아냐. 하지만 초연 씨가 동의해 준다면 그렇게 되겠지."

그 말과 함께 정 교수는 태하를 슥 봤다. 정전이 됐던 한 시간

남짓 동안 태하가 어떤 진상을 부려 댔을지는 안 봐도 비디오였다. 즉, 이 시점부턴 태하가 속이 타는 사람이란 것이다.

"글쎄요, 저는 최태하 씨랑은 좀 안 맞는 것……."

"아니, 잠깐. 그 전에 나부터 말할 기회를 줘."

기회를 달라는 사람이 저렇게 무서운 눈을 하면 쓰나. 보다 못한 정 교수가 둘의 사이에 개입했다.

"최 이사, 도움을 주려는 사람을 그렇게 몰아붙이면 안 되지?"

어디 가서 이런 취급 받을 일이 없는 태하가 이번엔 대꾸 한 번을 제대로 못 했다. 정 교수의 강단 있는 성격을 잘 알기도 했지만, 상황이 저에게 불리하다는 걸 잘 아는 탓이었다.

"어차피 최 이사는 이 이야기에 도움이 안 될 것 같으니 나가 줘. 이 조교와는 내가 이야기 나눠 볼게."

"교수님!"

"안 그러면 센터에서 아예 쫓아내는 방법도 있고. 어떻게 할래?"

정 교수는 한다면 하는 사람이었다. 몇 년 전, 아직은 철이 덜 들었던 태하가 술에 취해 찾아왔을 땐 정말로 경비를 써서 건물 밖으로 쫓아낸 이력이 있다.

"그럼 로비에서 기다리죠. 그것까지 못 하게 하시진 않겠죠?"

"그래."

못내 미련이 남은 듯했지만, 정 교수가 한 번 더 쏘아보자 태하는 별말 없이 문을 나섰다. 이제부터 속 타는 기다림이 시작될 것을 알지만 정 교수는 아랑곳하지 않았다.

"어디 들어 보자. 최 이사한테 줬다는 그 약, 대체 정체가 뭐야?"

태하가 나가자마자 아까부터 궁금했던 화두를 꺼내는 정 교수였다. 초연은 잠시 말을 망설이다가 이내 어렵사리 입을 뗐다.

"그게…… 비타민이요."

잠시 정적이 흐르고, 정 교수가 느릿하게 눈을 깜박였다.

"푸하하하……!"

그러고는 갑자기 박장대소를 터트리는 바람에 초연은 흠칫 놀라야만 했다. 정 교수는 동그랗게 눈을 뜬 초연을 바라보며 의미심장한 미소를 띠었다.

"역시 큰일을 내는군."

정 교수가 새로운 조교를 뽑을 때 성적보다 비중을 둔 항목이 바로 상세한 심리 검사 결과였다. 사실 초연은 그중에서도 아주 특별한 케이스였다. 보통 사람들이 살아가면서 흔히 겪지 않는 일들을 겪으며 살았던 흔적이 보였지만, 보통 그런 분포에 위치한 사람들과는 전혀 다른 성향을 갖고 있었다. 도덕성이나 가치관 역시 느긋하고 관대했으며 무엇보다 악한 성향 자체가 일반인보다도 큰 폭으로 낮았다.

그런 사람이라면 무엇이든 백지처럼 그려 나갈 수 있을 것이다. 그게 정 교수가 초연을 선택한 가장 큰 이유였다.

"제가 사고를 친 건가요?"

"아니, 반대야. 아주 잘했어."

"환자를 속였는데도요? 물론 몸에 좋은 비타민이지만."

뒤로 갈수록 초연의 목소리는 점점 줄어들었다. 하지만 자못 진지한 그녀의 말투에 정 교수는 다시 웃음을 터트리고 말았다.

"최 이사가 어떤 사람인 줄 알아? 그놈은 처방약을 받으면 그 약에 관한 논문까지 검사해서 임상 실험 결과까지 제 눈으로 확인을 해야 직성이 풀리는 놈이야. 그러니 진정제로 진정이 될까? 언제쯤, 얼마만큼의 약효가 돌까 매사 노심초사하는데 진정이 되겠냐는 말이야."

"하긴……."

초연은 자기도 모르게 고개를 끄덕였다. 말만 들어도, 아니 그녀가 실제로 본 바로만 해도 태하는 그러고도 남을 사람 같았다.

"그런데 바로 그 최 이사가 흔하디흔한 플라시보 효과에 넘어가다니, 넌센스가 따로 없어."

"저, 그럼 이제 어떻게 해야 하나요? 너무 닦달을 하길래 저도 모르게 울컥해서 조용히 시키려던 건데…… 당장 문 앞에서 기다리고 있잖아요. 괜히 거짓말을 한 건 아닌지……."

정 교수가 빙그레 웃으며 덧붙인 말에 초연은 덜컥 걱정이 들었다. 태하가 무서운 건 아니지만 피곤한 건 사실이었다. 뒷문이 있다면 빠져나가고 싶을 정도다.

"아냐, 아주 멋진 거짓말이었어. 그리고 한 가지 더 멋진 사실은 뭘까?"

"뭔데……요?"

"내가 아까 말한 가설은 거짓말이 아냐."

"……네?"

"초연 씨가 변수인 것 같아. 자택 실험에 동참해 줬으면 해. 물론 이건 교수로서의 명령이 아니라 최 이사를 위한 부탁이고."

깜박, 생각지도 못했던 말에 초연이 눈을 감았다 떴다. 첫 출근을 하자마자 정전에, 엄청나게 까칠한 환자에, 이젠 자신이 새로운 변수가 되다니.

"솔직히 나로서는 초연 씨의 어떤 점이 이번 사건에 어떤 영향을 줬는지 정확히 알 수가 없어. 아직까지는 자료가 너무 부족하니까."

"아…… 아까 그분이 많이 기대하시는 것 같던데."

"걱정할 거 없어, 당장 해결되리라고 생각하진 않았을 거야."

정 교수는 따뜻한 눈빛으로 다시 한번 꼼꼼하게 초연을 훑어보았다. 정 교수의 시선에서 초연은 아직 대학생의 앳된 티를 다 벗지 못한 어린 아가씨로 보였다. 긍정적이고 밝은 성격이 그대로 보이는 환하고 예쁜 얼굴을 하고 있었지만 아주 특이한 점을 발견하기도 힘들었다.

"저, 초연 씨."

"네?"

하지만 상대를 바라보는 또렷한 눈망울에서 선의를 느낄 수 있었다. 도대체 이 아가씨의 무엇이 태하를 잠들게 했는지는 아직 모르지만, 어쩌면 도움이 되어 줄지 모른다는 희망도.

"이건 현직 심리상담가와 미래의 심리상담가 간의 비밀이었으면 하는데…… 내 얘기 들어 줄 수 있겠어요?"

"네, 저야 영광인데……."

여전히 천진한 초연의 표정을 보며 정 교수는 잠시 태하를 떠올리곤 씁쓸한 미소를 지었다.

"태하, 아니 최 이사는."

진지한 정 교수의 말에 초연은 긴장한 듯 자세를 반듯이 고쳐 앉았다. 그 남자의 이름이 태하인가 보다. 최태하. 서늘한 인상과 잘 어울리는 이름이다. 신경질적인 표정을 걷어 낸다면 훨씬 더 보기 좋은 얼굴일 텐데.

"팔 년 전부터 내게 치료를 받았어. 치료라고 하기도 뭐한 게, 난 거의 도움이 된 적이 없지."

"네."

"초연 씨는 머리만 대면 잠드는 스타일이라고 했죠?"

"네, 전 엄청 잘 자요. 시간이 없어서 못 자는데요."

정 교수는 쓰게 웃었다. 이런 사람만 있다면 정 교수는 직업을 바꿔야 했을 것이다.

"세상엔 그 당연한 일이 너무 힘든 사람들이 있어. 상상이 잘 안 될 거야. 배가 너무 고파서 굶어 죽을 것 같은데, 음식을 넘길 수 없는 것처럼."

"아……."

정 교수의 목소리를 따라 초연의 얼굴도 잠시 어두워졌다. 그래서 그렇게 신경질적인 표정을 하고 있던 걸까. 피곤에 절어 있는 날카로운 눈빛이, 이렇게 들으니 조금 이해가 된다. 조금 안쓰럽기도.

"최 이사는 일반적인 약물 치료로는 개선이 되지 않는 사례야. 심인성 불면증이라고 하는데 원인을 찾아서 완전히 해결하기가 어려워. 나도 안 해 본 노력이 없지만…… 솔직히 아까 최 이사가 잠시라도 잠들었다고 해서 놀랐을 정도니까."

"전 그렇게 대단한 일인 줄은 몰랐어요."

그냥 피곤한 사람이라고 생각했는데. 괜히 남을 귀찮게 하고, 제멋대로인 사람이라고 속으로 세 번쯤은 욕했었는데.

"초연 씨는 최 이사와 남남이니까 꼭 도울 의무는 없어. 그게 조교의 업무 범위도 아니고."

"그렇……죠."

"하지만 초연 씨도 사람의 마음을 고치는 걸 도와주고 싶은 사람이잖아?"

"그것도…… 그렇죠."

거짓말을 해서 양심에 찔리는 건 아니었다. 누구라도 그 상황에서는 그렇게 했을 것이다. 다만 지금 초연이 느끼는 감정은 부끄러움이었다. 적어도 남의 마음을 고치고 싶어서 공부를 하는 사람이 환자를 귀찮게 여겨서는 안 됐는데.

"이건 의료인으로서가 아니라 그냥 인간 최태하를 팔 년간 지켜본 사람으로서 하는 말, 즉 오프 더 레코드인데."

"네."

"초연 씨 옆에서 잠들었다던 그 한 시간이 태하에겐 팔 년 만의 유일한 휴식이었을 거야. 난 그 점에서 초연 씨한테 고맙다고 하고 싶어요."

"아뇨, 전 정말 아무것도 한 게 없는데요."

이런 말을 들을수록 초연은 부끄러움이 커질 뿐이다. 정 교수의 말에 진심이 담겨 있어서 더더욱.

"그리고, 도와줬으면 좋겠어. 태하에게 그런 순간이 다시 찾아올 수 있도록, 오늘 오전에 잠깐 찾아왔던 기적이 다시 일어날 수 있도록……. 내가 그 이유를 찾아낼 수 있게 도와줄래?"

정 교수의 진지한 부탁을 들은 초연은 푹 고개를 숙였다. 잠시 아래를 보는 초연의 표정이 뭘 의미하는지 몰라 정 교수는 애가 탔다.

"저…… 교수님."

천천히 떨어지는 초연의 입술을 보며, 정 교수는 자신도 이러한데 태하는 얼마나 애가 탔을지 감히 짐작이 되었다.

"당장 대답하기 어려우면 천천히 생각해 보고……."

"아뇨, 전 결정했어요."

초연의 목소리는 느릿한데도 또렷했다.

"제가 돕게 해 주세요."

부드럽지만 힘이 있는 그 눈동자에 정 교수는 희망을 걸기로 했다.

잠시 후, 로비에서 만난 태하는 다부진 표정과는 달리 안쓰러운 눈동자를 하고 있었다. 아는 만큼 보인다고 했던가, 초연은 금방이라도 그녀를 다그치고 싶은 게 눈에 보이는데도 애써 헛기침을 하는 태하가 조금은 달리 보였다.

"표정이 왜 그래요. 누가 보면 제가 그쪽 애라도 낳으러 들어간 줄 알겠어요."

"내 표정이 뭐……."

슥, 한 손으로 마른세수를 하던 태하가 순간 움찔하며 굳어졌다.

"뭐요? 누가 누구 애를 낳아!"

한 박자 늦은 반응이다.

"농담이에요."

그리고 그 격한 반응이 무색할 만큼 태연한 대꾸에 태하는 또 한 번 마른세수를 해야 했다. 이 도무지 종잡을 수 없는 여자와 대화가 길어질수록 그만 손해였다. 태하는 빠르게 본론을 꺼냈다.

"그래서 교수님이랑은 어떻게……."

"우리 비밀에 대해선 이야기 안 했어요."

이것도 거짓말이었다. 하지만 상사인 정 교수가 지시한 거짓말이니 정당방위라고 초연은 속으로만 생각했다. 태하가 그 약의 효과를 믿고 있는 이상, 그 약은 비타민이 아닌 출시되지 않은 신약인 것이다.

"아니, 그런 거 말고. 그러니까…… 내가 보상은 원하는 쪽으로 얼마든지 해 줄 수 있을 거 같은데. 원하는 편의 사항이 있다면 기탄없이……."

안하무인에 제멋대로이고 피곤한 사람이라 생각했었는데, 이제 보니 타들어 가는 속내가 뻔히 드러나 있었다. 초연은 어쩐지 안쓰러운 기분이 들었다. 이렇게 큰 남자가 어쩐지 조금 작아 보였다.

"아까도 그렇고, 원래 그렇게 본인 하고 싶은 말만 해요?"

"내가?"

"아니겠죠, 본래는 이성적인 분이시겠죠."

흠, 습관인지 또 한 번 태하가 헛기침을 했다.

"전 단도직입적인 사람이니까 결론부터 말씀드릴게요."

꿀꺽, 저도 모르게 태하가 마른침을 삼켰다. 그를 똑바로 올려보는 여자의 눈빛이 확고한 만큼 애가 탔다.

"정 교수님과 함께 그쪽을 도울 거예요. ……하지만!"

"하지만, 뭐?"

"최태하 씨를 돕는 게 아니라 누군가의 마음을 돕는 거예요. 그건 확실히 하고 싶어요."

솔직히 무슨 말인지 전혀 모르겠다. 빤히 바라보는 눈동자도, 새초롬한 입술도 태하가 무엇을 읽어 내기엔 너무 백지 같았다. 하지만 무슨 의미이든지 태하는 한 가지 확실히 할 필요가 있었다.

"그…… 나를 돕는다는 거 말이야."

"네?"

태하의 손가락이 알약만큼의 공간을 띄우고 초연의 눈앞을 휙 스쳐 지나갔다.

"이것도 포함된 거 맞지?"

플라시보 효과는 초연의 생각보다 훨씬 강력했다.

"그럼요. 최태하 씨가 잠들 수 있도록 최선을 다해야죠."

그제야 태하의 입가에 희미한 웃음이 떠올랐다. 밝지는 않았지만, 안도에 가까운 미소였다.

"그럼……."

태하가 먼저 오른손을 내밀었다.

"이초연 씨."

제 이름을 부르자 초연이 특유의 말간 눈동자로 태하를 올려 보았다. 백지 같은 줄 알았던 그 눈동자에 어떤 따스한 감정이 조금 묻어났다.

"앞으로 잘 부탁합니다."

아직은 이름을 알 수 없는 그 따스함은 태하의 큼직한 손에도 묻어 있었다.

"저도, 잘 부탁할게요."

초연의 해사한 웃음에선 아주 희미하게 꿈결의 냄새가 났다. 너무 오랫동안 잊고 있었던, 그래서 더 소중하게 느껴지는 다정한 온기가.

다음 날, 초연은 첫 출근에 이어 첫 외근을 하게 되었다. 정 교수의 신신당부를 한 시간이나 들었더니 좀이 쑤셔서 차라리 잘됐다

싶을 정도였다.

'최 이사에게 그 약이 가짜라는 걸 들키면 안 돼. 그 성격에 가만있지 않을 테니.'

그러도록 노력은 하겠지만, 백 퍼센트 장담할 수는 없다는 초연의 말에 정 교수는 복잡한 표정을 지었다.

'다시 한번 말하지만 이 일을 거절한다고 해서 조교 업무에 지장이 가진 않을 거야. 초연 씨가 신중하게 생각했으면 좋겠어. 아무리 의료적 목적이라고 해도 다른 남자의 집에서 잠을 잔다는 게 쉬운 일은 아니니까.'

잠시 고민하던 초연은 의외로 간단한 해결책을 내놓았다.

'그럼 일단 최태하 씨 댁에 가 보고 결정할게요.'

그 남자를 한 번 더 보면 결심이 설 것 같았다. 그게 어느 쪽 결론이든 간에.

* * * *

수면 센터와 태하의 집은 그리 멀지 않았다. 그런 것도 집이라고 부를 수 있다면 말이다. 정말 이런 집에 사는 사람이 있구나. 외국

잡지에서나 보던 높은 천장에 샹들리에가 달린 고층의 펜트하우스에 실제로 발을 들이게 될 줄은 초연은 상상도 못 했다.

"안 들어오고 뭐 해?"

잠시 멍하게 서 있던 사이, 초연과 함께 도착한 수면 센터의 직원들이 각종 설비를 분주하게 나른다.

"뭐, 손님 대접이라도 해 줘야 하나. 마실 거……?"

평소에 안 하던 짓을 하느라 태하의 미소가 조금 구겨졌다. 이 집엔 손님을 들인 적도 없을뿐더러 태하 본인이 직접 손님 접대를 해 본 경우는 아예 기억에도 없었다.

"그럼, 돔 페리뇽?"

이렇게 뻔뻔한 손님이라면 더더욱.

"그건…… 지금 없고, 가벼운 와인 정도는 있지만, 아니. 근데 낮부터 술을…… 뭐, 그럴 수도 있지만."

하지만 지금은 태하가 불리한 상황이었다. 이건 철저히 계산하고 달려든 사업이 아니다. 당장이라도 초연이 마음을 바꾼다면, 태하로서는 막을 방법이 없었다.

"농담인데."

그리고 늘 아무렇지도 않게 툭 던지는 초연의 무표정함이 태하를 더 미치게 만들었다.

"불면증 있는 분이 낮술 하시면 안 돼요."

안 한다! 덕분에 그 해 본 적도 없는 낮술이 당긴다는 소리는 삼켜야겠지만. 어쩌면 초연은 태하가 생각했던 것보다 훨씬 강적일지도 몰랐다. 조교라면 대학도 졸업한 지 얼마 안 된 어린애나 마찬가진데, 그 앳된 얼굴 너머로 무슨 생각을 하는지 통 알 수가 없으니.

"근데, 꼭 이렇게까지 해야 돼요?"

쿵. 태하가 냉장고로 향할 새도 없이 또 폭탄 발언이다. 여기까지 와서 그만둔다고 하면 정말 큰일인데. 태하는 흔들리는 눈빛을 숨기며 애써 태연한 척 설명을 늘어놓았다.

"어제 정 교수님한테 충분히 들었잖아. 내가 평소에 잠드는 환경에서 이초연 씨라는 변수를 끼워 넣고 수면 중 뇌파 측정을 할 거라고. 수면 중에 인간의 뇌파는……."

"아, 그 부분은 어차피 들어도 잘 모르겠으니까 넘어가요."

"어?"

"있는 셈 치자고요, 뇌파. 제가 전공이 심리 쪽이긴 한데 심화는 약간 달라서."

"어……."

빠른 납득이었다.

"그리고 솔직히 최태하 씨는 정 교수님의 가설에 백 퍼센트 동의하는 건 아니잖아요."

초연이 정곡을 찔렀다.

"우리 사이에 있던 그 작은 비밀 말인가."

아직 출시 전이라던 진정제는 태하가 아는 비밀이었고, 그게 몸에 좋은 비타민이라는 사실은 초연과 정 교수가 아는 비밀이었다.

"네. 최태하 씨가 생각하는 새로운 변수는 그 약이고 제가 아니잖아요? 정 교수님과는 달리. 그런데 우리가 꼭 한 침실에서 자야 할까요?"

초연은 정 교수가 가르쳐 준 대로 초장부터 대화의 흐름을 뒤엎었다. 속으로는 조금 떨렸지만, 정 교수가 자신을 믿으라 했으니 일단 던져 본 것이다. 최태하가 의심할 틈을 먼저 주면 안 된다. 그것이 정 교수의 생각이었다.

"그건…… 어쩔 수 없어. 어제 정 교수님에게 설명 들은 거 기억 안 나?"

침착한 초연의 지적엔 일리가 있었다. 솔직히 성격이 나쁜 여자한테 걸렸으면 뺨이라도 한 대 맞았을 급의 제안이니, 태하의 마음에도 걸렸던 터다.

"잘 안 나요."

뭐가 그리 당당한지, 초연은 태하를 똑바로 바라보았다.

"그렇게 복잡하게 설명하면 내 뇌파가 힘들잖아요."

"아, 그렇지."

태하가 세상에서 가장 싫어하는 두 가지는 시간 낭비와 소모적인 대화다. 하나가 다른 하나를 낳는 것이니 결국 일맥상통하기도 했다. 그걸 지금 초연이 하고 있었다.

"그럼, 내가 좀 단순하게 다시 설명해 볼게."

이를 악물고 웃는 태하의 억지 미소에서 간절함이 뚝뚝 떨어진다. 이 기회를 놓치지 않고 반드시 불면증을 치료해서 인생의 낭비를 막아야 한다.

"정 교수님이 생각하는 변수는 이초연 씨야. 신약이라고 해도 아직 유통되지 않은 약의 존재를 인정하지도 않으시겠지."

진지한 태하의 표정을 보니 조금 양심에 가책이 느껴지려 한다.

"나는 정 교수님께 그 사실을 알리고 싶지 않아. 여태까지 내가 정 교수님과 축적한 데이터가 필요하고, 그걸로 반드시 해답을 찾아야 해. 그걸 할 수 있는 가능성이 가장 높은 팀이야. 그리고……

이젠 이초연 씨도 그 일부지."

불면증을 오래 앓은 사람들은 치료 방법을 갈구하면서도 쉽사리 믿지 못한다. 마음 한구석에는 다 소용없을 거라는 불안이 내재된 탓이다. 그게 곧 병의 원인이기도 하니 악순환인 셈이다. 태하는 이제 그 사슬을 끊고 싶었다.

"제가 변수에 포함된다고…… 생각하세요?"

"솔직히 난 그 약의 효과라고 생각해. 상식적으로 이초연 씨만 있어서 잠이 들었다는 것도 이해할 수 없고."

초연은 왜 정 교수가 태하에게 약의 정체를 숨기라고 했는지 알 것 같았다. 효과가 있다는 믿음, 그 믿음이 치료의 시작인데.

"하지만 0.1%의 가능성이라면…… 열어 두고 싶어. 내가 잠들었던 건 사실이고, 그 원인은 반드시 그곳에 있었을 테니까."

태하의 말에는 진정성이 담겨 있었다. 그 마음이 초연에게도 닿았는지 끄덕, 고개가 먼저 움직인다.

"네, 분명 거기 있었을 거예요."

그게 몸에 좋은 비타민은 아니겠지만, 원인이 존재한다면 찾는 걸 돕고 싶었다.

"그럼, 이 실험에 대해서 이초연 씨도 완전히 납득한 거지?"

굳이 초연이 설비를 들여올 때 먼저 와 보겠다고 한 이유를 꿰뚫어 보듯 태하가 말했다. 마지막 결정을 내리기 전에 뭔가를 확인하고 싶었겠지. 생각이라고는 하나도 없어 보이는 저 백지 같은 얼굴의 여자는 그래 봬도 정 교수가 뽑은 인물이다. 만만하게 생각하면 안 될 것이다.

"나한테 붙이는 관찰 장치와 별개로 방 안 곳곳에 카메라를 설치할 거야. 여러 각도고, 적외선도 설치돼서 정 교수님이 모니터링 하실 거고. 원한다면 법적인 공증이 포함된 각서도 써 줄 수 있어."

"각서까진 좀."

"혹시나 해서 말해 두는 거지만, 절대로 불미스러운 일은 없을 거야. 그건 내가 확실하게 보장할 수 있어, 이건 정말이지 치료 목적으로 데이터를 수집하기 위한 거라고. 순수하게 의학적인 실험이야. 그래, 외신 같은 데서 못 봐? 실험 공간에서 관측해서 의학적인 데이터를 사실로 입증하고 그로 인해서 새로운 치료법도 개발하고……."

태하는 열변을 토하다 문득 초연에게서 아무런 대답이 돌아오지 않는단 사실을 깨달았다. 슬쩍, 올라오는 불안감에 초연을 보니 어느 틈에 갔는지 먼발치에서 벽을 바라보고 서 있다. 누군 이렇게 열심히 설득하고 있는데, 참 나.

"저기, 듣고는 있는 거지?"

"네? 아, 대충요."

돌아보지도 않고 대답하는 초연의 등이 말해 주었다. 태하의 열변에 전혀 귀를 기울이고 있지 않았다고!

"근데, 저 그림…… 잭슨 폴록이죠."

"맞아."

"진품이에요?"

"그건 왜."

"우리 아빠가 화가였거든요."

"그게 지금 무슨 상관인데."

마지막 인내심을 발휘해서 꾹 누르며 답하는 태하를 그제야 초연이 돌아본다.

"있을 수도 있죠."

아까부터 일방적으로 뜬구름만 잡던 대화에 드디어 맥이 잡히기 시작했다. 시종일관 제 말 그대로 뇌파가 아픈 것처럼 보였던 초연의 눈동자에 또렷한 감정이 살아난 것이다.

"그 실험인지 뭔지 동참하면."

"어."

태하가 긴장을 숨긴 채 일부러 담담히 대꾸했다.

"저 그림, 액자에서 한 번만 꺼내 봐도 돼요?"

"돼."

망설임 없는 태하의 대답에 초연이 얼굴이 밝아진다.

"단, 내일 아침에."

"좋아요."

뭐가 그렇게 좋은지 모르겠다. 하지만 당장 초연이 좋다니 태하도 좋았다.

"약속한 거예요."

다시 한번 말하지만, 태하는 정말 뭐가 그렇게 좋은지 몰랐다. 당장이라도 꿀이 떨어질 거 같은 눈동자, 혈색이 발그레 도는 두 뺨, 어린아이처럼 천진난만한 미소.

"피차 마찬가지야."

툭, 던지는 말과 달리 태하의 입가에도 희미한 미소가 떠올랐다.

약속 시간은 밤 열 시였다. 평소에 입고 자는 옷 외엔 아무것도 필요 없다던 정 교수의 말에 따라 작은 캔버스백 하나만 들고 달랑 달랑 도착한 초연에겐 생각보다 조금 낯선 광경이 펼쳐졌다.

"이초연 님?"

태하가 보내 준다는 차량을 한사코 마다하고 왔는데, 건물 입구부터 부담스러운 정장 차림의 남자가 초연을 보고 허리를 숙였다.

"님까진 아니고…… 제가 이초연인 건 맞는데요."

"안으로 모시겠습니다."

부담스러운 환대에 초연은 제가 신은 슬립온의 코끝만 바라보았다. 낮에 정 교수가 보낸 사람들과 태하가 함께 왔을 때는 미처 못 느꼈는데, 밤이 된 지금은 야경이 한눈에 보이는 이 펜트하우스가 퍽 낯설었다.

"저, 최태하 씨는……."

"출타 중이십니다."

아직 아홉 시 반, 약속 시간에 늦은 건 아니지만 괜히 억울한 기분이 드는 초연이였다. 낮에 그렇게 열변을 토하던 게 누군데. 심지어 지금은 엄밀히 따지자면 조교가 퇴근하고도 남을 시간이었다.

"하지만 메시지를 남기셨습니다."

작지만 고급스러운 봉투를 건넨 남자가 다시 한번 정중하게 허리를 숙였다.

"모쪼록 편히 쉬십시오."

"아, 예……."

혼자 남겨진 초연은 봉투를 내려놓고 다시 한번 이 낯선 세계를 빙 둘러봤다. 모든 것이 반짝거리고, 모든 것이 아름다운 이 공간.

하나의 완성된 예술품 같은 이 펜트하우스는 초연이 동경하던 것들로 가득 차 있었지만, 어쩐지 마음에 와 닿질 않는다.

"너무……."

정리되지 않은 생각이 툭, 말로 비어져 나왔다. 초연의 혼잣말은 예상보다 더 크게 울렸다. 혼자라는 것을 여실히 실감할 수 있을 만큼.

"쓸쓸하네."

그제야 이 공간이 낯설게 느껴지던 이유를 알았다.

그리고 이 낯선 공간에서 또 하나의 낯선 물건을 돌아보기까진 그리 긴 시간이 필요하지 않았다. 테이블 위에 놓인 정갈한 봉투는 분명 초연을 위한 것일 텐데, 선뜻 펼치기가 어려웠다. 조금 망설이다 결국 봉투를 집어 든 초연이 호기심 어린 눈동자로 쪽지를 꺼내 내용을 읽어 나갔다.

'자기 집이라 생각하고 편하게 있어. 단, 내일 아침까지 그림을 꺼내는 건 안 됨.'

고급스러운 종이에 휘갈겨 쓴 글씨가 제법 어른스럽게 느껴졌다.

"편하게라……."

시간은 이제 겨우 아홉 시 사십 분.

"이런 것도 집이라고 할 수 있다면 말이지."

쓸쓸한 풍경을 돌아보며 초연이 되뇌고 정확히 삼십 초 후, 왁자지껄한 웃음소리가 집 안에 흘러넘쳤다. 절반은 태하가 뉴스 채널 외엔 틀어 본 적이 없는 티브이에서 나오고 있었고, 절반은 혼자서 물개 박수를 치는 초연이 내는 소리였다.

"아, 맥주 없나?"

태하의 바람은 너무나 쉽게 이루어졌다. 어느새 초연은 진심으로 자기 집이라 여기며 편하게 있는 중이었다. 씁쓸하긴 개뿔, 이게 정말 자신의 집이면 소원이 없겠다는 생각과 함께.

* * * *

시계를 보는 태하의 눈길엔 언제나 초조함이 묻어 있었다. 오늘도 어김없이 시계를 살핀 태하는 회장에게 간절한 눈빛을 보냈다.

"회장님."

오전에 본의 아니게 바람을 맞힌 터라 평소보다 오래 참은 태하가 간신히 말을 꺼냈다.

"시간이 늦었습니다."

벌써 열 시가 넘었다. 다른 날이면 넘어갈 수 있어도 오늘은 태하에게 중요한 날이었다. 마냥 기다릴 수 없다는 말이었다.

"늦고 말고는 내가 결정한다."

노년에 접어들고도 기세가 꺾이지 않은 최 회장의 목소리가 위엄 있게 울렸다.

"네놈도 빠르게 움직인 건 아니지 않냐."

탁, 잔을 내려놓는 최 회장의 손길에서 불만이 묻어나고 있었다. 사실, 태하가 밀린 일정을 꾸역꾸역 소화해 내고 이곳에 도착했을 때부터 이미 최 회장의 눈초리는 마뜩지 않았다.

"언론엔 사건 당시 바로 보도 자료를 배포했습니다."

"인터뷰는!"

"그건 오늘 했잖습니까. 심지어 내일까지 꽉 차 있어서 밥 먹을 시간조차 없을 정도입니다. 하, 회장님…… 제가 잘못을 한 만큼의 벌은 받을 수 있습니다."

담담한 태하의 말과 달리 눈은 자꾸 시계로 간다.

"하지만 이런 식으로 벌을 주시는 건 부당하다 생각합니다."

"왜지?"

날카로운 눈초리를 건네는 최 회장에게 기가 죽지 않는 건 그간의 경험 덕분일 것이다.

"첫째는 언론 대처는 이미 안정적으로 이루어지고 있고, 둘째는 지금 저를 여기 잡아 두실수록 결과적으론 손해라는 것."

물론, 태하가 최 회장의 손자이기 때문이라는 점이 더 크게 작용했다는 걸 부정할 수는 없다.

"셋째는…… 후. 제가 그간에도 벌써 백 번은 말씀드린 것 같지만."

태하를 주로 미치게 하는 사람은 바로 눈앞의 할아버지였다. 오늘 한 사람이 더 추가됐을 뿐. 그리고 그 사람이 지금 태하를 기다리고 있을 것이다. 아니, 기다려 주면 다행이고 가 버리면 더 큰일이지.

"저는 이런 막장 드라마를 시청하면서 시간을 낭비하고 싶지 않습니다!"

아까부터 최 회장이 집중하고 있던 티브이에선 여지없이 시어머니가 며느리에게 물을 끼얹고 있었다. 만일 태하가 오전에 사고를 겪지 않았다면 이걸 본방송으로 함께 시청해야 했을 것이다.

"백번 양보해서 회장님의 취미를 존중하겠지만, 제가 함께 시청할 의무는 없단 말입니다!"

"내가 네 잔소리를 들을 의무는 있고?"

"그러게, 언론에 그런 말씀을 하지 마셨어야죠!"

어제 취재진이 본사를 둘러싼 건 다른 이유가 아니었다. 최 회장은 얼마 전 경제인 오찬에서의 발언이 기사화되면서 대중의 질타를 받고 있었다. 올해 하반기엔 정규직 공채를 할 예정이 없으며, 요즘 청년들이 부실한 것을 기업이 책임질 필요는 없다는 게 그 발언의 정점이었다.

"내가 틀린 말을 한 것도 아닌데, 왜!"

"그래서 기사 헤드라인이 회장님의 막장 발언입니까? 제발 저런 자극적인 매체 좀 삼가세요. 말투부터 아침 드라마면 어쩝니까."

"에잇! 아무튼 손주라는 놈이 귀여운 구석이라고는 없어!"

다다다 대꾸하는 태하에 최 회장이 괜히 대답 대신 리모컨을 던지며 화풀이를 했다. 평소의 레퍼토리를 감안한다면 태하는 곧 집에 갈 수 있을 것이다. 흘깃, 태하가 티브이를 보자 이미 물을 끼얹던 시어머니는 사망했다. 도저히 이해할 수는 없었지만 불과 몇 분 만에 시아버지가 극을 주도하고 있었다.

"이거 혹시 제목이……."

"아버님은 내 사위."

"언론은 내일까지 제가 무조건 수습하겠습니다."

더 들을 것도 없다는 듯이 태하는 자리에서 일어섰다.

"앞으로는 제발 말씀 좀 삼가세요."

"싫다. 난 내가 하고 싶은 말을 한 거야."

고집스러운 노인의 옆모습에 태하는 작게 한숨을 삼켜야 했다. 태하도 안다. 최 회장이 그런 의도로 발언을 할 사람은 아니라는 것을.

"매스컴은 원래 자극적인 걸 좋아하지 않습니까. 회장님께서 즐겨 보시는 저…… 시아버지 뭐, 처럼요."

"아버님은 내 사위!"

하지만 분명 자극적인 헤드라인을 내세우는 기자들에게 최 회장은 늘 좋은 소스를 제공했다.

"그리고 내 생각은 변하지 않아. 요즘 청년들이 비실한 걸 기업이 책임질 필요는 없어. 왜냐, 기업은 이윤을 추구해야 하니까! 그래야 다 먹고사는 거거든."

물론 그 뒤로, 전혀 주목받지 못하는 제대로 된 이유가 붙었지만 말이다.

"다만, 어른들이 책임져야 해. 그러니 우리는 정규직 공채 대신에 비정규직을 정규직으로 전환하는 방법을 택하겠다……. 이게 뭐가 막장이란 거냐?"

앞뒤를 다 자르고 보면 아침 드라마의 대사 같은 그 말투가 문제라 지적하고 싶었지만, 태하에겐 시간이 없었다. 결국 태하는 한숨을 삼키며 최 회장이 원하는 답을 내놓아야 했다.

"회장님의 깊은 뜻이 널리 알려지도록 제가 최선을 다해 보겠습니다."

"잘 생각했다."

이렇게 갖은 고초 끝에 태하는 간신히 초연이 기다리는 집으로 돌아갈 수 있었다. 화를 내면 사과하려고 했고, 이미 돌아갔으면 찾아가려고 했다. 그러나 그 마음고생을 알아줄 사람은 없었다.

"대체."

현관에 첫 발짝을 내딛는 순간, 태하는 무언가 크게 잘못됐다는 걸 본능적으로 깨달았다. 일단, 공기부터가 전혀 달랐다.

"이게 다……."

공기만 다른 게 아니었다. 대체 언제 빨았는지, 정체를 알 수 없는 작은 신발은 현관에서 각자 제 갈 길을 가고 있었고, 태하가 채 신을 벗기도 전에 시끄러운 티브이 소리가 쩌렁쩌렁 온 집을 울렸다.

"아, 아니야."

한달음에 뛰어 들어간 태하의 눈엔 더 믿을 수 없는 광경이 펼쳐지고 있었다. 그래, 이건 아니다. 이건 꿈일지도 모른다. 벌써 불면증 치료의 효과를 보고 있는지도 몰라.

"이건 꿈이야."

그게 아니라면 설명할 수가 없었다. 대리석 테이블 위를 나뒹구는 찌그러진 맥주 캔부터, 뭘 흘렸는지 마구 뽑아진 채로 카펫 위를 떠도는 티슈들, 마치 한순간에 폐허가 된 풍경들 속에…….

"우웅……."

그걸 연출한 장본인인 괴수! 파괴력으로는 고질라의 뺨을 왕복으로 칠 것 같은 그 괴수가 지금 태하의 집, 태하의 소파에서, 태하의 냉장고에 있었던 맥주 냄새를 폴폴 풍기며, 팔과 다리를 사방으로 뻗친 채 잠들어 있었다. 그것도 너무도 태평하게!

"음……냐."

그리고 이상한 효과음까지 낸다. 파괴력과 어울리지 않는 허술한 소리였다.

"음냐, 같은 소리 하고 있네."

그 괴수의 이름은 이초연. 그녀는 모든 걸 초토화시키려는 의지를 담아 입가에 바스러진 과자 조각을 묻힌 채로 단잠에 빠져 있었다.

"저기, 이초연 씨?"

간신히 이성을 반쯤 찾은 태하가 초연을 툭툭 쳤다. 차마 직접 만질 엄두가 나지 않아서, 손이 아니라 근처에 있던 쿠션을 잡아서 쳐 봤다. 평소 잘 때 입던 옷을 입고 오라고 했지, 누더기를 입고 오라고 한 게 아닌데 왜 뜬금없는 핑크색에 목이 다 늘어난 원피스도 긴 티도 아닌 애매한 기장의 옷을 입고 다 큰 여자가 허벅지는 다 보일랑 말랑…… 아, 이게 문제가 아니라.

"흠!"

듣는 괴수는 잠에 빠져 있는데 괜히 혼자 헛기침을 한 태하가 이번엔 쿠션의 모서리를 세워서 툭툭 쳤다. 그러자 갑자기 초연이 홱 몸부림을 친다. 간 떨어지게!

"힝……."

누군 간이 떨어지는데, 누군 돌아누우며 힝이란다. 게다가 잠시 돌아누울 때 본 건데, 품 안에 작은 누더기를 껴안고 있는 것 같아 태하의 신경이 더 곤두섰다. 다시 한번 말하지만, 그는 평소에 잘 때 입는 옷을 가져오랬지 누더기를 가져오라고 한 게 아니었다.

"편하게 있으라고는 했지만……."

초연을 깨울 생각은 이미 저버렸다. 이걸 더 건드는 것도 태하의 섬세한 신경으로는 무리였다.

"이렇게까지 극단적으로 편하게 있을 필요는 없었는데."

태하가 탄식과 같은 혼잣말을 흘리는 사이, 문득 시야에 자신이 남겼던 메모가 보였다. 빈 맥주 캔 사이에 반쯤 구겨진 채 있는 쪽지는 모서리가 흘린 맥주로 추정되는 액체로 젖어 있었다.

'자기 집이라고 생각하고 편하게 있어.'

왜 그런 말을 했던가. 상대를 봐 가면서 해야 했던 멘트인데. 과거의 자신을 원망하던 태하의 시선이 제 글씨 아래에 달린 삐뚤빼뚤한 네 글자에 주목했다. 정확히는 글자도 아니다. 자음이 네 개였다.

'ㅇㅋㄷㅋ'

이 순간, 태하가 느끼는 모든 황당함을 축약한 단 네 개의 자음이.

ch. 2

태하가 샤워를 마치고 나왔을 때도 초연은 그 자리에 태하를 미치게 하는 모습 그대로 있었다. 솔직히 마음 같아선 경비라도 불러 당장 쫓아내고 싶었지만, 여태 들인 노력이 노력인지라 이도 저도 못 하는 제 신세가 처량했다.

"아, 그러고 보니."

너무 경악스러운 광경에 태하는 애초의 목적을 잠깐 잊고 있었다. 태하는 초연을 의심스러운 눈빛으로 훑어보았다. 어차피 이 여자가 곁에 있어서 잠이 든 게 아닌, 신약의 효과였을 것이다. 그리고 그 신약은 이 여자가 가져왔겠지. 내일 일정은 기자들과의 인터뷰까지 더해진 강행군이니 나는 조금이라도 잠을 자 둬야만 살 수 있다.

태하는 충분히 납득했다는 듯 고개를 끄덕였다. 즉, 초연을 여기

방치하고 약의 위치만 이동하겠다는 것이었다. 그의 몸속으로.

"가방, 가방이 있을 텐데."

태하가 알기로, 여자들은 가방 없이는 아무 데도 가지 못했다. 초연도 다르진 않았다. 하지만 태하가 상상했던 가방과는 아주 거리가 먼 물체였다. 이런 걸 에코백이라고 하던가. 환경엔 좋을지 모르겠지만, 적어도 세탁은 했으면 좋겠는데.

"그쪽 가방 좀 들여다볼게."

이건 혼잣말이 아니다. 스스로의 원칙과 법적인 사태에 대한 대비를 해 두는 것이다. 그렇게 생각하고 조심스럽게 가방을 열었는데, 맥이 빠지게도 가방 안엔 태하가 찾는 게 없었다.

"이럴 거면 대체 가방을 왜 가지고 다니는 거지?"

가방 안 여기저기에 물건들이 마구잡이로 굴러다닌다. 그래 봐야 장미 거울 하나, 연필처럼 생긴 화장품 두 개, 립글로스 하나뿐이다. 그 외에 잡다한 영수증, 머리끈, 사탕 쪼가리 같은 게 있었지만 더 이상 알아보고 싶지 않았다.

"혹시……."

곤한 잠에 빠져 있는 초연을 돌아보며 태하가 생각에 잠겼다. 그때도 주머니에서 약을 꺼냈으니 지금도 몸에 지니고 있을지 몰랐다. 실로, 고민의 순간이었다. 머리로는 이런 짓까진 하지 말자고 하지만 손은 그 순간에도 초연의 허리쯤을 향해 뻗고 있었다.

"으음……."

하필 그때 뒤척이는 초연 때문에 간이 떨어질 뻔했다. 최근 살면서 이렇게나 스릴 넘치는 순간이 있었던가. 참고로 태하는 스릴을 즐기지 않는 사람이다. 그렇다고 여기서 물러설 수도 없었다.

순간의 모험으로 오늘 밤 몇 시간만이라도 눈을 붙일 수 있다면……. 거기까지 생각이 미친 태하가 과감하게 허리를 숙여 한 손을 뻗었을 때.

띠리리리, 띠리리리.

빌어먹을. 최고로 설정해 둔 볼륨의 벨소리가 테이블 위에서 울렸다. 그 순간, 당장 누가 업어 가도 모를 정도로 푹 잠들었던 초연이 거짓말처럼 눈을 반짝 떴다. 초연이 처음으로 본 장면은 잠들었던 자신 위에서 몸을 굽힌 채 다가오는 태하의 얼굴이었다.

"엄마야……!"

바로 다음 순간, 가녀린 비명과 어마어마한 위력의 니킥이 그대로 태하의 명치에 꽂혔다. 변명을 할 틈도, 피할 틈도 없었다. 모든 일은 한순간에 일어났다. 정신을 차렸을 때 태하는 이미 거실 바닥에서 뒹굴고 있었고, 명치부터 퍼지기 시작한 통증에 문자 그대로 눈앞이 아득해졌다.

아, 나의 인생은 왜 이리도 고달픈가. 나는 그저 불면증을 치료하고 싶었을 뿐인데.

* * * *

잠시 후, 초연이 세상모르고 잠들었던 소파엔 태하가 뻗어 있었다. 그 옆의 바닥에 무릎을 꿇은 초연은 줄곧 태하의 눈치를 살폈다. 아까 시키는 대로 냉동실에서 얼음팩도 가져왔고, 이젠 물수건으로 이마의 식은땀을 살살 닦으려고 하는데 팩, 신경질적으로 내치는 태하가 초연은 조금 무섭다.

"죄송합니다…… 정말 고의는 아니었어요."

벌써 몇 번째 이 말을 들었는지 모르겠다. 물론 이런 말을 듣는다고 해서 명치의 아픔이 사라지는 건 아니었다.

"보통, 그런 상황에선 뺨을 때리지 않나? 어떻게 남의 명치에 니킥을…… 그거 알아? 명치는 법원에서도 급소로 친다는 거. 이건 상해를 입힌 거라고."

"저도 모르게…… 그러게 왜 자는데 사람 오해하게……."

웅얼거리는 목소리로 초연이 답하자 태하의 눈초리가 홱 올라간다.

"그쪽이 내 집에서 뻗어서 잤다는 건 생각 안 하나 보지? 그것도 너무 곤하게 자기에 약만 빼 가려던 내 선의는 더더욱 생각도 안 하고?"

"선의는 미처 생각 못 한 거 맞는데…… 내 집처럼 편하게 생각하라면서요. 그 생각은 한 건데."

와, 사람 미치겠다. 태하가 마른세수를 했다. 첫 만남에서 태평하게 잠에 들 때부터 보통 사람이 아니라는 걸 눈치챘어야 했는데. 순진한 얼굴로 말도 안 되는 소리를 너무 당당하게 하는 여자 때문에 태하는 기가 막혔다.

"그리고 약은 가방에 있어요. 보통 가방을 생각하는 게 먼저 아니에요? 누가 잠옷에 약병을 갖고 다녀요!"

"가방에…… 없던데."

무심결에 자백 아닌 자백을 한 태하를 보는 초연의 미간이 기울어진다.

"어머……."

마치 못 볼 걸 봤다는 듯이, 아니 뭐라고 표현하기 힘든, 적어도 이 상황에서 초연이 태하에게 지을 표정은 아닌 것 같은 얼굴로.

"남의 가방을 뒤지셨어요? 최태하 씨 그런 사람으로 안 봤는데……."

"저기, 방금 나한테 상해를 입힌 건 그쪽이야. 그걸 이렇게 빨리 잊지는 말아 줬으면 하는데."

불리한 화제가 나오자 초연이 언제 그랬냐는 듯 태하에게서 시선을 돌렸다.

"맞다, 내가 작은 주머니에 넣어 뒀지!"

가방을 뒤적거리던 초연이 무슨 지퍼를 열더니 약병을 꺼냈다. 그가 찾을 때는 보이지 않던 주머니였다. 태하는 놀란 티를 내지 않으려 애쓰며 가방을 흘끔거렸다. 여자들 가방 안은 마법의 공간이라더니, 저런 누더기에도 적용되는 거였나.

"자요."

상해에 관한 이야기가 다시 나오기 전에 재빨리 초연이 알약 하나를 꺼내서 태하에게 건네었다.

"벌써 자정인데 괜찮으시겠어요? 그 약이 정말 효과가 좋잖아요."

한번 거짓말을 하다 보니 이젠 시키는 사람이 없는데도 술술 나온다.

"난 원래 진정제가 안 들어. 그나마 신약이라서 효과가 있던 거겠지."

하지만 양심이 조금 따끔거리는 것만은 어쩔 수 없나 보다. 초연은 일부러 화제를 돌리기로 했다.

"그럼, 실험은 오늘부터 시작하나요?"

이미 알고 왔는데도 괜히 대답을 듣는 게 떨렸다. 태하도 마찬가지인지 그런 초연을 심각한 표정으로 바라보고 있었다.

"오늘은…… 안 될 것 같아."

"아, 시간이 좀 늦었죠."

"아니, 시간이 문제가 아니라."

설마, 조금 전에 있었던 일이 마음에 걸리는 걸까. 최태하는 초연이 생각했던 것보다 의외로 순진한 사람인지도 몰랐다. 이 어색한 실험을 앞두고 떨리는 게 혼자만이 아니라 다행인 것 같기도 하고.

"솔직히, 아까부터 그쪽 입에서 술 냄새 나."

다행은 개뿔.

"그리고 계속 마음에 걸렸던 건데, 소파 구석에 있는 저건 뭐지?"

"저거라뇨."

소파 틈에 찌부러진 무언가를 가리킨 태하가 약간 인상을 찌푸렸다.

"저 털 인형……인지, 누더기인지."

"누더기 아니거든요!"

"됐고, 오늘은 손님방에서 자고 가. 늦었으니 돌아갈 수도 없을 거 아냐."

더 이상의 논쟁은 피하고 싶었다. 이 이상 낭비할 체력과 시간이 태하에겐 없었다.

"첫 시작을 하긴 여러모로 부적절하지 않겠어? 그리고 말인데, 그 약……."

"안 돼요. 하루에 한 알만이에요. 그것도 제가 직접."

혹시나 해서 시도해 봤던 건데, 역시나 정 교수가 들인 사람이다.

태하는 빠른 포기를 하고 돌아섰다.

"손님방은 1층 맨 끝이야. 그쪽 집이 아닌 내 집이라고 생각하는 한에서 편하게 있다 가도록."

"지금도 편해요."

태하는 한숨을 삼켰다. 왜 아니겠나. 조금만 덜 편하게 있어 줬으면 참 좋았을 텐데.

"그리고 있잖아요."

"뭐."

"티브이 좀만 더 보다 들어가면 안 될까요? 오늘 〈아버님은 내 사위〉 밤샘 연속 방송이라서."

그 막장 드라마를 보는 사람이 벌써 태하의 주변에 둘이라는 사실이 믿기지 않는다.

"마음대로 해."

무뚝뚝한 한마디를 남긴 태하가 2층의 층계를 빠른 걸음으로 올라갔다. 잘 자라는 인사 정도는 해 줄 수도 있었을 텐데. 오늘은 명치가 아파서 정신이 없을 테니 너그럽게 이해하기로 한 초연이다.

* * * *

어둠 속에서 태하의 숨소리가 고르게 울려 퍼진다. 몇 년 전, 티베트에서 왔다는 고승에게서 배운 호흡법인데 당연히 효과는 없어 왔고, 지금도 없었다.

"또……."

이젠 말하기도 지겹다.

“잠이 안 오네.”

누워 있어 봐야 답답함만 커질 뿐이다. 문득 갈증을 느낀 태하는 1층의 냉장고를 향해 발걸음을 옮겼다. 계단을 반쯤 내려왔을 때 멀리서 티브이 소리가 들렸다.

“아직도 그딴 걸 보고 있나.”

별로 궁금하진 않지만, 그래도 손님이라고 생각하고 한 번은 슬쩍 들여다보기로 했다. 사실 더한 만행을 저지르지 않았나 감시 차원이기도 했고.

“참…….”

리모컨을 붙든 채, 정체 모를 인형을 끌어안은 초연은 곤히 잠들어 있었다. 벌써 몇 번째 보는 장면이지만 볼 때마다 말이 나오질 않았다.

“부럽네.”

한참 후, 생수를 들이켠 태하는 어째서인지 옆의 소파에 계속 앉아 있었다. 어차피 이대로 침실에 가도 잠에 들진 못할 터였다. 그렇게 시간을 버리느니 이 신기한 광경이라도 조금 더 구경하는 게 낫다 싶었다. 희귀동물을 집에서 키우면 이런 기분이 들지도.

“누더기는 전혀 부럽지 않지만.”

새근새근, 곤하게 몰아쉬는 숨소리 사이로 초연의 작은 어깨가 오르락내리락했다. 똑같이 잠들 수는 없지만, 그런 초연을 보는 사이 태하의 호흡도 조금은 비슷해지는 것 같았다. 우스운 일이었다. 티베트에서 온 고승에게 배운 호흡법보다 그의 거실을 점령한 이상한 여자의 자는 모습이 더 마음을 편하게 한다는 게.

“아니, 역시 부럽군.”

그에게도 저런 때가 있었을 것이다. 지금은 기억나지 않는 감각이지만, 스르륵 달콤한 잠에 빠져들고 눈을 뜨면 아침이던 게 당연했던 시절이 있었다. 태하는 그걸 되찾고 싶었다. 그리고 아주 막연하지만 초연의 잠든 얼굴에서 희망을 보고 싶었다.

태하에겐, 이 방법이 마지막이었다.

* * * *

텅텅, 소리를 내며 돌아가는 코인세탁소의 세탁기를 보며 초연의 머릿속도 텅텅, 돌아갔다. 간밤에 대체 무슨 일이 있었던 걸까. 집처럼 편하게 있으래서 그 말을 실천했을 뿐인데, 눈을 떠 보니 이미 아침이었다. 심지어 초연이 어질러 놓은 집은 거짓말처럼 깨끗하게 정리돼 있었고, 집주인인 태하의 모습도 보이지 않았다.

"댁까지 모셔다드리라는 이사님의 지시가 있었습니다."

대신, 처음 초연을 마중 나왔던 남자가 검은 세단을 불러 줬다. 그녀의 연락처를 남기라는 말과 지난밤과 똑같은 봉투 속 태하의 메시지를 주면서.

'시간에 늦은 내 과실 10%, 이초연 씨의 태만 90%.'

태만이라는 글자는 고쳐 적었는지 아래에 뭔가 죽죽 그은 티가 났다. 그 단어가 사실 횡포였다는 걸, 초연으로서는 모르는 게 약이었다.

'그러므로 다음 약속은 내가 정함. 추신, 다음엔 그런 누더기를 가져오지 말 것.'

쪽지를 노려보던 초연이 돌아가는 세탁기의 내용물을 보며 비쭉 입을 내밀었다.

"누더기 아닌데."

세탁기 안에선 무려 500원이나 더 주고 넣은 섬유유연제와 함께 초연의 잠옷과 토끼 인형이 빙글빙글 돌아가고 있었다.

"토순아, 언니가 미안해."

초연의 마음을 아는지 모르는지 토순이는 여전히 빙글빙글 돌아간다. 초연의 마음도 조금 빙글빙글 도는 것 같았다.

** * *

칙칙, 책상 위의 화분에 분무기를 뿌린 정 교수가 전화기 줄을 빙빙 꼬았다. 최첨단의 수면 센터의 원장실은 아직도 아날로그로 가득했다.

"그래, 최 이사 편한 대로 해."

통화가 마무리될 즈음, 마침 똑똑 하는 노크 소리가 울렸다.

"또 연락하고. ……수고해."

전화를 끊은 정 교수가 문을 향해 기척을 내자 초연이 파일을 한 무더기 들고 들어왔다.

"아까 지시하셨던 차트 정리 가져왔습니다."

"아직은 강 실장이랑 같이 보고 있지?"

“네, 많이 도와주고 계셔서…… 저도 빨리 배우려고요.”

초연의 환한 미소는 보는 사람의 기분을 좋게 했다. 늘상 예민한 사람을 마주해야 하는 정 교수로서는 탁월한 인재 발탁이었다고 볼 수 있었다.

“참, 방금 최 이사랑 통화했는데.”

최 이사란 말이 나오자 초연의 눈이 동그랗게 커졌다. 아직은 감정을 숨길 만큼 어른이 아니라는 걸 증명하듯이.

“일정을 확실히 할 수가 없다고 해서, 초연 씨 연락처 가르쳐 줬어. 괜찮지?”

“네, 전 괜찮은데…… 다시 연락을 하실지는 모르겠네요.”

그날 있던 일을 듣고 또 박장대소를 터트렸던 정 교수로서는 눈에 훤히 보이는데, 당사자는 모르나 보다.

“올 거야.”

“그럴까요?”

“분명히 와. 최 이사는 내가 잘 알지.”

고개를 갸웃하던 초연이 파일을 책상에 내려놓은 뒤, 짧은 망설임 끝에 입술을 뗐다.

“저…… 여쭙고 싶은 게 있는데요.”

“응?”

“그분은 왜…… 불면증에 걸리신 건가요?”

아주 단순하지만, 동시에 아주 어려운 질문이었다. 태하 본인도 그 문제를 팔 년 동안 풀지 못했으니 말이다.

“기회 되면 초연 씨가 나중에 직접 물어보지 그래?”

“아…… 그 정도로 궁금한 건 아니고요.”

순간 어깨를 움츠리는 초연을 보니 그날 있었던 일을 다시 보기로 돌려 보고 싶을 정도였다. 세상에 그런 재밌는 광경이 또 있을까, 직접 보지 못한 게 정 교수로서는 아쉬울 뿐이었다.

"그럼, 나가 보겠습니다."

"그래."

원장실에서 나온 초연은 수면 관측실에 가서 자잘한 정리를 시작했다. 사람들을 만나는 일도 좋았지만, 가끔은 이렇게 혼자 있는 시간도 위안이 되었다.

— 오늘 청취자분들의 사연 모아 봤는데, 맞아요……. 여자 마음이라는 게 또 귀찮다가도 연락이 없으면 허전하다니까요?

혼자 있을 때면 습관적으로 켜는 라디오의 DJ가 초연을 뜨끔하게 만들었다. 꼭 그녀가 그렇다는 건 아니었다. 절대 아니지만, 공감은 가는 사연이라고.

— 아, 방금 또 문자 들어왔네요. 든 자리 몰라도 난 자리 안다. 네, 정말 저도 그런 적이 많아요. 처음엔 관심이 없다가도 새로운 사람이 생기면…… 다들 그러시죠?

아니, 이건 경우가 다르지. 속으로 되뇌던 초연이 괜히 절레 고개를 흔들고는 정리를 마쳤다. 오늘은 딱히 퇴근까지 일정이 없지만, 왠지 아무것도 하지 않고 허비하기엔 아까운 시간이었다. 초연은 오전에 잠깐 읽던 책을 꺼내 멈춰 있던 책장을 넘겼다. 정 교수가 직접 저술했다는 이 책은 특별한 이유 없이 잠들지 못하는 사람들, 즉 심인성 불면증에 대한 이야기를 다루고 있었다.

'잠들지 못하는 원인을 찾는 건 대단히 어려운 일이다. 대개의 환자들은 그 원인을 찾느라 거의 일생을 허비하기도 한다.'

반듯한 활자를 보며 초연은 저절로 태하를 떠올렸다.

'이유가 명확하지 않은 불면은 일생에 거쳐 환자를 고통스럽고 불행하게 만들 수 있다.'

좋은 책인데, 쉽사리 책장이 넘어가지 않는 건 뭔가 가슴이 막히는 기분 탓이다. 초연에겐 이해할 수 없는 일들, 이해할 수 없는 고통이라서.

"푹 자는 게 얼마나 좋은 건데."

괜히 혼잣말을 해 보았다. 어쩌면 그 사람도 토순이가 필요할지 모르겠다. 초연은 문득 탈의실에 있을 자신의 소지품이 떠올랐다. 가방을 샀을 때 아껴 둔 더스트백 속에 넣어 둔 잠옷과 토순이는 여전히 섬유유연제의 냄새가 날 것이다.

"이 조교, 이제 문 닫을 시간이야."

"아, 교수님. 지금 정리할게요."

정 교수는 칼퇴근을 고수했다. 그 점은 초연의 마음에 쏙 들었다. 읽던 책을 곧장 책꽂이에 꽂은 초연이 자리에서 일어섰다.

"이 조교 온 기념으로 오늘 식사나 같이 할까 하는데 어때? 강 실장도 같이.”

“아, 저야 너무 좋죠.”

“젊은 애들은 뭘 좋아하나?”

남이 사 주는 밥이면 다 맛있어요. 초연은 그 말을 삼킨 채 정 교수를 초롱초롱한 눈빛으로 바라봤다.

“일단 나가지.”

“네!”

한껏 신이 난 초연이 대답을 외쳤을 때 낯선 전화벨이 울렸다. 모르는 번호이지만, 왠지 모르는 사람은 아닐 것 같은 예감.

“저런, 회식은 미뤄야겠네.”

흘깃, 초연의 뒤에서 번호를 본 정 교수가 의미심장한 미소를 지었다.

“받아 봐.”

전화는 예상대로, 태하에게서 걸려 온 것이었다.

* * * *

펜트하우스는 여전히 아름다웠고, 태하의 얼굴은 처음 만났을 때처럼 무서웠다.

“먼저, 할 말이 있어. 일단 앉지?”

초연이 신을 벗고 들어서자마자, 태하가 인사도 없이 심각한 말을 건넸다. 딱히 그가 의도한 효과는 아니었지만, 덕분에 초연은 다소곳이 고개를 끄덕였다. 지난날, 그녀가 만행을 벌였던 소파에 조신하게 앉는 건 덤이었다. 태하는 지난밤과는 전혀 다른 초연의 모습이 가소로워 웃음이 나려는 것을 참은 채 최대한 건조한 목소리로 다음 말을 이어 나갔다.

"내가 남긴 메모는 봤겠지."

"네."

"이초연 씨가 내 제안에 응해 준 건 고맙지만, 이미 수락한 이상 내 시간을 낭비하는 일은 없었으면 하는데."

"네……."

초연은 시무룩한 대답과 함께 고개를 푹 숙였다. 이래서야 학창 시절 교수님에게 혼나던 것과 다를 게 없었다.

"후……."

초연의 처량한 모습을 보던 태하가 하려던 말을 억지로 삼켰다.

"긴말은 더 안 하지."

교수님, 고맙습니다. 초연이 속으로 중얼거렸다. 학창 시절에 갈고 닦은 반성하는 모습 스킬이 태하에게도 통해서 다행이었다.

"열한 시부터 취침에 들어갈 거야."

삼십 분 정도 남은 시각이다.

"침실은 계단을 올라와서 맨 끝에 열린 방. 이초연 씨는 1층에 있는 욕실을 쓰면 돼. 나머지 사항은, 정 교수님한테 들었지?"

"아, 평소 잘 때처럼……."

"이건 실. 험. 목적이니까 되도록 잘 지켜 줬으면 해."

괜한 어색함에 태하의 말이 더 무뚝뚝하게 나갔다. 실험에 힘을 주어 발음하는 걸 보면 알 수도 있으련만, 지금 초연의 머릿속에 그럴 여유는 없었다.

"네."

그리고 잠시 후, 초연이 반쯤 열린 침실 문을 똑똑 두드렸다.

"들어와."

이 펜트하우스가 그렇듯, 늘 초연의 상상보다 완벽한 침실이었다. 압도적인 사이즈의 침대와 그 모서리에 걸터앉은 태하의 모습도 잘 어울렸다.

"카메라는 이미 작동되고 있고, 녹음은 안 돼. 이 측정 장치는 나만 붙이는 거고……."

초연을 보지 않은 채로 관자놀이에 장치를 붙이던 태하가 문득 시선을 돌렸다. 존재감은 있으나 대답은 없는 초연 탓이다.

"왜 그렇게 서 있지?"

숨은 그림 찾기를 하는 중이라면 아마 여기선 초연이 정답일 것이다.

"아, 그냥 어디로 가야 할지……."

잔잔한 조명 하나만 켜진 침실은 너무 컸고, 커다란 사각 프레임에 짙은 남색의 휘장이 드리운 침대는 너무 부담스러웠다.

"오른쪽. 난 왼쪽에서 자는 게 습관이라."

"아, 네."

오른쪽과 왼쪽을 나눌 수 있을 정도로 침대가 커서 다행이었다. 태하가 일종의 전선과 살색의 밴드로 이루어진 장치들을 마저 붙이는 사이, 초연이 침대의 오른쪽에 걸터앉았다. 조명의 밝기가 낮은 탓에, 태하가 초연의 모습을 제대로 본 건 조금 후였다.

"내가……."

태하는 어이가 없어 한 번에 말이 나오지 않았다.

"네?"

"내가 분명히 그 누더기……."

태하가 꺼림칙한 표정으로 초연이 안고 있는 누더기를 가리켰다.

"아, 이거요?"

솔직히 이쯤 되면 무심한 초연의 표정이 고의 같기도 했다.

"토순이예요."

아, 토순이라고 하는구나. 저번에 봤을 때보다 조금 하얘진 것 같은 정체를 알 수 없는 누더기의 이름이 토순이였구나. 태하는 이제 자조적으로 혼잣말을 되뇔 지경이었다.

"그리고 며칠 전에 세탁했으니까 누더기 아니거든요!"

잠시 어색했던 침실의 공기가 다시 부드러워지기 시작했다. 이건 토순이 덕분이라고 해야 하나. 오늘따라 태하에겐 혼란스러운 일이 너무 많았다.

"내가 말한 건, 그…… 이상한 원피스도 포함인데. 티인지 원피스인지, 다 큰 여자가 다리를 다 내놓고 잔다는 것도."

"정 교수님이 평소에 입고 자는 거 가져오라고 하셨다고 말씀드렸잖아요!"

이 여자는 매사에 억울한 말투다. 관심이 없거나, 엄청 억울하거나.

"그리고 속에 바지도 입었단 말이에요."

태하도 그건 몰랐다. 거기까지 훔쳐볼 생각도 없었고. 아, 그런 오해를 샀던 적이 있었지. 덕분에 아직도 명치 근처가 뻐근했다. 두 번 다시 그 근처는 쳐다보기도 싫을 정도로.

"참고로 이것도 다 세탁했어요. 그것도 특별 코스로."

얼마나 특별한 코스인지 궁금하면서도 왠지 알고 싶지 않은 태하의 내심을 무시한 초연이 자랑스럽게 말했다.

"500원짜리 고급 섬유유연제도 넣었단 말이에요."

태하의 예감은 적중했다. 앞에 500원만 없었어도 좋았을 텐데.

"어, 잘했네……."

더 이상은 할 말이 없었다. 실험이니 의료 목적이니 열변을 토했던 태하였지만, 이런 어색함까지 감당할 자신은 없었나 보다.

"열한 시네."

"그러게요."

그건 초연도 마찬가지였는지, 둘 사이에 다시 어색함이 감돈다.

"이제 자야겠다."

"그러게요."

책 읽는 듯한 태하의 목소리에 초연이 고개를 끄덕였다. 젠장, 이게 더 어색하다.

"그럼 불 끌게."

"……네, 저도요."

대사는 이상했지만, 상황은 맞다고 스스로 되뇌는 두 사람이 각각 머리맡에 놓인 스탠드를 껐다. 이제 암흑이다. 서로의 숨소리가 들릴 만큼 깜깜한 밤, 문득 태하가 뒤척이자 괜히 초연이 깜짝 놀랐다.

"저, 저기……."

"아, 베개가 잘못 놓여 있어서."

괜한 변명이었다. 애초에 왜 이런 변명을 해야 하는지도 모르겠다. 이래서야 불면증 치료의 목적이 없잖아.

"아, 그게 아니라."

태하가 뭐라 말을 덧붙일 참이었다. 풀썩, 초연이 이불을 덮는 소리가 났다. 태하는 숨을 살짝 들이켰다가 안도한 표정으로 천천히 내쉬었다. 다행이다, 이 침대가 커서. 그리고 이불은 각각 덮기로 해서.

"안녕히 주무세요."

등을 돌리고 누운 초연이 작은 목소리로 말했다.

"그래."

마찬가지로 등을 돌리고 눕는 태하가 답했다.

"초연 씨도 잘 자."

캄캄한 어둠이 태하와 초연에게 공평하게 내렸다.

어둠 속에서 태하의 숨소리가 한 번 크게 울린다. 잠시 후, 작은 뒤척임이 따른다. 그러면 기다렸다는 듯이 초연도 뒤척인다. 이 어둠은 둘에게 너무 가혹했다. 아니, 너무 어색했다.

"저……."

벌써 다섯 번쯤 그 패턴을 반복한 끝에 태하가 입을 열었다.

"네!"

그걸 기다렸다는 듯한 초연의 대답부터 이 실험은 글러 먹은지도.

"서로 불편한 거 같으니까, 이거라도 사이에 놓을까."

초연이 어둠 속에서 고개를 끄덕이자 태하는 희끄무레한 움직임을 놓치지 않고 머리맡에 있던 기다란 쿠션을 세로로 세워 두 사람의 사이에 놓았다. 이제 두 사람 사이에는 작은 산성이 생긴 셈이었다.

"그……."

쿠션을 놓고 삼십 초쯤 지나서 태하가 또 입을 뗐다.

"네?"

차라리 말이라도 하는 게 나을 거 같단 건 초연도 동감이었다.

"머리만 대면 잘 거 같이 생겼는데. 그때도 왜……."

"그렇긴 한데, 음…… 아무래도 남자랑 자는 건 처음이라서."

아, 화제가 잘못됐었다. 다시 급속도로 얼어붙는 분위기 속에서 태하의 머리가 분주해진다. 아마 지금의 뇌파는 활성화가 됐다고 나오겠지, 그것도 쓸데없이!

"물론, 남자들이랑 자 본 적은 많지만."

"뭐?"

띠릭, 뇌파가 멈춘다. 태하는 잠시 할 말을 찾지 못해 눈만 깜박였다. 뭐, 우리가 그렇고 그런 사이도 아니니까 상관은 없다만 이런 말을 막 해도 되는 건가.

"어릴 때는 남자들이랑 자는 일이 많잖아요."

"……뭐?"

토순이라고 소개할 때랑 별반 다르지 않은 초연의 목소리가 한 박자 늦게 몰아치자 괜한 태하의 뇌파만 요동쳤다.

"제가 어릴 때는 막 여기서 자다 저기서 자다 하니까."

"아……."

태하는 계속 멍청한 외마디 소리를 낼 뿐이었다. 뭐라고 말해야 할지 모르겠다. 앳되고 순진한 얼굴 너머로 저런 말을 아무렇지도 않게 한다는 건 무슨 저의가 있는 건가. 아닌 건가.

"다 같이 밤새거나, 막 엉켜서 잘 때가 많았거든요."

어쩌면 이도 저도 아닌 저 너머의 세계인 건가.

더 할 말을 찾지 못한 태하가 애써 상식적인 답안을 내놓았다.

"아무리 요즘 세상이 개방적이라지만, 그건 좀."

"에이, 어릴 땐데 뭐 어때요."

"잠깐, 그 어릴 때가 정확히 몇 살쯤을 말하는 건데?"

잠시 본의 아니게 펼쳐졌던 태하의 상상의 나래가 멈춘다.

"음…… 네 살쯤인가? 아직 한글도 다 모를 때였으니까."

그럼 진작 그렇게 말했어야지. 괜한 불면증 환자의 뇌파만 고생했다.

"내가 왜 이 이야기를 했더라…… 아, 맞아."

그러거나 저러거나 초연은 자기 할 말만 한다.

"저도 수능 시험 전날엔 잠을 잘 못 잤거든요! 세 시간밖에."

그거라도 자면 소원이 없겠는데, 목소리가 너무 해맑아서 반박을 못 하겠다.

"근데 막상 대학 가서 막 구르다 보니까, 머리 댈 데만 있으면 잘 자요!"

그것 참 좋겠네.

"그러니까 최태하 씨도 뭔가 육체적인 노동을 하면 잠이 오지 않을까요?"

시도를 안 해 본 바가 아닌 태하로서는 코웃음이 날 만한 소리다.

"아, 그리고 오늘 정 교수님이 주신 책을 봤는데요……."

그런 책도 골백번은 읽었다.

"마음이 문제래요."

"그럼, 어떻게 해결해야 하는데?"

이런 건 다 소모적인 대화였다. 태하가 제일 싫어하는 것들 중 하나였는데 알면서도 문득, 답이 나갔다.

"그건요."

그런데 며칠 전, 그의 집을 초토화시키고도 대자로 뻗어서 잘도 자던 여자의 대답이 궁금해졌다.

"마음이 편해지면 돼요."

너무 간단한 답이라서 힘이 빠진다.

"마음은…… 어떻게 편해지는데?"

잠시, 답이 없어 태하가 돌아본 자리엔 새근새근하는 숨소리만이 초연의 답을 대신하고 있었다.

"또 태만이군."

누더기, 아니 토순이를 끌어안은 채로 한 다리를 뻗치고 자는 초연의 옆얼굴이 태하에겐 조금 신기했다.

"그래도."

어쩐지 나쁘지 않다는 생각이 들었다. 분명히 시간 낭비였지만, 또 소모적인 일이었지만 아주 조금 소득은 있었다고 생각하련다.

"마음은 편해 보이네."

어차피 잠들지 못하는 까만 밤, 누군가 곤히 잠든 모습을 보는 것도 아주 손톱만큼은 마음이 편해지는 일인 것 같았다. 적어도, 한 사람은 이곳에서 편히 잠들 수 있다는 게…… 지금의 태하에겐 작은 위안이었다.

기적은 일어나지 않았다. 평소보다 무겁게 짓누르는 피로감 속에서 태하는 간신히 손을 뻗어 알람을 껐다. 지속되는 불면에 잠시 이성을 잃었던 게 틀림없었다. 세상모르고 곤히 잠든 초연의 얼굴을 보며 태하는 그 판단을 굳혔다.

"정말 잘도 자는군."

지금 태하가 세상에서 가장 부러운 사람은 초연이였다. 침대를 빠져나가 출근 준비를 마치고 언제나처럼 뉴스 채널을 틀었을 때까지 늘어져라 자고 있는 태평한 여자.

"어…… 안녕히 주무셨어요."

"아니."

티브이 소리에 깼는지 눈을 비비며 묻는 초연에게 태하는 즉답을 했다. 빈속에 들이붓는 커피가 없었다면 그나마 정신도 들지 않을 것 같은 아침이었다. 결국 밤이 되면 후회할 악순환이지만.

"도와준 건 고맙지만, 효과는 없었어."

초연을 등진 채 타이를 조이는 태하가 담담한 말투로 말했다. 처음 만났을 때처럼 다소 피로가 느껴지고 사무적인 어투였다.

"그림은 나중에 사람 시켜서 보여 주도록 하지."

오전 내로 떠나 주면 된다는 말을 남기고 머리부터 발끝까지 완벽하게 단장한 태하가 초연의 시야를 벗어났다. 그동안 태하는 단 한 번도 초연과 눈을 마주치지 않았다. 그들이 본래 남남이라는 것을 상기시키는 것 같은 명확한 태도였다.

*＊ * *

일주일의 반이 또 지나갔다. 초연은 그날 이후 어쩐지 멍하게 있는 시간이 늘었지만, 일상은 달라지지 않았다. 마치 그런 사람은 처음부터 존재하지 않았던 것처럼. 정 교수조차 태하에 대한 언급을 하지 않았다. 사람의 심리를 파악하는 게 직업인 사람이니 초연을 위한 배려였을지도 모르겠다.

"이 조교."

강 실장의 한마디에 멍했던 초연의 초점이 돌아왔다.

"네? 아, 네!"

대답은 분명히, 그랬었지.

"점심 뭐 먹을 거야? 교수님 밖에서 식사 약속 있으시다고 우리끼리 시켜 먹으라고 하셨는데."

"점심이요……."

말을 흐리는 초연을 보는 강 실장의 시선이 복잡해졌다.

"글쎄요, 오늘은 딱히 입맛이 없어서…… 실장님 드시고 싶은 걸로 먹어요."

오래 본 사람은 아니지만, 일단은 강 실장도 사람의 마음을 연구하는 사람이었다. 초연이 거치려고 하는 석사 과정도 밟고, 곧 정 교수의 추천으로 유학까지 예정된 인재이니까.

"이 조교, 어디 아파?"

그러니 강 실장이 초연의 변화를 모를 수가 없었다. 중국집에서 면발이 다 불어 터진 짜장면을 갖다 줬을 때도, 나름의 밀가루 맛이 있다며 신나게 먹던 초연이다. 그런데 점심을 먹자는 말에 이런 반응이라니.

"아뇨, 그냥 더워서 그런가…… 입맛이 없네요."

"뭐가…… 없다고?"

한식집에서 분홍 소시지 반찬이 나올 때면 초롱초롱한 눈빛으로 젓가락질을 하던 초연이였다.

"입맛이요."

큰일이 생긴 것이 분명했다. 힘없는 초연의 미소를 보며, 강 실장은 정 교수에게 보고할 일이 생겼다고 속으로만 생각했다.

"이 조교, 퇴근하고 삼겹살이라도 먹을까? 마침 복날도 얼마 안 지났고……."

"아뇨, 오늘은 진짜 입맛이 없네요."

새로 온 강아지 같은 조교가 막 마음에 들려던 찰나, 비실비실병에 걸린 게 틀림없다.

*＊ * *

선풍기 바람에 의지한 채 티브이 채널을 휙휙 돌리는 초연의 손엔 여전히 힘이 없다. 고기만 먹으면 만사가 좋았던 초연인데, 세상에서 가장 맛있다는 고기. 즉, 남이 사 주는 고기를 마다하고 돌아온 터였다.

"토순아, 왜 언니가 심란하고 난릴까."

어쩌다 얽혔던 사이, 그 이상도 이하도 아니라는 건 초연도 잘 알았다. 그것도 거짓말이 섞였고, 오히려 운이 좋았다. 태하와의 만남이 없었다면 구경할 수도 없었을 것들과 만나지도 못했을 사람들이었다.

"난 아무 도움이 못 됐지만."

밤에 잠을 자는 게 그렇게 어려운 일이었던가. 초연이 너무 쉽게 생각했던 것 같다. 아침에 일어나면 태하가 감격하며 고맙다 말하고 덕분에 편한 밤을 보냈다고 하는 그런 감동적인 광경은…… 일어나지 않았다.

"그래도 너무해."

쌀쌀맞았던 태하의 뒷모습이 떠오르자 괜히 울적해졌다. 저 아쉬울 때는 그렇게 붙들더니, 효과가 없다는 걸 깨닫자마자 생판 남 취급이었다.

"그렇지?"

토순이는 대답이 없다. 언제나처럼 까맣고 착한 눈을 빛내며 앉아 있을 뿐.

"아냐! 심리치료사가 될 사람이 이렇게 편협한 생각을 가지면 안 돼!"

빠른 반성이 초연을 찾아왔다. 그래, 태하가 가장 실망스러웠을 것이다. 매일 밤 불면에 시달린다니 얼마나 힘들고 괴로울까. 게다가 엄청 바쁜 사람 같던데, 초연으로서는 상상도 할 수 없는 피로였다.

"그래, 불쌍한 사람이야."

일단 저장해 둔 이후로 한 번도 꺼내 본 적 없는 태하의 연락처를 두고 잠시 망설이던 초연의 엄지가 움직였다.

[이초연이에요. 제가 도움은 안 됐지만, 꼭 치료법을 찾으시길 바랄게요.]

자신이 썼지만 명문장이다. 초연이 고개를 끄덕였다. 하지만 뭔가 부족해.

[오늘 밤엔 조금이라도 푹 주무세요.]

아직도 2% 부족하다. 잠시 눈을 굴리며 방황하던 초연이 이내 이모티콘 목록을 주욱 넘기다 달님이 눈을 감은 이모티콘을 꾹 누르고 곧장 전송 버튼을 누른다. 다시 봐도 완벽한 문장이다.

"토순아, 답장이 올까?"

초연이 보낸 메시지 옆의 1은 사라지지 않았다. 뭐, 바쁜 사람이니까 그럴 수도 있지.

"꼭 답장이 와야 하는 건 아니지만. 뭐, 나랑 별로 상관도 없지만."

그 순간, 반짝 1이 사라졌다. 정말 크게 상관은 없지만, 괜히 가슴이 콩닥거렸다. 십 초, 이십 초, 그리고…… 십 분.

"뭐야."

서로에게 정말 아무것도 아니라는 사실을, 대답 없는 메시지 창이 재차 확인시켜 주었다. 오늘 아침 태하의 뒷모습과 똑같았다. 그녀가 화를 낼 권리는 없지만, 어쩐지 서운한 마음이 들게 하는.

"네, 여보세요."

어디론가 전화를 건 초연의 목소리에 조금 기운이 없었다.

"치킨집이죠? 네, 반반 순살이요."

하지만 자고 나면 잊을 것이다. 늘 그래 왔듯이.

*   *   *   *

며칠 동안 업무 외에 기자 인터뷰를 소화해야 했던 태하는 마지막 기자가 자리를 떠나자마자 한숨을 내쉬었다.

"괜찮으십니까."

안 실장은 무뚝뚝한 목소리와는 달리 꽤 걱정스러운 눈초리였다.

"방금 마지막 인터뷰에서 중복되는 답변을 하셨습니다만……."

"내가?"

"예, 세 번. 물론 보도 자료를 따로 줬으니 큰 상관은 없습니다."

"그걸 세고 있을 시간에 커피나……."

"오늘 벌써 두 잔이나 드셨습니다. 삼가셔야죠."

태하도 이게 악순환이라는 건 알았다. 하지만 카페인이라도 들이붓지 않으면 도저히 정신을 차릴 수가 없는데 어쩌란 말인가.

"그런 눈으로 보지 마십시오. 다음 손님이 오시면 제 덕에 잔소리를 피했구나 하실 겁니다."

흘깃, 책상 위의 일정표를 보자 아침엔 없던 일정이 스케줄을 비집고 들어와 있었다.

"왜, 또……."

"내가 달갑지 않나 보지?"

태하의 혼잣말이 채 끝나기도 전에 고운 차림을 한 정 교수가 들어와 멋대로 태하의 맞은편에 앉았다.

"오늘 동창 모임이 근처에서 있어서, 안 실장에게 특별히 부탁했지."

"괜한 수고를 다 하시네요."

"최 이사가 내 전화를 안 받으니 내가 직접 올 수밖에."

인자한 눈웃음과 달리 정 교수의 말엔 뼈가 있었다.

"안 받은 게 아니라 못 받은 거죠. 보시다시피 제가 좀 바빠서."

하지만 빙긋 마주 웃는 태하도 만만찮은 적수였다.

"결과는 안 실장 통해서 다 말씀드린 걸로 아는데요."

"내 소견은 안 들었잖아?"

"어차피 소득 없는 짓이었어요."

그날 아침, 늘어져 자고 있던 초연의 얼굴이 떠올라 태하는 저도 모르게 미간이 약간 찌푸려졌다. 아마 자신이 올해 한 일 중에 가장 쓸모없는 짓일 거라는 생각이 들었다.

"그래도 한 번은 정확히 그날의 상황을 말해 줬으면 해. 최 이사가 날 아직도 주치의로 생각한다면 그게 옳지 않을까?"

여기서 말씨름을 붙어 봐야 태하가 질 것이었다. 지난 팔 년간 입증된 결과였다.

"실험은 지시대로 시작했어요. 근데 막상 하려니까 어색해서 못할 짓이더라고요. 한 시간쯤 뒤척인 것 같고, 그사이 쓰잘데기 없는 대화를 나누긴 했습니다."

"대화라면 어떤?"

"말 그대로 기억에 남기기에도 쓰잘데기 없어서 그것까진 잘."

"그리고?"

"그게 답니다."

그때의 황당함이 다시 떠오르는지 태하가 조금 인상을 쓴다.

"잠들었어요. 그 여자 혼자, 그것도 아주 푹, 순식간에."

"부러웠겠군."

"교수님!"

"물론 최 이사는 한잠도 못 이뤘을 거고?"

"네, 평소보다 약 12.5배는 피곤했던 것 같습니다."

자못 심각한 태하의 표정에 정 교수는 애써 웃음을 삼켜야 했다.

"그렇게 시끄러운 알람 소리가 울리는데도, 세상모르고 자더군요. 그래서 전 출근 준비하고 알아서 돌아가란 말을 남기고 먼저 나왔습니다. 그게 그날 있었던 일의 전부입니다."

자는 얼굴이 꽤 가관이었다는 말은 초연의 사생활을 위해 참기로 했다. 하긴, 자는 얼굴만 가관이었던가. 가운데에 세워 놓은 큰 쿠션에 한 다리를 떡하니 올리고, 토순이라고 하는 누더기에 침을 묻히며 신나게 자고 있었다. 누구 약 올리는 것도 아니고.

"이제 됐죠. 맘 같아선 저녁이라도 대접해 드리고 싶지만, 아시다시피 요즘 회장님께 불려 다니느라 바빠서요."

"잠깐, 최 이사. 잠깐만 다시 얘기해 봐."

"더 하고 말 것도 없다니까요."

"아니…… 출근 준비하기 전에."

정 교수의 의미심장한 표정을 태하는 잘 이해할 수가 없었다.

"알람이 울리는데도 세상모르고 자고 있었다고 했지?"

"네, 정말 무신경한 여자예요."

"그런데 최 이사. 원래 아침에 알람이 울린 적이 있었나?"

"……네?"

뒤늦게 멈칫, 태하가 정 교수를 바라본다.

"나한테 얼마 전에 그랬잖아. 최근 몇 년 동안 알람 소리를 들어본 적이 없다, 늘 일 분 전이면 먼저 버튼을 눌러서 끄게 된다. 그게 더 씁쓸하다…… 분명 그러지 않았어?"

"맞……습니다."

"그 알람이 그날 아침엔 울렸군."

태하가 기억을 되돌린다. 초연의 태평한 얼굴 위로, 귓전을 날카롭게 울리던 소리. 확실히 알람은 울렸다.

"네, 분명."

"이건 관측 기록과도 일치해. 숙면까진 아니지만, 새벽쯤에 최 이사가 잠깐 수면 상태에 들어갔다는 데이터가 있거든."

"그 말은……."

"잠시나마, 최 이사는 잠들었던 거야."

말도 안 돼. 허공에 멈춘 태하의 눈빛은 같은 말만 속으로 반복하고 있었다.

"정확한 원인은 아직 몰라도 이초연 씨의 도움이 효과가 있었던 거지. 내가 오늘 찾아온 이유도 그거야. 다음 달에 미국에서 학회가 있어. 수면 연구 분야의 권위자인 교수가 주최하는 학회인데, 그때까지 데이터를 모아 간다면 도움을 받을 수 있을 거야."

스스로도 지푸라기를 잡는다고 생각했던, 완벽하게 비이성적이었던 희망이 지금 태하에게 손짓을 하고 있었다.

"최 이사, 듣고 있어?"

세상에. 효과가 있었다. 믿기지 않지만, 그 무심한 여자와 누더기 같은 토순이가 잠시나마 나를 잠들게 했다.

ch. 3

행운은 연속해서 일어났다. 가뜩이나 마음이 급한 태하를 알았는지 몰랐는지 최 회장은 저녁 약속을 취소했고, 거짓말처럼 밀려들던 업무도 뚝 멈췄다. 바로 오늘 밤이 절호의 찬스라는 뜻이었다.

"연락이…… 안 된다고?"

당사자인 초연을 찾을 수 없다는 결정적인 사실을 제외하면 말이다.

"주소는 알아?"

"예, 정 교수님께 받았습니다. 다만, 상세한 주소는 불명입니다."

"당장 출발하지."

차에 올라타기 무섭게 태하는 핸드폰을 열어 초연의 연락처를 검색했다. 물론, 저장해 뒀을 리 없었다.

"안 실장, 이초연 씨 번호가 뭐라고?"

"제가 메시지로 넣어 뒀습니다. 3일 전에요."

"아, 그래."

다행히 번호가 남아 있었다. 하지만 번호가 있다고 해서 초연이 전화를 받는다는 건 아니었다. 뚜르르, 신호가 계속될수록 태하의 속이 탔다. 그리고 전화를 몇 번 더 반복하는 사이 한참 잊고 있던 사실이 떠올랐다. 태하의 기억이 맞는다면 며칠 전 밤, 초연의 이름으로 이상한 이모티콘이 붙은 카톡이 왔었다.

[오늘 밤엔 푹 주무세요.]

바빠서 잊고 있었는데, 다행히 삭제까진 하지 않았나 보다. 계정을 확인하니 초연의 번호가 맞았다. 태하는 한참 늦은 답장을 보냈다.

[이초연 씨, 나 최태한데 지금 어딨습니까?]

쓰지도 않던 존댓말이 나가는 걸 보니 그도 급하긴 급한 모양이었다.

** * *

초연이 산다던 골목은 너무 좁아서 태하는 멀찍이 차를 대고 구둣발로 거친 시멘트 오르막을 올라야 했다. 안 실장은 좁은 골목에 혹시 모를 사고를 염려해 차에 남았고, 태하 혼자 초연의 집을 찾았다. 하나둘 불이 들어오기 시작한 가로등에 벌써 해가 졌다는 걸 실감할 수 있었다. 여전히, 초연은 아무런 연락이 없는 상태였다.

"하, 팔자에 없는 짓은 요즘 다 하네."

골목을 오르다 보니 숨이 찼다. 태하의 급한 성질머리가 한몫을 하는 것도 있었다. 누가 보면 채신이 없다고 하겠지만, 그만큼 절박하니 이런 짓까지 하는 것이다. 태하가 그렇게 좋아하는 이성적이고 논리적인 생각들도 막상 희미하게 보이는 희망 앞에선 모두 부질없었다.

"모르겠다."

이럴 땐 끊었던 담배가 아쉽다. 골목길에서 여자를 기다리는 건 학창 시절에도 해 본 적이 없는 미친 짓인데, 심지어 그 여자가 언제 올지 알 수조차 없다. 아니, 태하의 부탁을 다시 들어줄지도 모르는 일이다.

"오늘 안에 오긴 오는 거야?"

텅 빈 골목에서 태하의 혼잣말이 초조하게 울렸다. 틈이 날 때마다 다시 전화를 걸어 봤지만 이젠 아예 전원이 꺼져 있다는 안내 소리뿐이라 포기한 지 오래였다. 어쩌면, 오늘 초연을 만나는 것 자체를 포기해야 할지도 모르겠다.

타박타박…… 태하가 괴로운 고민을 하고 있을 무렵, 골목 끝에서 작은 발소리가 들렸다. 먼발치의 가로등은 고장이 났는지 발자국의 주인공이 아직 보이지 않는데. 만약 초연이 아니라면 이제 돌아가야겠다고, 태하는 속으로만 생각했다. 하지만 초연이였으면 정말 좋겠다고도.

"이초연 씨!"

그 몇 발자국을 기다리기 힘들어 다짜고짜 이름을 부르자 작은 그림자가 고개를 들었다.

"어……?"

태하를 발견한 초연이 뭐라 말할 새도 없이, 어느샌가 태하가 초연의 코앞까지 와 있었다.

"왜 이렇게 연락이 안 돼? 안 그래도 바빠 죽겠는데, 사람 기다리게 하고!"

다짜고짜 쏟아 내는 태하의 말이 비뚤어진 반가움의 표현이라는 걸, 당연히 초연은 몰랐다.

"여기서 뭐 하세요?"

"뭘 할 거 같은데."

"혹시, 저 기다리신 거예요?"

"어."

가로등 불빛에 태하의 그림자가 유난히 길어 보였다. 초연은 느리게 눈을 깜박거린 후에, 다시 태하를 올려 봤다.

"왜요?"

"길바닥에서 얘기하긴 길어."

"그렇구나."

초연은 늘 잠자코 고개를 끄덕인다.

"그럼, 안녕히 가세요."

"……뭐?"

그리고 항상 태하를 당황하게 만들었다.

"솔직히 별로 안 궁금하거든요. 그, 긴 얘기."

"그래도 사람이 이렇게 찾아와서 기다렸으면 얘기라도 들어 보는 게 예의 아닌가?"

"저 원래 예의 없다는 말 종종 들어요."

빈말이 아니라, 정말로 그냥 가 버릴 것 같은 말투였다.

"그럼, 최소한 사람이 헛걸음 안 하게 연락이라도 하든가!"

가지 말라는 말 대신, 손이 먼저 나가서 초연의 옷자락을 잡았다.

"제가 최태하 씨한테 꼭 연락을 해야 할 필요는 없잖아요."

아무래도 태하는 찰싹, 초연이 그 손을 내치기 전까진 사태 파악이 덜 됐던 것 같다.

"최태하 씨."

그날 아침, 세상모르고 자던 태평한 여자는 없었다. 대신 무덤덤한 눈초리와 목소리가 태하의 가슴 한구석을 콕 찔렀다.

"최태하 씨도 내가 보낸 메시지 읽고 무시했으면서, 왜 나는 최태하 씨가 전화를 걸었을 때 무조건 받아야 한다고 생각해요? 전 정 교수님의 조교지, 최태하 씨의 직원이 아니에요."

"무조건이 아니라……."

말끄러미 태하를 보는 초연의 눈동자는 화를 내고 있는 게 아니었다. 태하로서는 아주 오랜만에 접하는, 타인을 대하는 감정이었다.

"아, 사과하실 필요는 없어요. 저 별로 화나거나 한 건 아니거든요. 그럴 일도 아니고."

당황한 태하의 표정이 티가 났을까, 초연이 칼같이 말을 끊었다. 저렇게 말하면 이젠 더 할 말이 없어지는데.

"화난 게 아니면……."

"서운했어요."

초연은 돌려 말하는 법을 잘 모른다. 그게 태하에겐 정말 다행이었다.

"그럼 서운하게 한 걸 내가 일단 사과하는 걸로 하고."

"아뇨. 서운한 건 사과해야 하는 일이 아니에요. 나 혼자 서운했던 거니까요. 그냥 자고 일어났을 때 뭔가 찌뿌둥한 느낌처럼…… 아, 죄송해요."

"아냐, 내가 미안하지."

어쨌든 사과는 한 꼴이 돼 버렸다. 초연이 바랐던 건 아니었지만, 어쨌든 막상 듣고 보니 마음이 좀 누그러지는 것도 사실이었다.

"그래서 왜 찾아오셨는데요."

여기까지 막무가내로 달려온 자신이 초라해지는 한마디였다. 아무리 마음이 급해도 그렇지, 어린애처럼 멋대로, 이기적으로 떼를 쓰는 꼴밖에 안 된다는 사실에 쓴웃음만 나왔다. 최태하가 어쩌다 이렇게까지 됐을까.

"다음에…… 말해도 될까."

"마음대로 하세요."

"각자 한 번씩 바람맞힌 걸로 쳐줘. 다음에, 정식으로 약속 잡고 이야기할 수 있게."

태하의 말에 초연이 잠시 생각에 잠긴 듯, 입술을 삐죽 내밀었다. 버릇인가, 그러고 보니 잠들었을 때도 저런 표정을 자주 봤던 것 같은데.

"뭐, 그래요…… 내가 좀 손해 보는 거 같긴 하지만."

초연이 픽, 웃으며 말하자 그제야 태하의 마음이 조금 놓였다.

"그럼, 내가 먼저 연락할게."

"네."

태하의 눈동자에 남은 아쉬움을 초연은 아직 잘 모른다.

"먼저 들어가 봐. 밤길도 위험한데……."

"네."

말은 그렇게 하면서도 태하의 시선이 시종일관 초연에게 박혀 있는 터라, 초연은 좀처럼 돌아설 타이밍을 찾지 못했다. 먼저 꾸벅 인사라도 해 버릴까 초연이 고민하던 차에, 태하가 또 굳이 새로운 화젯거리를 찾아냈다.

"근데 오늘 어디 갔다 왔나 봐?"

"네, 좀."

참 심보가 이상하다. 초연의 대답이 짧을수록 태하는 괜히 말을 더 시키고 싶었다. 하지만 아는 게 없었다. 기껏 찾아낸 거라고는 초연의 손에 들린 작은 케이크 상자뿐.

"오늘 누구 생일이었나 보지?"

"네."

초연이 제 손에 들린 케이크 상자를 잠시 보더니, 배시시 작은 웃음을 지었다.

"제 생일이요."

깜박거리는 가로등 아래에서 그 미소가 희미하게 번져 나갔다. 바로 그 미소가 태하의 가슴을 쿵, 하고 때렸다.

태하가 잠시 말을 잃은 채 초연을 보았다. 정작 엄청난 발언을 한 당사자는 아무렇지도 않은 표정인데.

"그래서 여긴 왜 오셨다고요?"

"어, 그게……."

쓸쓸한 가로등 아래, 혼자서 타박타박 작은 케이크 상자를 들고 걸어오는 생일의 주인공에게 태하는 차마 용건을 말할 수가 없었다.

자신이 아무리 이기적인 놈이라도 그 정도로 염치가 없지는 않으니까.

"그러니까……."

답답할 법도 한데 초연은 재촉하지 않았다. 오히려 말을 해 보라는 듯이 물끄러미 태하를 바라보았다.

"그…… 그림!"

그 시선에 문득 태하의 뇌리를 스치고 지나가는 완벽한 변명이 있었다.

"우리 집에 있는 잭슨 폴록 그림, 보여 주기로 했잖아."

사실 머리로 했다기보단 태하의 본능이 한 것에 조금 더 가까운 대답이었다. 주황빛 가로등 아래 선 작은 여자의 말간 눈동자를 보고 있으면, 무언가를 해 주고 싶었다. 오늘이 그 여자의 생일이라면 더더욱.

"바쁘시다면서요."

"그땐 그랬는데 오늘 갑자기 한가해졌어."

스스로 생각해도 말이 안 되는 소리다.

"마침 생각이 나서……"

괜한 말을 덧붙인다는 것부터가, 더 변명 같다는 걸 알면서 멈출 수가 없었다. 어쩌면 화를 낼지도 모르겠다. 아니면 그날 아침 자신이 그랬던 것처럼 냉정히 무시하고 돌아갈 수도 있다. 어느 쪽이든 태하가 받아들여야 할 몫이었다.

"정말요?"

하지만 초연은 그저 눈을 동그랗게 뜨고 태하를 올려 봤다.

"잘됐다!"

그리고 아이처럼 환하게 웃는다. 아까 태하의 가슴을 쿵, 하고 때렸던 바로 그 해사한 미소였다.

캔버스 위에 물감을 아무렇게나 흩뿌린 것 같은 그림은 막상 태하가 바닥에 내려놓자 훨씬 커 보였다. 초연은 커다란 프레임을 떼어 내는 태하의 주위를 강아지처럼 빙빙 돌며 입을 헤벌리고 있었다.

"우와……."

마지막 프레임을 떼어 내자 초연의 바로 눈앞에 강렬한 에너지가 일렁였다. 순간, 숨이 멈추고 아무 말도 나오지 않을 정도로 압도적인 경험이었다.

"그렇게 좋아? 내가 볼 땐 액자가 있으나 없으나 똑같은데. 어차피 물감도 휙휙 뿌려 놓은 거 가지고."

"완전 다르죠! 그리고 휙휙 뿌린 게 아니에요. 다 작가의 의도가 들어간 거고, 순간의 동적인 에너지를 평면에 그대로 옮겼다는 게 이 작품의 진짜 가치예요. 정확히는 완전한 평면이 아니라 물감이 쌓인 질감들이 다 다른 거고요."

초연이 이렇게 흥분하는 건 처음 보았다. 태하에게 있어선 그냥 아무렇게나 물감을 뿌린 쓸데없이 커다란 그림이자 재산 목록 중 하나일 뿐인데, 보는 사람에 따라서 의미가 이렇게 다를 줄이야.

"만져 봐도 돼."

어쩔 줄 모르며 그림 주위를 맴도는 초연을 보고 툭 내뱉자, 초연이 무시무시한 눈초리로 그를 돌아보았다.

"이런 건 함부로 막 만지는 거 아니에요!"

"뭐 어때, 내 건데 내 마음이지."

순간, 초연의 눈동자에 깃든 갈등을 태하는 봤다. 작고 하얀 손가락이 움찔거리는 것도.

"정말이야, 만져 봐."

"아, 그래도……."

초연의 눈동자가 마구 흔들리는 사이, 저도 모르게 손끝이 톡 하고 거친 물감의 표면에 닿았다.

"엄마야!"

화들짝, 불에 데기라도 한 것처럼 놀라 손을 떼는 초연이 태하는 어쩐지 귀엽게 느껴졌다.

"저, 만진 거 아니에요. 정말 살짝 닿기만 했어요."

"주인인 내가 괜찮다니까 그러네."

태하의 관대한 말에도 초연은 절레절레 고개를 젓는다. 그러면서도 아까 그림에 닿았던 손끝을 매만지는 표정이 이미 상기되어 있어 본심을 속이진 못했다.

"와, 내가 진짜 잭슨 폴록 그림을 만졌어……."

믿기지 않는다는 표정이었다.

"고마워요. 최고의 생일 선물이에요, 나한텐."

그 정도로 기쁠까. 초연의 눈동자가 반짝반짝 빛나고, 행복이 흘러넘치는 미소엔 진심이 담겨 있었다. 최고의 생일 선물이라, 고작 그림 한번 보여 준 게 뭐라고. 태하에겐 큰 의미가 없는 물건이 초연에겐 살짝 손을 대 본 것만으로도 선물이 되다니 기분이 이상했다. 분명 아무것도 아닌데, 왜 나도 선물을 받은 것 같은 기분이 드는 건지.

"줄 수도 있어."

툭, 튀어 나가 버린 말에 초연이 눈을 동그랗게 떴다.

"……네?"

"내 불면증을 조금이라도 낫게 해 준다면, 그 그림 줄 수도 있어."

이건 진심이었다.

"이거 얼마짜린 줄은 아세요? 집도 살 수 있는 그런 엄청난……."

"얼만지는 그쪽보다 내가 더 잘 알아."

그래 봐야 태하에겐 잠의 소중함보다 한참 못한 존재였다.

"그래서 말인데, 앞으로도 나를 계속 도와주면 안 될까?"

진지한 태하의 목소리에 초연의 시선이 천천히 이동했다. 태하는 그때와 비슷하면서도 조금 다른 눈빛으로 초연을 보았다. 그의 눈은 여전히 간절했지만, 이번엔 자기 자신만이 아닌 초연의 존재를 똑바로 응시하고 있었다. 그 정전 사건 이후 처음으로, 한 사람으로서의 최태하가 이초연을 본다.

태하의 긴 설명이 끝나자 초연이 눈을 깜박였다. 항상 초연의 대답을 듣기 전에 속이 탔던 태하지만, 오늘은 조금 다른 느낌이었다. 조바심이 나는 건 같은데, 뭐가 다른 걸까.

"효과가 있긴 있었던 거네요."

"정 교수님 생각엔 반복할수록 효과가 커질 거래."

"그래서 그걸 계속 도와 달라는 거예요?"

초연은 조금도 말을 에두르지 않고 직설적인 화법을 썼다.

"어."

"그럼, 먼저 내 조건을 들어줘요."

"뭔데, 그 조건."

대개 이런 경우엔 금전적인 요구가 따른다. 하지만 초연이 바라는 건 그런 게 아니었다.

"내가 최태하 씨를 돕고 싶은 건, 언젠가 사람의 마음을 고치는 사람이 되고 싶기 때문이에요. 말이 아닌 방식으로 사람의 마음을 들어 주고 싶고, 상처를 감싸 줄 수 있는 그런 치료사요."

"그래서?"

"최태하 씨가 마음을 열지 않으면 아무리 노력해도 난 최태하 씨에게 도움이 될 수 없을 거예요. 소모적인 건 최태하 씨가 제일 싫어하는 거라고 했죠?"

조목조목 맞는 말에 태하는 묵묵히 고개를 끄덕였다.

"그러니까 할 거면, 우리 제대로 해 봐요."

자못 결의에 찬 초연의 눈이 또렷하게 빛났다. 아까 그림을 보고 신나서 반짝이던 강아지 같은 눈동자와는 전혀 달랐다.

"이초연 씨가 생각하는 제대로는 어떤 거지?"

"정 교수님이 주신 책을 읽고, 나름대로 생각해 본 건데…… 먼저 우리가 친해져야 할 거 같아요."

"……뭐?"

"최태하 씨랑 나, 우리가 친해져야 한다고요."

해바라기 반에서나 할 법한 멘트에 태하는 속으로 제 나이를 상기했다. 서른이 넘어서 친하게 지내자는 말을, 이렇게 해맑은 표정을 한 여자에게 듣다니.

"불면증이 없는 사람들도 생판 남이 옆에서 잔다면 불편할 거예요. 우리가 더 친해져야 실험의 효과를 확실히 볼 수 있지 않겠어요?"

"이 정도면 충분히 친하지 않나……. 안 그래도 오늘 친하다고 했어. 그, 초연 씨네 원장한테."

"제 기준에선 부족해요. 친한 사이는 가끔 밥도 같이 먹고 커피도 마시고, 아 최태하 씨는 불면증이니까 우유 같은 거 드시면 되고……."

이쯤 되면 정말 해바라기 반 수준이다.

"또, 가끔 안부 메시지도 전하고 서로에 대해서 편하게 이야기도 하는…… 그런 게 정말 친한 거죠. 참, 저번처럼 읽고 무시하는 건 친한 게 아니에요."

의외로 뒤끝이 조금 남아 있었나 보다. 태하는 잠시였지만 새초롬해진 초연의 눈매를 보며 뇌리에 그 사실을 새기려 노력했다. 메시지를 읽고 무시하면 안 된다. 밥을 먹고, 커피가 아닌 우유라도 같이 마신다.

"조건은 그게 단가? 친해지는 거?"

"아, 하나 더 있어요. 당장은 아니지만…… 만약 최태하 씨의 불면증이 치료된다면 이 경험을 제 대학원 논문에 쓰게 해 주세요."

"익명이라면, 좋아."

"당장은 친해지는 게 우선이고요."

자꾸 이런 말을 하니까 더 안 친한 것 같다. 뭐, 어느 정도는 사실이지만.

"노력해 볼게."

"어려운 거 아니잖아요. 날 그냥 친구처럼 생각해 줘요."

평생 이런 친구를 둔 적은 없었다. 정확한 나이는 모르지만 조교인 걸 보면 아직 이십 대 중반일 거고, 매사에 무심한 듯이 보이지만 작은 일에도 크게 기뻐하는 그런 여자는 태하의 주변과 어울리지 않았기에.

"뭐, 최태하 씨 얘기를 해도 좋고 나한테 궁금한 거 있으면 물어봐도 좋고. 어제 봤던 티브이 얘기라든가, 뭐든 편하게 생각하면 돼요."

자꾸 재촉하는 듯한 초연을 보며 태하는 머리를 쥐어짜 보았다. 누군가와 먼저 친해질 노력을 한다는 게 이렇게 어려운 거였군.

"어, 그러면……."

"네, 뭐든지 말해 봐요. 편하게!"

"오늘 왜 혼자 있었던 거야? 생일이라면서."

자연스럽게 궁금한 점이 나왔다. 가로등 길을 걸어오던 초연의 모습이 문득 떠올라서인지, 태하의 유리 테이블에 조금 어울리지 않는 저렴한 케이크 박스 탓인지.

"아빠 만나러 갔다 온 거예요."

"아, 아버님이 화가라고 하셨지. 멀리 사시나 봐."

"네."

초연이 가볍게 고개를 끄덕였다.

"아빠는 저기."

그리고 손가락으로 위를 가리켰다. 순간, 태하가 할 말을 잃었다.

"나는 여기."

다시 자신을 가리키는 초연은 정작 웃고 있었다. 평소와 다를 바 없는 표정과 목소리였다.

"아…… 미안."

"에이, 뭐가 미안해요. 사실인데."

초연이 웃어 줄수록, 태하의 마음은 무거워졌다.

"위로가 될지는 모르겠지만."

그답지 않은 말을 먼저 꺼낸 건 그래서였다.

"우리 부모님도 내가 어릴 때 돌아가셨어. 교통사고였지."

처음으로 태하가 자신의 이야기를 했다.

"말해 줘서 고마워요."

초연이 미소 지을 때, 눈꼬리가 살짝 말려 올라간다는 걸 태하는 문득 깨달았다.

"하지만 위로해 주지 않아도 돼요. 난 이제 슬프지 않거든요."

그 목소리가 여리면서도 차분해서 무척이나 안정감이 든다는 것도.

"비록 멀리 떨어져 있지만, 내 안에 아빠가 계속 있다고 믿거든요."

초연 본인은 모르는 것 같지만 아직 그 눈동자에 슬픔이 조금 묻어난다는 것도, 그리고 아까 가로등 불빛 아래에서처럼 어깨가 아주 작아 보인다는 것도.

"아버님도 하늘에서 초연 씨 생일을 축하해 주실 거야."

"맞아요, 분명히 그럴 거예요. 내 이름도 내 생일도 다 아빠가 지어 준 거니까, 좋아하고 있을 거예요."

"아버님이 지어 주셨다고?"

태하는 초연이 당연하다는 듯이 말하는 내용에 귀가 쫑긋했다. 이름은 그렇다 쳐도, 생일을 짓는다는 건 조금 의아했다.

"아, 내가 우리 아빠를 처음 만난 게 네 살 때였거든요."

"그 전엔……."

"보육원에 있었대요. 기억은 잘 안 나지만."

마치, '커피는 불면증에 나빠요.' 라고 말하는 것처럼 태연한 목소리였다. 그 점이 어쩐지 태하의 마음에 와 닿았다. 그리고 이어서 함께 보냈던 밤의 어색한 대화가 떠올랐다. 여기저기서 잠을 잤다던, 다 같이 엉켜 잤다던 그 어린 시절의 이야기가.

"쑥스럽지만, 초연이란 이름은 첫사랑이란 뜻이에요. 아빠가 보육원에서 날 처음 봤을 때 그렇게 생각했대요. 첫사랑은 모든 사람에게 가장 예쁘고 좋은 사람이라며…… 그렇게 밝고 예쁜 아이로 자라 달라고……. 참, 우리 아빠도 주책이죠."

괜히 제 뺨을 감싸는 초연을 보고 있자니, 이해가 갈 것도 같았다. 눈앞에서 마냥 천진난만하게 웃고 있는 여자는 아마 네 살 때도 그 미소가 무척이나 사랑스러웠을 것이다.

"낭만적이네. 난 낭만이라고는 눈곱만큼도 없는 할아버지 손에 컸는데."

재계에선 나름 유명한 이야기지만, 태하 스스로가 사적인 이야기를 꺼내는 건 어른이 된 후로 처음이었다.

"내 이름도 작명소에 돈을 주고 지어 왔지. 이상한 미신과 막장 드라마에 사족을 못 쓰는 영감님이거든."

웃기려고 한 말은 아닌데 초연이 키득, 하고 작게 웃는다. 왠지 기분이 나쁘진 않다.

"저도 막장 드라마 좋아해요! 좀비랑 별자리 운세도!"

그 세 가지의 공통점이 뭔지는 모르겠지만, 본인이 좋다니 됐다. 어쨌거나 오늘은 초연의 생일이었고, 생일의 주인공은 타박타박 좁은 골목을 걸어오는 것보단 이렇게 환하게 웃는 게 더 어울리니까.

"촛불, 아직 안 켰나?"

태하가 초연이 들고 왔던 작은 케이크 상자에 눈길을 주며 물었다.

"네, 원래 자기 전에 혼자 켜는 게 습관이 돼서…… 워낙 작은 케이크이기도 하고……."

초연이 우물쭈물 대답한 건, 이 화려한 집에 비해 케이크 상자가 너무 초라했기 때문이다. 혼자 맞이하는 생일은 항상 스스로 끓인 미역국으로 시작해 아빠의 납골당에 방문하고, 그날 저녁 베이커리에 남은 가장 작은 케이크를 들고 집으로 돌아오는 것으로 마무리되었다. 지금 앞에 둔 케이크도 동네 베이커리에서 제일 싸고 작아서 아무도 사 가지 않은, 그런 외톨이였다.

"나한테도 좀 나눠 주면 안 되나?"

"네?"

태하가 초연을 가만히 살펴보았다. 놀랄 때면 늘 눈이 저렇게 동그랗게 커지는 건가. 토순이라는 누더기도 저렇게 까맣고 동그란 눈을 하고 있었지.

"이런 것도 드세요? 별로 맛없을지도 모르는데."

"그건 먹어 봐야 알지. 그리고 생일이라는 게 매일 돌아오는 것도 아니잖아."

하지만 뭔가 달랐다. 토순이보다는…….

"나도 가끔은 촛불을 켜고 싶을 때가 있어."

"정말요?"

그래, 하얗고 복슬복슬한 강아지 같은 눈이다. 새카맣고, 해맑고,

또 신나는 기분은 조금도 감추지 못하는 솔직한 눈동자.

"어, 정말."

미소가 피어오르는 분홍빛 입술 너머로 살랑살랑 흔드는 꼬리가 보이는 것만 같았다. 우스운 일이다. 불면증으로 모자라서 망상증까지 생긴 게 아니라면.

"우린 친한 사이니까, 그 정도는 나눠 줄 수 있지?"

태하의 나직한 목소리에 초연이 바로 고개를 세차게 끄덕였다.

"당연하죠!"

아무것도 아닌 날, 아무것도 아닌 시간, 아무것도 아닌 일들에 이토록 기뻐한다. 시시각각 변하는 감정들이 전부 선명한 빛으로 일렁였다.

"제가 세팅……."

"아냐, 내가 하지. 원래 주인공은 가만히 있는 거야."

"그래도……."

벅차는 마음에 잠시 가만히 있는 것도 힘든지, 초연은 자꾸만 시선을 여기저기로 돌렸다.

"케이크 진짜 작아요, 그래도 실망하지 마세요. 제가 조금만 먹을게요."

"응?"

"아, 최태하 씨 때문이 아니라 다이어트 중이라서 그래요!"

별로 케이크에 욕심이 났던 건 아니지만, 필사적인 초연을 보자 태하는 피식하고 웃음이 나왔다. 솔직히 단걸 싫어해 태하 본인의 생일에도 케이크는 입에도 안 댄다는 말을 초연의 앞에서 도저히 할 수 없었다.

"아무래도, 제가 하는 게 낫겠어요."

케이크 상자를 여는 폼이 영 서투른 태하를 보다 못해 초연이 일어섰다.

"그럼 양보하지. 어차피 가져올 것도 있고."

의외로 쿨하게 일어서는 태하를 본 초연이 조심조심 박스를 열고 케이크를 박스 위에 올렸다. 자주 들르는 베이커리 주인이 선물로 챙겨 준 숫자 모양의 초도 잊지 않았다.

"스물일곱 살이었군."

잠시 후, 자리에 돌아온 태하가 케이크 위에 꽂힌 초 두 개를 보고 말했다.

"네. 들고 온 건 뭐예요?"

태하의 손엔 기다랗게 예쁜 유리 잔 두 개와 생전 처음 보는 병이 들려 있었다.

"전에 초연 씨가 낮부터 찾던 돔 페리뇽."

"아, 저렇게 생겼구나."

본 적도 없으면서 찾았던 건가. 태하는 이것도 드라마의 폐해인지 모르겠다고 혀를 찼다. 지금은 아무래도 좋지만.

"근데…… 엄청 비싸지 않아요?"

정확한 가격은 초연도 몰랐다. 영화에서 좋은 일이 있을 때면 멋들어지게 돔 페리뇽을 찾는 게 멋지다고 생각했을 뿐이다.

"신경 쓰지 마. 냉장고에 있어서 꺼내 봤어."

거짓말, 전엔 없다고 했으면서. 그리고 그녀가 이 집을 엉망으로 어질러 놨을 때 냉장고엔 캔 맥주뿐이었다.

"그리고 오늘은 샴페인을 터트릴 만한 날이잖아?"

돔 페리뇽이 샴페인이란 사실도 초연은 처음 알았지만, 애써 내색치 않으려 했다.

"미리 말해 두는데, 생일 축하 노래는 안 불러 줘도 돼요."

"그럴 생각도 없었어."

초연의 앞에 두 잔의 글라스를 내려놓으며 딱 잘라 말했다. 그 사이로 흘깃 본 케이크는 초연의 말대로 작았고, 굉장히 낯선 모양을 하고 있었다. 저건 안경을 쓴 펭귄인가, 쥐인가.

"뽀로로예요. 날고 싶은 펭귄이죠."

태하의 시선을 의식했는지 초의 위치를 손보던 초연이 덧붙였다. 세상엔 아직 태하가 모르는 게 많은가 보다. 토끼 모양을 한 누더기는 토순이였고, 안경을 쓴 정체불명의 생물은 뽀로로란다.

"그래, 아무튼……."

아무래도 좋다. 태하가 벽의 스위치를 누르자 삐, 소리와 함께 거실의 불이 전부 꺼졌다. 이어서 그가 능숙한 솜씨로 성냥을 켜고 초에 불을 붙이자, 뽀로로라는 펭귄의 얼굴 위로 초연의 나이가 은은하게 빛났다.

"그거, 펑 터지죠?"

뜬금없는 초연의 질문에 태하는 고개를 끄덕였다.

"그럼 제가 촛불 끌 때 터트려 주시면 안 돼요? 맨날 혼자라서 폭죽을 안 가져왔거든요……. 우리 주인아줌마가 소음에 엄하기도 하고."

그런 사연이 있는 요청을 외면할 이유는 없어 재차 고개를 끄덕이는 태하였다.

"하나 둘 셋, 할게요."

촛불 앞에 앉은 초연이 제 두 손을 가지런히 모았다. 촛불이 흔들릴 때마다 상기된 뺨이 같이 일렁였다.

"하나…… 둘……."

태하의 마음도 같이 일렁인다. 이게 뭐라고, 정말 아무것도 아닌데 그 카운트다운에 설렘이 옮아왔다.

"셋!"

그 말과 동시에 초연이 박수를 치고, 펑- 하는 샴페인 소리가 실내를 울렸다. 촛불은 부풀었던 초연의 뺨 덕분에 성공적으로 꺼졌고 실내는 일순 어두워졌다.

"이초연 씨."

하지만 서로를 바라볼 수는 있을 만큼의 빛은 남아 있었다.

"생일 축하해."

어둠 속에서 눈이 마주쳤다. 초연의 소원을 담아 꺼진 촛불의 연기 사이로, 태하가 잔에 따르는 황금빛의 아름다운 액체 사이로, 둘의 시선은 내내 떨어지지를 않았다.

"고마워요."

초연이 웃고 있다는 걸, 태하는 오감으로 느낄 수 있었다.

"최태하 씨."

그리고 챙, 샴페인을 채운 잔이 허공에서 부딪쳤다. 잔이 부딪칠 때, 초연의 웃음이 같이 묻어난 모양이었다. 그만큼 해사할 수는 없겠지만, 지금 태하의 입가에도 초연과 비슷한 미소가 묻어 있는 걸 보면. 태하는 그제야 인정했다. 그래…… 아마 우리는 조금 친해진 것 같다.

몇 번 사양한 끝에 태하의 차에 오른 초연이지만, 적응력만큼은 여느 때처럼 강했다. 초연은 어느새 푹신한 카시트에 몸을 묻고 창밖을 바라보았다. 이렇게 크고 좋은 차를 타 보는 것도 신기했지만, 한강의 야경이 스쳐 지나가는 드라이브도 처음이었다.

"와, 저기 남산타워다!"

콕, 손가락으로 차창을 짚는 초연의 옆얼굴이 환했다.

"밤에 한강을 보니까 너무 신기하고, 너무 예뻐요."

태하의 시선을 느낀 건지, 초연이 설명하듯 덧붙이며 배시시 웃어 보였다.

"이건 좀 흔한 풍경 아닌가?"

"전 차가 없잖아요. 지하철은 지하로만 다니고, 버스는 이 길로 안 다닌단 말이에요."

서울에 살면서 한강의 야경을 이렇게 신기해하는 걸 보면 아직도 못 해 본 게 많을 터였다. 그러니 그에겐 아무렇지도 않은 사실들을 굳이 발견해 내고 또 기뻐하는 거겠지. 그런 초연을 보고 있자면 태하는 조금 묘한 기분이 들었다. 별로 부러워할 일이 아님에도, 약간 부럽다는 생각과 함께.

"여기서 내려 주면 돼?"

초연을 기다렸던 골목 앞에 차를 세우자 초연이 고개를 끄덕였다.

"저기 바로 앞에 있는 데가 우리 집이에요."

"의외로 큰 데 사네."

파란색 대문 안의 2층짜리 연립 주택을 보며 태하가 말했다.

"설마 저게 다 우리 집이라고 생각하는 건 아니죠?"

돌아보는 초연의 눈에 약간 한심함이 묻어 있는 건 기분 탓일까. 태하는 자신보다 어린 여자에게 세상 물정을 모른다는 잔소리는 듣고 싶지 않았다.

"……농담이야."

"그런 셈 쳐 줄게요. 오늘은 최태하 씨 덕분에 즐거운 생일이었으니까."

뭔가 손해 보는 기분이었다. 본인은 항상 황당한 소리를 해 놓고 농담이라더니, 막상 태하가 하니까 선심 써서 넘어가는 듯한 말투는 뭔지.

"이건 내 선물이에요."

초연은 태하가 투덜거릴 틈을 주지 않았다. 미리 준비한 건지, 쪽지 모양으로 접은 작은 약포지를 초연이 건넸다. 이 안엔 태하를 잠들게 해 주었던 고마운 알약이 딱 하나만 들어 있을 것이다.

"어, 고마워."

"별로 고마운 말투가 아닌데요?"

새초롬한 초연의 손에서 얼른 약을 낚아챈 태하가 전부터 궁금했던 점을 퍼뜩 떠올렸다.

"근데 이 약, 대체 어느 회사에서 개발하는 거지? 그쪽엔 내가 전부터 관심이 많아서 모를 리가 없는데."

뜨끔, 초연의 간이 뚝 떨어지는 소리가 났다. 태하에게는 들리지 않을 소리라 정말로 다행인데, 이 위기를 어떻게 모면해야 좋을까. 역시 거짓말은 초연의 적성엔 맞지 않았다.

"그건……."

더 이상 망설이면 태하가 눈치를 챌지도 몰랐다. 오늘, 무슨 바람이

불었는지 평소보다 백삼십 배 정도는 천사 같아진 태하였지만 원래의 모습을 생각하면 이 거짓말을 들켰을 때 초연은 최소 사망이었다.

"왜 말을 하다 말아?"

"그러니까…… 아직 말할 수 없어요."

"뭐?"

이건 거짓말이 아니다.

"그건 또 왜?"

초연은 적성에 맞지 않는 거짓말보다는 진실의 테두리만 밝히기로 했다.

"말씀드렸듯이 이건 아직 출시된 약이 아니잖아요. 혹시 제가 곤란해질 수도 있으니까, 음…… 우리가 더 친해지면 말해 줄게요."

태하는 눈앞의 이상한 여자를 다시 한번 빤히 바라보았다. 늘 이상한 말만 하는 이상한 여자. 하지만 그중에 가장 이상한 건, 그 말에 묘하게 수긍을 하고 마는 태하 자신이었다.

"어느 정도 더 친해져야 되는 건데? 구체적인 기준이 뭐야."

이 나이에 누군가와 굳이 친하게 지낸다는 말 자체가 우습긴 했다. 사실 어릴 때도 이런 말은 낯간지러워서 해 본 적이 없었다. 왜, 남자들은 다 그렇지 않나.

"서로 친해지는 데 구체적인 기준이 어디 있어요!"

"그럼, 친해진지 아닌지 어떻게 알아? 모든 일엔 다 기준이 있는 거야."

"친해지면 그냥 알 수 있어요."

초연이 말할수록 태하는 점점 더 모를 기분이 들었다.

"그래도 굳이 기준을 들자면?"

하지만 태하는 이런 걸 짚고 넘어가야만 직성이 풀리는 성격이었다. 누가 들으면 우스운 대화지만 태하는 나름 진지했다.

“기준……이라기보다는, 신용 점수로 해요.”

“뭐?”

“우리가 친해져서 최태하 씨가 나한테 신용 점수를 많이 쌓으면 그때 말해 주는 걸로.”

초연의 표정도 태하 못지않게 진지하다. 두 사람이 지금 얼마나 친해졌는지는 모르지만, 적어도 둘 다 성실하게 이 문제에 임하고 있는 건 분명했다.

“오케이. 오늘은 일단 거기까진 납득하는 걸로.”

덕분에 초연은 더 큰 거짓말을 늘어놓을 위기에서 벗어났다. 평소엔 시종일관 미간을 찌푸리던 태하의 얼굴이 다시 보이는 순간이었다. 그러고 보니, 인상을 안 쓰면 제법…… 아니 꽤 괜찮게 생긴 남자다. 뚜렷하고 결이 고운 눈썹과 짙은 눈매에서 떨어지는 오뚝한 콧날, 이목구비를 다 뜯어봐도 잘생겼고 턱선이 살아 있는 얼굴형과 조화를 시켜 봐도 멋졌다.

“왜 그렇게 봐? 이초연 씨는 납득 안 돼?”

괜찮게 생겼다는 건 취소.

“아뇨, 납득해요 완전!”

초연은 괜찮은 걸 넘어서 아주 잘생긴 걸로 납득했다. 살다 보니 별일이 다 있지, 이런 사람이랑 친해지기로 타협을 다 보고 이초연 인생의 출세다.

“그럼, 저 이만 가 볼게요. 오늘…… 고마웠어요.”

불면증만 치료할 수 있다면 태하는 좋은 친구가 될지도 모르겠다.

아니, 분명히 그럴 것 같은 예감이 들었다.

"안녕히 주무세요."

초연의 마음속에서 친한 친구 후보에 올랐다는 황당한 사실은 까맣게 모르는 태하가 작게 미소했다.

"노력은 해 보지."

차에서 내린 초연이 꾸벅 인사를 하고 종종종 달음 쳐 들어가는 뒷모습을 보면서도 그 미소는 좀처럼 사라지지 않았다. 깜박, 1층의 가장 마지막 방에 불이 켜지고서야 태하의 배웅은 끝이 났다. 평소의 기준이라면 시간 낭비에 소모적인 일이지만, 오늘만은 예외로 두련다.

"뭐, 생일은 일 년에 한 번이니까."

태하는 초연의 뒷모습이 사라지고 나서야 좁은 골목을 빠져나갔다. 이제 불 켜진 방엔 초연과 토순이만이 남았다.

그 생일이 이제 저물어 가고 있었다. 어른이 된 후로는 처음으로 생일이 지나가는 게 아쉽다고 느껴지는 초연이다.

"토순아."

왠지 모르게 자꾸만 웃음이 났다. 종종 달려온 탓인지 숨이 약간 가쁘고 가슴도 뛰었다.

"생일은 좋은 거 같아."

마음에 자꾸만 가득가득, 감정들이 차오르고 또 흘러넘칠 것만 같다. 아마 색으로 그릴 수 있다면 온통 파스텔 톤의 예쁜 기분들일 것이다. 초연은 주체할 수 없는 그 마음을 담아 토순이를 있는 힘껏 꼭 끌어안았다.

"아니, 정말정말 너무 좋아!"

스물일곱의 생일은 아주 행복한 날로 기억될 것이다. 정말정말 너무 좋았던 날로.

*＊ * *

정체불명의 신약을 먹은 태하는 침대에 몸을 눕혔다. 그런다고 잠이 확 오는 건 아니었지만, 요 며칠 이 약을 먹은 후로 누울 때마다 평소보다 조금 신경이 안정되는 기분이 들었다. 온갖 진정제를 다 섭렵했지만 최근 몇 년 동안 작은 효과라도 본 건 처음이었다. 그러니 반드시 이 신약에 대한 정보를 알아내야 했다.

"참 나."

하지만 그 방법이 황당하다.

"신용 점수라니."

평생을 살면서 신용 점수를 쌓을 일이 있다는 것부터가 스스로 놀랍지만, 달리 방법이 없었다. 초연은 어수룩해 보이는 주제에 의외로 강단이 있었다. 어떤 때는 괴수 같았던 주제에 어떤 때는 태하가 아는 누구보다 쓸쓸한 걸음을 걷는다. 단호할 때는 칼 같은데 또, 어떤 때는 마냥 어린애 같기도 했다.

"픕."

문득, 잭슨 폴록의 그림 주위를 강아지처럼 맴돌던 초연의 모습이 떠올라 실소가 났다. 손가락이 한 번 닿은 걸로 화들짝 놀라던 모습도, 그러고서 혼자 좋아라 하던 모습도.

"……아."

그러고 보니 지금 자신의 모습도 정상은 아니다. 혹시 이 정체불명의 신약엔 항우울제 성분도 들어가 있는 걸까. 뭐가 됐든, 태하로서는 효과만 있으면 됐다. 즉, 당장은 신용 점수가 중요하다는 거지.

[오늘 고마웠어요. 안녕히 주무세요.]

방금 도착한 초연의 메시지 끝에는 또 달님 모양의 이모티콘이 붙어 있었다. 기다란 속눈썹을 하고 눈을 감은 달님이 부러운 밤이다.

** * *

같은 밤, 막 머리맡의 스탠드를 끄려던 초연의 핸드폰이 딩동 울린다.

[이초연 씨도 잘 자.]

오늘 최태하 씨의 신용 점수에 가산점을 5점 추가해야겠다. 초연은 지금 제 입가에 얼마나 예쁜 미소가 걸려 있는지도 모른 채 마냥 핸드폰을 보았다.

[그리고 생일 축하해.]

태하의 메시지가 도착한 순간, 거짓말처럼 자정이 되며 날짜가 넘어갔다.

누군가 나의 생일을 축하해 준다는 게, 이렇게나 가슴 설레는 일이었구나. 그래서 누운 채로도 가슴이 두근두근 뛰나 보다. 아주 오랜만에, 누군가의 축하를 받은 내 생일이라서.

ch. 4

새로운 조교가 온 걸 기념해서 정 교수가 크게 한턱을 쐈다. 무려 점심부터 소고기라니, 초연은 정 교수의 마음 씀에 감동해서 평생 뼈라도 묻을 기세였다.

"많이 먹어, 이 조교가 온 기념으로 내가 쏘는 거니까."

"네! 저 진짜 많이 먹어도 되죠?"

깐깐한 강 실장도 이런 때는 웃음이 터졌다. 초연의 기운이 돌아온 것 같아 다행스러웠다.

"그래, 잘 먹어야 이 조교지!"

정 교수도 비슷한 심정인 듯 초연을 보고 웃었다.

"아, 맞다! 저, 사진 한 번만 찍어도 돼요?"

"사진?"

"네, 이런 꽃등심…… 아니, 저의 첫 회식을 기념하고 싶거든요."

정 교수가 흐뭇하게 웃으며 고개를 끄덕이자 초연이 핸드폰을 들고 찰칵, 불판 위를 찍었다. 물론 사람들이 이런 행동을 할 때는 대개 그렇듯, 혼자 보려는 건 아니었다.

[오늘 정 교수님이 꽃등심 사 주셨어요!]

지난 며칠, 간간이 톡을 나누던 태하에게 전송한 사진을 보며 초연은 괜히 웃음이 났다. 비록 그때그때 답장이 돌아오는 것도 아니고, 가뭄에 콩 나듯, 어쩌다가 짧은 대꾸를 해 주기는 해도 그들은 친해지고 있었다. ……아마도, 메시지 창에 1이 사라지고 노란 말풍선이 늘어가긴 하지만, 그래도.

* * * *

바쁜 태하의 일과 중, 잠시 피식 웃음이 나는 때가 있다.

"별걸 다 찍어서 보내네."

태하의 핸드폰에 이런 흔적을 남길 수 있는 사람은 초연이 유일할 것이다. 주로 사무적인 전화나 짧은 메시지 외에 사적인 대화를 하는 사람 자체가 없으니까. 태하는 그런 건 시간 낭비라고 생각했다. 불과 얼마 전까지도 그 생각은 확고했었는데.

"가끔은 답장이라도 해 볼까."

이런 것도 생각보다 나쁘진 않은 것 같았다. 문제는 무슨 말을 해야 할지 모르겠다는 정도일까.

"……맛있겠다?"

아, 너무 무미건조한가.

"좋겠……다?"

그 정도까지 부러운 건 아닌데.

"맛있어서 좋겠다?"

이건 더 이상한 거 같고. 태하가 혼자 바보 같은 짓을 하는 사이, 똑똑 노크를 하고 들어온 안 실장은 평소답지 않은 상사의 모습이 걱정스러웠다.

"이사님, 역시 앞으로는 식사 스케줄은 남겨 놓는 게 좋겠습니다."

"누가 뭐라고 했나?"

뜬금없는 안 실장의 말뜻은 모른 채 태하가 답장을 포기했다. 안 실장이 도착했으니 이제 다음 스케줄로 이동할 시간이었다.

그 후로 마지막 일정인 저녁 식사 자리까지 쉴 틈이 없는 일정이 또 이어졌다. 덕분에 초연의 메시지는 태하의 뇌리에서 잠시 사라졌다.

"곧, 디저트를 준비하겠습니다."

프렌치 레스토랑의 서버가 정중하게 말하고 문을 나섰다. 기나긴 식사가 끝나 간다는 의미였다. 다음부터 절대 사업 상대와는 코스 요리를 먹지 않겠다고 다짐하며 태하는 냅킨으로 입가를 찍어 눌렀다.

"새로운 셰프가 왔다더니 거의 본토와 같은 수준이군요. 최 이사님은 어떠셨습니까."

"아, 저도 간만에 좋은 음식을 먹은 것 같습니다. 김 사장님 덕분이죠."

"별말씀을…… 다음번엔 회장님도 모시고 다시 오시죠. 그때도 제가 대접하겠습니다."

그런 일은 없을 것 같다는 말을 대신해 싱긋 사업용 미소를 지어 보인 태하가 자리에서 일어섰다.

"잠시, 실례하겠습니다."

곧 손바닥보다 작은 디저트가 나오면 그걸 먹으며 또 저 아저씨의 말을 한나절이나 들어야 할 터였다. 그 전에 조금이라도 바람을 쏘이고 싶었다.

태하는 프라이빗 룸의 긴 복도를 따라 나와 레스토랑의 커다란 홀을 가로질렀다. 삼삼오오 식사를 하는 사람들은 모두 행복한 표정인데, 유독 태하의 눈길을 끄는 테이블이 있었다.

"잠깐, 잠깐만. 사진부터 찍고."

여자들끼리 앉은 테이블에서 한 명이 핸드폰을 꺼내 찰칵, 사진을 찍었다.

"우리 자기 보여 줘야지. 나 혼자만 맛난 거 먹는다고 삐지는 거 아닌가 몰라."

태하는 곧 먹어 없어질 음식을 찍는 일에 열심인 여자들을 의문스러운 눈빛으로 바라보았다. 왜 저런 사진을 남에게 보여 주고 싶어 할까. 오늘 낮의 그 누구처럼. 아, 그 순간 문득 태하의 뇌리에서 잠시 잊혔던 초연의 메시지가 떠올랐다.

'메시지를 읽고 무시하는 건 친한 사이가 아니에요.'

교과서를 읽듯이 또박또박했던 말도 함께 떠올랐다. 초롱초롱 태하를 올려 보던 새카만 눈동자는 완전히 진심이었는데. 그래, 지금이라도 답장을 보내야겠다.

[맛있었겠네.]

일 분의 고민 끝에 결국 저렇게만 보냈다. 평소엔 핸드폰을 끼고 사는 것 같더니 이런 땐 또 1이 사라지지 않는다. 그러고 보니, 메시지 창에 초연의 혼잣말이 많아 새삼 마음에 좀 걸렸다. 원래는 혼잣말이 아닌데 태하의 답이 없어 독백이 되어 버린 글자들이.

"설마 이 정도로 신용 점수가 하락한 건 아니겠지."

그건 곤란했다. 올리는 방법조차 잘 모르겠는데 그나마 있던 점수까지 깎이면 태하의 머리가 더 아파질 것이다.

"그래, 일단은 신용 점수 조회를 해 봐야겠어."

메시지나 보내고 있는 건 여러모로 태하의 스타일이 아니었다. 망설임 없이 초연의 전화번호를 누르는 게 훨씬 그다웠다.

* * * *

그 시각, 초저녁부터 대자로 뻗어서 자고 있는 초연은 태하의 복잡한 심경을 알 리 없었다. 뭐, 깨어 있었다고 해도 그 섬세한 성격을 이해할 수는 없었겠지만.

띠리리링. 띠리리리링.

전화벨이 울린다는 건 알고 있었지만, 눈이 좀처럼 떠지질 않았다. 어차피 이 시간에 전화 올 데도 없었고 받아 봐야 김미영 팀장이라면 괜히 잠만 설치는 것이었다.

띠리리링. 띠리리리링.

하지만 전화벨은 끈질기게 울렸다. 결국 포기한 초연이 눈도 뜨지 않은 채 주위를 더듬다가 핸드폰을 집어 전화를 받았다.

"여보세요……."

— 이초연 씨, 설마 이 시간에 자고 있던 건 아니지?

순간, 눈이 번쩍 떠졌다. 아직 잠결이라 착각한 건 아닐까, 하지만 수화기 너머로 들려오는 태하의 목소리는 또렷했다.

— 내가 조회해 보고 싶은 게 있어서 전화했는데.

그런데 잠이 확 달아나 눈을 깜박이는 초연의 시야에 무언가 이상한 게 걸렸다. 그게 그녀의 창문에 걸린 어두운 그림자라는 걸 깨닫자마자 초연은 본능적으로 온몸에 소름이 돋았다. 그리고 어둠 속의 남자와 눈이 마주쳤다. 비명이 새어 나오는 건, 순식간이었다.

"까악!"

초연의 비명에 그림자 속의 남자가 에이 씨, 하는 욕설을 중얼거리더니 이내 쿵 소리가 나고 사라졌다. 하지만 두려움은 사라지지 않았다.

— 왜 그래, 무슨 일이야?

초연은 계속 덜덜덜 떨리는 손으로 애써 핸드폰을 붙잡으려 노력했다.

"지금, 지금……."

목소리가 확연히 떨리고 있었다. 초연이 이렇게 감정에 동요하는 모습이 처음인지라 태하 역시 당황한 듯했다. 그렇지만 그만은 침착을 지키려 노력하는 것 같았다.

— 침착하게 말해 봐. 지금 어디야? 무슨 일인데?

"집, 집인데…… 누가 방금 창문으로 들어오려고 하다가 눈이 마주쳐서, 일단은 가 버린 것 같은데……."

초연은 바보같이 울음기가 묻어나려는 제 목소리가 싫었지만, 이 전화를 끊고 싶지 않았다.

— 그 새끼 사라진 거 확실하면 당장 창문부터 잠가. 알았지?

"지금은 없는데, 아까 분명히 눈이 마주친 거 같았는데……."

횡설수설, 초연은 스스로 무슨 말을 하는지도 모르겠지만 태하의 목소리만은 또렷하게 들렸다.

— 현관은 잠겨 있지? 창문 잠갔어?

아직도 떨리는 손으로 간신히 창문을 걸어 잠근 초연이 또 누가 올세라 방구석에 처박혔다.

"네, 근데 혹시……."

— 일단 전화 끊고 가만히 있어. 문 다 잠갔으니까 아무도 못 들어올 거야. 할 수 있지?

사실은 끊고 싶지 않았다. 지금 너무 무서우니까, 누구의 목소리라도 듣고 싶으니까, 그녀가 혼자 남지 않았다는 걸 느끼고 싶으니까.

"네……."

하지만 전화는 끊겼다. 남은 건 방 모서리에 웅크린 채 토순이를 끌어안은 초연뿐이었다. 오래전부터 알고 있었다. 나는 이제 하늘 아래 혼자라는 것도, 살면서 무서운 일이 있어도 혼자 견뎌 내야 한다는 것도. 이런 때, 아빠가 있었더라면 얼마나…….

"아니야."

초연은 더 슬픈 생각이 들기 전에 혼잣말로 스스로를 멈췄다.

"이젠 내가 어른이야."

애써 다독여 보지만, 아직도 손이 덜덜 떨리고 있었다.

"최태하 씨도 어른이니까 경찰에 신고해 줬을 거야. 그러니까 괜찮아질 거야……."

토순이를 꼭 끌어안은 채 자신을 타일러 봐도 좀처럼 떨림이 잦아들지 않았다. 언제나 편하게 느껴졌던 이 작은 방이, 지금은 그녀를 가둔 감옥처럼 느껴졌다. 대체 해는 언제 뜨는 걸까, 이 밤은 또 얼마나 길까.

그때, 쿵쿵 누군가 문을 두드리는 소리가 들려 초연은 훅 숨을 멈췄다. 경찰일지도 모른다. 하지만, 아까 그 괴한이면 그땐 어떻게 되는 거지.

쿵쿵쿵! 아까보다 더 강하게 문을 두드리는 소리에 초연의 떨림이 더 강해지는 순간, 전화벨이 울렸다.

"여보세요? 최태하 씨 지금 누가 문을……."

— 나야. 안심하고 열어.

그 한마디에 지독한 안도감이 찾아들었다. 무슨 정신으로 현관까지 달려 나가 문을 열었는지도 모르겠지만, 숨이 찬 태하의 얼굴을 보자마자 두려움으로 팽팽했던 긴장이 모조리 무너져 내렸다.

"이초연 씨……."

태하의 말이 채 끝나기도 전에 와락 안긴 건, 그 때문이었을 거다. 하지만 이 순간 가장 당황한 건 태하였다. 갑작스럽게 품에 안겨 온 초연은 생각보다 작았고, 그 여린 어깨를 떨고 있었다.

"괜……찮아."

망설이던 태하가 저도 모르게 손을 뻗어 떨리는 초연의 어깨를 감싸자 이번엔 으앙, 울음이 터져 나온다. 산 넘어 산이었지만, 그 울음이 어찌나 서러웠던지 다른 생각을 할 겨를도 없었다.

"이제 괜찮아."

태하는 달랜다고 한 말인데, 한번 터진 초연의 울음은 태하의 목소리가 다정할수록 더욱 커지기만 할 뿐, 그칠 줄을 몰랐다.

"난 혼자니까…… 흑, 나 혼자 있으니까…… 무서워도, 나는 아무도 없으니까……."

서러운 울음과 함께 두서없이 튀어나오는 초연의 본심이 가여웠다. 그 마음을 모르는 태하가 아니었기에 더더욱.

"나 있잖아."

하는 수 없이 꾹, 힘을 주어 어깨를 끌어당기며 타이르듯 낮은 목소리로 태하가 말했다.

"무서울 때 와 줄 친한 사람."

어깨에 전해지는 커다란 손의 온기도, 품에서 나는 태하 특유의 체취도 전부 포근하고 따스했지만 그중에서 가장 초연을 안심하게 하는 건 이 나직한 목소리였다. 다정하고, 진심이 묻어나는 태하의 목소리.

"그러니까 이제 울지 마."

토닥토닥, 등을 두드리는 태하의 위로 아래에서 초연의 울음기가 조금씩 잦아들었다. 태하의 품은 따스했다. 적어도 지금 이 순간만큼은 두려움도 혼자라는 사실도 잊을 수 있을 만큼, 아주 많이.

조용한 골목길에 경찰까지 출동하며 일대 소란이 일어났다. 슬리퍼 차림으로 뛰어나온 집주인 아주머니는 연신 제 무릎을 치며 끌탕을 했다.

"요즘 근처에 좀도둑이 있단 소리는 들었는데, 아이고 무슨 세상이 이렇게 흉흉해. 바로 주인집인데 괘씸한 놈 같으니라고…… 초연 학생, 많이 놀랐지?"

아직 울음기가 남은 얼굴로 끄덕이는 초연이 안쓰러웠던지, 아주머니는 발을 동동 굴렀다.

"그래도 저렇게 듬직한 애인이 있어서 얼마나 다행이야. 이런 때 경찰보다 빨리 와 주고, 정말 믿음직하겠어."

경찰과 이야기를 나누는 태하의 뒷모습을 보며 한 아주머니의 말에 그 와중에도 초연이 손사래를 쳤다.

"아, 아뇨…… 그런 게 아니라."

"아니기는!"

초연이 적극적으로 해명을 하기도 전에 이야기를 마친 경찰관과 태하가 다가왔다.

"사건 청취는 이분과 했고, 저희 지구대에서도 적극적으로 일대 순찰을 돌 예정입니다. 혹시나 수상한 낌새나, 그 괴한이 다시 나타난 것 같다면 언제든 신고 부탁드립니다."

"예예, 아무렴요!"

"그리고 이 동네가 치안이 좋다고는 하지만 세상이 험하니 주인분도 방범창 정도는 다시는 게 좋을 것 같습니다."

"암요, 그래야죠, 이런 무서운 일이 생겼는데!"

경찰관과 아주머니의 대화를 듣는 사이, 언제부턴가 태하가 옆에서 있었다. 당연한 일이라는 듯이 아주 자연스럽게.

"초연 학생, 오늘 많이 놀랐을 텐데 혼자 잘 수 있겠어? 정 뭐하면 우리 집에서라도……."

인자한 아주머니의 말이 다행이었다. 그 말처럼, 오늘은 혼자서 잘 수 없을 것 같으니까.

"아뇨."

고개를 끄덕이려던 초연이 태하의 목소리에 멈칫했다.

"호의는 감사합니다만, 오늘은 제가 데려가겠습니다."

동그랗게 커진 초연의 눈동자가 무슨 소리냐며 태하를 봤지만, 아주머니는 오히려 손뼉을 치며 화색을 띠었다.

"아유, 나도 참 눈치가 없어서…… 그래, 내일 연락할게 초연 학생!"

그리고 대사에 걸맞게 빠른 퇴장을 해 주셨다.

"뭘 그렇게 봐. 우리 집에서 하루 더 잔다고 이제 와서 문제 될 거 있나?"

"아니, 그래도 오늘은 관측하는 날도 아니고……."

"관측하는 날인데 이초연 씨가 내 소파에서 퍼질러 잔 적도 있지. 그 반대의 경우도 안 될 건 없잖아? 게다가 앞으로도 잘 건데 뭐, 새삼스럽게."

그 말을 하는 태하는 언제나처럼 논리 정연했다. 그런데 그 모습이 예민함보단 다정함으로 다가오는 건 아마 자신이 지금 너무 놀라서 그런가 보다고, 초연이 혼자 생각했다.

"내 말에 틀린 점 있어?"

"없는 거 같아요."

빠르게 납득한 초연이 고개를 끄덕였다.

"그럼 짐 챙겨."

"딱히 챙길 건 없는데……."

"토순이 있잖아."

누더기라 부를 땐 언제고 이젠 정신없는 초연이보다 태하가 토순이를 더 챙긴다. 토순아, 언니가 미안해.

“여기 서 있을게.”

묻지도 않았는데 태하가 먼저 말했다. 그가 여기 서 있을 테니 무서워하지 말라는 말을 대신해서.

“네!”

거짓말처럼 불안이 사라졌다. 이젠, 등 뒤가 두렵지 않다.

* * * *

의외로 태하의 집에 도착한 후로는 모든 게 자연스러웠다. 초연이 전에 사용했던 1층의 욕실을 쓰는 동안 태하도 자신의 공간을 사용했고, 약속이라도 한 듯이 거실에 모였다.

“오늘도 그 막장 드라마 보다 잘 건가?”

일부러 분위기를 가볍게 전환하려는 태하의 한마디에 초연이 배시시 웃는다.

“오늘은 재방송하는 날 아니에요. 그리고…… 토순이가 많이 놀랐으니까 일찍 자려고요.”

그러고 보니 옆구리에 토순이를 끼고 있는 채였다. 평소의 태하였다면 유아 퇴행적인 행동이라 생각했을 텐데, 어쩐지 지금은 나쁘지 않았다. 오히려 조금 귀엽게 보였다면 모를까.

“그럼 토순이랑 잘 자. 손님방은 알지?”

“네.”

태하가 막 돌아서려던 찰나, 초연이 토순이의 귀를 매만지며 망설이던 한마디를 했다.

“저…… 저기, 최태하 씨!”

대답 대신, 태하가 가만히 돌아보았다.

“토순이가 오늘 고마웠대요. 직접 와 줄 줄은 몰랐는데…….”

“토순이가 그런 거지?”

“토순이랑…… 나도 조금요.”

초연은 늘 솔직하다. 잠시 태하의 시선을 피할지언정, 제 감정을 표현할 줄 알았다.

“그럼, 내 신용 등급은 좀 올라간 건가?”

그래서 태하도 조금 더 솔직해지기로 했다.

“음, 등급은 아직 안 정했는데…….”

마주 본 초연의 새카만 눈동자가 초롱초롱하다.

“점수는 이만큼.”

초연이 허공에 양팔을 크게 벌려 보였다. 태하는 이게 뭐라고 또 뿌듯한 감정이 드는지 모르겠다.

“오늘은 최태하 씨가 1등이에요.”

“오늘은? 이것도 주식처럼 매일 차트가 변동하는 시스템인가?”

“아, 그것도 좋겠네요.”

1등급의 길은 태하의 생각보다 멀고 험한지도 모르겠다. 어쨌든 오늘은 1등이라니 이쯤하면 됐고.

“이건 1등 기념 선물이에요.”

매일 똑같은 진정제를 주면서 매번 다른 이유를 갖다 붙이는 초연이였다. 하지만 그 선물이라는 단어가 주는 울림이 태하는 싫지 않았다.

"고마워. 오늘 많이 놀랐을 텐데, 잘 자."

"최태하 씨도 안녕히 주무세요."

꾸벅, 고갯짓을 한 초연이 먼저 손님방을 향해 걸었다. 태하는 잠시 그 뒷모습을 바라보다 자신의 침실로 향했다.

채 한 시간이나 흘렀을까. 아직 불빛이 새어 나오는 태하의 침실을 작은 손이 똑똑, 하고 두드린다.

"저, 최태하 씨……."

토순이를 안고 온 초연이 물끄러미 태하를 보았다.

"오늘 여기서 자면 안 돼요?"

오늘 하루 초연은 시시각각, 여러 가지 방법으로 태하를 당황하게 만들고 있었다.

"혼자 자려는데, 왠지 불안하고…… 오늘 무서웠던 것도 생각나서……."

이래서야 완전 어린애가 따로 없었다. 문제는, 실제로 어린아이가 아니라는 거겠지.

"여기서 자면…… 안 돼요?"

"……안 될 건 없지만."

머리는 복잡한데, 문턱에 서 있는 초연을 보니 저도 모르게 긍정적인 말이 나갔다. 초연은 그 말이 떨어지기 무섭게 침대 끝으로 도도도 달려왔다. 이런 땐 어린아이보다 강아지에 더 가까운 것 같기도 한데.

"이초연 씨는 여기서 자면 아무렇지도 않아?"

순수한 호기심으로 묻자 초연은 망설임 하나 없이 고개를 끄덕이고는 이불 속으로 들어갔다.

"네, 훨씬 안심되고 잠도 잘 올 것 같아요."

그리고 그 말이 사실이라는 걸 증명하듯, 초연은 채 오 분도 되지 않아 잠에 빠져들었다. 그 짧은 과정을 지켜보던 태하는 뭔가 묘한 기분이 드는 걸 느꼈다. 분명 불안에 빠진 어린 양을 안심시켜 재운 건 뿌듯한데, 잘 자는 얼굴을 보는 게 언젠가부터 대리 만족이 되는 거 같기도 한데, 가슴 한구석 뭔가 혼란스러운 이 느낌은 뭘까.

"내가 전혀 남자로는 보이지 않나 보지?"

실험을 위해 동침 아닌 동침을 했던 사이라지만, 오늘은 실험도 아니고 카메라도 전부 꺼진 상태였다. 무섭다고 아무렇지도 않게 자신의 침대에 들어오다니, 다른 의미로는 전혀 무섭지 않은 건가.

"신용 점수를 너무 올렸나……?"

곤히 잠든 초연의 눈가에 속눈썹 그늘이 졌다. 새근새근 숨을 몰아쉴 때마다 뽀얀 뺨이 오르락내리락한다. 평소엔 헤, 벌리고 자던 입도 오늘은 어쩐 일인지 앙다물고 있는데다 분홍빛까지 머금고 있어 유독 묘한 기분이 들었다.

한 가지, 확실하게 깨달은 건 이초연이 여자라는 것이다. 어린아이도 아니고, 강아지는 더더욱 아닌, 그의 곁에서 잠들어 있는 한 여자라는 것.

* * * *

다음 날 아침, 초연이 눈을 떴을 때 태하는 없었다. 이제는 익숙한 일이라 딱히 서운하단 생각은 들지 않았다. 뭐, 애초에 초연이 서운할 만한 자격도 없었지만.

"물이나 먹어야겠다."

냉수 먹고 속이나 차린 후에 집으로 가야겠다. 무슨 버스를 타야 하는지는 인터넷이 알려 주겠지.

"어……?"

그런데 초연이 눈을 비비고 1층으로 내려왔을 때, 거실에서 티브이 소리가 들렸다. 평소 지루하게만 느껴지던 아침 뉴스 소리가 이렇게 경쾌하게 들리는 줄은 처음 알았는데.

"오늘 출근 안 했어요?"

초연의 목소리에 태하가 뒤를 돌아보았다. 늘 정장을 입고 있거나 잠을 자기 위한 편안한 복장을 하고 있던 태하였다. 그런 태하가 짙은 빛의 청바지를 입고 가벼운 린넨 셔츠를 걸친 모습은 퍽 낯설었다. 낯설고…… 생각보다 더 잘 어울리는 것 같기도 하고.

"오늘 일요일이야."

"아…… 일요일에도 뉴스 하는구나."

무심한 초연의 혼잣말이 태하의 뒷목을 강타했지만, 이 정도는 이제 서로에게 익숙한 일이었다. 하지만 익숙해서 더 낯설게 느껴지는 것들도 있다.

"설마 세수도 안 하고 나온 건 아니겠지."

"맞는데요."

굳이 초연을 의식해서는 아니었지만, 태하는 당장 외출을 해도 손색없을 차림을 하고 있었다. 보통 사람이라면, 그것도 여자라면 적어도 눈곱은 떼고 나올 만도 하지 않은가.

"초연 씨는 내가 편한가 봐?"

"네!"

어제 그렇게 울더니, 아니나 다를까 팅팅 부은 눈으로 태하를 올려 보는 시선이 아주 당당하다.

"왜……?"

자못 진지하게 물은 건데, 너무 간단한 답이 돌아와 허탈할 지경이었다. 게다가 왜인지도 궁금하고 어떻게인지도 궁금했다. 왜 이렇게 나를 편하게 대하는 건지, 어떻게 이렇게 쉬울 수 있는 건지 태하에겐 어려운 문제였다.

"에이, 왜긴요."

하지만 초연에겐 쉬운 문제인가 보다. 배시시 웃을 때 조금 휘어지는 눈꼬리에 달린 눈곱만 아니었다면 좋았을 텐데.

"우리 이제 친한 사이잖아요."

그래도 초연이 던지는 직구의 힘은 줄지 않았다.

"최태하 씨는 엄청 똑똑하면서 그런 것도 몰라요?"

그리고 던지는 족족, 태하의 안을 훅훅 파고든다.

"그런 거랑 그런 거는……."

"아, 참. 어제는 좀 잤어요?"

이 공격의 가장 무서운 점은, 정작 던진 사람이 태연히 돌아선다는 점이었다. 뭐라 대꾸도 반격도 못 하게끔 태하를 무력화시키는 초연의 무기는 정말이지 강력했다.

"이초연 씨가 잘 잔 건 알지."

조금 삐딱한 대답을 하는 태하를 보고도 초연은 뭐가 그리 좋은지 웃는다.

"맞아요."

그러고 보니 초연은 자면서도 가끔 저런 식으로 웃었다. 키득이는 소리를 낼 때 입술 끝이 조금 말려 올라가는, 그런 천진한 웃음으로.

"최태하 씨도 아주 조금은 잔 거죠?"

"그렇겠지."

불면증 환자라고 24시간 깨어 있는 건 아니다. 보통 사람들이 졸다 깨다, 얕은 잠을 오가는 상태가 수면의 전부라는 게 문제일 뿐. 보통 태하의 패턴은 삼사십 분 간격으로 눈을 뜨고 다시 잠에 들지 못하는 한 시간 가량을 보내는 건데, 어제는 왠지 조금 더 오래 졸았던 것 같은 기분이 들었다.

"누구 덕분에 피곤해서 그랬나 봐."

"그 누구가 좋은 일 했네요."

잠시 잊을 만하면 튀어나오는 뻔뻔함이 이젠 그리 놀랍지도 않았다.

"근데, 최태하 씨는 쉬는 날 뭐 해요?"

어느새 옆에 와서 자기 집 냉장고 열 듯 생수를 꺼내서 마시는 초연의 모습도.

"뭘 한다기보단……."

거기에 순순히 대꾸를 하고 있는 자신의 모습도.

"글쎄, 밀린 일?"

태하는 새삼 자신의 일과를 돌아보았다. 최근엔 주말이라고 딱히 뭘 해 본 기억이 없었다.

"밀린 일이 없으면요?"

“미리 해 둘 일?”

“뭐야, 재미없게. 그럼 오늘도 일할 거예요?”

“그러겠지, 뭐.”

그 말을 하며 무심코 쳐다본 초연의 눈이 초롱초롱 빛나고 있었다. 경험상 이런 때면 늘 황당한 일이 벌어진다는 걸 알고 있으면서도 시선을 뗄 수가 없었다. 생글생글 분홍빛으로 물든 뺨이, 달콤한 미소를 머금고 있는 그 입술이, 당장이라도 등 뒤로 흔들리는 꼬리가 보일 것 같은 이 모습이 전부…… 사람을 모질지 못하게 만들었다.

“그보다 재미있는 게 있으면요?”

“있으면…… 뭐.”

이런 바보 같은 대화에 참여하는 것도, 아직 초연의 반짝이는 눈동자에서 시선을 떼지 못하는 것도, 다 태하가 모질지 못해서였다. 정말로.

“어제 최태하 씨가 날 긴급 조난 상태에서 구해 줬잖아요.”

그러고 보니 공평하게 한 번씩 구조를 해 준 셈인가.

“그 신용 점수는 오래가는 거 맞지?”

“네, 그리고 신용 점수가 올라서 이제 한 레벨 올려 주기로 했어요. 음…… 신용 등급이 하나 상승한 거예요! 너무 좋죠?”

“어…… 좋네.”

이걸 두고 좋아해야 하나. 태하의 이성은 의문을 제기했지만, 입가엔 이미 초연을 따라 희미한 미소가 떠올라 있었다.

“그럼, 우리 이제 조금 더 친해진 기념으로 내가 주말에 뭘 하고 놀면 재밌는지 알려 줄게요.”

자신만만한 초연의 제안에 태하는 그 방법이 뭔지 알고 싶으면서도 알고 싶지 않은 마음이 슬그머니 들었다.

"어때요, 재밌겠죠?"

하지만 단박에 거절하면 분명 시무룩해질 터였다. 아직 눈도 저렇게 팅팅 부어 있는 주제에, 기운까지 빠지면 가관일 테니 태하는 또 모질지 못해 져 주고 마는 것이다.

"그럼, 조금만 알아볼까……."

그리고 잠시 후, 태하는 조금 전의 결정을 후회했다. 초연의 주말 라이프 스타일은 태하가 따라잡기 벅찬 스케일이다. 초연이 가장 먼저 한 일은 핸드폰으로 검색을 해서 치킨을 시킨 것이었다. 왜 공복에 치킨을 먹어야 하는지 알 수 없는 태하의 앞에 치킨이 놓인 건 순식간이었다.

"식탁은 저쪽인데."

"치킨은 거실에서 먹어야죠!"

참, 왜 식탁을 놔두고 거실 바닥에 앉아서 먹어야 하는지도 모르겠다.

"리모컨 어딨어요?"

굳이 식사 중에 티브이를 시청해야 하는 이유도 모르겠고.

"어, 〈아버님은 내 사위〉 재방송한다!"

그 와중에 막장 드라마를 시청해야 하는 이유는 더더욱 모르겠다. 아니, 미치겠다.

"역시 일요일 아점은 치킨!"

집에 멀쩡한 젓가락만 열 벌은 넘을 것이다. 하지만 초연은 굳이 치킨에 달려 온 나무젓가락을 고집했고 태하에게도 강요했다. 비뚤게 쪼개진 젓가락을 든 태하는 억지로 공복에 치킨을 쑤셔 넣을 수밖에 없었다. 저 해맑은 웃음을 짓는 초연에게 반박하는 것보단 그게 쉬웠으니까.

"사람들은 치킨이 뜯는 맛이라고 하지만, 난 순살이 좋아요. 순살만의 매력이란 게 있달까. 최태하 씨는 어떻게 생각해요?"

뭐라도 좋다고 생각한다. 의외로 먹으니까 나쁘지 않게 들어간다는 것도 신기하고.

"번거롭지만 않으면……."

"아, 저런 나쁜 놈!"

태하의 대답을 채 듣기도 전에 치킨 양념을 입가에 묻힌 초연이 티브이를 향해 분노했다.

"진짜 너무하지 않아요?"

"뭐가?"

"아무리 전 며느리였다지만 장모님한테 저렇게 대드는 건 안 되죠!"

"나는…… 전 며느리가 장모님이 되는 것부터가 너무하다고 생각하는데."

태하가 옅게 숨을 내쉬었다. 그러자 초연이 화통하게 콜라를 들이켜고 진지한 얼굴로 태하를 보았다.

"사람마다 다 사정이 있는 거예요!"

"그러니까 어떤 사정이 있어야 아버님이 사위가 되는……."

그 말을 꺼낸 건 실수였다. 초연의 눈빛이 사뭇 진지해지는 걸 본 태하는 그 사실을 직감할 수 있었다.

"아, 그게 어떤 사정이냐면요."

"아냐, 이해할 수 있을 거 같아."

"아니에요. 이건 자세히 들어 봐야 아는 얘기예요. 일단 저 장모님이 원래 어릴 때 결혼을 했었는데 시어머니가 젊은 남자랑 재혼을 해서 아버님이 생긴 거예요. 그런데 둘이 시집살이를 너무 시키고, 또 남편이 교통사고로 죽게 된 거죠. 그 후에 여자 주인공이 힘겹게 살다가 좋은 남자를 만나서 재혼하는데, 그 남자가 다 큰 딸이 있어요. 사실은 딸이 아니고 배다른 동생인데……."

치킨이 바닥날 때까지 들은 줄거리는 고작 5화분이었다. 솔직히 배다른 동생부터 태하는 이해를 포기했다. 그저 고개를 끄덕이며 신이 난 초연의 얼굴을 보고 있었을 뿐이다. 이 집에 들어오고 난 후로 이렇게 시끄러웠던 적이 있었나 싶다. 혼자 떠들고, 혼자 박수를 치며 웃다가, 또 혼자 진지해지는 초연은 시시각각 변하는 티브이 속 세상만큼이나 알록달록했다.

"아, 순식간에 한 편 끝났네. 역시 명작은 세 번을 봐도 안 질리나 봐요."

세 번째 보는 건데도 저렇게 열을 내며 봤단 말인가. 태하가 잠시 할 말을 잃은 사이 초연이 익숙한 듯 치킨 박스를 정리해선 일어섰다.

"그냥 놔둬. 어차피 사람 와서 치울 거야."

"에이, 어떻게 그래요."

"신경 쓸 거 없는데."

"안 돼요. 이따 여기서 재방송 볼 때 치킨 냄새 나면 안 되니까."

그런 이유였구나. 태하는 설득을 단념한 채 말없이 손가락으로 부엌을 가리켰다. 아직 주말 스케줄은 끝나지 않았나 보다. 하지만 저 망할 재방송을 또 보겠다고 하면 그땐 강력하게 거부할 의지가 있었다. 잠시 후, 상상하지도 못한 광경이 눈앞에 펼쳐지기 전까진 그렇게 생각했다.

"뭐…… 뭐야. 울트라맨?"

숟가락 두 개를 눈에 대고 오는 초연은 아무리 좋게 봐 줘도 울트라맨 이하였다.

"눈 부었을 땐 얼린 숟가락이 직빵이거든요."

"내 냉동실에 얼린 숟가락이 있었나?"

"있죠. 아까 내가 넣어 놨으니까."

저 해맑고도 뻔뻔한 미소는 숟가락에도 가려지지 않았다. 털썩, 소리가 나게 태하의 옆자리에 주저앉은 초연의 옆모습은 더 이상했다. 가까이서 보니 붙였다 떼었다를 반복하는 것 같긴 한데, 솔직히 이쯤 되면 뭐라 지적할 기운도 없다.

"최태하 씨, 치킨 사 준 김에 나 부탁 하나만 더 들어주면 안 돼요? 일요일이니까."

"그게 무슨 상관인진 모르겠는데, 무슨 부탁?"

동시에 숟가락 두 개를 떼며 태하를 빤히 보는 초연의 눈가가 빨갛다. 태하는 이제 놀랍지도 않았다.

'세상 살면서 듣도 보도 못한 꼴을 내가 이 여자를 통해 다 보는구나.'

"〈아버님은 내 사위〉 다음 편 다시 보기는 유료 결제인데, 500원인데……."

"비밀번호 0000."

짤막한 태하의 대꾸에 초연은 숟가락으로 합장 표시를 만들며 감사 표시를 했다. 이런 해괴한 감사 표시도 듣도 보도 못한 것이었다.

"참 신기하지 않아요?"

숟가락을 붙였다 떼었다 하면서 잘도 드라마를 보는 초연이 툭 던졌다.

"사실 진짜 이상하고 바보 같은 건데, 왜 자꾸 보게 될까요?"

그야말로 태하가 하고 싶은 말이었다.

"봐도 봐도 질리지가 않고, 볼수록 더 이상해지고 바보 같아져도 자꾸 보고 싶어지잖아요."

초연의 시선은 티브이를 향하고, 태하의 시선은 그런 초연의 옆얼굴을 향했다.

"보면서 세뇌가 돼서 그런가? 무슨 중독성이 있는 건가."

"그러게."

지금 태하에겐 초연이 그랬다. 이상하고 바보 같은데, 자꾸 보게 된다. 보면서 세뇌가 되는지 중독성이 생기는 건지 계속 보다 보니 어느새 시선이 늘 거기에 있었다. 처음, 무심한 눈동자를 갖고 있던 초연도. 지금, 울트라맨을 닮은 초연도 자꾸 보게 된다.

"참, 신기한 일이야."

겁에 질려 울고 있던 작은 여자가, 어느 순간 눈을 떠 보니 눈앞에서 곤히 잠들어 있는 것도 보았다. 까만 밤, 초연에겐 하룻밤의 단위로 흘러가는 시간이 태하에겐 몇 번이나 쪼개진 시간이라서 자꾸자꾸 보게 됐다. 다른 점이 있다면 볼수록 바보 같고 이상해지지만은 않는단 것이었다.

가끔, 얕은 잠에서 깨어 보는 초연의 얼굴은 희미한 꿈결을 닮아 있었다. 몇 번을 봐도 자꾸 보고 싶은 그런 풍경이었다.

** * *

……깜박.

태하가 다시 눈을 떴을 때도 그 풍경은 사라지지 않았다. 언제부턴가, 눈을 뜨면 이 여자가 보였다. 나보다 훨씬 곤히 자고 있는 초연과 토순이가.

여느 때보다 선명한 색으로 가득 찼던 일요일의 해가 초연의 얼굴에 그림자를 드리우며 저물고 있었다. 이렇게 특별한 일요일이 지나간다. 보통 사람들처럼 늘어져 있다가 보통 사람들처럼 깜박 낮잠에 들었다가 보통 사람들처럼 평화롭게 노을 질 무렵을 맞이하는…… 태하에겐 아주 특별한 일요일이.

그리고 그중에서도 가장 특별한 사실이 지금 태하의 눈앞에 잠들어 있었다.

ch. 5

해가 저물어 가는 일요일, 하필 초연의 동네에 공사장 표지가 선 탓에 차를 멀리 대고 내리자 어느덧 선선해진 바람이 두 사람을 맞이했다.

"진짜 여기까지만 데려다주셔도 되는데."

"내가 좀 걷고 싶어서 그래."

태하의 말처럼, 간만에 걷기 좋은 날씨였다. 일 년에 몇 번 있을까 말까 한 하늘을 올려 보며 초연도 그 말에 공감했다.

"날씨가 매일 오늘만 같으면 좋겠어요."

"그럼 한국을 떠야지."

진지한 말투로 농담을 할 수도 있다는 걸, 초연은 태하를 통해 배웠다. 이런 땐 그냥 웃으면 된다는 것도.

"와, 처음 보는 꽃이다."

담벼락 아래로 내려온 덩굴에 하얗고 작은 꽃들이 맺히듯 피었다. 초연은 그걸 발견하자마자 쪼르르 달려가 굳이 그 꽃을 톡, 건드려 보았다. 태하는 그 모습을 묘한 표정으로 바라보았다. 잭슨 폴록의 작품을 볼 때도 저랬었다. 호기심이 들면 꼭 직접 보고 만져야 하는 건 유아기에나 있는 일인 줄 알았는데.

"어때요, 예쁘죠?"

초연이 가느다란 덩굴 하나를 들어 태하에게 보였다.

"예쁘네."

하얀 꽃 너머로 보이는 초연의 미소가 오늘의 하늘과 닮았단 생각이 문득 들었다.

"……꽃이."

묻지도 않은 말을 덧붙이는 건, 괜히 이상한 느낌이 들까 봐서다. 청명한 하늘 아래 쪼르르 뛰어가서 꽃을 들고 돌아보며 환하게 웃는 여자……를 보고 예쁘다고 하는 걸로 오해하면 곤란하니까.

"어, 저기 놀이터 고쳤나 봐요! 얼마 전까지 공사 중이었는데."

하지만 초연은 그런 태하의 깊은 속까지 헤아릴 정신이 없었다. 잠시도 가만있지 못하고 끝없이 호기심 어린 시선을 돌려 대는 게 누가 봐도 신이 난 모습이다.

"이러니까 꼭 강아지랑 산책하는 기분이군."

혼잣말이었는데, 어느새 옆에 와 있던 초연이 고개를 끄덕였다.

"어, 나도 그 생각했는데."

어쩐 일로 둘이 의견이 맞았다. 초연은 저보다 머리 하나는 더 큰 태하를 올려 보며 뭐가 그리 재밌는지 키득이는 웃음을 지었다.

복장과 장소가 바뀌었을 뿐인데, 오늘의 태하는 전혀 다른 사람 같았다.

"이렇게 걷고 있으니까 정말 든든한 셰퍼드랑 같이 있는 기분이에요."

평소보다 조금 흐트러진 헤어스타일의 태하가 슬쩍 미간을 찌푸렸다는 걸 모르는 초연은 내내 생글생글 웃으며 이 신나는 발걸음을 이어 갔다. 편안한 로퍼를 신은 태하의 보폭은 초연보다 훨씬 큰데도 나란히 걸을 수 있다는 게 좋았고, 걸을 때마다 스치듯이 보이는 하얀 린넨 셔츠의 소맷자락과 그 아래로 슬쩍 비치는 태하의 커다란 손이 좋았다.

"……내가 생각한 역할은 그게 아닌데."

그 커다란 손으로 제 머리를 한 번 헝클어트린 태하가 낮게 중얼거렸다. 당연히 자신이 주인 역할 아니었나. 초연을 하얗고 정신머리 없지만 조금 귀여운 구석이 있는 작은 강아지라고 생각했던 터다. 이런 때면 늘 그렇듯, 초연의 뒤에서 살랑살랑이는 하얀 꼬리가 보이는 것 같아서.

"시베리안 허스키로 바꿔 줄까요? 그것도 잘 어울려요."

결국 지는 건 태하였다. 물론 남과 정말로 싸워서 이길 자신이 없었던 적은 없지만, 이렇게 황당하고 어이없는 소리를 저렇게 해맑은 얼굴로 하면 픕, 웃음이 먼저 터져 버렸다.

"왜요, 허스키가 더 좋아요?"

"허스키든 뭐든, 당분간 개가 될 예정은 없으니까 쓸데없는 고민하지 말도록."

그 말에 초연은 잠시 실망한 것 같더니 이내 고개를 끄덕였다.

마치 그가 말하지 않았으면 정말로 진지하게 그 문제에 대해서 고민해 볼 생각이었다는 듯이.

"그리고 혹시 모르니까."

벌써 집 앞이었다. 우리 집으로 오는 골목길이 이렇게 짧았던가, 하고 초연이 고개를 살짝 기울였다. 평소엔 지치기만 했던 좁은 골목길이 오늘은 너무 순식간에 지나가서 아쉬울 정도였다.

"무슨 일 있으면 바로 전화해."

눈앞에 선 태하는 비현실적일 정도로 이 하늘과 어울리는 모습을 하고 있었다. 평소의 완벽하게 새하얀 정장 셔츠가 아닌, 적당히 예쁜 구름이 낀 하늘처럼 그리고 바람처럼 선선하고 넉넉한 품의 셔츠를 입은 이 모습이 초연은 더 마음에 들었다.

"그럼……."

그중에서도 가장 선명하게 와 닿는 건, 지금 태하의 얼굴이었다. 초연은 태하의 단정한 이목구비를 올려 보며 천천히 입을 뗐다. 이 청명한 날의 한가운데에서 차분히 그녀를 바라봐 주는 태하의 눈동자는 오늘의 바람을 닮았다.

"무슨 일 없으면요?"

"뭐……."

태하가 어깨를 으쓱해 보이는 사이로도, 시선은 떨어지지 않았다. 선선한 바람에 괜히 입술이 타는 것 같은 건 역시 순전히 그녀의 기분 탓인지.

"하고 싶으면 하든지."

그 말에 초연이 환하게 웃었다. 태하는 그의 눈에 빼곡하게 초연을 담았다. 하얀 강아지처럼 제 감정을 숨길 줄 모르는 이 여자는 이렇게 불시에 태하를 습격하곤 했다. 때론 니킥으로, 때론 지금처럼 말간 웃음으로.

그러고 보니, 오늘 하늘과 초연의 미소가 정말로 닮았다.

"초연 학생, 잠깐 나 좀 봐."

경쾌한 발걸음으로 집에 들어서려던 초연을 붙든 건 주인아주머니였다. 조심스레 초연의 안색을 살핀 아주머니는 생각보다 밝은 초연의 표정에 안심이 되었다.

"어제 많이 놀랐지? 안 그래도 요즘 세상이 흉흉해서 집을 수리할 생각이었거든."

"아, 네."

"저번 주에 초연 학생 옆방도 나가서 마침 1층이 비었는데, 초연 학생만 괜찮다면 2주 정도 공사를 해도 될까?"

"2주나요?"

"응, 하는 김에 에어컨도 달고 티브이도 요즘 유행하는 벽걸이 뭔지로 달아 버리게. 물론 초연 학생 세는 그대로 받을 거야. 근데 당장 가 있을 데를 구하긴 힘들겠지?"

"네, 그건 좀 힘들겠죠."

잠자코 고개를 끄덕이던 초연의 머릿속에 벽걸이 티브이를 시청하며 에어컨 바람을 쏘이는 제 모습이 스쳐 지나갔다. 초연이 번뜩 눈을 떴다.

"하지만 한번 찾아볼게요."

초연은 방법을 찾을 것이다. 언제나 그랬듯이.

** * *

"뭘…… 시켜 달라고?"

잠시 후, 초연의 전화를 받은 태하가 미간을 찌푸렸다.

— 숙식이요! 2주면 돼요.

우리 집이 호텔인가. 자신이 모르는 사이에 맡겨 놓은 숙박권이라도 있는 건가.

— 저 밥도 잘해요. 재워 주시면 제가 아침밥도 차려 드릴게요.

"필요 없어."

확인할 길은 없지만 이건 분명 거짓말일 것이다. 태하의 본능이 그렇게 말하고 있었다.

— 그럼…… 있는 듯 없는 듯이 처박혀 있을게요. 최태하 씨가 내 존재를 까먹을 정도로.

물론 그럴 일도 없을 것이다.

— 2주간 숙식시켜 주면 최태하 씨의 불면증에 대해서 매일 두 시간씩 더 연구할게요!

고작 대학원 과정인 초연의 도움 따위는 더더욱 필요 없었다.

"약속해."

하지만 알면서도 또 넘어가는 태하였다.

— 네, 뭐든지 약속해요!

"아니, 일단 들어 보고 약속을 해야지."

— 아, 맞다. 뭔데요?

"내가 있을 때나 없을 때나, 집 안에서 절대 저번과 같은 난동은 부리지 말 것."

— 제가 언제 난동을…….

"얌전하게, 초연 씨가 있기 전과 있은 후의 집 안 상황이 변하지 않게."

— 아, 그거야 쉽죠. 약속할게요.

초연의 목소리 너머로 부스럭부스럭 누가 들어도 짐을 싸는 소리가 들렸다.

"확실히 이해한 거지? 난동 부리면 한밤중이라도 쫓아낸다."

— 네, 걱정 마세요!

과연 이게 옳은 선택일까. 그의 집에 방이 남아도는 건 사실이고, 초연이 약속까지 했다지만 정말로 이게 옳은 일이었을까. 그 답은 당장 그날 밤 짐을 싸 들고 온 초연이 함께 가져왔다.

"짐이 이게 다야?"

"네."

태하가 이틀간 출장을 간대도 지금 초연이 끌고 온 작은 캐리어보단 짐이 많았을 것이다.

"어차피 필요한 건 우리 집보다 최태하 씨 집에 더 많은데요, 뭐. 혹시 고데기도 있어요?"

"그게 왜 있어야 되는데."

"하긴, 누구한테 잘 보일 것도 아니고."

너무 당연하게 이런 소리를 들으면 괜히 발끈하게 된다.

"좀 잘 보이려고 해 보지?"

"에이, 우리 사이에 왜요."

아주 쿨하게 넘긴 초연이 덥석 양반다리를 하고 그 자리에 앉아 캐리어의 지퍼를 열었다. 심지어 그 작은 캐리어가 꽉 차 있지도 않았다. 그중에 반이 토순이였으니까.

"여긴 거실이야. 이초연 씨가 숙식할 곳은 손님방이고."

"알아요."

"알면 여기서 짐 풀지 마."

"에이, 거실도 숙식 공간인데요 뭐."

왜 이렇게 호탕하고 넉살이 좋은 거지. 태하가 여태 알던 사람 중에 초연처럼 뻔뻔한 사람은 단 한 명도 없었다. 그래서 유독 초연의 공격이 잘 먹혀 들어가는지도 모른다. 마치 불시의 습격처럼 반박하려는 찰나—.

"그래도 괜찮죠?"

파방, 하고 터지며 훅, 들어오는 그 핑크빛 스마일 어택이.

유감스럽게도 그날 밤은 진정제의 효과가 없었다.

** * *

가지런한 아침이 망가지기 시작한 건 언제부터였을까. 물을 것도 없이 태하는 눈앞에 답을 두고 있었다.

'당연히 저 괴수가 내 집에서 숙식을 시작한 후부터였겠지.'

"최태하 씨, 왜 나 안 깨워 줬어요!"

언제부터인가 이 관계의 본질이 흐려지고 있었다. 그가 잠드는 걸 도와야 할 초연에게 왜 태하는 아침부터 저런 말을 들어야 하는가.

"깨웠잖아, 두 번이나!"

심지어 깨웠다. 자로 잰 듯이 정확한 태하의 아침 일상에서 무려 7분가량을 소모했단 말이다.

"또 늦으면 강 실장님한테 혼난단 말이에요!"

"그 전에 이 집에서 쫓겨날 걱정이나 하시지."

벌써 사흘째, 두 사람은 아침마다 이 실랑이를 벌이고 있었다. 고요했던 아침은 순식간에 전쟁 통이 되었고, 덕분에 태하는 아침 뉴스를 회사에 도착해서야 들을 수 있게 됐다.

"최태하 씨……."

눈썹 하나를 그리다 말고 나온 초연이 허겁지겁 태하의 출근길을 막아섰다.

"가는 길에 나 센터 앞에 떨궈 주고 가면 안 돼요?"

"정확히는 가는 길이 아닌데."

"제발요, 한 번만요."

두 손을 가지런히 모으고 태하를 보는 초연의 짝짝이 눈썹이 애원하고 있었다. 꼭 이걸 뿌리치면 세상에서 제일 나쁜 놈이 될 것만 같은 기세였다.

"딱, 한 번만이야."

"네!"

아무튼 대답은 잘해요. 뭐가 그리 급한지 신발을 꺾어 신고 엘리베이터를 향해 뛰어가는 초연의 뒷모습에 태하는 괜히 웃음이 나왔다. 그렇게 지각이 무서우면 늦잠을 자지 말았어야지. 어떤 의미에선 늦잠을 잔다는 것 자체가 부럽기도 하고, 놀랍기도 했다. 엘리베이터의 거울을 보며 나머지 눈썹을 그리는 빠른 손도 역시.

"안 실장님이 괜히 저 때문에 길을 돌아가시느라고 고생이세요."

"아닙니다. 이게 제 일인걸요."

대체 몇 번이나 봤다고 안 실장이랑 저렇게 화기애애한 대화를 나누는지도 태하는 알 수가 없었다. 게다가 수고라면 괜한 출근길을 돌아가는 태하가 하고 있는데.

"어, 여기서 길 건너가면 되는데……."

얻어 타고 가는 주제에 정작 주인인 태하에겐 아무런 관심이 없다. 안 실장과 시종일관 보는 핸드폰 시계, 그리고 차창 밖이 초연의 유일한 관심사였다.

"어, 초록불이다! 저 여기서 내릴게요!"

"네? 여기서 내리시면 안 됩니다. 신호 바뀌면 유턴해서 세워 드리겠……."

"아뇨, 건너가면 돼요. 태워 주셔서 감사합니다."

횡단보도 바로 앞에서 신호에 걸린 덕분에 초연이 반칙을 쓸 수 있었다. 더 이상 말릴 사이도 없이 차에서 뛰쳐나가 쪼르르 횡단보도를 건너는 모습을 두 남자가 다소 황당하게 바라보았다.

"이사님 손님답지 않게…… 활발하시네요."

안 실장이 먼저 말을 꺼내는 건 드문 일이었다. 저도 모르게 한마디를 해 놓고서 룸미러로 태하의 안색을 살피는데, 의외로 태하는 문자 그대로 초연한 표정이었다.

"뭐랄까."

이제 저런 모습은 익숙하다. 물론, 안 실장에게 태하의 이런 모습은 익숙하지 않았지만.

"느낌이……."

출근할 때 현관을 막아서는 모습도, 간절한 눈초리도, 풀어 놓으면 쏜살같이 달려 나가는 모습도 그렇게 강아지 같을 수가 없었다.

"개 같다고 해야 하나."

"아…… 예."

단어 선택이 조금 이상했다는 걸 모르는 태하 덕분에 안 실장의 심정은 오늘도 복잡해졌다.

*

숨이 턱까지 찬 초연이 센터에 들어왔을 때, 정 교수는 여느 때처럼 화분에 물을 주고 있었다.

"이 조교는 늘 기운이 넘쳐서 좋네."

"1분 늦었지만요."

정 교수와 강 실장의 나란한 한마디에 초연은 여느 때보다 밝게 아침을 열었다.

"좋은 아침입니다!"

그 웃는 얼굴에 강 실장은 곱지 않게 눈을 한 번 흘기고는 따라오라는 손짓을 했다. 산더미 같은 서류 정리와 잡다한 일들이 초연을 기다리고 있었다.

"이 조교, 그 전에 잠깐 나 좀 보지?"

정 교수의 사무실에 따라 들어가자 언제나처럼 편안한 분위기가 초연을 맞이했다. 이제는 정 교수의 맞은편에 앉는 게 어색하지 않았다.

"초연 씨는 요즘 아주 좋아 보이네. 보는 사람이 웃음이 날 정도야."

"저야 원래……."

배시시 웃음을 지어 보이는 초연은 정 교수의 자식 또래인지라 더 귀엽게 보였다.

"해서 말인데, 최 이사는 어때? 아직도 그 비밀의 신약을 먹고 있나?"

"네, 매일 밤."

"그럼, 믿고도 있나?"

"……네."

누군가를 속인다는 건 양심에 찔렸지만, 초연은 이건 착한 거짓말이라 생각했다.

"저, 그리고…… 점점 좋아지는 것 같아요. 이대로면 최태하 씨의 불면증이 곧 나을지도 몰라요."

"무슨 근거로?"

"근거라기보다는…… 플라시보 효과인지 그래도 가끔은 잠들었다고 하고, 수면 시간 자체도 늘어나는 것 같아서요."

그런데 뿌듯한 초연의 표정을 보는 정 교수는 외려 미간을 살짝 기울였다.

"글쎄…… 최 이사가 그렇게 쉬운 사람은 아닐 텐데."

"저도 그런 줄 알았는데 정말 좋은 분이에요. 이제 저랑 엄청 친한 사이기도 하고요."

"둘이 친한 사이라고?"

"네, 그러기로 했어요."

천진난만한 초연을 보고 있자니 그 말을 믿고 싶다만, 정 교수가 아는 태하는 그런 사람이 아니었다.

“흠…… 그렇다면 다행이지만, 너무 긍정적인 면만 보진 말도록 해. 모든 일엔 양면이 있는 거니까.”

어쩌면 정 교수가 아는 태하가 변했을지도 모른다. 이렇게 긍정적인 에너지를 온몸으로 뿜어내는 사람이 곁에 있다면 그럴 가능성도 있었다. 정 교수는 약간의 불안을 억누르며 초연에게 인자한 미소를 지어 보였다.

*＊ * *

태하는 습관적인 카페인의 유혹을 간신히 억누르고 생수를 들이켰다. 조금씩이긴 하지만 분명 상태가 나아지고 있었다. 모든 변화는 초연이 준 신약을 먹으면서 시작됐다. 짧긴 해도 잠드는 시간이 생겼고, 그렇지 못한 날이라도 전보다 평온한 상태를 체감할 수 있었다.

“하지만 일정하지는 않아…….”

똑같은 약을 복용하는데도 똑같이 잠에 드는 건 아니었다. 태하의 기록에 따르면 최근 들어 그제 밤에 가장 오래 잠들었고, 지난 일요일에도 그랬다. 며칠 간격으로 나타나는 수면 패턴을 잡을 수만 있다면, 태하의 인생은 훨씬 편안해질 수 있을 터였다.

“그 이유를 알아내야 해.”

태하는 이틀 전 밤을 떠올렸다. 수면 관측을 위해 초연과 함께 잠들기 전, 그 신약을 받고 일부러 바닥에 떨어트렸던 그 장면을.

‘어, 약이 떨어졌네.’

평생을 살면서 연기라는 걸 해 본 적이 없는데, 다행히 초연은 모르고 넘어간 것 같았다.

'그냥 불어서 먹으면 되죠. 일 초 만에 주우면 깨끗해요.'

'이미 일 초 지났어. 그리고 이미 바닥에 닿은 순간 깨끗하지 않고.'

태하가 그답지 않게 긴장했던 순간, 몇 시간 전부터 졸려 죽겠다는 눈을 하고 있던 초연은 간단하게 납득했다.

'기다려요. 가방에서 한 알 더 가져올게요.'

그리고 초연이 층계를 내려가는 소리가 들리자마자 태하는 바닥에 떨어트렸던 알약을 주워서 작은 지퍼백에 넣었다. 그 지퍼백은 안 실장의 손을 거쳐 지금쯤이면 어느 연구원의 손에 있을 것이었다. 그의 대학 동창이 제약 회사의 아들인 덕을 좀 봤다고 할까.

"곧, 알게 되겠지."

매일 밤, 태하를 안정시켜 줬던 신약의 비밀이 코앞에 있었다.

* * * *

초연의 퇴근길은 언제나 즐겁다. 저녁 늦게까지 강 실장님과 함께 서류 정리를 하긴 했지만, 덕분에 고기를 얻어 먹었으니 신나지 않을 이유가 없는 것이다. 게다가 오늘은 초연의 퇴근길 핫스팟인

천원숍의 모바일 쿠폰이 도착했다. 천원숍인데 천원이나 주다니, 이건 무조건 이득이라고.

"어, 토순이다!"

쿠폰을 믿고 당당하게 천원숍을 구경하는데 수면 안대 코너에서 토끼 귀를 한, 눈을 예쁘게 감고 있는 토순이의 친구들이 보였다. 하나는 파란색, 하나는 하얀색…… 이건 꼭 사야 해.

"아, 진짜……."

쇼핑백을 들고 돌아가는 길, 저녁 바람이 선선하다.

"너무 좋다."

하루하루, 웃음이 난다. 매일이 요즘만 같으면 일부러 웃으려고 하지 않아도, 혼자가 아니라고 생각하지 않아도, 늘 이렇게 신이 날 텐데.

"최태하 씨도 좋아하겠지?"

아마 웃어 줄 거라고 생각했다. 태하의 취향은 아니더라도, 싫은 말을 하더라도, 결국에는 다 받아 주는 사람이니까. 조금 까칠하고 까다로워도, 사실은 좋은 사람이었다. 초연은 알 수 있었다. 친한 사이니까, 더 잘 알 수 있었다.

"최태하 씨, 나 왔어요!"

현관에 놓인 태하의 구두를 보면서 소리 높여 외칠 때까진, 그렇다고 생각했다.

"최태하 씨, 없어요?"

실내엔 정적이 감돌고 있었다. 초연이 두리번거리며 집 안에 발을 들이니, 온통 불이 꺼진 채였고 거실의 작은 간접 조명만이 간간히 실내를 비추고 있었다.

"어, 있는데 왜 대답을 안 해요. 불은 또 왜 다 꺼 놓고."

그 아래 앉아 있던 태하가 아무 말 없이 초연을 보았다.

"오늘 수면 관측 해야 되는 거 알죠? 그래서 내가 강 실장님이 소주 한잔하자는 거 사양하고 왔잖아요, 기특해라."

혼자 신이 나서 떠드는 초연을 두고도 여전히 대답은 돌아오지 않는다.

"참, 내가 뭐 사 왔게요?"

아직 그걸 모르는 초연이 쇼핑백을 뒤적이는 사이, 태하가 실소했다. 무언가 잘못됐다는 걸, 초연도 본능적으로는 알았을 텐데.

"내가 최태하 씨 선물을 사 왔는데……."

그냥 말이 멈춰지지 않았다.

"또, 뭘 나한테 주려고?"

초연을 흘깃 보는 태하의 눈동자가 서늘했다. 그 입가에 걸린 웃음은 더더욱.

"또, 뭐로 날 속이려고?"

순간, 초연의 심장이 내려앉는다.

"네……?"

고작 바보 같은 반문밖에 못 할 정도로, 태하의 시선이 차가웠다.

"말해 봐, 내가 물어보잖아."

이런 식으로 웃을 수 있는 사람인 줄 몰랐다. 초연이 여태 알던 태하가 거짓말 같을 정도로 지금 눈앞의 남자는 비틀린 미소로 초연의 목을 졸랐다.

"싸구려 비타민과 싸구려 거짓말로 날 속인 기분은 어때?"

숨이 막혀, 아무 말도 나오질 않았다.

"언제까지 날 속일 수 있을 거라 생각했지?"

툭, 초연의 앞에 던진 종이엔 빼곡하게 약의 성분이 적혀 있었다. 보지 않아도 안다. 그건 원래 기적의 신약 따위가 아니라 몸에 좋은 비타민에 불과했으니까.

"유감이지만, 연극은 끝이야."

"최태하 씨, 나는……."

처음부터 속이려던 건 아니었다. 그냥, 어린아이 달래듯이 사탕을 쥐여 준다는 게 여기까지 와 버렸다. 하지만, 괜찮은 줄 알았는데. 거짓말이라도 그게 도움이 된다면 그건 괜찮을 줄 알았는데.

"짐은 1층에 내려놨어."

"……네?"

차갑고 차가웠다. 더 이상 우리는 친한 사이도 무엇도 아니었다는 걸 태하의 시선이 증명하고 있었다. 그런 건 다 싸구려 거짓말이었다고.

"나가."

"그런 게 아니었어요, 최태하 씨를 속이려던 게 아니라……!"

"아니면? 결국 네가 날 속였다는 사실이 달라지나?"

할 말이 없어서, 그 눈이 너무 차가워서, 초연은 괜히 눈이 시렸다. 내가 잘못한 사람이니까, 내가 울 자격은 없는 건데. 다 내 잘못인데, 그런데도.

"내 눈앞에서 당장 꺼져."

그 말이 아팠다.

"그리고 두 번 다시 나타나지 마."

억지로 내몰리듯, 초연이 현관을 나섰다. 머릿속이 하얗게 바래져서 아무런 생각이 들지도 않았다. 기어이 울음이 터진 건, 1층에서 짐을 받고 나서였다. 작은 캐리어를 끌고 몇 걸음을 걸었을까, 초연은 저도 모르게 주저앉고 말았다.

"알아, 내가 나쁜 거……."

울음을 애써 삭이는 건 혼잣말이었다.

"토순아, 내가 나빴어."

초연은 잠시 고개를 들어 눈물을 억누르며 토순이를 찾았다. 토순이의 폭신한 감촉이 필요해 길가의 보도블록에 앉아서 캐리어를 열었는데, 그런데 토순이가 없다.

"어……."

그제야 울음이 터졌다.

"놓고 왔나 봐, 어떡해."

난 진짜 나쁜 언니야. 나쁜 사람이야. 우리 이제 친해졌는데 계속 거짓말을 하고, 토순이도 놓고 와 버렸어.

"어떡해…… 진짜 어떡해, 나……."

다시 돌아갈 수는 없었다. 태하의 싸늘한 눈을 생각하면 더더욱.

"토순아, 언니 어떡해……."

하지만 두고 갈 수도 없었다. 아빠가 만들어 준 내 친구인데, 첫 번째 친구이고 유일한 친구였는데, 어떻게 널 두고 가.

"어떡하면 좋아……."

그저 눈물이 나왔다. 진짜 바보같이, 길가에 앉아서 이렇게 울고나 있었다. 초연은 얼굴을 감싸 쥐었다. 나는 왜 이것밖에 안 되는 걸까. 그냥 처음부터 거짓말을 하지 말 것을. 아니, 나중에라도 말해 줄걸. 그건 사실 몸에 좋은 비타민이었다고, 당신이 조금이라도 마음이 편해지길 바라서, 조금이라도 잠들 수 있기를 바라서…… 그냥 해 본 거짓말이었다고.

*＊ * *

삑, 드물게 펜트하우스로부터 울린 콜에 라운지는 긴장감이 감돌았다.

— 짐, 찾아갔습니까.

"예. 정확히 십 분 전에 찾아가셨습니다."

이 라운지의 담당은 예전 5성급 호텔의 지배인 출신이었다. 그는 해도 될 말과 해서는 안 될 말, 그러나 가끔은 해 주고 싶은 말을 아는 사람이었다.

"그리고 정문 지나서 약 5미터 근방에 주저앉아 울고 계십니다."

수화기 너머로 잠시 침묵이 전해져 왔다.

— 찾아 갔으면 됐습니다.

탈칵, 전화가 끊은 태하가 성난 걸음으로 집 안을 가로질렀다. 불면증 치료의 시작과 끝은 평점심이란 티베트 고승의 말을 들은 후로 이렇게 화가 났던 적이 없는 것 같다.

"감히 날 속여?"

생각할수록 열이 치솟는다. 고작 싸구려 비타민이었다. 여태까지 태하가 믿고 의지했던 희망이 우스워지는 건 한순간이었다.

"하, 어떻게……."

어이가 없어 헛웃음이 나왔다. 내가 그 새파랗게 어린 여자한테 제대로 한 방을 먹은 것이다. 바로 그 사실이 지금 태하를 가장 분노케 하고 있었다. 평소였다면 코웃음도 치지 않았을 싸구려 속임수에 너무 쉽게 넘어가 버린 자신이 한심하고, 서글퍼서 더 화가 났다.

"순진한 얼굴을 하고서 잘도!"

물론 초연에 대한 배신감도 크게 한몫을 했다. 아무것도 모르는 어린아이처럼 웃는 얼굴을 하고서 여태껏 태하를 기만하고 있었다. 그런 걸 귀엽다고, 강아지 같다고 착각했다는 게 더 열불이 날 뿐이다. 적어도 강아지는 사람에게 거짓말은 안 하지.

"이건…… 용서가 안 돼."

결심이 입 밖으로 나오는 순간, 확고하게 굳어졌다. 태하는 즉시 정 교수에게 전화를 걸었다. 이 분을 삭히기 위해서라면 당장 어떤 조치가 필요했다. 그것도 아주 확실한 응징이.

— 최 이사가 어쩐 일이야, 이 시간에?

"알고 계셨죠."

— 뭘?

단도직입적인 태하의 질문에 동요할 정 교수가 아니었다.

"교수님의 새파란 조교가 감히 저를 상대로 친 대담한 사기극 말입니다."

— 새파란 조교라면 초연 양인데, 사기극이라니?

정 교수가 시치미를 떼는 거든, 정말로 몰랐든 더 이상 중요한 문제는 아니었다.

"그럼, 지금부터 알려 드리죠."

그 후로 정 교수를 상대로 장장 오 분에 걸쳐 열변을 토해 내던 태하는 기어이 찬장을 열어 헤네시를 꺼냈다. 불면증에 술은 독이나 마찬가지였지만, 당장은 치밀어 오르는 이 울분을 누르는 게 급했다.

"……이제 아시겠습니까? 그 조교가 무슨 짓을 했는지?"

— 그건 확실히 내 관리 소홀이군. 하지만 최 이사도 나한테 비밀을 만든 거잖아? 이건 쌍방 과실이니 서로 참작하는 게 어때?

"그러죠."

의외로 순순한 대답 후에는 복병이 따르는 법이다. 딸깍, 얼음이 반쯤 채워진 글라스를 흔들던 태하가 다시 입을 뗐다.

"하지만 그건 교수님과 제 사이의 일이고, 그 여자는 아닙니다. 적어도 날 속인 댓가를 치러야 하니까."

— 최 이사. 물론 이 조교가 큰 잘못을 저지르긴 했지만 최 이사의 치료를 돕고 싶은 마음이 앞서서 그런 실수를 한 거지, 의도가 나빴던 건…….

"그건 상관없습니다. 어쨌든 날 속였단 사실은 달라지지 않아요."

그 사실이 가장 태하의 분노를 부추겼다. 친한 사이 좋아하네. 같지도 않은 소꿉장난을 하고 있을 때도 초연은 태하를 속이고 있었다.

"센터에서 당장 해임하세요."

— 그건 최 이사가 결정할 문제가 아냐.

"아니면, 센터에 대한 모든 지원을 중단하겠습니다."

— 그것도 좋은 생각이 아니고.

"제가 못 할 것 같습니까?"

태하는 다소 높아진 언성을 가라앉히려 술잔을 비웠다.

— 최 이사를 위해서 하는 말이야. 누구의 편도 아닌 최 이사의 주치의로서 말하는 거지. 생각해 봐. 그 약이 가짜였다면 최 이사는 어떻게 잠들 수 있었던 거지? 안정제의 효과는?

"플라시보였겠죠."

— 최 이사 불면증이 그 정도로 쉬운 병은 아닐 텐데.

그 말이 옳기에 태하가 잠시 말을 멈추었다. 잠들었던 이성이 정 교수의 목소리에 살짝 깨어난 듯했다.

— 내가 처음에 세웠던 가설 기억해? 여태 수면 관측을 했던 데이터는? 최 이사도 알겠지만 데이터는 거짓말을 할 수 없어.

분명 효과가 있었다. 약물 성분표를 받기 전까진 의심조차 못 했을 만큼.

— 난 처음부터 이 가설의 변수를 한 사람에게 맞췄어. 최 이사가 여태 잠들었던 적 모두 그 변수가 존재했지. 그 변수는 최 이사도 잘 알다시피 이초연이라는 사람…….

더 듣고 싶지 않았다. 사실이든 아니든, 당장은 아무 말도 듣고 싶지 않았다.

"그만, 끊겠습니다."

대답도 듣지 않고 전화를 끊어 버린 태하는 다시금 잔을 비웠다. 그런다고 머릿속에서 정 교수의 말이 떠나갈 리는 없었다. 하지만 무엇 하나 확실한 것도 없기는 마찬가지였다. 그게 태하를 미치게 만들고 있었다.

"……빌어먹을."

무엇보다, 초연이 태하를 속였다는 사실은 변하지 않는다. 또다시, 태하의 마음 한구석에서도 무언가가 툭, 끊겨 나가는 기분이 들었다. 어차피 이 높은 곳에서의 야경엔, 초연이 울고 있는 구석 따위는 보이지 않았다.

그리고 투둑투둑, 비가 내리기 시작했다. 태하가 보는 야경과, 초연의 어깨 위에 공평하게.

** * *

차라리 비가 내려서 다행이다. 혼자 이런 보도블록에 앉아 울고 있는 여자의 모습은 누가 봐도 이상할 테니까.

"난 정말 한심해."

처음부터 그런 거짓말은 하지 말았어야 했다. 아니면, 나중에라도 사실을 말할걸. 그 사람이 먼저 알기 전에 말했더라면, 이렇게 싸늘한 눈빛은 보지 않아도 됐을 텐데.

"다 내 잘못이야…… 토순아 미안해."

어떻게 돌이켜야 하는지도 모르겠다. 지금 당장 토순이조차 어쩌지 못하는 한심한 자신이다. 되찾으러 갈 자신도, 이대로 두고 갈 자신도 없어서 이렇게 앉아서 울고만 있는 내가 제일 나쁘고 한심해. 초연이 스스로를 자책하던 그 순간, 문득 비가 그쳤다.

"다 큰 처자가 왜 이런 데서 울고 있누?"

고개를 들어 보니 초로의 노인이 초연의 머리 위에 우산을 씌워 주고 있었다.

"토순이는 또 뭐고."

"토순이는…… 제 인형이에요."

인자한 웃음에 괜히 더 울음이 나오려는 이유는 뭘까. 모르는 할아버지한테 이러면 안 되는데. 알면서도 어리광을 부리게 된다. 마치, 그녀의 아빠가 있었을 때처럼.

"인형 때문에 울 나이는 아닌 것 같은데?"

"그런데…… 토순이는 아빠가 선물해 준 동생이거든요. 인형이라도…… 이제 나한텐 하나밖에 없는 가족인데…… 그런데……."

초연의 울음에 노인은 고개를 끄덕이더니, 자연스럽게 초연의 곁에 앉았다.

"저런. 그럼 토순인지 뭔지를 꼭 찾아야겠구먼."

"그럴 수가 없어요. 지금 토순이를 놔두고 온 집주인한테 큰 잘못을 해서 돌아갈 수가 없거든요. 사실은…… 내쫓겼어요."

"얼마나 큰 잘못을 했기에?"

"제가…… 거짓말을 했어요."

흐음, 초연의 말에 노인이 고개를 재차 끄덕였다.

"처음엔 그냥 귀찮아서 둘러댄 건데, 그 사람이 믿게 되면서…… 저도 모르게 계속 거짓말을 하게 됐어요. 그 사람이 그 거짓말을 믿어서 조금 더 행복해질 수 있을 것 같아서, 이건 거짓말이라도 착한 거짓말이라고…… 그렇게 생각하고 싶었나 봐요."

"그래도 거짓말은 거짓말이니까?"

"네……."

시무룩하게 고개를 끄덕이는 초연은 이미 제 잘못을 잘 알고 있었다. 그래서 더더욱 돌아갈 용기가 나지 않는 것이었다. 태하가 무서워서도 있지만, 막상 그 얼굴을 보면 할 말이 단 한 마디도 떠오르지 않을 것 같아서.

"기운 내야지."

툭툭, 초연의 어깨를 두드리는 손길이 처음 만나는 사람 같지 않게 너무 친숙했다.

"그래야 유일한 가족을 찾으러 갈 수 있지 않겠어?"

"하지만……."

"거짓말은 분명 잘못이야. 하지만 뭐든 세상 끝장까지 볼 필요는 없는 게야. 아가씨가 그렇게 생각한다면 상대에게도 그 생각을 알려 주면 돼. 진정을 담아서 사과를 하면 되고."

"무서워요. 그 사람이 들어 주지 않을까 봐. 아직…… 뭐라고 말해야 할지도 모르겠는걸요."

흐음, 또 습관처럼 고개를 끄덕이던 노인이 빤히 초연을 보았다.

"노인네 남는 게 시간인데, 같이 고민해 주랴?"

"정말요?"

"그럼! 뭐라고 사과를 해서 토순이를 찾아올지 이 노인네라도 머리 하나를 더 보태면 낫겠지."

"바보 같다고…… 생각 안 하세요? 인형 때문에 이러는 거, 먼저 거짓말해 놓고 이러는 거……."

"전혀."

초연의 마음을 들여다본 듯 인자한 웃음이었다.

"잘못을 하면, 바로잡으면 되는 게야. 뭣보다…… 유일한 가족을 지켜야 하는 심정은 이 노인네가 잘 알지."

"가족이…… 없으세요?"

"하나 남았어. 아가씨의 토순이처럼 아주 골치 아픈 게 남았지 뭐야."

"왜……."

"아들이랑 며느리가 나란히 날 추월했지 뭐야. 망할 놈의 불효자식들 같으니라고."

담담히 고개를 끄덕이는 초연보다 정작 노인의 웃음이 더 밝았다.

"이런 비 오는 날이면 꼭 가야 하는 데가 있지. 아가씨도 데려가 주랴?"

아빠가 모르는 사람을 따라가면 안 된다고 했지만, 이 사람은 괜찮을 것 같았다.

"가서 우리 토순이를 어떻게 찾아올지 고민해 보자고, 자! 어서 기운 내고!"

그래, 기운을 내야 토순이를 되찾을 수 있다. 그리고 그녀의 잘못도 어쩌면…… 바로잡을 수 있을지도 모른다.

"네!"

일부러 더 씩씩하게 대답하는 초연을 두고 노인이 미소 지었다.

* * * *

유려한 곡선을 가진 헤네시 병의 수위가 거의 바닥을 향해 가고 있었다. 그 덕분인지 태하 가슴속에 끓던 열기는 조금 삭혀진 터다.

'난 처음부터 이 가설의 변수를 한 사람에게 맞췄어.'

이성이 돌아올수록 정 교수의 말이 끈질기게 태하를 괴롭혔다. 분명 약의 효과는 있었다. 그게 싸구려 비타민이라는 진실을 알기 전까지는 그랬다. 잠들 수 있었던 것도 사실이다. 그리고 그 모든 사실을 조합하면…….

"아니야."

태하는 그를 잠들게 했던 변수가 그 여자라는 사실을 받아들이고 싶지 않았다.

"잘도 순진한 얼굴로 날 속이고……."

탁, 거칠게 잔을 내려놓는 태하의 손짓에서 그 심기가 묻어 나왔다. 그럴 리가 없다. 이 지독한 불면증을 고칠 희망이 그런 여자일 리가 없었다. 아니, 그래야만 한다.

"젠장."

오늘따라 거친 말이 자꾸 튀어나온다. 태하는 술잔을 내버려 두고 욕실로 향했다. 정도를 지켜야 내일 일정에 무리가 없을 터였다. 그는 이런 상황일수록 평정심을 잃으면 안 되니까.

"그래."

세찬 물줄기를 맞으며 태하가 또 혼잣말을 했다. 스스로를 납득시키려는 강한 의지가 작용한 탓인가 보다.

"변수는 다시 찾으면 돼."

뱉은 말은 지키는 성격이다. 두 번 다시 내 눈앞에 나타나지 말라고 했으니 그걸 돌이킬 생각은 없었다.

"……망할."

또 험한 말이 나오고 만 건, 침실에 들어선 태하를 말똥히 바라보는 토순이의 착한 눈 때문이었다.

"누더기 주제에, 뭘 보는데!"

평소라면 이런 짓은 안 했다. 아까 마신 헤네시가 안 하던 짓을 자꾸 하게 해서 그렇지.

"저런 걸 애지중지하고, 무슨 애도 아니고……."

그 말을 하는 순간, 하고 싶지 않은 생각이 머릿속을 스쳤다. 하나밖에 없는 가족이라고 했었던가. 이깟 인형이 뭐라고 맨날 '언니가 미안해.'를 입에 달고 살던 그 여자가.

"토순이 같은 소리 하고 있네."

그리고 분명 지금 이 순간에도 그 소리를 하면서 울고 짜고 있겠지. 태하가 딱 싫어하는 광경이었다. 이런 거, 치워 버릴 거라고. 뭐 어때, 어차피 이초연도 자신의 인생에서 치워 버릴 건데.

"……하."

덥썩 잡은 토순이는 생각보다 부드러웠고, 언젠가 초연이 했던 말처럼 500원어치보다 더한 섬유유연제 냄새가 났다.

"누더기 같은 게 진짜."

아무래도 내다 버려야겠다. 이런 누더기는 그의 공간에서 치워 버려야 한다. 이초연의 존재가 그렇듯이. 태하가 다시 로비로 인터폰을 걸었던 건, 순수하게 그 이유뿐이었다.

"아까 그 여자, 아직 있습니까? 두고 간 물건이 하나 있는 것 같은데."

보나 마나 뻔했다. 아직도 질질 짜고 있겠지. 이러지도 저러지도 못했을 테니, 꼴에 또 저 토순인지 뭔지를 놓고는 못 갔을 거고.

— 아까 짐을 찾아간 여자분이라면…… 지금 없으십니다.

"뭐요?"

그럴 리가 없는데.

"그대로 갔단 말입니까?"

— 아뇨, 그게…….

잠시 공백 사이로 지배인이 누군가와 대화하는 소리가 들렸다.

— 현관을 지키는 직원 말로는 어떤 남자분과 함께 가셨답니다.

"……뭐요?"

— 저도 직접 본 게 아니라 자세한 정황은 모르겠습니다만…… 알아볼까요?

"필요 없습니다!"

간신히 삭혔던 울분이 다시 차올랐다. 뭐? 어떤 남자분과 함께 가셨어? 지금 사기를 당한 피해자인 내가 자비를 베풀어 그놈의 토순이인지 뭔지를 돌려줄 생각이었는데, 가뜩이나 비 오는 밤에 울고 짜고 있으면 이 건물의 평판에 누가 되니까 다 가지고 꺼지라고 할 생각이었는데, 누구랑 어디를 가?

"이 여자가 진짜……."

뒷말을 삼키며 인터폰에서 돌아선 태하의 시선에 토순이가 들어왔다. 토순이의 까맣고 착한 눈이 태하를 보고 있었다. 정확히는 끓어오르는 화에 빈주먹을 쥐고 있는 그를.

"이토순, 너 따라와."

아무래도 오늘, 술이 좀 과했던 것 같기는 하다.

* * * *

토순이로 의기투합한 두 사람이 도착한 곳은 강남에서 가장 붐빈다는 사거리였다.

"여긴 매일 포장마차가 서지."

대리 기사들이 주로 이용하는 포장마차엔 사람들이 붐볐고, 우동 3천 원 따위의 간판이 붙어 있었다.

"이런 비 오는 날엔 여기서 오뎅 국물에 소주 한잔하는 게 내 낙이야."

"아, 저도 좋아해요."

아직 팅팅 부은 눈이 무색하게 초연이 웃었다.

"거기에 껍데기……."

"오, 젊은 처자가 뭘 아는구먼! 여기 껍데기 볶음 하나, 오뎅탕 하나, 소주 한 병!"

그렇게 한 잔, 두 잔, 술이 넘어갔다.

"거짓말을 한 건 일단 제가 잘못한 거죠……. 맞아요……."

초연이 쓴 소주를 들이켜고는 속내를 쏟아 냈다.

"하지만 그 사람이 행복해지는 것 같아서…… 물론 제 잘못이지만, 그래서 말을 못 했어요. 먼저 말했어야 하는데. 그랬으면 그렇게 화내지 않았을지도 모르는데."

"너무 자책할 거 없어. 이미 벌어진 일 아닌가?"

"그야 그렇지만요……."

"좋았다며?"

"그땐 그랬죠……."

초연이 제 빈 잔을 스스로 채우자 짠, 하고 부딪쳐 오는 술잔이 있다.

"착한 거짓말은 없나 봐요."

"그 마음을 담아서 말해 봐. 그놈이 아주 쪼잔한 놈이 아니라면 들어 줄 거야."

"그럴……까요?"

태하가 쪼잔한지 아닌지 잘 모르겠다. 예민하고 좀 못된 구석이 있긴 하지만, 결국엔 웃어 주던 사람인데.

"아마…… 좋은 사람인 거 같아요."

"그런 게 인연이라는 게야. 서로가 불꽃 튀게 부딪히면서도 결국엔 좋은 사람이라고 느낀다면……."

순간, 초연의 입이 벌어졌다. 파바박, 마주친 시선에서 불꽃이 튀었다.

"그건 이미…… 우리의 운명인 거야……?"

〈아버님은 내 사위〉의 명대사를 읊자마자 캬, 술을 들이켠 노인이 초연을 보고 활짝 웃었다.

"젊은이답지 않게 그 명작을 알다니!"

"전 다시 보기로 세 번씩 보는걸요!"

"아, 이거야말로……."

덥썩, 초연의 손을 잡아 오는 주름진 손이 너무 포근했다.

"운명일세."

초연은 손을 잡힌 채로 고개를 연신 끄덕였다. 이런 취향을 알아주는 사람을 만나다니, 이거야말로 운명일지도 몰랐다.

"해서…… 누구 편인가?"

여태 본 중에 가장 진지한 눈빛에 초연은 결연하게 대답했다.

"당연히 장모님이죠!"

"역시……."

잡힌 손에 더욱 힘이 실렸다.

"아가씨, 토순이 말고는 가족이 없다고 했지? 그럼…… 이제부터 넌 내 손녀다!"

호쾌한 한마디가 포장마차 안을 쩌렁쩌렁 울렸다.

"할아버지라고 불러 봐!"

이건 정말 운명인지도 모른다.

"네, 할아버지!"

그 말에 노인이 세상을 다 얻은 듯이 웃었다.

"여기, 내가 어여쁜 손녀 얻은 기념으로 다 삽니다!"

그렇게 포장마차에 골든벨이 울렸다.

** * *

망할 토순이를 옆구리에 낀 채, 되는대로 신을 신고 나오는 태하를 보며 로비의 직원들은 애써 평정을 유지해야 했다.

"이 빌어먹을 거."

괜히 토순이를 쿵, 쥐어박으면서도 걸음은 느려지지 않는다.

"대체 어디로 간 거야?"

여기서 울고 짜고 있어야지, 도대체 누굴 따라서 어딜 또 갔단 말인가. 비가 오는데, 사기꾼 주제에, 죽고 못 사는 토순이도 두고 간 주제에, 대체 어딜 간 거냐고.

"너, 버릴 거야."

토순이에게 괜한 협박이다.

"너희 언니 찾으러 안 오면, 정말 버린다."

마지막 목격자의 증언에 따라 초연이 질질 짜고 있었다는 길을 지나치는 태하의 마음이 조급하다. 물론, 이건 누더기를 깨끗하게 치우기 위함이지 다른 목적은 없었다.

"대체 어디까지 간 거야!"

비가 막 그친 길을 걷는 건 태하의 취미에 맞지 않았다. 그냥 여기 버려 버릴까.

"그럴까?"

토순이는 말이 없었다. 늘 그랬듯, 까맣고 착한 눈으로 태하를 보았다.

*＊ * *

포장마차에 골든벨이 울린 후로, 두 병은 더 마셨나 보다.

"우리 아가를 이제 만났는데, 이대로 헤어질 수는 없지! 2차는 집으로 가는 거야, 어때?"

"할아버지 집이 이 근처예요?"

"우리 집은 아니고…… 거의 내 집 같은 게 하나 있어, 아주 가까워! 내 집이나 마찬가지지!"

턱, 어깨동무를 한 두 사람은 누가 봐도 할아버지와 손녀로 보였다. 그것도 아주 사이가 좋은.

"술도 많을 게다! 없으면 사 오라고 하지, 뭘! 어때, 할아비 좀 멋있으냐?"

"네, 완전."

초연의 칭찬에 노인은 으쓱으쓱, 어깨가 올라가면서 절로 노래가 나왔다.

"왜 아버님은 사위라…… 왜 나를 아프게 했니……."

그 노랫가락에 본능적으로 반응한 초연의 어깨도 들썩였다.

"내 모든 효도했는데, 왜 나를 울리니!"

초연이 한마디 거들자, 노랫가락이 더 커졌다.

"너 나를 아프게 한 만큼, 다 돌려줄 거야!"

"나쁜 장모라고 하지 마……. 용서…… 못 해!"

브라보, 같이 박수를 치는 와중에 벌써 길의 끝이다. 그리고 그 길의 끝에 왠지 익숙한 그림자가 보였다.

** * *

막연히 길을 따라 걸었을 뿐인데, 벌써 지쳤다. 안 먹던 술을 먹어서 그런 건지, 배신의 타격이 강했던 건지, 알 수는 없지만.

"내가 왜……."

그놈의 착하고 까만 눈이 문제였다. 심한 말이 나오질 않는다. 아직 내게 이런 동심이 남아 있었던 건가.

"아니야."

혼잣말을 하는 건, 스스로 납득하고 싶다는 증거다. 그는 당장 길에다 버려도 될 이 토순이와도 아무런 관련이 없고, 누군가를 따라갔다는 그 여자와도 두 번 다시는 보지 않을 사이였다. 애초에 자신이 왜 이런 소모적인 일을 하고 있는 건가 싶어, 그답지 않은 일을 하는 대신 돌아가려고 하던 찰나였다.

길의 끝에서 무슨 소리가 들렸다.

'너 나를 아프게 한 만큼, 다 돌려줄 거야!'

'나쁜 장모라고 하지 마……. 용서…… 못 해!'

어딘가 익숙한 노래였다. 그리고 익숙한 목소리였다.

"아이고, 우리 손주가 마중을 또 나와 있네!"

얼굴을 알아볼 정도로 가까이 다가왔을 때, 태하는 눈앞의 이상한 조합에 술이 확 깨는 기분이었다. 태하 이상으로 술에 취한 두 사람은 도원결의 이상의 각오를 보여 주듯, 어깨동무를 한 채였다.

"여기가 우리 손주 집이야! 내 집이나 마찬가지지, 이 건물이 내 거니까! 우리 2차 장소야, 어때 우리 아가?"

거짓말처럼, 재두와 초연이 어깨동무를 하고 있었다. 아니 정말로, 거짓말처럼.

"이게 무슨……."

이보다 더 황당할 수는 없었다.

"인사해라, 내 새로운 손녀야."

기세 좋게 외치는 할아버지 옆에서, 초연이 저를 보다가 꾸벅 인사를 했다.

"안녕하세요, 새 손녀입니다!"

태하의 당혹스러운 밤은 아직, 끝나지 않았다.

태하가 불청객들에게 현관문 앞까지 밀려 나는 건 그야말로 순식간의 일이었다. 보통 침입자는 1층의 보안 요원들이 통제하지만, 오늘의 침입자는 무려 이 건물의 주인이었기에 태하는 혼자서 막무가내의 주정뱅이 둘을 막아서야 했던 것이다.

"더는 못 물러납니다!"

급기야 문을 막아선 태하가 외쳤다.

"아무리 회장님이라도 여긴 제 개인 자택이란 말입니다. 이런 식으로 거주지를 침범하실 권리는……."

"쯧쯔, 이 막돼먹은 불효자식 봐라. 하는 짓이 춘삼이보다 더해, 아주."

과장되게 뒷목을 잡는 재두를 초연이 부축하는 장면이 꼭 〈아버님은 내 사위〉에 나올 법했다. 아마, 춘삼인지 뭔지도 거기 나오는 나쁜 놈이겠지.

"손주라는 놈이 할아버지라고 부를 줄도 모르고, 이 늙은이를 이렇게 문전박대 하지를 않나……."

"늘 말씀드리지만 그런 수엔 안 넘어갑니다."

쳇, 재두가 마뜩잖게 혀를 차는 소리는 태하의 귀에만 들리나 보다.

"그럼 다 필요 없고 일단 비켜! 우리 아가랑 2차 해야 돼!"

"여태까지 안 된다고 말씀드렸……."

"이 건물이 내 건데, 너야말로 쫓겨나고 싶으냐? 지금 우리 아가 기다리는 거 안 보이냔 말이다!"

재두 옆에 가만히 서 있는 초연이 태하를 더 황당하게 만들고 있었다. 재두야 워낙 막 나가는 영감이라 해도, 맞장구를 치는 초연은 또 뭔지.

"말씀 나온 김에, 전 저런 동생 둔 적도 없습니다!"

"그게 문제인 게냐?"

"다 문제지만, 그게 제일 큰 문젭니다."

"허, 그렇단 말이지."

한 발짝 물러난 재두가 주머니를 뒤적거려 무언가를 꺼냈다. 그리고 초연을 향해 인자한 손짓을 했다. 친손자인 태하에겐 단 한 번도 보여 준 적 없는 미소와 함께.

"우리 아가, 잠깐 이리 와 봐라."

"네, 할아버지!"

남이 보면 참 훈훈한 광경이었다. 태하의 마음 같아선 저 둘의 예쁜 사랑, 내 눈앞이 아닌 다른 곳에서 평생 펼쳐졌으면 좋겠지만.

"자, 가만……."

재두가 초연의 얼굴에 무언가를 하는 것 같았는데, 태하는 얼핏 차이를 모르겠다. 아니, 알고 싶지가 않았다.

"자, 됐지!"

설마. 하지만 그 설마가 지금 태하의 눈앞에 펼쳐지고 있었다. 수줍게 자신을 올려 보는 초연의 눈 밑엔 방금 재두가 볼펜으로 그려 준 점 하나가 떡 찍혀 있었다. 참 나, 세상에.

"이제 진짜 새 손녀다!"

더 이상 반박할 힘도 없는 태하의 어깨가 축, 처졌다.

"네, 새 손녀입니다!"

그런 태하를 보며 다시 한번 꾸벅 인사하는 초연의 목소리는 여전히 씩씩했다.

아무래도 세상이 미쳐 돌아가는 게 틀림없다. 어쩌면 꿈일지도 모른다. 그 신약은 사실이었고 부작용으로 이런 악몽을 꾸는 중이라고 하면 차라리 설득력이 있었다.

"그래, 8회가 명장면이 많아! 우리 아가는 어쩜 이렇게 예쁜 짓만 골라서 하누."

태하의 거실은 이미 불한당들에게 점령당한 지 오래였다. 눈 밑에 점을 찍고 한층 더 기세가 당당해진 새 손녀는 태하의 집에서 태하의 리모컨으로 태하가 지불할 드라마 전편 다시 보기를 결제한 뒤 대장 불한당에게 잔뜩 칭찬을 받는 중이었다.

"내가 아는 어떤 놈이 발가락 때만큼이라도 우리 아가를 닮았으면 좀 좋을까 몰라. 저, 인정머리라곤 약에 쓸래도 없는 춘삼이 같은 놈……."

그리고 태하는 욕을 먹는다. 다시 한번 말하지만 세상은 미쳐 돌아가는 게 틀림없었다. 태하는 거실에서 들리는 화기애애한 소리를 애써 무시하며 탁, 식탁 위에 놓아뒀던 술잔을 비웠다.

"이건 악몽이야."

자기 최면에 가까운 혼잣말이 태하를 더 비참하게 만들었다. 이 상황은 어디부터 잘못된 걸까, 나는 누구고 여긴 또 어딘가. 알코올의 부추김과 거실의 웃음소리에 태하의 머릿속은 이미 과부하였다.

"뭔가…… 해야 해."

이 사태를 두고 볼 수는 없었다. 하지만 정작 답은 떠오르지 않는다. 가치 있는 인질이었던 이토순은 이미 재두의 손에 빼앗겨 다시 초연의 품에 안긴 지 오래였다. 태하에게 남은 카드는 없는 셈이었다.

"이토순 따위가 감히 날 배신하다니."

갑자기 억울해졌다. 세상 온갖 불쌍한 척은 다 하고 쫓겨난 주제에, 하필이면 비까지 오는 바람에, 게다가 저 파렴치한 이토순이 남의 양심을 있는 대로 자극하는 바람에, 누군 슬리퍼 차림으로 찾아 나섰는데!

"저 배신자들."

이초연과 이토순. 그 사기꾼 악당 자매들은 걱정했던 태하를 단숨에 바보로 만들고 보란 듯이 쫓겨난 지 불과 몇 시간 만에 다시 저 거실을 장악했다. 그것도 반칙에 가까운 재두라는 카드를 내세워서 아주 기세등등하게 말이다.

"그래, 복수해야겠어."

태하가 빈주먹을 꾹 쥐며 어두운 눈동자로 허공을 응시했다.

"방송국에 항의 전화 할 거야! 그것도 지금 당장."

술에 취한 건 거실의 두 사람만이 아니란 사실을 지금의 태하는 몰랐다. 그뿐만 아니라 이 무시무시한 복수 방법을 떠올린 스스로가 놀랍기까지 했다. 자신에게 이런 사악한 면이 있었다니, 이 정도면 저 불한당들도 속수무책일 것이었다.

"어, 아직 게 있었냐?"

부엌을 나서는 태하를 보고 재두가 훠훠 손짓을 했다.

"이리 와서 우리 아가가 말아 주는 소맥 한 잔 마셔 보라? 맛이 아주 기가 막힌데, 내 특별히 네놈도 한 잔 나눠 주는 거야."

"필요 없습니다!"

단호한 일갈과 함께 계단을 오르는 태하의 걸음이 쿵쿵, 울렸다. 누가 봐도 나 화났다는 무언의 압박이었지만 정작 재두와 초연은 관심이 없었다. 이렇게 되면 패륜적인 마지막 방법을 써야겠다. 태하는 쾅! 하고 문을 닫으며 다시 한번 분노를 표시했다. 아무리 느긋한 사람들이라도 이쯤 되면 사태의 심각성과 그의 분노의 깊이를 느꼈을 터였다. 하지만.

"최태하 씨 정말……."

태하가 사라진 후, 언제 화기애애했냐는 듯 초연과 재두가 의미심장하게 눈빛을 교환했다.

"거봐라. 할아비 말이 맞지?"

"네, 정말…… 유치하네요."

이 말을 태하가 못 들은 게 천만다행이었다.

"저놈은 어릴 적부터 토라지면 항상 저 모양이라니까."

"시간이 지나면 좀 누그러지겠죠?"

"그럼! 오히려 이런 때 받아 주고 하면 못써. 무관심이 약이야, 저놈은. 그럼 제풀에 지쳐서 아무 일도 없던 것처럼 돌아올 게다."

"그랬으면 좋겠는데…… 그래도 잘못했다고 사과해야 하지 않을까요?"

재두의 작전대로 일부러 더 크게 웃고 떠들긴 했지만, 내내 태하가 마음에 걸렸던 초연이다.

"저런 놈은 내버려 두면 돼! 지금 미안하다고 해 봐야 사람 말 듣지도 않고, 성질이나 부리겠지. 듣지도 않을 사과를 뭣하러 하누?"

아까 초연을 쫓아내던 태하를 생각하면 재두의 말이 영 틀리진 않았다.

"나중에 하면 돼. 이 할아비 믿지?"

"……네."

"그럼 우리 아가가 말아 주는 소맥 한 잔 더 마셔 볼까!"

"네! 제가 스페셜로 말아 드릴게요!"

빙글빙글, 유리잔 안에서 돌아가는 액체처럼 이 황당한 밤도 빙글빙글 돌아가고 있었다.

** * *

태하의 분노는 여전히 사그라지지 않았다. 방송국은 전화를 받지 않았고, 방문을 쾅 닫는 행동에 아무도 반응을 보이지 않았다. 지금쯤 두 사람은 화기애애하게 태하와 춘삼이 욕이나 하고 있겠지. 생각할수록 억울한 일이었다.

"이 세상은 잘못됐어."

선량한 사람이 억울하면 안 되는 건데, 이런 불공평한 일이 바로 지금 자신의 집에서 일어나고 있었다.

"……후, 아니야."

차라리 이게 낫다고 자기 최면이라도 걸어 보련다. 만약 그길로 나간 초연이 어디로 갔는지 몰랐다면 그 나름대로 최악이었을 것이다. 멍청하게 수상한 할아버지나 따라나서는 초연으로 봐서는 충분히 태하의 양심을 괴롭힐 만했다.

"이토순만 아니었어도."

게다가 둘을 영영 이산가족으로 만들었다면, 앞으로 잠이 안 오는 밤마다 세상 어딘가에서 퍼붓는 초연의 원망이 느껴졌겠지. 그래, 잘했다 최태하. 열받고 억울하지만 그래도 잘한 거야.

"아침에 쫓아내면 돼."

간단한 해법이었다. 어차피 지금 자정을 넘긴 시각이니 아침에 쫓아낸대도 오늘 쫓아내는 건 마찬가지였다. 그러면 이 아수라장은 끝날 것이다. 후, 이런 때일수록 마음을 너그럽게 먹어야 한다. 태하는 이젠 얼굴도 잘 기억나지 않는 티베트의 고승을 떠올리며 심호흡을 했다.

그리고 바로 그 순간 똑똑, 하는 소리가 태하의 평정심을 깼다.

이제 그 조심스러운 노크 소리의 주인공이 누구인지는 안 봐도 뻔했다.

*** *

조금 전, 거실에서 대자로 뻗어서 잠든 재두를 살피던 초연은 조심스럽게 자리에서 일어났다. 그러고는 살금살금 계단을 올라 태하의 방문 앞에서 조금 더 망설였다. 슬쩍 1층을 내려 보니 재두는 깊은 잠에 들었는지 코 고는 소리까지 들렸다.

똑똑, 간신히 용기를 내서 두드린 노크 소리가 초연의 심장까지 두드리는 것 같았다. 물론, 대답은 돌아오지 않았다. 대신해서 인기척이 들렸다. 누가 들어도 화들짝 놀란 것 같은 태하의 인기척이.

"최태하 씨, 아직 안 자는 거 알아요."

가만히 말을 건네니 인기척이 멎었다. 하지만 여전히 대답은 없었다. 초연은 잠시 제 숨을 고르고는 가능한 방문에 가까이 다가갔다.

"저…… 사과하러 왔어요."

누군가 침묵도 일종의 대답이라 했었다. 초연은 이 순간, 그 마음을 알 것 같았다.

"듣고 싶지 않다는 거 알아요. 나한테 아주 많이 화가 났다는 것도…… 알아요. 하지만 꼭 해야 할 말이 있어서 왔어요. 다 듣고 나서 최태하 씨가 날 용서해 주지 않아도 되니까, 한 번만 들어 줘요."

초연은 태하를 속였다. 순간적인 거짓말로 시작된 거였지만, 그 사실은 변하지 않는다.

"맞아요, 내가 최태하 씨한테 준 약은 단순한 비타민이었어요. 처음엔 이렇게 될 줄 몰랐어요. 솔직히 그냥 귀찮아서 별생각 없이 준 건데…… 그게 이렇게 큰 거짓말이 될 줄도 몰랐어요."

스스로 했던 잘못을 담담히 말하는 건, 참 어려운 일인 것 같다. 하지만 꼭 해야만 하는 일이기도 했다. 아빠의 말처럼, 사과를 하려면 자신이 저지른 잘못을 정직하게 고백하는 게 먼저니까.

"그다음엔, 최태하 씨가 내 거짓말을 믿는 게 좋은 일이라고 생각했어요. 그건 내가 결정할 문제가 아닌데, 최태하 씨한테 도움이 되는 것 같아서 착한 거짓말이라고 생각했어요. 그게 내 오만이라는 생각을 못 했어요. 모두한테 좋은 거라고만…… 그렇게."

거짓말로 시작된 관계였지만, 이 관계가 거짓은 아니었다. 초연은 매일 밤 거짓을 한 알씩 줬는데, 태하는 늘 웃어 주었다. 힘이 되어 준 것도, 감싸 줬던 것도, 돌아보니 초연의 거짓말이 아닌 태하의 온기였다.

"최태하 씨가 잠들 수 있으면 좋겠다고, 나아졌으면 좋겠다고 생각한 건 진심이에요. 그렇지만…… 내 멋대로 판단하고 속인 건 큰 잘못이었다는 걸 너무 늦게 알았어요."

초연은 지금 받아야 할 벌을 받고 있었다. 태하의 침묵보다, 후회가 더 무겁다.

"정말, 잘못했어요."

늦었지만 진심을 전하고 싶었다. 태하가 대답해 주지 않더라도.

"그리고……."

앞으로 영원히 용서해 주지 않더라도, 꼭 전하고 싶었다.

"상처 줘서 정말 미안해요."

이제 돌아서야 할 때였다. 그런데 발길이 떨어지질 않았다. 혹시나 대답 한마디 정도는 들려주지 않을까 했는데, 그건 너무 큰 욕심이었나 보다. ……그래도, 혹시나 했는데.

"그럼…… 안녕히 주무세요."

어쩌면 이게 마지막 인사가 될지도 모르겠다. 겨우 마음을 잡은 초연이 막 돌아서려던 찰나, 벌컥 문이 열렸다. 너무 갑작스러운 태하의 등장에 초연이 반사적으로 외마디 비명을 지르려는데 태하의 커다란 손이 초연의 입을 틀어막았다. 그리고 그대로 그녀를 훅 끌고 들어와 방문을 닫아 버렸다.

"쉿."

모든 일은, 너무도 순식간에 일어났다. 방금 작별을 고했던 사람이 지금 초연의 눈앞에 있었다. 참 이상한 일이었다. 아까보다 더 심장이 묵직해지는 느낌이 낯설어서 초연은 숨이 막히는 듯했다.

"지금 영감님 깨시면 답도 없어."

나직한 태하의 목소리가 정말 듣고 싶었다. 지금, 이렇게 초연의 눈을 들여다보는 눈빛도 다신 못 볼 줄 알았는데.

"그리고……."

태하가 초연의 입을 막았던 손을 떼고 한 발짝, 뒤로 물러섰지만 특유의 체취는 조금도 멀어지지 않았다.

"분명히 해 두는데, 난 상처받은 게 아니라 화가 난 거야."

"……잘못했어요."

같은 말을 되풀이하는 초연을 태하가 노려보았다.

"정확히 뭘 잘못했는데?"

"아까 말한 거…… 거짓말한 거. 내가 멋대로 착한 거짓말이라고 생각해서 최태하 씨를 속인 거……."

"어쨌든 거짓말이었지. 싸구려 비타민으로 날 기만했으니까."

초연을 노려보는 눈빛을 거두지 않은 채 태하가 어느새 창가의 의자에 앉아 있었다. 그 시선이 초연을 위축시키기는 했지만 차라리 다행이라는 생각이 들었다. 차가운 침묵보단, 이렇게라도 말을 걸어 줘서 다행이라고.

"그래서 미안하다면 단가? 사과한다고 다 없던 일이 되는 건 아닐 텐데?"

"그렇……겠죠……?"

태하의 눈치를 살피는 초연은 이미 울상이었다. 토순이를 끌어안은 한 손에 힘이 꾹 들어간 걸로 봐서는 제법 긴장도 했나 보다. 그런 주제에 잘도 그의 방문 앞에서 주절주절 심경 고백을 하다니, 웃기는 일이 따로 없었다.

"그럼…… 제가 어떻게 할까요……?"

"잘못은 이초연 씨가 했으니, 어떡할지도 이초연 씨가 생각해야지."

툭, 던지긴 했지만 의외로 담백한 고백이 태하의 머릿속을 떠돌았다. 불한당치고는 꽤 솔직한 사과였다. 아까 말했듯 그런다고 해서 거짓말을 했단 사실이 변하진 않지만, 태하도 사람인지라 조금 마음이 풀리긴 했다. 태하가 알기로 그렇게 약은 사람이 못 되는 초연이 말한 거짓말의 의도는, 기만당했다는 불쾌감을 누그러트리기에 충분했다.

"어…… 그럼 제가, 아…… 어떡하지."

불안한 듯 태하의 눈치를 살피는 초연을 보자 그 확신은 더욱 강해졌다. 그럼 그렇지, 저런 머리에 피도 안 마른 여자가 그를 기만할 수 있을 리가 없었다. 그는 기만당한 것이 아니라 착한 거짓말에 조금 마음을 줬을 뿐이었다.

"저…… 벌이라도 설까요?"

"그러든지."

한결 여유를 찾은 태하의 눈앞에, 다시 한번 황당한 광경이 펼쳐졌다. 대충 대꾸한 건데, 초연은 정말로 고개를 결연하게 끄덕이고는 그 자리에서 무릎을 꿇었다. 누가 보면 석고대죄라도 하는 줄 알겠다. 참담한 표정의 초연은 급기야 두 팔을 하늘로 들었다.

"하, 진짜 애가 따로 없군."

이런 말도 안 되는 상황이 벌어진 가장 큰 원인은 둘 다 취했다는 것이었다. 물론 두 사람 다 그 사실을 잊을 정도로 취했다. 둘 다.

"저기…… 최태하 씨."

"뭐."

그러니 둘 다, 이 웃기는 상황에서 담담하게 말을 이어 나갔다. 한 명은 무릎 꿇고 손을 든 채로, 한 명은 그걸 노려보는 채로.

"아까…… 나 데리러 온 거예요? 토순이랑 같이?"

"미쳤어?"

"근데 왜 나왔어요. 그것도 토순이랑 같이."

잠깐, 말문이 막혔던 태하가 괜히 성질을 냈다.

"손수 쫓아내고 다시 주우러 가는 쓰잘데기 없고 소모적인 일을 할 인간으로 보여, 내가?"

"네."

초연의 대답엔 단 일 초의 망설임도 없었다. 태하가 저도 모르게 놀란 눈으로 초연을 바라봤을 만큼.

"난, 어떤 게 최태하 씨가 말하는 소모적인 일인지는 모르겠지만……."

곧, 눈이 마주쳤다.

"최태하 씨는 좋은 사람이라고 생각해요. 또…… 아주 많이 다정한 사람이라고도."

이건 거짓말이 아니었으면 좋겠다. 문득, 태하는 그런 생각이 들었다.

"정말…… 미안해요."

태하가 스스로 떠올린 생각이 뭔지 미처 깨닫기도 전에, 초연의 목소리 끝에 물기가 묻어났다.

"최태하 씨는 정말 좋은 사람인데, 내가 무서울 때도 달려와 주고 나한테 화가 많이 났어도 우리 토순이랑 나 데리러 와 줬는데……."

초연이 기어이 울먹이기 시작했다. 그녀는 아직도 두 팔을 들고 벌을 서는 채였다. 정말 이런 바보 같은 여자가 다 있을까.

"그런데 나는 그렇게 좋은 최태하 씨를 속이고, 거짓말하고……. 근데 나는요. 최태하 씨가 잘 잤으면 해서 조금이라도…… 거짓말이지만 그래도 조금이라도 도움이 되면 좋을 것 같아서 그랬는데…… 그런데, 흑……."

미치겠다. 이 여자가 울 때마다 그는 정말 딱 미칠 것 같았다. 차라리 자신이 벌을 서고 싶었다. 초연의 말처럼 어떡해야 할 줄 모르겠으니까.

"잠깐, 일단 울지 마."

"내가…… 상처 줘서 정말 미안해요……."

이미 그 눈물은 터지고 말았다. 그리고 이미 태하도 초연의 코앞까지 와 있었다.

"누가 그까짓 일로 상처받았대? 화난 거라니까!"

덕분에 태하를 올려 보는 초연의 눈동자에서 또르륵, 떨어지는 눈물도 무척 선명하게 코앞에서 보였다.

"그럼, 계속 반성하면…… 언젠가는 용서해 줄래요?"

톡, 건들기만 해도 울음이 터질 것 같은 눈이었다. 초연은 그런 눈으로 태하를 봤다. 정말 웃기는 일이었다. 이걸 뿌리치면 자신이 나쁜 사람이 될 것만 같아서. 자신이 피해자인데, 왜 가해자 같은 기분이 드는 건지.

"언젠가는…… 다시 내 친한 사람이 되어 주면……."

이러지도 저러지도 못하는 태하를 두고 초연이 아랫입술을 꾹 깨물며 말을 이었다.

"그러면, 안 돼요?"

그 말이 아팠다. 투둑, 그 말을 끝으로 다시 떨어지는 눈물방울처럼. 그래서 손이 먼저 나갔다. 무슨 말을 해야 하는지 몰라서 태하는 손을 뻗고 말았다.

"생각해 볼게."

감싸 쥔 초연의 뺨은 생각보다 따스했고, 눈물은 차가웠다.

"더 이상 질질 짜지 않겠다고 약속하면."

끄덕, 초연의 고갯짓에 어쩐지 태하의 마음이 가라앉는 것만 같았다. 왜 이 여자는 항상 이렇게 빤히 올려다보는 걸까. 왜 이다지도 잘 울고 잘 웃는 걸까. 어쩌면 그렇게 서럽게 울다가도 언제 그랬냐는 듯이 말간 웃음을 지으며 고개를 끄덕이는 걸까.

"그리고 하나 더."

확실한 건, 이게 그들의 마지막은 아니라는 것이다. 태하는 엄지로 초연의 눈물 자국을 마저 슥 닦아 내고는 손을 뗐다.

"이제 점 지워졌으니까, 새 손녀도 안 돼."

여전히 눈은 마주친 채였다. 초연은 알 듯 모를 듯 여전히 그 말간 웃음을 머금고 태하를 보고 있었다. 지금 태하의 표정도 반쯤은 그 미소에 물들었다는 걸, 태하 본인만 몰랐다.

"그럼요, 최태하 씨."

"왜."

한밤중이라도 초연의 미소는 환하게 빛났다. 초연은 꼭 그런 눈으로 태하를 보았다.

"무릎이 너무 아파서 그런데, 침대에서 벌서면 안 될까요?"

웃을 때면 곱게 휘어지는 초연의 눈매에 아직 그렁그렁 물기가 매달려 있었다.

"……그러든지."

그날 밤, 초연은 슈퍼맨 자세로 잠이 들었고 태하는 그런 초연을 보다가, 보다가…… 아마도 잠이 들었었나 보다.

'최태하 씨.'

보통 사람들이 잠들기 전의 기억은 조금 희미하다던데 태하도 역시 그런 느낌이 들었다.

'미안해요.'

그렇게 희미한 목소리였다.

'그리고 고마워요.'

하지만 그 온기는 선명했다.

** * **

그날 새벽, 태하와 초연은 꿈에도 모를 유주얼 서스펙트가 있었다.

"작전은 성공한 건가……."

초연이 태하의 방으로 사라지고 한참 후, 재두가 태연한 얼굴로 일어나 기지개를 켰다.

"그럼 노인네는 이만 퇴장해 볼까."

후후, 뿌듯한 웃음을 짓던 재두가 집을 나서기 직전 2층을 올려보며 고개를 저었다.

"헌데 아무리 생각해도 저놈 주기엔 우리 아가가 아까운데……."

하지만 오늘은 이만 퇴장할 때였다. 재두는 다음 작전을 떠올리기 위한 일보 후퇴를 하기로 했다.

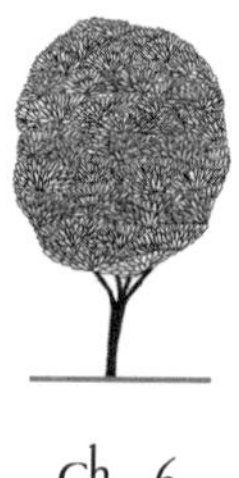

Ch. 6

여느 때와 마찬가지로 화분에 물을 주던 정 교수는 출근하는 초연의 등 뒤에서 뜻밖의 인물을 보고 고개를 갸웃했다.

"벌써 최 이사가 등장할 때였나? 설마, 센터 지원 끊으러 직접 온 건 아닐 테고."

일부러 인자한 미소를 짓는 정 교수는 역시 만만한 상대가 아니었다.

"그 부분은 제가 실언했습니다. 너그러운 분이니 이해해 주시겠죠?"

"뭐, 이게 내 직업이니 어쩌겠어. 일단 왔으니 다들 들어와."

그 후로 정 교수는 내내 고개를 끄덕이며 이 사태를 파악해야 했다. 물론 중요한 과정들이 전부 빠진 이야기는 퍽 수상했지만, 둘이 화해를 했다니 다행이었다.

"이 조교의 진정성 있는 사과를 받아 주기로 했다?"

"네. 전 아량 있는 사람이니까."

"그러게, 최 이사가 용케 그런 아량을 베풀었네."

그사이에 무슨 일들이 더 있었는지가 더 궁금했지만 정 교수는 오늘은 넘어가 주기로 했다.

"안 그래도 한 가지 단서가 있습니다. 정 교수님이 증인이 돼 주시면 좋겠는데."

"뭐지?"

그러고 보니 아까부터 초연이 말이 없었다. 평소라면 그럴 사람이 아닌데, 오늘따라 조금 풀이 죽은 것 같기도 하고.

"자, 해 봐."

태하가 초연의 옆구리를 툭 치자 억지로 떠밀리듯 초연이 입을 열었다.

"저 이초연은 한 번만 더 최태하 씨에게 거짓말을 할 시에……."

참담한 표정의 초연보다 놀라운 건 그걸 보는 태하 역시도 제법 진지하단 것이었다. 초연의 해맑음이 이렇게 빨리 전염될 줄이야.

"토순이에 대한 모든 권리를 최태하 씨에게 넘기고, 어떤 처분도…… 달게…… 받아들이겠습니다."

정 교수는 간신히 웃음을 참고 있는데, 두 사람은 진지했다.

"토순이는 뭔데?"

"그런 게 있습니다. 참고로 동영상 녹화도 해 놨죠."

"안 하면 되잖아요, 거짓말……."

극과 극끼린 통한다고 했던가. 어느샌가 이 두 사람은 처음 정 교수의 생각보다 훨씬 어울리는 모습이 되어 있었다.

"아무튼 둘이 잘 해결했다니 다행이고…… 오늘부터 관측 열심히 해 봐. 전에 말한 미국의 교수님도 관심을 보이고 있는 것 같으니 단기간이라도 데이터를 열심히 쌓아야지."

"네!"

역시, 씩씩하게 답하는 건 초연이 최고였다.

* * * *

평소보다 두 배는 빠르게 퇴근 준비를 마친 초연이 길가를 두리번거렸다. 아침에야 정 교수님을 만나러 같이 왔다지만 퇴근길에 태하가 데리러 오는 건 처음이었다. 어제 달린 탓인지 재두의 호출이 없었던 덕분이다.

"데리러 와 줘서 고마워요."

태하의 차가 정차하자마자 재빠르게 올라탄 초연이 배시시 웃었다.

"정확히는 수거해 가는 거야. 이초연 씨가 딴 길로 새서 관측에 차질을 주면 내가 더 곤란하니까."

꼭 이렇게 토를 단다. 뭐, 그런 거에 눈 하나 깜박할 초연도 아니었지만.

"저녁 먹었어요?"

"아직."

"나도 안 먹었는데."

정체가 시작된 도로 위에서 태하는 정면을 보고 있었다. 이따금 태하는 저렇게 멍하니 허공을 보곤 했다. 무슨 생각을 하는 건지 전혀 알 수 없는 눈빛으로.

"내가 밥 사 줄까요?"

"……누가 뭘 사 준다고?"

피식, 헛웃음을 짓는 태하의 옆모습이 초연은 좋았다. 평소엔 날카로운 눈매가 살짝 휘어지는 짧은 순간도, 부드럽게 말려 올라가는 입꼬리도, 전체적으로 뚜렷하고 매끄러운 옆얼굴의 선도.

"제가요! 저 오늘 월급 들어왔거든요."

"그래?"

도대체 조교한테 월급이라고 부를 만한 액수의 돈이 있을까. 웃고 있는 태하의 속도 모른 채, 초연이 신이 나서 떠들었다.

"최태하 씨는 뭐 좋아해요?"

"난 딱히 가리는 거 없는데."

"어, 나도 그런데. 있죠, 불면증엔 상추가 좋대요."

천연덕스럽게 웃으며 말하는 초연을 보면 어쩐지 표정이 풀어지는 것 같다. 태하는 어느새 옅은 미소를 머금고 초연의 말에 장단을 맞추어 주었다.

"그럼, 상추가 나오는 식당에 가야겠네."

"그렇죠?"

때마침 신호가 바뀌고, 태하가 시원하게 핸들을 돌려 유턴을 했다.

"마침 근처에 내가 아는 집이 있어. 거기 상추가 아주 맛있기로 유명하지."

"물론 상추랑 곁들여 먹을 고기도 맛있겠죠?"

본심을 드러낸 초연이 뭐가 좋은지 제 말에 또 웃었다. 하지만 그 웃음기는 오래가지 못했다. 도심에 어울리지 않는 한옥 건물 앞에 태하가 차를 세우자 발렛 파킹을 해 줄 직원이 우아한 걸음으로 뛰쳐나왔다.

잠시 후, 두 사람이 안내된 곳은 〈아버님은 내 사위〉에 나올 듯한 별실이었다.

"뭘 그렇게 봐? 앉아."

심지어 방석은 사극에서 대왕대비 마마가 앉을 것처럼 생겼다. 무엇보다 초연을 두렵게 하는 건 이 방의 어디에도 가격표가 붙어 있지 않다는 사실이었다. 심지어 태하는 메뉴판이 나오기도 전에 주문을 마쳤고, 곧이어 상다리가 부러질 듯한 음식들이 상을 한가득 채웠다.

"뭐가 참…… 많이 나오네요."

"걱정 마, 이 집 상추도 맛있어."

이쯤 되면 놀리는 건데, 초연만 모른다.

"아, 다행이다……."

다행은 무슨 다행. 초연은 애써 웃음을 지어 보이며 화로 속의 숯불을 응시했다. 저 숯불만큼 초연의 마음도 타들어 갔다. 그녀가 먹고 싶었던 상추는 이렇게 비싼 상추가 아니었는데, 상대를 잘못 골랐다.

"월급 받은 거 축하해."

"네, 고마워요……."

시름이 드리우는 초연을 보는 태하의 웃음이 짓궂었다. 하지만 이러다가도 금세 잊을 초연이였다. 그 증거로 치익, 먹음직스러운 소리를 내며 불판에 올려진 소고기를 보자마자 단숨에 초연의 얼굴에서 세상 시름이 가셨다.

"오늘은 사진 안 찍나?"

"아, 맞다! 잠깐만요."

왜 찍는지 이해는 안 가지만, 본인이 좋다니 됐다. 태하는 간만에 가벼운 젓가락질을 하며 상추가 먹고 싶다던 맞은편의 육식동물을 흐뭇하게 바라봤다.

"근데, 최태하 씨는 월급날 언제예요?"

"왜, 밥 사 달라고 하게?"

"네, 공평하게 해야죠. 아…… 사장님은 월급 안 받나?"

"나 사장 아닌데."

한입 크게 쌈을 머금은 초연이 의아한 눈으로 태하를 보았다.

"별로 되고 싶지도 않고."

"왜요? 사장님 되면 좋잖아요. 근데 이사랑 사장이랑 다른 거예요? 〈아버님은 내 사위〉에서는……."

"다른 거야. 대표 이사가 사장이고 난 그냥 이사니까."

그 막장 드라마 얘기가 더 나오기 전에 태하가 빠르게 대화를 낚아챘다.

"그래서 월급날이 언젠데요?"

"언제더라. ……왜 그런 눈으로 봐?"

"그냥 월급날을 잊을 수 있는 최태하 씨의 여유가 부러워서요."

초연은 늘 솔직했다. 그게 밉지 않고 귀여웠다.

"우린 선배들도 밥벌이하기 힘든 전공이라고 지금이라도 교직이수 권하는데……."

"그런데?"

평소라면 하찮다고 여겼을 화제에 태하는 제법 빠르게 반응하고 있었다.

"성적이……."

"아."

그건 더 듣지 않아도 알 만했다.

"최태하 씨는 학교 다닐 때 공부 잘했죠?"

"어, 잘했지. 1등이었어, 항상."

"진짜요?"

"아, 초등학교 때 잠깐 빼고."

"놀러 다니느라 정신없었구나?"

장난처럼 대꾸하는 초연의 말에 입가를 냅킨으로 닦은 태하가 아무렇지도 않게 한마디를 툭 던졌다.

"그때 부모님이 돌아가셔서."

"아…… 미안해요. 그런 뜻이 아니라."

"알아."

이런 때 태하가 짓는 미소는 꽤 어른스럽다. 그리고 따스했다. 놀란 초연의 마음이 안정될 만큼으로.

"어떻게…… 돌아가셨는지 물어봐도 돼요?"

"교통사고로. 그날 가족끼리 어딜 가고 있었거든."

"최태하 씨도 거기 있었어요?"

"어, 근데 기억이 잘 안 나."

태하의 표정은 평소와 다를 바 없이 담담했지만, 초연은 선뜻 젓가락질을 이을 수가 없었다.

"난 뒷좌석에서 잠들어 있었거든. 일어나 보니 병원이었어."

"그랬구나."

끄덕이던 태하가 잠시 초연의 눈치를 살피더니 말을 꺼낸다.

"이초연 씨도 가족이 없다고 했었지."

"네, 아빠가 있었는데 돌아가셨어요. 그때 말씀드렸듯이 친아빠는 아니지만."

"그럼……."

"제가 원래 보육원에 있었잖아요. 친부모님은 몰라요. 아주 어릴 때 아빠가 찾아와서 놀아 줬던 기억은 나는데. 아빠 말로는 원래 날 입양했던 건 다른 사람들이었는데, 사정이 생겨서 나를 돌려보내야 했대요. 사실 난 그것도 기억이 잘 안 나요. 그냥 아빠랑 쭉 살았던 기억이 더 많죠."

토순이는 그 오랜 세월을 증명하듯 낡은 털을 갖고 있었다. 그래서 더 부드럽고 사랑스러운 기척을 품고 있었나 보다. 지금보다 훨씬 어렸을 초연이 사랑받고 자랐다는 증거로.

"아버님이 화가라고 했었나?"

"네! 근데 작품은 하나도 안 팔려서 극장 간판 그리는 일을 많이 했어요. 아빠의 예술 세계를 사람들이 잘 이해 못 했거든요. 일하는 건 위험해서 구경 많이 못 했는데, 그 대신 어릴 때부터 아빠 쉬는 날엔 미술관을 데려가 줬어요."

그래서 처음에 그림을 보고 그렇게 좋아했구나. 태하가 고개를 끄덕였다. 사람을 알아 간다는 건 조금 신기한 일인 것 같았다. 처음에 다가왔던 것들이 조금씩 다르게 느껴지고 더 깊이 다가오는 것.

"오히려 어른이 되고 못 가 본 거 같아요. 석사에 조교까지 하면 쉬는 날이라는 건 없는 말이니까."

폭, 한숨을 쉬는 초연의 고민이 태하에겐 귀엽지만 본인에겐 무거운 터다.

"그래도 다행이에요."

"뭐가."

"정 교수님 곧 미국 학회 가시잖아요."

"근데?"

"그럼 데이터 수집도 9월 전에 끝날 테고, 개강 전이니까 그나마 다행이죠. 개강하면 정말 죽어나거든요, 교수님들도 너무 무섭고……."

한 번도 생각해 본 적 없는 말이라, 잠시 태하가 멍해졌다.

"아, 그래도 좋은 분들이니까 그런 표정으로 볼 건 없어요."

"내 표정이…… 어떤데."

잊고 있었다. 초연은 처음부터 이곳에 있었던 사람이 아니니, 언젠가는 떠난다는 당연한 사실을.

"그냥, 너무 심각하잖아요."

아무렇지도 않게 웃는 초연이라 더 낯선 이야기였다.

"괜찮아요, 진짜."

그래, 괜찮을 것이다. 애초에 각자의 일상이 있었듯이 자연스레 돌아가는 것뿐이었다.

"당연히 괜찮겠지."

더 복잡한 생각이 떠오르기 전에 태하가 먼저 자리에서 일어섰다. 당연한 사실에 괜한 생각을 보태는 건 소모적인 일이니까.

"31만 8천 원입니다."

그리고 당장 초연을 놀리는 일이 더 급했다. 계산대 앞에서 금방이라도 울 것 같은 눈을 하고, 제 귀를 의심하며, 부들거리는 손으로 지갑을 꺼내는 초연을 보는 건 미안하지만 꽤 재미있는 일이었다.

"저, 할부……."

"이걸로 계산해 줘요."

하지만 놀리는 건 정도껏 해야 재밌는 법이다. 태하는 초연이 지갑을 꺼내기 전에 먼저 제 카드를 건넸다.

"뭘 그렇게 봐."

"내 월급날이니까…… 내가 쏴야 되는데……."

"내가 그런 개미 담석 같은 월급을 내어 먹을 정도로 파렴치한 사람은 아니야."

단박에 초연의 표정이 밝아졌다. 전구를 백 개라도 켠 것처럼, 무슨 마법을 부리기라도 한 것처럼 환한 미소가 반짝 떠올랐다.

"최태하 씨는 정말 좋은 사람이에요!"

그 환한 미소를 태하가 오랫동안 바라보았다. 곧, 가을이 오면 사라질 미소를.

* * * *

상추는 별로 효과가 없었다. 그 증거로 집에 돌아오는 길에 초연의 하잘것없는 농담을 들어도, 일부러 길을 돌아 한강을 곁에 두고 차를 달려도, 지금 샤워기의 물줄기를 맞으면서도 온통 정신이 딴 데 가 있는 느낌이었다.

"이런데 잘도 잠이 오겠다."

태하는 물기를 닦으며 괜한 혼잣말을 해 보았다. 심지어 침실로 돌아가기가 뭔가 어색했다. 이렇게 각을 잡고 관측을 하는 게 오랜만이라서 그렇겠지만, 당연히 그래야만 하겠지만, 왠지 어색했다.

"뭐 해?"

하지만 태하의 심경과는 달리 초연은 요상한 폼으로 침실 끝에 설치해 둔 카메라를 들여다보고 있었다. 역시, 어색할 틈조차 이 여자를 상대론 사치였다.

"카메라에 불이 안 들어와요."

"왜?"

"그걸 알면 이러고 안 있죠."

우문현답이라 해야 할까. 제법 당당한 대답이었다.

"최태하 씨가 한번 봐요, 이건 우리 센터에서 들여온 관측 장비가 아니라서…… 솔직히 우리 장비도 고장 나면 자신은 없지만."

뜬금없는 초연의 자기 성찰에 픽, 웃던 태하가 카메라를 들여다보았다. 초연의 말처럼 이건 센터에서 들여온 수면 관측 장비가 아니라 태하와 초연 사이의 불미스러운 일을 방지하고자 설치한 카메라였다.

"불이 안 들어오는데?"

"그러게요."

"아, 근데 나도 문과야."

"……네?"

"경영학과 나왔거든. 이런 기계를 일일이 고칠 수 있을 리가 없잖아."

아쉽지만 오늘 관측은 불발인가 보다. 태하는 머리에 남은 물기를 털고는 침대 끝에 걸터앉았다.

"하긴."

이제 고개를 끄덕인 초연이 잘 자라는 인사를 하고 나갈 차례인데, 어쩐 일인지 태하의 곁에 앉는다. 뭐지, 이 전개는.

"아무튼 얼른 자요, 상추 먹었으니까 잠 잘 올 거예요. 비타민 줄까요?"

"필요 없거든!"

비타민 이야기에 발끈하며 넘어간 게 문제였다.

"그보다 카메라가……."

"뭐 어때요, 관측 장치가 고장 난 것도 아닌데."

옆을 돌아보자 잠옷 차림의 초연이 빤히 태하를 보고 있었다. 정말로 아무렇지 않다는 듯이.

"혹시 잊었을까 봐 말해 주는 건데, 저 카메라는 우리 사이에……."

"아, 알아요. 근데 이제 상관없잖아요."

천진난만한 눈동자가 초롱초롱 빛난다. 이건 이거대로 기분이 이상한데.

"안 무서워? 혹시 무슨 일 생기면……."

제법 진지하게 말하는 태하가 무색하게, 순간 초연이 웃음을 터트렸다. 손뼉까지 쳐 가며, 정말로 웃기는 이야기를 들었다는 듯이.

"우리 사이에 일은 무슨 일이요!"

어쭈, 이거 봐라. 이쯤 되면 괘씸한 마음이 반이었다. 전부터 느낀 거지만, 남자로서의 위협은 티끌만큼도 못 느끼는 거냐고. 태하가 속으로 중얼거렸다.

'그건 내 자존심 문제가 될 수도 있겠는데.'

"과연."

낮게 읊조린 태하가 문득 초연의 어깨를 잡았다. 그리고 초연의 어깨를 부드럽게 끌어당기는 것과 같은 속도로 초연에게 다가갔다.

"장난일까?"

서로의 코앞까지 다가온 상태에서, 눈이 마주쳤다.

"이런 장난엔 안 속거든요!"

초연의 웃음은 여전히 밝은데, 이번엔 태하가 따라 웃지 않았다. 어라, 뭔가 이상한데.

"저기……."

괜히 심장이 쿵쾅댔다. 눈을 돌리지 않는 태하 때문에 초연은 맞춘 시선을 떨어트릴 수가 없었다. 어쩐지, 태하가 잡은 어깨가 조금 더 조이는 기분이 들었다. 이런 장난은 재미없는데, 이렇게 입술이 바싹 마르는 것 같은 장난은 정말.

"장난 그만 쳐요."

벗어나려고 했는데, 의외로 태하의 붙든 손이 강해서 그 반동으로 오히려 입술이 가까워지고 말았다. 자꾸 입술이 타들어 가는 기분이다. 초연은 무의식중에 제 아랫입술을 꾹 물었다 놓았다.

"그만요!"

괜히 얼굴이 붉어져 홱 뿌리치려는 순간 고개가 젖혀졌다. 쪽, 하는 마찰음이 두 사람의 귓가에 생생하게 울렸다. 분명 입술이 부딪쳤다. 믿기지 않는 현실에 초연이 눈을 동그랗게 떴지만, 오히려 밀어 내려던 손에선 힘이 풀렸다. 그리고 그 틈을 놓치지 않은 태하가 초연의 어깨를 더 세게 끌어당겼다. 말캉한 입술의 촉감이 더욱 짙어졌다. 초연은 숨결이 맞닿는다는 느낌을 이제야 알 것 같았다.

자꾸 숨이 막힌다. 기어이 뱉은 숨을 참지 못하고 반쯤 벌어진 초연의 입술 사이로 태하가 더 깊숙한 입맞춤을 시도했다. 처음엔 부드럽게 파고들었던 태하의 호흡이 초연의 숨을 막았다. 말캉한 촉감과 함께 태하 특유의 체취가 다가오는 것 같았다. 자꾸만 머리가 어지러워진다. 자꾸만 시야가 흐트러진다. 이 세상이 전부 다 이상해지는데, 또 자꾸만 최태하가 이초연에게 입술을 묻었다.

……이대로면 질식하고 말 것이다. 한계에 다다른 초연이 급기야 비장의 무기인 니킥을 써서 태하를 밀어 냈다. 큭, 하는 신음을 내뱉고서야 떨어진 태하는 어이가 없게도 억울한 눈을 하고 있었다.

"또 폭력을……."

"어떻게, 어떻게 이런 짓을 할 수가 있어요?"

태하가 뭐라 말할 새도 없이 초연이 언성을 높였다.

"어떻게…… 이런 심한 짓을 장난으로 할 수가 있냐고요!"

이제는 초연의 눈만 봐도 알 것 같았다. 이건 진심으로 화가 난 표정이다.

"아니……."

태하의 말이 시작되기도 전에 초연이 손에 잡히는 대로 쿠션을 집어 던지기 시작했다.

"진짜 너무한 거 아니에요? 어떻게…… 장난으로 남의 첫 키스를 망치고!"

쿠션이 머리에 맞는 충격보다 초연의 마지막 말이 더 충격적이었다. 첫 키스라고, 아. 정말.

"최태하 씨가 뭔데, 내 첫 키스를 망쳐요! 아무리 장난이라도 할 짓이 있고 안 할 짓이 있지, 어떻게 물어낼 거냐고요!"

초연은 화를 내고 있는데, 쿠션도 여전히 날아오고 있는데 왜 웃음이 났을까.

"최태하 씨 진짜 악질이야! 어떻게 내 첫 키스를…… 진짜 얼마나 기대했는데…… 그걸 장난으로…… 어떻게 책임질 거냐고요!"

더 이상 남은 쿠션이 없을 때, 태하가 초연의 손을 잡았다.

"내가 책임지면 되잖아."

"그러니까 어떻게요! 이미 난 첫 키스를 최태하 씨 장난에 뺏겼는데, 어떻게 되돌려요!"

초연은 분에 받친 나머지 금방이라도 울 기세였다. 물론, 태하는 그렇게 놔둘 생각이 없었다.

"장난 아닌 걸로 하면 되잖아."

어느새 가까이 다가와 속삭이는 태하의 저음에 초연은 쿵, 심장이 떨어질 것만 같아 괜히 주먹을 쥐고 그 어깨를 때렸다.

"아직도 장난치는 거면……."

"아니. 장난 아니야."

사정없이 때려 줄 생각이었는데, 주먹이 멋대로 뚝 멎어 버렸다.

"내가 생각해 봤는데, 이 정도 신용 점수면 우리 이제 연애해도 되지 않을까."

"……네?"

또 입술이 닿을 듯이 가까웠다. 누군가의 숨결이 이토록 달콤하다는 걸, 왜 전에는 몰랐을까.

"제대로 된 연애가 어떤 건지는 잘 모르겠지만, 난 이초연 씨가 있는 지금의 일상이 좋아."

태하의 목소리는 낮은 만큼 차분했고, 체온과 숨결은 따스했다.

"내내…… 끝나지 않았으면 할 정도로."

그 마음은 다르지 않았다. 지금 두 사람의 심장이 공평하게 쿵쿵 뛰는 것처럼.

"이초연 씨, 나랑 연애하자."

고백을 전하는 태하의 입술이 반쯤 초연의 뺨에 닿아 있었다.

"9월이 와도, 내 옆에 있어 줘."

태하의 짙은 눈동자가 초연을 보았다. 제대로 된 연애가 어떤 건지는 초연도 잘 모르겠지만, 이 눈동자 속에 진심이 있다는 건 알 수 있었다. 누군가의 말처럼, 진심은 그냥 느낄 수 있는 것이었다.

"……네."

무엇보다, 함께 보내는 일상을 지키고 싶었다.

"곁에 있을게요."

어둠 속에서 태하의 눈이 부드럽게 휘어진다. 초연은 어떤 표정을 지어야 할지 몰라 그냥 눈을 감아 버렸다. 다시 한번, 이번에는 조금 더 촉촉한 입술이 맞닿았다. 아까 태하의 어깨를 때렸던 주먹이 갈 곳을 잃어 저도 모르게 태하의 목을 끌어안아 버렸다. 쿵쿵, 심장이 너무 세게 뛰어서 다시 어지러워졌다. 다행히도, 끌어안은 태하의 목에서 똑같은 맥박이 느껴졌다.

두근두근, 연애가 시작됐다.

＊＊ ＊ ＊

의외로 먼저 비밀 연애를 제안한 건 초연이였다. 드물게 태하가 직접 운전하는 출근길에서 뻔뻔하게 조수석에 탄 채로 말했다. 그는 솔직히, 그런 말은 자신이 먼저 하는 게 맞다고 생각했지만.

'기껏 조교로 뽑아 주셨는데, 바로 연애나 한다고 말씀드리기 너무 민망하잖아요.'

'그렇겠네.'

'그럼 비밀로 해도 되죠?'

'그러든지.'

뭔가 선수를 빼앗긴 기분이었지만, 대놓고 공개하기 조심스러운 건 태하도 마찬가지니 잘된 일이었다. 잘된 일이긴 한데, 뭔가 억울한 기분이 드는 이유를 좀처럼 알 수가 없었다.

"이번 커피 광고의 핵심은 한창 연애 중인 남녀가 남몰래 본 제품으로 사랑을 전하는 스토리입니다. 캐스팅 물망에는 현재 제이드 그룹 광고 진행 중인 유망주 A양이 올라 있고, 감독도 섭외가 끝났습니다."

회의실에선 태하를 중심으로 신제품의 광고 PT가 한창이었다. 정작 주인공인 태하가 아무런 말도 없자 발표자가 마른침을 삼켰다.

"저, 이사님 생각은 어떠신지……."

"아."

자세를 고쳐 앉은 태하가 PT 스크린을 보았다. 그 와중에 유독 눈에 뜨이는 단어는 역시 연애다.

"연애라는 게…… 정확히 어떤 걸 말하는 건지 궁금한데."

무심한 태하의 한마디에 실내의 공기가 싸늘해졌다. 물론 태하 본인은 그 사실을 까맣게 몰랐다. 정말로 궁금해서 물어봤을 뿐.

"예, 이사님. 이 광고에서 연애라는 키워드는 신제품에서 첨가된 달콤한 맛을 각인시키기 위한 메타포로서…… 그러니까 사랑을 막 시작한 연인의 설렘을 남몰래 표현한다는 애틋함을 더해서, 즉…… 달콤 쌉싸름한 신제품의 맛을 담아 봤습니다."

횡설수설하는 발표자의 말은 선뜻 귀에 들어오지 않는다.

"뭔가, 어렵군."

연애라는 건 생각보다 복잡한 걸지도 모른다. 어쩌면 말도 안 되는 짓을 저질러 버린 걸지도.

"이사님 마음에 안 드시면 다시……."

"아뇨, 그대로 진행하세요."

"……예? ……예, 알겠습니다!"

얼떨결에 PT가 끝나고 사람들이 빠져나가기 시작하면서 회의실에 다시 불이 켜졌다. 하지만 태하의 표정엔 여전히 불이 들어오지 않은 채다.

"안 실장."

곁에 선 안 실장을 슥 올려다보자, 안 실장이 안경을 추켜올렸다.

"저도 모릅니다만."

"하긴."

연애에 대한 태하의 고찰은 아주 짧게 끝났다.

*＊ * *

이제는 제법 능숙해진 초연이 차트 정리를 한 후, 강 실장과 커피 타임을 갖고 있을 때였다. 점심시간이 조금 남은 터라 틀어 놓은 라디오 소리가 잔잔하게 센터를 울렸다.

"실장님도 라디오 좋아하세요?"

"응, 우리 어릴 때는 라디오밖에 없었거든. 그냥 가끔 들으면 재밌고 좋더라고."

"저도요."

마음이 맞는 사람과 함께 일하는 건 즐거운 일이다. 이대로 방학이 끝나지 않았으면, 초연은 부질없는 생각을 떠올리며 한숨을 삼켰다.

— 아, 방금 또 사연이 들어왔어요. 남자 친구랑 사귄 지 일주일째인데, 스킨십 진도가 너무 빠른 것 같아서 걱정이에요.

평소라면 넘겼을 사연인데, 오늘따라 귀가 쫑긋 섰다.

"저 빠른 진도라는 건…… 뭘까요?"

"글쎄, 요즘 애들은 뭐든지 다 빠르다니까 키스 정도 아닐까? 뭐 원나잇도 있다는데."

"그건 안 되죠!"

괜히 발끈하는 초연이 귀엽다는 듯 강 실장이 웃는다.

"초연 씨는 요즘 애들답지 않게 보수적인가 보네. 하긴, 사귄 지 일주일 만에 키스하는 것도 우리 땐 생각도 못 할 일이긴 해."

"그…… 그렇죠?"

지난밤의 일이 확 떠오르려고 해서 찔리는 양심을 누르고 대꾸한 초연이였다.

"그럼, 키스도 큰일이지! 초연 씨도 명심해 둬. 남녀 사이에 스킨십은 전진만 있고 후진은 없다는 거."

"아…… 정말요?"

눈을 동그랗게 뜨고 되묻는 초연은 제법 간절했다.

"그래서 내가 애엄마가 됐잖니."

"아……."

"더 무서운 점은 뭔 줄 알아?"

"더 무서운 게 남았나요?"

"그래. 애를 낳는 순간, 다 큰 아들이 하나 덤으로 따라와."

강 실장의 표정엔 생활의 흔적이 고스란히 배어나 있었다. 초연은 저도 모르게 넋이 나간 듯 고개를 끄덕였다.

"초연 씨도 공부 오래 하고 싶으면, 브레이크를 잘 챙기는 게 좋을 거야."

"네…… 꼭 튼튼한 걸로 하나 장만할게요."

연애에 대한 고찰이 채 시작되기도 전에, 초연은 브레이크로 관심을 돌렸다. 역시, 연애의 정의까지 도달하는 건 쉽지 않았다. 태하와 초연, 두 사람 모두에게 각각.

ch. 7

딱히 달라지는 건 없었다. 아직 하루밖에 지나지 않아선지, 태하는 연애가 뭔지도 모르겠을뿐더러 정확히 어떤 점이 좋아지고 어떤 점이 달라지는지도 알 수가 없었다.

[최태하 씨! 밥 먹었어요?]

늘 요란한 이모티콘을 즐겨 쓰는 초연의 메시지도 아직은 적응이 되지 않는다.

[아직.]

대신 답장을 하는 건 썩 익숙해졌다. 뭐, 그건 연애 전과 후로 나뉘는 건 아니니까 패스.

[같이 먹을래요? 나 7시에 퇴근할 건데.]

답장을 하려고 키패드를 누르려던 순간, 기가 막히게 전화가 왔다. 실수로 수신 버튼을 누르고 만 태하는 긴장하며 수화기를 귀에 갖다 대었다.

— 어쩐 일로 내 전화를 이렇게 빨리 받냐.

"실수로 눌렀습니다."

— 네놈이 그러면 그렇지.

끌끌, 혀를 차는 재두의 목소리는 기나긴 저녁의 예고편이나 마찬가지였다. 영감님은 연세가 드실수록 더 기세가 등등해지셨고, 잔소리는 두 배로 늘어서 최근 태하의 골치를 앓게 하고 있었다.

— 할 말 있으니 후딱 건너오너라.

"아쉽네요, 다른 일정이 있었는데."

— 이 할아비가 부르는데 더 중요한 일정이 뭐가 있어!

하지만 돌파구는 의외로 등잔 밑에 있을 수도 있는 법이다.

"그럼요. 이초연 씨랑 저녁은 나중에 먹어도 되니 당장 거절하고 가겠습니다."

— ……아, 태하야.

재두는 당황하면 다정하게 태하의 이름을 부르곤 했다.

"예."

— 내가 갑자기 급한 일이 생겼다. 우리 아가 맛난 밥 먹여 주고, 난 이만 바빠서 끊는다!

이 말과 함께 갑작스럽게 끊긴 전화를 보며, 태하는 머릿속에 한 줄기 빛이 들어차는 기분을 받았다. 방금, 이 연애의 확실한 장점 하나를 발견했다.

[그래, 지금 데리러 갈게.]

태하는 빠르게 메시지를 입력하고 차 키를 집어 들었다.

** * *

안 실장의 수완 덕분에 늦은 예약에도 레스토랑의 창가 자리를 얻을 수 있었다. 이제 막 해가 저물기 시작한 야경 속엔 초연이 늘 넋을 놓고 보는 한강의 불빛이 포함돼 있었다. 하지만 지금 초연은 야경에 눈을 줄 여유가 없는 것 같았다. 이곳저곳 모든 게 신기하다는 듯이, 그러나 애써 내색하지 않으려 얌전히 앉아 있는 모습이 태하의 눈엔 조금 우습고, 귀여웠다.

"저, 미리 말해 두는데요……."

"뭐."

식전 빵을 뜯으며 초연이 살짝 눈치를 보았다.

"월급 다 썼어요."

"그깟 개미 담석 같은 돈으로 사 달란 소리 안 한다니까."

"개미 담석보단 크거든요."

제법 분한 표정을 짓는 초연은 자꾸 태하의 장난기를 부추겼다.

"자릿수만 알려 주면 안 돼?"

"천 원 단위도 포함해서요?"

"……아냐, 앞으로도 밥은 내가 사는 걸로 하자."

"네!"

채 백만 원이 안 되는 월급에서 방세를 내고 핸드폰비를 내고 그야말로 개미 담석만큼 남은 용돈에서 새 신발까지 사 버렸다. 하지만 다시 생각해도 후회 없는 소비였다. 하마터면 이런 멋진 레스토랑에 꼬질꼬질한 슬립온을 신고 올 뻔했다. 지금 신은 것도 그리 비싼 건 아니지만 말이다.

"최태하 씨는 오늘 뭐 했어요?"

"일했지."

달그락, 이따금 식기가 부딪히는 소리 외엔 맥이 잡힐 듯 말 듯 한 대화가 이어졌다.

"아…… 일할 때 뭐 하는데요?"

"이것저것, 주로 그룹 홍보 쪽을 맡고 있으니까 광고나 언론 상대를 한다든가."

끄덕이는 초연의 표정을 보니 전혀 이해 못 한 것 같았지만 굳이 지적하진 않기로 했다.

"이초연 씨는 뭐 했는데."

"전 차트 정리하고 강 실장님이랑 브레이크 얘기했어요."

이것도 전혀 모르겠지만, 넘어가기로 했다. 그리고 식사가 끝날 때까지 더 이상 대화는 오고 가지 않았다.

태하는 마지막 디저트로 나온 마카롱을 오독이는 초연을 보면서 조금 심란해했다. 너무 섣불렀던 건지도 모른다. 지난밤에 있었던 일이 그의 충동이고 욕심이었다면, 신용 점수와 연애가 전혀 별개의 일이었다면……. 이게 실수였다는 끔찍한 결론은 내고 싶지 않은데.

"최태하 씨."

다행히 더 복잡한 생각이 들기 전에 초연이 입을 열었다.

"우리 한강 가면 안 돼요?"

초연이 가리키는 손가락 너머로 한강의 야경이 반짝였다. 마카롱 가루가 묻은 입가를 보며 태하는 겨우 미소를 되찾았다. 어쩌면 남들 말처럼 자신이 걱정이 너무 많은 건지도 모르겠다.

사람의 마음은 참 간사하다. 불과 방금 전까지 기우라 생각했던 게, 물 만난 강아지처럼 뛰어다니는 초연을 보니 또 심란해진다. '저런 어린애랑 내가 뭘 한다고 했던 거지.' 하는 생각마저 드는 것이다. 가만, 생일 케이크의 촛불이 26개였으니 초연과 태하는 실제로도 일곱 살이나 차이가 났다.

"최태하 씨!"

먼 곳에서 손을 흔드는 초연은 태하의 속도 모른 채 정말로 신나 보였다. 태하가 대충 손만 흔들며 일어날 생각을 안 하자 한달음에 달려오는 모습도 기운이 넘쳤다.

"왜 안 와요! 저기 다리에서 물 나오는 거 보여 주려고 했는데."

"여기서도 보여."

"아, 정말이네."

태하의 옆에 털썩 앉은 초연이 죽 기지개를 켰다.

"이제 곧 가을이 될 건가 봐요."

"그러게."

또 찾아온 정적 사이로 자전거를 탄 커플이 따르릉 지나갔다.

"우리도 가을 되면 같이 자전거 탈래요?"

"어…… 그러자."

이럴 줄 알았으면 로맨스 영화를 좀 봐 둘 걸 그랬다. 연애라는 걸 하자고 말한 후에 첫 데이트 아닌 데이트에서는 어떻게 해야 하는지, 그런 데는 많이 나올 것이 아닌가. 태하가 그걸 참고 볼 수 있었을지는 별개의 문제지만.

"저기, 최태하 씨."

그러고 보니, 그는 최근에 참 이름을 많이 불리는 것 같았다. 남들은 좀처럼 불러 주지 않는 태하라는 이름을.

"내가 생각해 봤는데요……."

꼼지락, 제 무릎 위에 올려 둔 초연의 손가락이 움직였다. 아까부터 자꾸 멍한 표정으로 있더니 나름대로 생각을 하고 있는 거였나.

"믿기지 않겠지만, 내가 연애는 처음이라서요."

지금 어색한 공기로 보면, 충분히 믿어지는 일이었다.

"그래서 뭘 어떻게 해야 좋을지 잘 모르겠지만, 일단 생각은 해봤어요."

똑같은 생각을, 사실은 태하도 했다.

"어떤 생각을 했는데?"

"저 사람들처럼…… 그랬으면 좋겠어요."

초연이 가리키는 손가락 끝에는 방금 지나간 자전거 커플이 있었다.

"방금 생각나서 막 갖다 붙이는 거 아니지?"

"아니거든요!"

발끈할 때의 초연은 여지없이 평소의 모습이라 태하도 왠지 마음이 놓였다.

"최태하 씨가 타는 차처럼 엄청 좋고, 엄청 빠르지 않아도……같이 페달을 밟으면서 갈 수 있었으면 좋겠어요."

맥락이 없는 것 같으면서도 왠지 쿡 박히는 게 초연다운 비유였다.

"그게 이초연 씨가 바라는 거야?"

"아, 브레이크도 튼튼해야 돼요."

아까부터 나오는 브레이크가 마음에 조금 걸리긴 하지만, 한강을 너머를 보는 초연의 눈은 여전히 반짝이고 있었다. 처음부터, 어려운 문제가 아니었다고 태하에게 말하는 듯이.

"근데 또 이렇게 말하면 최태하 씨가 너무 막연하다고 할 거잖아요."

오늘은 딱히 그럴 생각 없었는데. 그래도 뭔가 준비해 온 것 같은 모양새에 태하는 픽, 하는 웃음을 누르며 자못 진지하게 초연을 봤다.

"어디 브리핑해 보시죠."

"네! 제가 한번 야심차게 준비해 봤습니다!"

"뭡니까, 들어 봅시다."

어색했던 저녁 식사는 잊힌 지 오래다. 지금의 두 사람은 둘 사이에 연애라는 단어가 나타나기 전과 똑같은 모습으로 서로를 바라보고 있었다. 둘 다 자못 진지한 눈빛으로, 그중에 한 사람은 애써 웃음을 참는 채로.

"최태하 씨가 신용 점수를 쌓은 것처럼, 나도 최태하 씨한테 연애 지수를 쌓아 볼게요. 최태하 씨가 좋아하는 코스피 지수에서 착안했어요. 마음에 들죠?"

딱히 코스피를 좋아하는 건 아닌데, 종종 뉴스를 보던 모습이 초연에겐 그렇게 보였나 보다.

"일단 들어 봐야 마음에 드는지 안 드는지 알 거 같은데. 일종의 주식 같은 거야?"

"그렇죠! 최태하 씨가 나한테 좋은 마음을 주면, 내가 그걸 먹고 무럭무럭 자라서 연애 지수가 올라가는 거예요. 최태하 씨가 좋아하는 코스피처럼!"

아니다. 코스피는 전혀 다른 것이다. 하지만 차마 지적할 수가 없었다.

"어때요?"

이 바보 같은 이야기에서 가장 바보 같은 부분을 꼽자면, 그 말을 하는 초연이 사랑스러워 보였다는 것이다. 어쩌면, 처음부터 태하가 가장 바보 같았는지도 모르겠다. 단어의 정의가 뭐라고 그렇게 어렵게 생각했을까, 연애도 코스피도 아무래도 좋을 것 같은 지금이 있는데.

"마음에…… 들어요?"

"어."

결국 이 순간에 가장 선명한 건 지금 태하를 보는 초연의 눈동자였다.

"그럼 최태하 씨는 지금부터 연애 주주인 거예요. 알았죠? 열심히 투자해야 해요. 나도 서툴지만 최선을 다하는 주식이 될게요."

말도 안 되는 소리를 하면서도 신기하리만치 환하게 웃는 미소로 반박을 못 하게 하는 여자.

"오늘은 첫날이니까, 특별히 투자 팁을 드릴게요."

"팁도 있어?"

"특별히 오늘만."

"뭔지 궁금한데."

대단한 비밀이라도 말해 주는 듯, 제법 젠체하던 초연이 속삭이듯 살짝 입술을 떼었다.

"매일 물어봐 주는 거예요. 잠은 잘 잤는지, 밥은 먹었는지, 어디 아픈 데는 없는지. 아, 물론 당연히 나는 잠도 잘 자고 밥도 잘 먹고 아프지도 않지만 그냥 누군가 물어봐 주면 참 좋을 것 같아서요."

초연의 미소엔 여전히 티끌 하나 묻어 있지 않은데, 그래서 더 마음 한구석이 아린 말이었다. 태하는 살면서 한 번도 해 본 적 없는 생각을, 그러면 참 좋을 것 같다고 말하는 여자.

"아, 어려우면 이틀이나 사흘에 한 번도 괜찮아요."

"하나도 안 어려워."

그저 매일 안부를 묻는 게 뭐 그리 대단한 일이라고, 초연이 연신 고개를 끄덕였다.

"또 뭐 있어, 다 말해 봐."

"어…… 가을이 되면 자전거 타는 거랑."

"그건 아까 말했잖아. 또 없어?"

태하가 채근하자 고작 그게 다였는지, 초연이 고개를 기울인 채 망설이기 시작했다. 거창하게 코스피를 모델로 한 주제에 바라는 게 저것밖에 안 되다니. 저런 부실한 주식에 나라도 엄청나게 투자해 줘야지, 하고 뜬금없는 결심이 들 정도였다.

"또……."

"생각 안 나면 말고."

태하의 장난기에 초연이 다급하게 말을 꺼냈다.

"약속…… 지켜요!"

참, 가장 중요한 게 있었지.

"최태하 씨랑 나랑 하는 약속은 아무리 바보 같은 거라도 꼭 지켜 줬으면 좋겠어요."

"그러지."

쉽게 대답한 게 아니었다. 망설임이 없었던 것뿐이다.

"그럼, 주주님 잘 부탁드립니다!"

여느 때처럼 씩씩한 초연이 먼저 손을 내밀었다.

"내 주식도 잘 부탁해."

그 손을 잡은 태하가 번쩍, 초연을 일으켜 세웠다. 이제, 집으로 돌아갈 시간이었다.

"새 신발이네."

언제 봤는지, 툭 던지는 태하의 모습에 초연은 절로 웃음이 났다.

"네. 예쁘죠?"

"어."

기분 탓인지, 그 말 이후로 초연의 걸음이 더 팔랑이는 것 같다.

"새 신발을 신으면 왠지 기분도 신나져요."

"연애 주식 상장되면, 또 사면 되겠네."

태하가 픽, 웃으며 농담을 건네자 초연의 빤한 시선이 느껴졌다. 자신의 농담이 실패한 건가 싶어 태하가 민망한 시선을 돌릴 참이었다.

"근데, 상장이 뭐예요?"

역시 코스피를 제대로 아는 게 아니었다.

"그런 게 있어."

하지만 아무려면 어떤가. 탈칵, 초연이 탈 조수석을 왼손으로 연 태하가 문득, 오른손으로 아직도 초연의 손을 잡고 있다는 걸 깨달았다.

"나중에 알려 줄게."

스륵, 잡았던 손이 빠져나가는 느낌도 나쁘진 않았다. 아직 함께 보낼 시간은 남아 있고, 이 연애 지수의 상한가가 어디까지인지 확인하려면 또 더 많은 시간이 걸릴 테니까.

어쩌면 연애란 건 약속이었나 보다.

서로의 일상에 당연히 서로를 포함시키자는 아주 평범하고 조금은 바보 같지만, 사랑스러운 약속.

* * * *

그러나 모든 약속이 태하의 마음에 드는 것은 아니었다.

"왜 그래야 하는데?"

관측 장치를 붙인 태하의 옆에 척, 하니 커다란 베개가 놓였다.

"이건 브레이크예요."

초연의 표정이 결연하다. 하지만 그런다고 쉽게 물러서고 싶은 문제는 아니었다.

"이건 브레이크가 아니라 베개라니까? 그것도 아주 크고 긴."

"아무튼! 여기서 넘어오지 마요. 이 관측에 사적인 감정이 들어가면 안 돼요."

그 말은 옳기에, 반박할 타이밍을 놓친 사이 스탠드 불이 꺼졌다.

"그럼, 잘 자요."

아까까지의 화기애애한 분위기는 어디로 갔는지 황당해하는 태하를 두고서 초연은 눈을 감았다. 속으로는 브레이크라는 단어를 열 번쯤 되뇌고 있었다. 그래, 잊지 말아야 한다. 전진은 있지만,

후진은 없는 거야.

……그런데 자꾸 옆얼굴이 따갑다. 어둠 속인데, 그 둔감한 초연이 알아챌 정도로 빤한 시선이 느껴졌다.

“아, 안 되겠다.”

결국 벌떡 몸을 일으키자 역시나 태하가 초연을 보고 있었다. 아닌 척, 몸을 돌렸지만, 방금 전까지 태하가 팔꿈치로 누르고 있던 베개가 푹 파인 터다. 누가 모를 줄 알고.

“역시 이거 치워야겠지?”

기다렸다는 듯이 베개에 뻗는 태하의 손을 초연이 탁, 하고 쳐냈다.

“아뇨. 더 좋은 게 있어요.”

잠시 후, 초연이 부스럭거린 끝에 찾아온 물건은 아무리 봐도 더 좋을 리가 없었다.

“이걸…… 쓰라고?”

“네.”

문제의 물건은 두 개의 안대였다. 정확히는 이상한 보풀 같은 재질로 이루어진 토끼 귀를 달고 감은 눈을 하고 있는 파랑색과 분홍색의 안대.

“파랑이 최태하 씨 거예요.”

“내가 이걸 왜 써야 하는데?”

“싫으면 분홍색 줄까요?”

“아니, 그게 문제가 아니라…… 내 집에 이딴 물건이 있었나?”

아무리 연애 지수가 있다고 한들, 이딴 바보 같은 물건을 눈에 뒤집어쓰는 일은 없을 것이다.

"이거, 최태하 씨가 나 쫓아낸 날 사 온 건데 줄 타이밍을 놓쳐서……. 왜요, 마음에 안 들어요?"

쿵, 이번엔 양심 어택이다. 따지고 보면 정당방위였는데, 왜 쫓아냈단 말을 들으니 갑자기 말문이 턱 막히는 건지.

"마음에 안 든다는 게 아니라……."

"그럼 됐네요! 얼른 이거 쓰고 자요. 그럼 잠도 더 잘 올 거예요."

채 뿌리칠 사이도 없이 결국 그 망할 안대를 쓰고 말았다. 이딴 바보 같은 물건을 눈에 뒤집어쓰는 일이 일어나고야 말았다.

"이제 진짜로 잘 자요, 최태하 씨."

그 말을 끝으로 둘의 침실에 밤이 내렸다. 태하는 억지로 감긴 눈을 하고서 내내 초연의 기척을 들었다.

캄캄한 어둠 속, 누군가의 기척은 오히려 더 선명하게 다가온다. 새삼, 신기하다는 생각이 들었다. 사람이 잠드는 과정이 이렇게 곁에서 고스란히 들려오는 게, 깊이 잠들 수 없는 태하라서 더 생경하게 느껴졌다. 조금씩 숨소리가 가라앉는가 싶어지다가 어느 순간 뱉는 숨이 훅, 하고 깊어지면 잠에 든다는 뜻이었다. 전부 초연을 통해 알게 된 사실이었다.

슥, 태하가 안대를 벗고 몸을 살짝 돌렸을 때도 초연은 새근새근 평온한 숨소리를 내고 있었다. 브레이크가 뭔지는 모르겠지만, 하지 말라면 더 하고 싶은 법이다. 태하는 잠시 숨을 멈추고, 여전히 차분한 초연의 숨소리에 귀를 기울였다.

"브레이크도……."

나직한 혼잣말은 태하의 귓가와 초연의 꿈결에만 들릴 테다. 태하는 조심스럽게 손을 뻗어 초연의 눈 위에 씌워졌던 안대를 올렸다.

아주 살짝만.

"잠잘 땐 쉬어야지."

가지런한 초연의 속눈썹이 숨소리와 함께 조금씩 오르락내리락 했다. 곤히 잠든 뽀얀 뺨과 작지만 오뚝한 콧날, 그 아래엔 지난밤 태하가 입을 맞췄던 분홍빛 입술이 있었다. 저 작은 입술로 오물거리며 마카롱을 먹고, 또랑또랑하게 태하에게 말대꾸를 하고, 이따금 잘근 깨물기도 하고, 또 지금은…….

쪽.

유혹적이라서, 저도 모르게 입을 맞췄다. 짧은 마찰음이 아쉬울 정도로 말캉한 입술에선 마카롱을 닮은 냄새가 났다. 그래서 태하는 그답지 않게 잠시 망설였다.

쪽.

두 번째 입술을 맞추기까지 망설임은 그리 길지 않았다. 다시 생각해 보니 마카롱보다 묘하게 달콤한 숨결이었다.

"……우웅."

잠시 뒤척이는 초연의 움직임에 뜨끔했다가도, 다시 깊어지는 숨소리에 이젠 단념해야겠다 누워 버린 태하였다. 아쉽지만, 성실한 연애 지수를 쌓기 위해서는 일보 후퇴를 할 때다.

"이초연 씨도 잘 자."

오늘의 약속처럼 안부를 말하고 눈을 감았다. 초연은 아무것도 모른 채 다시 깊은 호흡에 빠져들었다. 태하는 어둠 속에서 그걸 헤아려 보았다. 하나, 둘 셋…… 조금씩 태하의 심장 박동이 초연의 숨소리를 따라 느릿해진다. 넷, 다섯, 여섯…… 초연의 규칙적인 호흡 너머로 나른한 기분이 들었다. 그리고 또 일곱, 여덟, 아홉…….

그날 밤엔 꿈을 꾸지 않았다.

대신 아침에 눈을 떴더니, 조금 꿈같은 풍경이 있었다.

문득 눈을 뜬 태하가 본능적으로 숨소리를 골랐다. 나른한 와중에 잠시 고민했더랬다. 지금 이건 꿈일까, 꿈이 아닐까.

"뭐……."

막 잠에서 깬 듯이 갈라지는 제 목소리가 낯선 만큼 반가웠다. 그리고 눈앞의 여자가 몸을 둥글게 말고 있는 모습도…… 나쁘진 않았다. 브레이크인지 뭔지, 큰 쿠션은 어디로 갔는지 초연은 토순이를 끌어안은 채 몸을 둥글게 말고 잠들어 있었다. 그 등이 태하의 품 안에 닿아 있어서, 이 아침이 조금 낯설어졌다. 하긴, 초연을 알게 된 후로는 모든 것들이 조금씩 낯설어지는 중이었다.

"참……."

태하는 복잡한 심경이 담긴 한숨을 짧게 내뱉었다. 이 연애, 진도가 뒤죽박죽이다. 그런데 그게 싫지만은 않았다. 이런 때, 바로 지금 머리가 좀 복잡해서 그렇지, 더는 초연이 자신의 집을 파괴하는 괴수로 보이진 않았다.

"아."

아직 잠결이 가시지 않은 태하가 작은 탄식 비슷한 것을 흘렸다. 이런 거구나. 보통 사람들이 아침에 오 분만을 더 외치는 티브이 속의 장면이 이제야 이해가 갔다. 희미하게 기억이 떠오르는 것 같기도 했다. 지금 새근새근 잠든 초연을 보고 있자니 태하에게도 그런 때가 있었음이 떠오른다. 아침이 일어나기 싫은, 그냥 이대로 오 분만 더 있었으면 좋겠다는 나른하고도 평온한 아침이 뭔지.

"몇 시……."

빤히 보던 태하는 흠칫 놀랐지만, 정작 눈도 뜨지 않은 초연은 눈치도 채지 못하고 아침잠에 푹 빠져 있었다.

"몇 시예……요."

"일곱 시."

"그럼 나 오 분만 더……."

진짜로 오 분만이란 대사에 어울리는 사람은 여기 따로 있었다. 태하는 피식, 저도 모르게 웃음을 짓고 토순이에게 제 고개를 파묻는 초연을 봤다.

"이초연 씨."

"벌써 오 분 지났어요?"

홱, 고개만 틀어서 태하를 보는 눈동자에도 잠기운이 한가득이다.

"너무 무방비한 거 아냐?"

"아…… 뭐가요."

잠결에 비몽사몽 하는 초연을 보고 있으면 태하는 괜히 짓궂은 장난을 치고 싶어졌다. 맹세컨대, 이런 마음은 초등학교를 졸업할 때 이후로 다시 가져 본 적이 없었는데.

"아무리 우리 진도가 뒤죽박죽이라지만, 연애하기로 한 사이 아냐?"

"맞는데요."

"그럼 지금 어디서 자고 있다는 경각심은 가져야지. 안 그래?"

반쯤 놀리는 말인데, 정작 잠에 빠진 상대가 제정신조차 차리지 못하니 영 효과가 없었다.

"내가 왜…… 그런 걸 가져요."

왜라니. 초연의 태연한 대꾸에 아무리 잠결이라지만 태하의 멘탈에 살짝 금이 가려 했다. 분명 연애라고 했던 것 같은데, 실험 때문에 동침을 하는 것도 어색할 판국에 왜 경각심을 가져야 하느냐니. 그것도 이렇게 사지 멀쩡하고 민망하지만 자타가 공인한 수려한 남자가 바로 한 침대에 있는데, 왜라니!

"왠지, 정말 몰라서 그러는 거야?"

설마, 장난이었겠지. 태하가 물어보는데도 초연은 아직도 반쯤 수면 상태인 채로 태하의 말에 답했다.

"몰라요. 그리고 나 삼 분만 있다 깨워 줘요. 알았죠?"

여기서 태하의 자존심이 발끈했다.

"내가 알려 줘?"

"아 그러든지……."

잠결에 아무래도 좋다는 초연의 무성의한 대답이 태하의 자존심, 그것도 남자로서의 자존심을 쿡 찔러 버렸다.

"좋아, 내가 알려 주지."

그 말이 끝나기 무섭게 태하는 뒤척이던 초연의 손목을 잡아 바로 눕힌 후, 그 위에 반쯤 올라타다시피 해서 초연을 내려 보았다. 반짝, 한 번 떠진 초연의 눈에 더 이상의 잠기운은 없었다.

"지금 뭐 하는……."

바로 눈앞에서 태하가 자신을 보고 있었다. 그것도 자신의 위에서, 단둘뿐인 침실에서. 거짓말처럼 잠기운이 한순간에 날아가고 대신해서 심장 박동이 쿵쿵거리기 시작했다. 확실히, 잠은 깼다.

"알려 달라며."

하지만 이건 장난이 아닌 것 같았다. 태하의 눈빛은 꽤 진지했고,

초연의 손목에 실린 힘 덕분에 빠져나가는 것도 무리였다.

"도대체 뭘…… 알려 주려고……."

눈을 동그랗게 뜨고 올려 보는 초연의 시선이 흔들렸다. 잠결에 뭐라 대꾸했던 기억은 나는데 정신이 들자 이 상태였다. 그리고 심장은 주책 맞게도 아직 전속력으로 뛰는 채다.

"지금 어디서 자고 있는지 경각심을 가져야 하는 이유, 내가 알려 줄게."

"아뇨, 지금도 충분히 경각심 생겼어요. 이제 그만 알려 줘도……."

"한 번 알려 줄 때, 확실히 알려 줘야지."

씨익, 태하의 입꼬리가 올라가는 동시에 그의 새카만 눈동자가 반짝였다. 반은 짓궂은 장난, 그리고 반은…… 뭐였을까.

"우리, 연애하기로 했잖아."

"했……죠."

"아무리 실험 때문에 우리 진도가 뒤죽박죽이라 해도, 이초연 씨가 날 남자로 본다면…… 이렇게까지 경각심이 없을까."

"그런 건, 차차……. 아, 그리고 내가 말했잖아요. 나도 연애가 처음이라서 잘 모른다고."

"그러니까 내가 가르쳐 준다잖아."

그 말과 함께 태하의 얼굴이 초연의 얼굴에 조금씩 가까워졌다. 그럴수록 초연은 빨라지는 심장 박동에 무슨 표정을 지어야 할지 몰랐다.

"경각심을 가져. 난 이토순처럼 순수하게 끌어안고만 자도록 설계된 인간이 아니거든."

"……네?"

"난 연애 상대를 확실하게 여자로 보니까."

쿵. 더 이상 세게 뛸 수 없을 것 같았던 심장이 한 번 더 폭주를 시작했다. 그 소리가 들리는지 안 들리는지 태하는 계속해서 서서히 초연의 얼굴로 가까이 다가오고 있었다.

우습게도, 이런 순간엔 팔다리도 말을 듣지 않는지 초연의 필살기인 니킥조차 날릴 수가 없었다. 솔직히, 날리고 싶지 않은 마음이 더 컸던 것 같기도 하다. 뭐, 고작 삼 초도 안 되는 시간 동안 그리 대단한 판단을 내릴 수는 없었다. 초연이 택한 건, 감당할 수 없는 상황 앞에서 그저 눈을 질끈 감는 것뿐이었다.

"이초연 씨도 내가 남자라는 사실을 잊지 않도록 해."

나지막한 태하의 목소리가 귓가에 닿을 듯이 울렸다. 그리고 다음 순간, 초연의 이마에 쪽 하는 마찰음과 함께 그의 입술이 닿았다 떨어졌다. 초연은 몰랐겠지만, 초연이 잠들었을 때 이미 몇 번쯤 연습해 본 터라 태하의 이마 키스는 아주 자연스럽고 달콤하기까지 했다.

"참, 중요한 말을 잊을 뻔했네."

어느새 초연에게서 몸을 떼고 몇 발치를 걸어가던 태하가 홱 뒤를 돌아본다. 초연은 그 입에 미소가 걸려 있었다는 점이 왠지 얄밉게 느껴졌다.

"좋은 아침이야."

역시, 니킥을 날렸어야 했던 건가. 초연은 태하가 침실을 벗어나고 나서 후, 커다란 심호흡을 하고 간신히 심장 박동을 가라앉혔다. 차라리 이 모든 게 꿈이었다고 하면 더 설득력이 있을지도 모른다.

하지만 이건 현실이었다. 무엇보다, 씻으러 욕실로 들어갔을 때 발그레한 초연의 뺨이 그걸 상기시키고 있었다.

** * *

출근 후에도 약간 멍한 초연의 상태는 지속됐다.

"아니, 사람 놀라게 왜 그런 장난을 치고 난리야……."

그 생각만 하면 다시 발그레 올라오는 뺨의 홍조를 톡톡 치며 초연이 투덜댔다. 아마 본인만 모를 터였다. 입은 투덜대면서도 입꼬리는 저도 모르게 올라가고 있다는 사실을.

"요즘 이 조교 기분이 아주 좋아 보이네."

"네? 저야 늘."

정 교수가 맞은편에 앉으면서 잠시 사적인 일에서 벗어나 업무를 할 수 있게 됐다. 그래, 이런 때는 되도록 일에 집중하는 게 상책이었다.

"최 이사 관측 자료 말인데."

운이 없게도 하필 오늘의 관측 자료 분석은 태하의 것이었다. 직장에 와서까지 그 사람을 생각해야 한다니 이건 너무 잔인했다. 하지만…… 프로가 되려면 사적인 감정을 배제해야 한다. 초연은 마음을 다잡고 눈앞의 자료를 집어 들었다.

"보다시피, 점차 안정세를 그리고 있어. 최 이사 본인도 조금씩이긴 하지만 호전을 보이고 있고. 사실 불면증이라는 막연한 질병 영역에서 치료라는 건 어불성설이지만, 전보다 안정된 상태가 길어지고 또 그 기간이 길어지는 건 분명해."

그러고 보니 태하를 처음 만났던 때가 떠올랐다. 태하의 불면증이 결국 이 인연을 만들었다.

"제가 도움이 되고 있는 걸까요?"

"이 조교가 도움이 되는 건 분명해. 이 실험의 유일한 변수이고, 실험이 성공적으로 가고 있으니 당연한 일이지. 이 조교라는 변수의 존재가 어떤 의미로 어떤 효과를 가지고 있는 건지를 알아내는 게 우리들 교수의 몫이 될 테고."

잠시 잊고 있었지만, 태하의 병은 가볍지 않았다. 전문가들이 모여서도 확실한 원인과 치료법을 밝혀 내지 못한 채로 팔 년이라고 했다. 그런 생각을 떠올리면 초연은 마음이 조금 무거워졌다.

"조금이라도 제가 도움이 되는 건 다행이지만…… 저, 교수님."

초연은 아직 좋은 연구자가 되기엔 멀었나 보다. 아직은 태하의 차트와 기록지를 보고 그저 사례로 다룰 수만은 없었다.

"혹시, 최태하 씨는 불안 장애가 있는 거 아닐까요."

수많은 사례 속의 한 사람으로 다루기엔, 태하는 이미 초연에겐 특별한 사람이 되어 버렸다.

"왜…… 그렇게 생각하지?"

정 교수의 꿰뚫어 보는 듯한 시선을 받으면서도 초연은 차분히 제 생각을 이야기하기로 했다. 적어도 자신만은 차트 속에서 존재하는 사례자가 아닌, 태하 본인을 위해서 생각해 보고 싶었다.

"제가 처음 최태하 씨한테 줬던 약은 비타민이었어요. 그것도 일시적으로 갇힌 공간에서였고요. 플라시보 효과가 밝혀진 후에도 그 후에 했던 수면 관측 실험은 효과가 있긴 하지만 아주 불규칙한 패턴이라서 정확히 무엇이 원인이라고 규명할 수도 없었고요."

"흥미로운 의견이군. 그래서 불면증은 병이 아닌 증상일 뿐, 진짜 병은 따로 있다는 말이 하고 싶은 건가."

평생을 사람의 심리를 연구하며 살았던 정 교수라, 더 대화가 빨리 진행된다. 초연이 더 긴장하게 되는 이유였다.

"그 부분도 있지만…… 사실 제가 주목한 부분은 다른 부분이었어요."

하지만 초연은 위축되는 편보단, 솔직한 걸 택했다. 정 교수는 가식보단 솔직한 마음을 듣는 걸 더 기꺼워하는 사람이라는 걸 깨달은 덕이다.

"뭐지? 궁금한데."

정 교수가 우아하게 커피 잔을 들어 한 모금을 마셨다. 정 교수의 시선은 초연을 향해 고정돼 있었다.

"정 교수님은 최태하 씨 차트를 보실 때면 안정이라는 단어를 자주 쓰셨어요."

이러고 있을 때는 아니지만, 정 교수는 새삼 자신의 인재 발탁 능력에 자부심을 느꼈다.

"특히 전보다 안정된 상태라는 말씀에 제 생각을 굳히게 됐어요. 안정이 됐다는 건, 그 전의 상태가 불안했다…… 그렇게 들려서요."

초연은 지원자 중에 가장 학점이 낮은 학생이었다. 하지만 센터에서 가능한 모든 심리 검사를 동원해서 지원자들을 파악한 결과 가장 특별한 학생이기도 했다. 지금, 무심한 듯이 아주 단순한 진실을 바라보고 있는 초연은 확실히 미래의 좋은 상담자로서의 자질이 있었다.

"그렇게 보일 수도 있겠군. 뭐, 그런 건 최 이사한테 직접 물어 보는 게 상책이라고 생각하지만. 아무래도, 난 중립을 지켜야 하는 입장이잖아?"

정 교수는 애써 놀란 마음을 누르며 초연을 향해 웃어 보였다.

"네……."

"하지만 초연 씨와의 감정적인 유대가 최 이사에게 긍정적인 영향을 끼친다는 건 내가 보증하지. 이건, 굳이 중립적이 아니어도 할 수 있는 일이니까."

정 교수는 미소 지으며 말을 이었다. 분위기를 부드럽게 만들어 준 정 교수 덕분에 초연도 마음을 놓고 따라 웃을 수 있었다.

"뭐, 그게 정확히 어떤 류의 감정적 유대인지는……."

이번엔 뜨끔했지만.

"물론, 중립인 내 입장에서 자세히 파고들 수도 없으니."

꿰뚫어 보고 있는 듯한 정 교수의 시선에서 초연은 간신히 대꾸를 해 보려 했다.

"저, 교수님 그게……."

그런 초연의 심정 따윈 이미 진즉에 파악하고 있던 정 교수가 나섰다. 운은 뗐지만 할 말이 없었던 초연에게는 다행이었다.

"그보다 오늘 중대 발표가 있는데, 그 김에 회식이나 하려고. 저번에 먹었던 꽃등심 어때?"

"저요?"

"그래, 이 조교."

그제야 초연의 평소 환한 미소가 돌아왔다.

"너무 좋아요!"

박수까지 치며 웃는 초연을 보며, 정 교수는 내심 다행이라 여겼다. 태하가 초연을 만날 수 있었던 건, 정말 다행스러운 일일지도 모른다고.

** * *

태하의 하루는 별반 차이 없이 돌아가고 있었다. 하지만 태하를 제외한 모든 사람들이 태하의 변화를 느꼈다.

"이상이 커피 CF의 최종 컨펌안입니다."

회의실의 불은 어둑어둑했고, 앞의 롤스크린에선 연인들이 캔 커피를 사이로 손길을 스쳤다. 발표자의 마지막 말과 함께 모든 시선이 가장 상석에 앉은 태하에게 향했을 때, 모두가 놀랍게도 태하는 옅은 미소를 지은 채였다.

"어떻게…… 보셨는지."

"좋네요."

선선한 답에 미소까지, 이건 최 이사가 보여 줄 수 있는 나름의 극찬이자 일 년에 몇 번 볼 수 없는 진귀한 광경이었다.

발표자를 맡은 홍보부의 김 팀장은 얼떨떨한 웃음을 지으며 이 현실을 받아들이려 했다.

"특히나 연인 간의 달콤한 감정을 강조한 게 우리 제품의 이미지와 잘 맞는 거 같아요."

어제 새벽까지 김 팀장은 고뇌에 시달려야 했다. 절대 이런 코드로는 최 이사를 통과할 수 없을 거라는 상사의 조언을 뿌리치고 거의 사명을 걸고서 나온 자리가 바로 이 자리였단 말이다.

"이대로 진행하세요. 홍보부에서 수고가 많았네요."

"아닙니다! 감사합니다, 이사님. 조만간 완성본으로 찾아뵙겠습니다!"

몇 번을 꾸벅이고 회의실을 나가는 김 팀장과 함께 다른 사원들도 속속 회의실을 빠져나갔다. 회의실에는 이제 태하와 안 실장 둘만이 남았다. 태하가 핸드폰을 들여다보는 사이, 안 실장은 그런 태하를 빤히 관찰하는 중이었다.

"안 실장, 뭐 이상한 거라도 있나."

여전히 핸드폰에서 시선을 떼지 않는 태하의 말에 안 실장은 잠시 고민했다. 지금 이상한 이사님을 관찰하는 중이라는 말을 해야 할까, 아. 역시 그건 아니겠지.

"아까 조정 요청하셨던 저녁 일정, 내일 낮으로 미룰 수 있을 것 같습니다. 다만, 내일 일정이 보다 빡빡해질 것 같습니다만."

"그럼 미뤄."

"비서실에서 듣기론 회장님께선 바둑 모임으로 저녁때까지 출타 중이시라는데, 평창동 식사 시간을 고려하면 굳이 일정을 조정하지 않으셔도 됩니다."

안 실장의 말에 그제야 태하는 핸드폰에서 시선을 거둬 안 실장을 보았다.

"누가 평창동에 간댔나?"

"그럼, 왜 굳이 일정을……."

요즘따라 저녁 시간에 최 회장의 부름이 잦아졌다. 태하는 일에 우선순위를 두는 사람이었으니 불가피한 경우가 아니면 일정을 조정하지 않을 텐데.

"내 마음이지."

툭, 던지는 말은 진심 같았다. 하여, 안 실장은 다시 한번 아까의 고뇌에 빠져들었다. 요즘 최 이사가 이상했다. 그것도 아주 많이.

* * * *

정 교수의 말에 따르자면 아주 중요한 발표 두 개를 기념하는 회식 자리가 시작됐다.

"이 조교, 사진 찍어야지."

이젠 정 교수뿐만 아니라 강 실장도 먼저 권유할 정도다. 이 정도면 초연도 이제 명실상부한 이 회식의 일원이 된 것 같아 괜히 어깨가 으쓱했다.

"그럼 오늘은 중대 발표가 두 개나 있는 엄청난 회식이니까……."

카메라를 장전하고 불판을 주시하는 초연의 뺨엔 예쁜 미소가 걸려 있었다.

"동영상으로 찍겠어요!"

그런 초연을 마치 딸처럼, 혹은 막내 여동생처럼 웃으며 바라봐 주는 두 여자들이 있어 더 행복한 저녁이었다.

치익.

빨갛고 고운 꽃등심이 불판 위에 내려오는 순간, 초연은 바로 그 순간을 짧은 동영상으로 찍었다. 물론, 보낼 곳이야 이미 정해진 터다.

[나 꽃등심 먹고 들어가요, 최태하 씨도 맛난 저녁 드세요!]

요란한 이모티콘을 덧붙인 후에야 메시지는 전송됐다. 초연은 그걸 확인하자마자 핸드폰을 내려놓고 경건히 젓가락을 들었다. 정 교수님도, 강 실장님도 그 자체로 너무 좋은 분들이지만, 좋은 분들과 함께하는 회식은 정말이지 그보다 몇만 배는 더 좋아 죽겠다.

"자, 그럼 우리 강 실장, 이 조교 다 같이 짠이나 한번 할까?"

정 교수의 선창에 다 같이 잔을 들었다. 쨍, 허공에서 부딪히는 잔이 이 기나긴 회식의 시작을 알렸다.

*＊ ＊ ＊

억지로 저녁 일정을 미루고 집에 도착하자마자 요상한 메시지가 왔다. 태하 기준에서 요상한 메시지란 주로 초연이 보내는 것들이다. 사적인 메시지를 받을 일도 거의 없거니와, 늘 요란한 이모티콘을 붙여서 보내는 건 초연뿐이니까.

"뭐야……."

재생 버튼을 누르자 지글지글 구워지는 꽃등심이 보였다. 그 사이로 간간이 여자들의 높은 웃음소리가 들리는 걸로 봐서는, 퍽 즐거우신가 보다고.

[그래.]

일단 답장은 보냈다. 괜히 고민하는 걸로 오해하면 곤란하니까 신속하게 보낸 것이다. 하지만 태하의 부아는 치밀어 오르고 있었다. 아니, 미리 약속한 건 아니지만 으레 그렇듯 저녁에 데리러 오라고 할 줄 알았는데, 저녁 같이 먹자고 매일 졸라 대던 게 누군데, 그래서 애먼 일정까지 다 미뤄 놨는데, 그걸 이 시간에서야 통보를 하나.

[맛있게 먹어.]

하지만 그는 어른이니까 받아들였다. 그뿐만 아니라 어른스럽게 답장도 했다. 덕분에 내일 오전에는 일정이 미어터져서 죽어나겠다는 원망을 하는 대신, 바람 아닌 바람을 맞은 듯이 억울한 마음을 토로하는 대신.

"배신자 같으니라고."

물론, 이건 혼잣말이니까 괜찮다.

** * *

겨우 여자 셋이 모여서 무슨 회식이 그리 즐거울까 했는데, 오늘은 꽃등심의 마블링부터가 달랐다. 서비스로 나온 육회에 정 교수와 나란히 소주 일 잔을 하고, 어여쁜 꽃등심의 자태를 젓가락으로 낚아채는 초연에게 지금보다 좋은 회식은 없을 것이다.

"우리 센터에 중대 발표가 있어서 이 회식을 하는 건, 다들 알지?"

강 실장은 고개를 끄덕였고, 초연도 입에 쌈을 문 채로 같이 고개를 끄덕였다.

"그래서 말인데…… 그 중대 발표, 주인공인 강 실장이 하는 게 어때?"

"네? 아이, 참…… 교수님도."

아까부터 보리차만 홀짝이던 강 실장이 저런 수줍은 멘트를 날리다니 좀 이상했다. 하지만 뭐 어때, 본격적으로 꽃등심이 구워지기 시작하자 정 교수가 말아 주는 기막힌 비율의 소맥을 마시던 초연은 무작정 신이 나기 시작했다.

"중대 발표요? 그럼, 두구두구두구……."

젓가락으로 상을 두드리는 초연의 입은 아직도 불룩하니 쌈을 머금고 있는 채였다.

"나, 둘째 생겼어."

두구두구, 조금 더 두드리던 초연의 젓가락질이 강 실장과 눈이 마주치자마자 문득 멈췄다.

"뭐가…… 생겨요?"

일시 정지된 초연을 보고 웃던 강 실장에게선 더 이상 까칠했던 첫 인상을 찾아볼 수가 없었다.

"여기."

제 아랫배를 가리키는 강 실장을 보며, 초연은 꿀꺽 입 안의 쌈을 삼켰다.

"와……."

무슨 말을 해야 할지 모르겠다는 초연을 두고 두 여자는 그냥 웃기만 했다.

"정말…… 정말로 축하드려요!"

뒤늦게, 강 실장이 보리차만 마시고 있던 걸 깨닫는 초연이였다. 아직 아무것도 보이지 않는데 아기가 생겼다는 게 신기하기도 하고.

"고마워 이 조교. 교수님도 정말…… 감사드려요."

강 실장이 이렇게 수줍은 모습은 또 처음 봤다.

"계획에도 없던 임신이라 센터에 폐만 끼치는 건 아닌지 걱정했는데, 축하해 주셔서……."

"무슨 소리야, 새 생명이 왜 폐를 끼쳐! 강 실장, 우리 센터는 그런 경사스러운 일로 차질이 생길 만큼 후진 데가 아니거든?"

그 말에 일동이 전부 웃었다.

"오히려 복덩이가 생긴 것 같아서 내 맘이 다 뿌듯하네. 우리 센터에 얼마나 또 복을 가져다주려고…… 안 그래, 강 실장?"

정 교수와 마주친 강 실장의 시선이 조금 짠했다. 더 긴 말이 없어도 서로만 알 수 있는 따스한 유대감이 느껴졌다.

"강 실장 덕분에 우리 센터에 복덩이가 생겼어."

정 교수의 밝은 말에, 괜히 강 실장의 눈이 그렁그렁해지는 것 같았다. 아니, 아마도 고깃집 숯불의 연기가 잘못 갔나 보다.

"맞아요, 아기는 복덩이죠!"

"그래, 세상에 온 지 몇 개월도 안 된 게 벌써부터 복덩이 노릇을 하는 거 보면 기대할 만하겠어."

초연은 연신 끄덕이고, 강 실장은 조금 쑥스러운 미소를 지으며 제 배를 내려 보았다.

"그런 걸 보면, 이 조교가 참 눈치가 빨라."

"저요? 정말요?"

"그럼, 이 아기가 복덩이지. 이 조교한테는 정말 큰 복덩이."

깜박, 초연이 의아하게 눈을 감았다 뜨자 모두가 웃고 있었다.

"다음 달, 미국에서 열리는 세미나. 강 실장 대신 이 조교가 동행하게 됐어."

정 교수는 웃고 있었지만, 초연의 마음에 그 말은 폭탄처럼 떨어져 이내 펑, 하고 터졌다.

"……제가요?"

믿기지 않는 초연의 표정을 보며 두 사람이 일제히 고개를 끄덕였다.

"제가…… 미국 세미나에…… 정말로 가도 돼요?"

"그렇다니까."

꿈이 아니라 현실이었다.

"아, 정말…… 제가 미국 세미나에 교수님이랑 같이……."

여전히 웃어 주는 두 사람을 보며, 초연은 잠시 마른침을 삼켰다.

"저, 지금 꼭 하고 싶은 말이 있어요."

정 교수가 직접 말아 준 소맥 잔을 원샷한 초연이 아주 결연한 눈빛으로 말했다.

"복덩아, 사랑해!"

강 실장의, 아직 부르지도 않은 배를 향해 진심을 담은 사랑 고백을 하는 초연은 오늘, 세상에서 가장 행복해 보였다.

* * * *

저녁이 이렇게 긴 건 줄 몰랐다. 할 일이 정해지지 않은 저녁은 더더욱 그랬다. 태하는 단백질 셰이크로 저녁을 때우고, 오랜만에 헬스장에 가서 땀을 흘리고, 다시 집에 와서 그 땀을 닦아 냈다. 그래도, 할 일이 없다는 게 우스운 일이다.

"배신자."

이게 웃기는 줄은 태하 자신도 알았다. 어차피 그의 생활이 이런 거니까, 일 말고는 피곤에 절어 사느라 저녁 시간이 이런 건 줄도 몰랐다. 혼자 남은 시간에 뭘 해야 하는지조차 생각해 본 적이 없었다. 간신히 찾은 일이 노트북으로 내일 언론에 배포할 보도 자료를 검토하는 정도였으니까.

"야."

그런데, 집중이 안 된다.

"야, 이토순."

뭔가 억울해서 일부러 침대에 누워 노트북을 폈더랬다. 일하는 기분이 들지 않게끔. 이건 그의 시간이니까. 그런데 자꾸 몇 발치 떨어져 앉아 있는 이토순이 눈에 거슬렸다. 뭘 또 저렇게 사람같이 앉혀 놓은 거야.

"너네 언니는 이럴 때 뭐 하고 노냐?"

물론 토순이는 대답이 없다. 당연한 일인데, 왠지 공허하게 느껴졌다. 다행히 자신이 이상해졌다는 생각이 들 틈은 없었다. 디링, 도착한 핸드폰의 메시지는 공허함을 날리기에 충분했으니.

[초ㅏ 태하시 나 초여닝데여.]

대체 이건 무슨 말일까. 게다가, 본인이 누구라는 건 말 안 해도 충분히 알고 있는데.

[나 이거 먹엿져.]

하지만 초연의 메시지는 쉬지 않고 계속 디링, 디링, 태하의 폰을 울렸다. 이번엔 사진인가. 황금빛으로 채워진 글라스는 누가 봐도 소맥이었다. 그 뒤로 거의 빈 소주병을 따르고 있는 익숙한 중년 여성의 손은…… 아마도 정 교수겠지.

[구.]

이건 또 무슨 말이지. 내내 메시지가 연달아 오는데, 필시 이 여자들이 제정신이 아닐 거라는 것 정도만 알겠다.

[국러니까 나델려아요.]

도대체 술을 얼마나 마신 걸까. 누구는 저녁 일정도 미뤘는데, 또 다른 누구는 잘도 좋다고 가서 꽃등심에 소맥을 말아 마셨다고 자랑하는 중이시다.

[내가 왜.]

간신히 정신을 잡고 답장을 보낸 태하가 한숨을 쉬었다.

[안구롬 내가 이거 도 먹고 님 집을 파개한다.]

답장은 초속이었다. 생각을 할 겨를도 없이 태하의 손가락이 하고픈 말을 쳐 냈다.

[미쳤어?]

[취햇져.]

이초연은 그 와중에도 솔직했다. 이걸 좋다고 해야 할지, 말아야 할지…… 태하가 짧은 고민을 하던 사이로 또 다른 사진이 날아왔다.

"미친……."

사진 속에선 새로운 소맥 잔이 가득 차 있었다. 정 교수 특유의 주렁주렁한 팔찌를 찬 손이 친절하게 그 병을 들고 있던 걸로 봐서, 이 회식의 끝은 온전치 못할 거란 예감이 왔다. 가장 웃긴 건, 그 와중에도 사진 속 물티슈에 시선이 가는 태하 자신이었다. 친절하게 주소와 전화번호가 적힌 디테일이 자꾸 눈에 걸렸다.

[나댈러아요.]

[내가 왜.]

이미 차 키를 집어 들었으면서도 굳이 똑같은 말을 반복하는 태하다.

[나랑 채태하 씨랑 우리.]

이미 타 버린 엘리베이터 안에서 속속 도착하는 메시지는 아주 가관이었지만.

[무지 친한 사이니까.]

그래, 데리러 갈 이유는 충분했다.

문제의 장소에 도착하는 건 금방이었다. 태하는 정 교수를 부축하고 나오는 동년배의 남자를 보고 쓴웃음을 지어 보였다. 물론, 옆에 초연이라는 짐을 낀 채였다.

"죄송합니다, 저희 어머님 때문에."

"아뇨, 이건…… 거의 쌍방 과실로 보이네요."

두 여자 모두 제대로 걸음을 걸을 수 없을 만큼 취한 게 한눈에 보였다. 정 교수의 아들은 이런 일이 자주 있다는 듯 익숙하게 어머니를 부축했다. 태하도 얼결에 초연을 넘겨받아서 그만큼은 아니지만 어찌 부축은 하게 됐다.

"그럼, 각각 수거해 가죠."

정 교수의 아들은 체념한 듯 짧은 말을 건네고는 가벼운 묵례를 했다.

"네, 그쪽도 건투를 빕니다."

태하도 마주 인사하고는 초연을 부축한 채 돌아섰다. 이제 이 문제의 여자를 집까지 무사히 수송하는 일이 남아 있었다. 취한 것치고는 의외로 순순하게 조수석에 탄 초연을 보면 그렇게 어려운 일은 아닐 것 같아 다행이다. 물론, 태하가 시동을 걸자마자 신발을 벗고 대시보드에 발을 올리는 모습을 보니 당연히 착각이었다.

"최태하 씨."

문자를 치는 손가락도 꼬부라졌는데 혀라고 오죽할까. 초연이 입을 열자 차 내부에 술 냄새가 확 풍겼다.

"초연이 오늘 기분 너무 좋아!"

얼씨구, 이젠 반말까지. 막 나가자는 건가.

"그래 보여."

"응, 너무너무 좋아!"

시큰둥한 태하의 답에도 초연의 기분은 조금도 가라앉지 않는지, 이내 초연이 창문을 열었다. 높은 속도로 달리는 차 덕에 세찬 밤바람이 들어오는데, 뭐가 또 좋은지 꺄르르 웃음을 터트렸다.

"나 오늘 기분이 너무너무……!"

한껏 기분이 올라간 초연의 손이 무서운 줄도 모르고 차창 밖으로 뻗어 나갔다. 마침 신호에 걸린 덕에 태하는 간신히 그 손목을 낚아챌 수 있었다.

"……좋아."

꽤 세게 잡은 탓에 초연의 몸이 태하 쪽으로 기울었다. 순간, 어둠 속에서 눈이 마주쳤다. 평소에도 발그레한 빛을 머금고 있던 초연의 뺨은 이젠 아주 발갛게 달아올랐는데, 그게 다 몹쓸 알코올 때문이라는 걸 알면서도 괜히 기분이 묘해졌다.

지잉.

태하는 쓸데없는 생각을 멈추고 차창을 닫아 록을 걸었다. 대신 선루프를 연 태하가 파란 신호를 향해 악셀을 밟았다. 선선한 바람에서 이제 여름의 기척은 거의 느껴지지 않았다.

"최태하 씨!"

"왜, 또."

"나 너무 좋아."

"뭐가 또."

바보 같은 술주정인 줄 알면서도 자꾸 대꾸하게 되었다. 잡은 손을 놓지 않은 채로.

"나 데리러 와 주는 사람이 있는 거."

돌아보니, 이게 이초연의 특기였다. 무방비한 상태에서 천진한 표정을 하고서 쿵, 남의 가슴을 때리는 게.

"그래서 같이, 집으로 갈 수 있는 거."

속삭이는 목소리는 어린아이의 순수함을 닮아서, 어쩐지 찡한 마음이 들게 하는 게.

"너무너무…… 좋아."

그러면서도 저렇게 해사하게 웃으면 주위의 공기까지 환하게 물들여서 결국은 쿵, 하고 가슴을 쳤던 게 뭐였는지조차 잊을 정도로…… 그래, 예뻤다. 태하는 지금 장밋빛으로 물든 초연의 뺨을 보며, 문득 예쁘다고 생각했다.

"나도……."

초연의 눈동자는 이 밤하늘에 꼭 어울릴 만큼으로 반짝였다.

"딱히 나쁘진 않아."

낮은 태하의 혼잣말이, 서늘한 바람 사이로 울렸다.

* * * *

그리고 집에 도착한 지 얼마 되지 않아, 초연은 본연의 모습을 되찾아 갔다. 순간적으로 예뻤지만, 괴수는 괴수였던 것이다.

"우리 토순이 어딨어!"

"안 돼, 2층엔 씻고 들어와."

"싫어, 초연이 씻기 싫어!"

생떼도 이런 생떼가 없다. 게다가 취중이라고는 하지만 반말이 썩 자연스러웠다. 한두 번 당하다 보니 태하 스스로도 익숙해질 정도로.

"적어도 손발 씻고 양치하기 전에 2층은 출입 금지야."

"아, 싫어! 내가 왜 씻어야 되는데!"

하지만 양보할 수 없는 것도 있는 법이다. 애는 원칙을 가지고 길러야 한다. 투정이 심한 애일수록, 그게 다 큰 애일수록 더더욱.

"안 돼."

낮고 단호한 태하의 목소리에 초연이 비죽 눈치를 본다.

"그럼 발만 씻을 거야!"

그것도 잠시, 보란 듯이 욕실 문을 박차고 들어간 초연이 문을 훤히 열어 놓은 채로 태하의 눈앞에서 샤워기를 틀어 제 맨발을 적셨다.

"어차피 젖은 거 손도 씻으면 좋지 않을까?"

아무도 몰랐다. 태하의 인내심이 이렇게 깊었던 줄, 심지어 본인도 몰랐다.

"저기 비누도 있는데."

퍽 자상한 태하의 목소리에 초연은 고개를 끄덕이더니 아주 대충 비누칠을 하고는 다시 샤워기로 거품을 씻어 냈다.

"양치도 해야지."

"싫어, 이빨 안 닦을 거야."

"……왜?"

정말 궁금해서 물어봤다. 초연은 샤워기를 든 채로 다시 태하를 빤히 보았다. 이상한 건 태하가 아니라 초연인데, 그 눈빛만 보자면 태하가 이상한 소리를 한 것만 같았다.

"귀찮아."

초연의 표정은 아주 당당했다. 결국, 발을 적시고 싶지 않았던 태하가 포기하고 욕실로 들어섰다.

"자."

어째서인지 모르겠지만, 뽀로로 모양을 한 아동용 칫솔을 집어 들어 치약을 손수 묻혀 초연에게 건넨다.

"안 돼."

단호하게 고개를 가로젓던 초연이 갑자기 촤악, 하고 들고 있던 샤워기로 물을 뿌렸다.

"칫솔 위에 물 묻혀야 돼."

그 물을 태하도 맞았다. 후두둑, 갑작스런 물줄기에 당황할 틈도 없이 칫솔을 입에 문 초연이 우물거리며 말을 이었다. 다시 한번 말하지만, 당황할 틈 같은 것도 없었다.

"나 이빨 다 닦으면."

치카치카, 비슷한 소리가 난 것도 같았다.

"최태하 씨 방에서 자도 돼?"

"……왜?"

"내가 해 주고 싶은 게 있어서."

어라, 이건 또 무슨 전개지. 초연의 태연한 한마디가 이번엔 태하의 머리를 지잉 울렸다. 해 주고 싶다는 게 대체 무슨 발칙한 짓인 줄은 모르겠지만, 이러면 안 되는 거 같은데. 보통 그렇지 않나. 아니, 절대로 안 되는 건 아니지만, 가급적이면…….

"그러든지."

아, 모르겠다. 이번에도 대답이 먼저 나가 버린 탓에 태하는 혼자서만 몰래 한숨을 삼켰다. 순간적으로 머릿속을 휩쓸고 간 폭풍도 같이 묻어 둬야겠다.

그러나 잠시 후, 먼저 침실에서 잘 준비를 마친 태하의 머릿속에선 여전히 폭풍의 잔재가 휘몰아치는 중이었다. 아니, 굳이 그럴 정도까지는 아닌 것 같기는 하지만.

철컥. 그때 노크도 없이 초연이 위풍당당하게 방문을 거의 걷어차고 들어왔다. 양치를 하라고 신신당부를 한 채 올라온 게 불과 몇 분 전이라는 걸 감안하면 그 양치는 엄청난 초고속인 게 분명했다.

"우리 토순이 잘 있었어?"

게다가 영순위는 태하가 아닌 토순이였다. 이깟 걸로 패배감을 느끼고 싶진 않지만, 토순이가 데리러 가고 토순이가 양치시킨 게 아닌데 억울한 건 사실이었다.

"언니 너무 졸려……."

그래 보인다. 훅, 침대 위로 다이빙 하듯 몸을 던지는 초연은 태하가 외간 남자라는 사실도 잊었나 보다. 하긴, 우린 친한 사이니까. 연애를 하기로 했지만, 코스피 비슷한 연애 지수를 쌓고 있는 중이라 경각심이 없나 보지. 이 부분도 태하를 억울하게 하는 점 중 하나였다.

"아, 맞다! 브레이크!"

그 와중에 불현듯 외친 초연은 머리맡에 대 놨던 길고 커다란 쿠션을 침대의 한중간에 딱 놓았다.

"대체 브레이크가 뭔데. 이 쿠션 이름이 브레이크야?"

"아, 그런 게 있어. 강 실장님이 꼭 챙기랬어. 안 그러면 애기가 세 개야."

무슨 소린지 모르겠지만, 초연이 턱 하니 제 다리 하나를 베개 위에 얹었다. 오늘 아침에 가르쳐 줬는데도, 경각심이 없나 보다.

"초연이 이제 잘 거야."

아무도 안 물어봤다.

"나 잠 많아서 늦게 일어날 거야."

웅얼웅얼하는 소리, 그것도 이미 알고 있었다. 굳이 말하지 않아도.

"그러니까 최태하 씨도 잘 자."

"무슨 상관인데."

"있어. 아주 많이."

어둠 속에서, 초연의 숨소리가 살결에 닿을 듯이 가깝게 느껴진다.

"내가 더 오래 있을 거야."

여전히 무슨 말인지 어리둥절했다.

"내가 최태하 씨보다 더 오래 있을 거야. 최태하 씨가 잠에서 깨도…… 난 여기 있을 거야."

그리고 눈을 감은 채 하는 초연의 말이, 태하의 피부에 고스란히 와 닿는 것 같았다.

"최태하 씨가 푹 잠들었다가 깨도, 난 사라지지 않을 거야."

왜 이런 말을 하는 걸까. 자신은 아무 말도 하지 않았는데, 왜 이 여자는 눈을 감은 채로 아무렇지도 않게 이런 말을 할까.

"나는…… 그대로 있을 거야. 최태하 씨가 자다가 잠깐 깬 새벽에도, 눈 비비며 일어날 아침에도, 어쩌면 늘어지게 자고 있을 대낮까지도……."

그런 생각은 해 본 적이 없다. 하지만 이 꿈결 같은 이야기가 자꾸만 태하의 귓가를 적셨다. 가만가만 속삭이는 목소리가, 나른하면서도 달콤했다.

“난 여기 있을 거야. 그러니까 불안해하지 마.”

초연의 목소리는 어둠 속에서 더 또렷했다. 늘 앳되다고 생각했던 목소리인데, 이렇게 들으니 마음이 가라앉았다.

“그래.”

먼저 대답이 나갔다. 이상하게, 이 여자를 상대로 말을 하다 보면 자꾸 말이 먼저, 손이 먼저 나간다.

“아까, 나한테 해 주고 싶다고 한 건 뭐였는데.”

그리고 자꾸 궁금한 게 생긴다.

“아, 맞다.”

작게 키득이는 초연의 웃음소리가 들렸다. 어둠 속이라도, 왠지 선명하게 느껴지는 웃음이.

“내가 최태하 씨한테 제일 해 주고 싶었던 거.”

훅, 쿠션을 넘어온 초연의 손이 태하의 어깨에 닿았다.

“자장자장…….”

토닥토닥, 초연의 작은 손이 태하의 어깨를 두드린다.

“최태하 씨, 잘 자고…….”

소곤소곤, 속삭이는 목소리 아래로 토닥이는 손길은 멈추지 않았다.

“예쁜 꿈 꿔요.”

늘 무겁게만 느껴졌던 이 밤의 어둠이, 이제는 태하의 어깨 위로 내렸다. 아주 다정하고, 따스한 손길이었다. 꼭 초연의 체온만큼,

그 목소리가 소곤대는 만큼…… 작지만 사랑스러운 기척으로.

"자장자장……."

초연의 목소리가 점점 희미해졌다. 하지만 멀어지는 느낌과는 달랐다. 그보단 조금씩 잦아드는 것같이 느껴졌다. 이 어둠이 태하의 위로 내리듯이, 초연의 속삭임이 태하에게 잦아들었다.

그 밤에 태하는 꿈속에서조차 눈을 뜨지 않았다. 굳이 보지 않아도 따스한 기척을 느낄 수 있어서 내내 감은 눈을 뜨고 싶지 않았다. 멀지 않은 곳에서 울리는 다정한 웃음소리, 복슬거리는 털이 가진 다소 높은 체온, 그 모든 것을 감싸고 있는 아주 달콤한 어둠은 전부 태하가 영원히 잃어버렸다고 생각했던 것들이었다. 두 번 다시 되돌아오지 않는, 한 번 붙잡을 기회도 주지 않고 영원히 잃어버린 존재들.

"자장자장……."

꿈결에서도 그 다정한 목소리가 어렴풋이 들렸다. 그래서였을까, 이 꿈에서만큼은 이미 사라진 존재들이 두렵지 않았다. 또다시 그들을 잃는 악몽으로 끝날까, 눈을 뜨면 그 악몽이 사실이라는 것을 깨달을까, 두려워하지 않아도 괜찮았다.

그날 밤, 태하는 혼자가 된 이후로 처음, 깨고 싶지 않을 정도로 달콤한 꿈을 꿨다.

ch. 8

새벽 다섯 시, 알람이 아닌 핸드폰 벨이 울렸다. 잠들 수 있는 일분일초가 소중한 태하에겐 아주 드문 일이었다. 취침에 들기 전 핸드폰은 방해 금지 모드로 돌려놓는 게 필수였고, 그 경우엔 미리 설정해 둔 핫라인 번호 하나만이 태하의 벨을 울릴 수 있었다.

"여……보세요."

눈도 뜨지 못한 채로 전화를 받은 태하의 목소리에 수화기 너머엔 짧은 침묵이 감돌았다. 태하는 그사이로 최대한 빨리 이성을 찾으려 애썼다. 이런 전화가 전해야 할 말은 아주 긴급하고 심각할 내용일 게 분명했으니까.

"무슨 일이야."

— 바로 전달해 드릴 사항이 있어 전화드렸습니다.

안 실장의 목소리는 평소와 똑같이 차분해서 태하가 정신을 차리는 데 도움이 되었다.

— 평창동 지붕에 금이 갔습니다. 십 분 전에 들어온 소식입니다.

언뜻 별거 아닌 일 같지만, 지금 통화를 하는 둘은 그 말의 의미를 알기에 심각할 수밖에 없다.

"내가 지금 가지."

— 지금 모시러 가겠습니다.

전화를 끊고, 태하는 옆을 돌아봤다. 초연은 언제나처럼 행복한 얼굴로 잠들어 있었다. 이대로 아침을 맞이할 수 있다면 좋았을 텐데. 달콤한 꿈은 늘, 갑자기 깨지나 보다.

"잘 자, 이초연 씨."

태하가 그날 웃을 수 있던 건, 이게 마지막이었다.

** * *

안 실장과 함께 평창동에 도착했을 때, 태하는 타이조차 제대로 매지 못한 모습이었다. 하지만 그런 것에 아랑곳할 시간은 없었다. 아직 아침 해조차 떠오르지 않은 정원을 뛰듯이 가로지른 태하는 몇 개의 문을 통과해서 평창동 본가의 가장 깊은 방에 다다랐다.

"어떻게 된 겁니까."

어느새 대학 병원의 병실을 방불케 할 만큼 장비와 의료진으로 가득 찬 재두의 침실은 태하가 기억하는 모습과는 전혀 달랐다.

"이사님께 연락이 가기 십 분 전에 저희 의료진이 먼저 도착했습니다."

의료진의 수장으로 보이는 남자가 태하의 앞으로 나서며 말했다. 그는 재두의 주치의이자 이런 상황을 위해 안배해 둔 긴급 의료팀의 책임자였다.

"오전 네 시 십 분경, 입주 가정부가 복도 계단 아래에 쓰러져 계신 걸 목격했답니다. 그리고 바로 저희가 모이고 절차대로 이사님께 연락을 드린 겁니다."

태하는 초조함을 감추려 빈주먹을 꾹 쥐고는 가능한 태연한 표정으로 침대에 누운 재두를 봤다. 의료진의 신속한 대처 덕인지 재두는 입원한 지 오래된 환자처럼 각종 의료 설비들을 몸에 단 채 눈을 감고 있었다.

"현재로서 취할 수 있는 조치는 다 취했습니다. 특별히 큰 외상은 없습니다만, 본래 회장님께서 혈압이 있으셨던 편이라 차후 정밀 검사를 해야 할 것 같습니다."

"그렇군요."

의외로 담담한 태하의 태도에 의사는 잠시 할 말을 찾다가 겨우 입을 열었다.

"다행히 기초적인 바이탈은 모두 양호합니다. 당장 위급한 상황이 올 것 같지는 않습니다만, 연세가 있으시기에 장담을 할 수는 없습니다."

"그 정도는 나도 압니다."

재두는 이미 여든을 넘은 나이였다. 본인의 말에 따르자면 젊었을 때 고생깨나 했고, 수명이 줄더라도 술 없이는 못 산다던 영감님이었다. 태하는 굳은 표정 밑으로 멍하니 생각했다.

'내 이런 날이 올까 봐 그리 잔소리를 했었는데, 이래서 영감님

은 안 된다니까.'

"병원으로 이송해서 검사하시는 방법도 있지만……."

의사가 무슨 말을 하려는지는 태하도 알고 있었다. 재두는 술에 취하면 때때로 저승길 갈 계획을 손수 야무지게 짜던 영감님이었다.

"장비를 공수할 수 있는 한에선, 여기서 진행하도록 하죠. 필요한 게 있다면 뭐든 여기 안 실장에게 요청하세요. 대외적으로는 주택 증축을 위한 공사 설비라고 해 두겠습니다."

그런 재두의 바람 중 하나는, 이런 사태가 생기더라도 회사에 지장을 주지 않는 것이었다. 오너의 쇠락은 당장 아침 주식 시장에서부터 큰 요소로 작용하게 될 테니 현명한 판단이었다.

"예, 그렇게 하겠습니다."

"단…… 그게 최선이 아닐 경우엔 언제라도 병원으로 이송해서 모든 처치를 다 해 주십시오."

이건 태하가 내릴 수 있는 최선의 선택이었다.

"회장님께선……."

"앞으로 내게 허가를 받을 필요는 없습니다. 의사로서 당신이 최선이라 생각된다면 그 즉시 실행해 주십시오. 책임은 내가 지겠습니다."

결연한 태하의 말에 의사는 고개를 끄덕였다. 처음 이 방에 들어와서 냉정을 유지하던 남자는 간 데 없고, 그저 의젓한 보호자로 보이는 남자를 마주하니 새삼 사명감이 더 차올랐다.

"예, 저희 의료진도 최선을 약속드리겠습니다."

그리고 잠시 후, 방 안에는 태하와 재두만이 남았다. 산소호흡기를 끼고, 그렇게나 싫어하던 주삿바늘을 팔목에 꽂고 있는 재두는 지금이라도 당장 일어나서 호통을 칠 것 같았다.

"영감님, 이건 반칙이잖아요."

재두가 눈을 감고 있다고 해서 당장 살가운 말이 나오는 건 아니다. 평생을 그리 살았는데 갑자기 변하는 게 더 우스웠다.

"이런 장난은…… 하나도 재미없단 말입니다."

하지만 더 이상 버르장머리 없다며 호통을 치는 재두는 없었다. 그저, 태하의 기억보다 주름살이 깊은 노인이 호흡기를 단 채로 잠들어 있을 뿐이다.

"안 그래도 바빠 죽겠는데, 오늘은 내가 영감님 일까지 도맡게 생겼잖아요."

씁쓸한 사실이었다. 이런 상황이 오면 태하는 병석을 지키는 대신, 세상이 재두의 빈자리를 알아채지 못하게 나서야 했다. 더 냉정하게 말하자면, 이 사태가 길어질 경우 그렇게 재두의 몫까지 흡수해서 아무도 모르는 사이 그 자리에 앉아야 하는 것이다.

"난 동의한 적 없어요, 그런 거."

오늘따라 지겹던 잔소리가 그립다. 일정한 기계음을 내는 의료 장치들의 소리를 듣고 있자니 더더욱.

"어차피 엄살인 거 다 아니까, 퇴근하고 다시 봐요."

걸음이 떨어지지 않지만, 가야 했다.

"제 잔소리 한 시간 들어 주시면, 오늘은 특별히 그 아버님인지 사위인지 같이 봐 드릴 의향도 있습니다."

결국 무거운 걸음을 뗐다.

"잔소리는 선불이니까 각오 단단히 하세요."

어찌 보면 평소와 다를 바 없는 대화였다. 재두의 호통이 없어서 조금 아쉽기는 했지만, 이런 날도 있는 법이다. 태하는 무의식중에 제 감각을 굳히고 있다는 사실조차 자각하지 못한 채로 평창동 저택을 떠났다. 태하가 가야 할 곳은 정해져 있었고, 잔소리는 나중에 영감님에게 하면 되었다. 그러니…… 아무것도 달라진 것은 없었다.

* * * *

그 상태가 사흘을 넘길 때까지도 변하지 않았다. 하나 달라진 게 있다면, 태하가 매일 평창동으로 퇴근한다는 점이었다. 그로 인해 하루에 소화해야 하는 업무가 많아진 거나, 조금씩 지분과 경영권에 대한 조심스러운 논의가 오간다는 점 외에는 이전과 별반 차이가 없는지도 모른다. 그렇다고 여기기 위해 안간힘을 쓰고 있으니, 당연한 일이었다.

"최선을 다해서 조정해 봤습니다만 한 시간 정도가 모자랄 것 같은데……."

"점심을 건너뛰지."

"예, 그래야 할 것 같습니다."

안 실장과의 대화도 평소와 다름이 없었다.

"저, 이사님."

"왜."

"이초연 씨가 돌아갔습니다. 집 수리가 일찍 끝났다더군요."

공사는 2주나 걸린다고 했었는데, 벌써 시간이 그렇게 흘렀나. 아니면 그냥 먼저 돌아가 버린 걸까. 태하는 메마른 머리로 생각을 흘렸다. 요즘은 하루가, 한 시가, 일 분이 어떻게 지나가는지도 모르겠다.

"다행이군."

"예."

건조한 대화가 끝나고, 태하는 차창을 열었다. 날씨란 참 변덕이 심한 건지, 그날 초연과 함께 맞았던 서늘한 밤바람은 어디론가 가버리고 후덥지근한 공기가 태하의 가슴을 채웠다.

* * * *

깜박깜박, 아직 벽지 냄새도 마르지 않은 좁은 방에서 초연은 잠들기 전까지 태하를 떠올렸다.

"토순아."

토순이는 그때나 지금이나 마찬가지로 착한 눈을 하고 품에 안겨 주었다. 태하와 함께 했던 그 밤들과 마찬가지로.

"최태하 씨……."

그날 아침, 눈을 뜨니 태하는 없었다. 그리고 밤이 되도록 돌아오지 않았다.

— 최 이사님께서 급한 일로 출장을 가게 되셨다는 말을 전해 드리라 하셨습니다.

기다렸던 전화는 태하가 아닌 안 실장에게서 걸려 왔다.

'언제 오는데요? 전화는 언제부터 해도 된대요?'

— 너무 급박한 일로 출장을 가신 거라 저도 모르겠습니다만, 그 집에는 머물고 싶으신 만큼 머무르셔도 된다고 하셨습니다.

그게 다였다. 그 후로 초연이 보냈던 메시지도 전화도 모두 연결되지 않았다. 그렇게 사흘이 흘렀다. 결국 초연은 태하가 돌아오지 않는 집에서 나가기로 했다. 그 말을 메시지로 전했음에도 답장은 돌아오지 않았다.

"언젠가는 돌아오겠지?"

꿈을 꾸는 것만 같았다.

함께 잠들었던 마지막 밤이 꿈같았고, 이 사흘이 악몽 같았다.

* * * *

같은 밤, 태하도 같은 생각을 하고 있었다.

"이건, 악몽이야."

아니라는 걸 알면서도 수북이 쌓인 문제들 앞에서 혼잣말이 절로 나왔다. 이쯤 되면 스스로가 무능력하게 느껴질 정도였다. 영감님이 이렇게 많은 일들을 처리하고 있었던 건가. 난 아직도 뒤에서 지켜봐 주는 사람 없이는 선뜻 결정을 내리지 못하는 어린아이였던 건가.

"하."

지금도 당장 결재가 필요한 서류가 태하를 기다리고 있었다. 그뿐만이 아니라 재두를 관찰하는 의료진에게도 보호자로서 결정을 내려야 했다. 매 순간, 모든 상황이 태하의 결정을 요구하는데 사흘간 수면을 취하지 못한 머리는 갈수록 반응이 느려졌다.

[내일 오전 중으로 입장을 정하셔야 할 것 같습니다.]

태하는 법무팀 총괄 변호사의 메시지를 다시 보며, 긴 한숨을 내쉬었다. 그룹의 총수이자 오너인 재두의 병세가 길어질 것 같다면 이를 주주들에게 알릴 의무가 있었다. 하지만 태하의 바람대로 이 사태가 길어지지 않는다면, 굳이 알릴 필요가 없는 일이기도 했다.

"차라리 이토순이랑 가위바위보로 정하는 게 나을지도."

말 같지도 않은 혼잣말에 태하가 피식 실소를 터트렸다. 웃을 기운이 있었다는 게 놀라울 정도였다.

"아니면 토순이 언니랑 사다리 타기를 시키든가."

그게 더 좋을지도 모르겠다. 아마 초연은 뭔지도 모르고 일단 신이 나서 덤벼들 것이다. 늘 그렇듯 걱정이라고는 한 점도 없는 얼굴로 맑게 웃어 줄지도 모른다. 아니, 틀림없이 그럴 것이다.

"보고 싶네."

사흘 내내 수천 번도 넘게 태하의 머릿속을 맴돌던 말이 겨우 입 밖으로 나왔다. 그리고 지난 사흘간의 길었던 생각이 우습게 느껴질 정도로, 발걸음이 먼저 움직였다. 지금 태하가 가장 원하는 것이 있는 곳으로.

여태 어떻게 참았을까 싶을 정도로, 초연의 집 앞에 서기까지 태하의 마음이 초조했다. 초인종을 발견하지 못하고 문을 똑똑 두드린 것도 그 때문이었다. 안에서 인기척이 들리고 현관문이 철컥 열리기까지의 몇 초가 태하에겐 아주 길게 느껴졌다.

"나야."

정작 입에선 바보 같은 말이 나왔다.

"알아요."

물끄러미 태하를 보는 초연은 화장기 없는 얼굴에 편안한 차림을 하고 있었다. 다만, 표정에 어떠한 색이 드러나지 않아서 조금 낯설었다.

"나한테…… 화났지?"

간신히 한 말이 이거였다. 딱히 다른 말이 떠오르지 않았다. 초연은 그런 태하를 잠시 응시하며 음, 하는 짧은 소리를 내더니 뒤돌아섰다.

"일단, 들어와요."

보고 싶어서 찾아올 생각만 했지, 지난 사흘의 공백에 대해 설명할 말은 준비하지 못한 태하다. 그런 태하가 멀뚱히 서 있는 사이 초연은 아무렇지도 않게 수건을 걷으며 작은 집 안을 돌아다녔다.

"밥 먹었어요?"

"어? 아니."

태하가 초연의 등을 보며 어색하게 답했다.

"치킨 먹을래요? 어제 시킨 거 냉장고에 있는데."

지극히 일상적인 대화라 더 맥락을 잡기가 어려웠다.

"아니."

"그럼 삼각김밥 먹을래요?"

"됐어."

"그건 오늘 산 건데, 그럼 뭐 과자라도 줘요?"

"아니."

태하는 기계적인 대화를 건네는 초연의 표정이 보이지 않아 더 불안했다.

"출장 갔다 온 거 맞아요?"

찰나, 초연이 불시에 몸을 확 돌려 태하와 눈을 맞췄다.

"아니……."

연속적인 질문과 연속적인 답변 속에서 자신도 모르게 자동 응답 모드로 대답해 버린 태하가 눈을 깜박였다.

"역시."

초연은 그럴 줄 알았다는 듯 고개를 끄덕일 뿐이었다.

"아, 아니 그게 아니라……."

"아니란 말 좀 그만해요."

"어……."

태하가 다음 말을 찾는 사이, 초연이 태하의 맞은편에 앉아 수건을 개키기 시작했다. 그리고 차분하게 말을 이었다.

"내가 지금 최태하 씨한테 줄 수 있는 선택지는 단 두 개예요."

오늘 했던 그 어떤 선택보다 어려울 거란 예감이 들었다.

"비록 내가 학점은 별로지만, 나름 전공 공부는 열심히 하거든요. 정 교수님만큼은 아니어도 최태하 씨가 어떤 사람이고, 어떤 사람이 아니라는 것 정도는 판단할 수 있어요."

"내가 어떤 사람인데."

그걸 가장 알고 싶은 사람은 태하였다.

"적어도, 사소한 일로 사흘 동안이나 어색한 핑계를 대고 사라질 만큼 책임감 없는 사람은 아니죠."

초연이 다 개킨 수건을 옆으로 밀어 놓고 태하를 응시했다.

"완벽을 추구하고 이상주의자지만, 스스로에게 들이대는 잣대만 엄격한 사람이라 남에겐 의외로 그리 모질지 않아요. 대부분의 사람들에겐 그렇게 보이지 않아서 괜한 미움을 사겠지만."

평소라면 이런 말을 믿지 않았을 것이다. 심리학이라는 건 대충 끼워 맞추면 누구나 자기 일 같다고 맞장구를 치게 되는, 이른바 별자리 운세랑 비슷한 거라고 여기던 태하니까. 하지만 초연의 말은 믿게 된다. 그건 초연이 전공 공부를 열심히 한 학생이라서가 아니었다.

"난, 최태하 씨를 미워하지 않아요."

태하도 초연을 알았다. 거짓말을 하는 사람이 아니라는 것도, 실은 아주 차분하고 따스한 눈으로 타인을 응시하는 사람이라는 것도 잘 알고 있었다.

"그러니까 선택해요. 최태하 씨가 사흘이나 우리 친한 사이의 직무를 유기할 정도로 불가항력적인 일이 뭐였는지 설명하든가…… 지금 여기를 떠나, 영원히 설명하지 않든가."

이 선택이 어려울 거라는 건 태하의 착각이었다.

"후자는 불가능해."

"그래요?"

즉각적인 태하의 답에, 저도 모르게 조금 긴장했던 초연의 입가가 살짝 풀어졌다. 강수를 던지긴 했지만, 혹시나 이대로 태하가 떠날까 가슴을 졸였단 반증이었다.

"다행이네요."

한결 부드러워진 초연의 목소리에 태하의 마음도 조금 풀어졌다.

"그럼, 이제 말해 봐요. 대체 사흘 동안 무슨 일이 있었는지."

"그게 어디서부터 말을 해야 될지……."

"자요."

초연이 건넨 건 토순이다.

"빌려줄게요."

"아니, 그 정도는……."

"아니란 말 그만하랬죠!"

"어……."

"일단 껴안고 얘기해요. 효과는 내가 보증하니까."

태하는 할 수 없이 건네받은 토순이를 아주 마지못해서 껴안았다. 손톱만큼, 정말로 손톱만큼 안정되는 느낌이 드는 건 기분 탓일 것이다.

"그럼, 지금부터 내가 하는 말에 너무 충격받거나 놀라지 마."

"네."

"그렇게 쉽게 대답하지 말고, 잘 생각해."

"지난 사흘 동안 생각은 충분히 했어요. 그리고 난 지금 학점은 꽝이지만 나름 상담자로서 최태하 씨 얘기를 듣는 거라고요. 정 교수님이 최태하 씨가 하는 말에 놀라지 않듯이 나도 놀라지 않을 거예요."

이렇게 의젓한 표정도 지을 줄 알았나. 처음으로 초연이 어른스러워 보였다.

"그럼, 본론부터 말할게. 영감님이…… 쓰러지셨어."

초연은 제가 한 말을 지키기 위해 요동치는 가슴을 억눌렀다.

"사흘 전 아침에 연락을 받았는데, 그때 초연 씨도 있었어. 정확히는 곤히 잠들어 있었지."

사실 그런 단순한 문제가 아니란 걸 두 사람 모두 알고 있다.

“솔직히, 깨어 있었어도 아무 말 못 했을 거야.”

초연은 그저 바라볼 뿐 대답이 없었다. 그런데도 오히려 말이 자꾸 나온다. 한번 풀어지기 시작한 실타래처럼, 태하는 제 마음을 내려놓고 그저 풀어지는 걸 지켜보는 것 같은 기분이 들었다.

“지금도 이런 이야기는 하고 싶지 않아. 상대가 이초연 씨가 아닌 누구라도 마찬가지야.”

“그런데도, 왜 이야기해 주는 거예요.”

“말했잖아. 두 번째 선택지는 절대로 안 되니까.”

자못 심각한 태하의 얼굴에, 초연은 그제야 조금 웃음이 나왔다. 그녀에게 이 관계가 소중한 만큼 그들에게도 소중해서 다행이었다.

“나, 너무 극단적인 상담자였나?”

“어, 그러니까 이제 상담자는 그만했으면 좋겠는데.”

“그래도…… 이야기는 계속해 줄 거죠?”

“응.”

초연이 고개를 끄덕이곤 태하의 맞은편에서 옆으로 자리를 옮겼다. 그러자 태하가 자연스럽게 스륵 초연의 무릎을 베고 누웠다. 며칠 사이 눈에 뜨이게 수척해진 태하의 얼굴을 내려 보는 초연의 마음이 조금 쓰렸다.

“영감님이 당장 위독한 건 아냐, 의료진 말로는.”

“정말…… 다행이에요.”

“뇌졸중이 의심된다고 해서…… 갑작스러운 뇌혈관 수축이 어쩌고. 안정적으로 의식이 돌아오기 위해서라나, 그래서 잠들어 계시는 것뿐이야.”

"그렇구나."

"깨우려면 지금도 깨울 수 있는데, 내가 영감님 생각해서 기다리는 거야."

다소 횡설수설하는 태하의 머리카락을 쓸어내리자, 태하가 빨갛게 충혈됐던 눈을 감았다.

"의사고 변호사고 다 똑같아. 이런저런 복잡한 말들만 늘어놓지, 결정은 늘 내 몫이잖아. 그렇게 많은 전문가들이 있는데 왜 항상 마지막 결정은 내가 내려야 해."

이런 투정을 언제 마지막으로 부려 봤는지 모르겠다. 그저 있는 사실을 늘어놓는 것만으로도 태하에겐 투정이 되어 버렸다.

"그만큼 최태하 씨가 중요한 사람이니까."

"하지만, 내 선택이 틀렸다면?"

모든 선택엔 책임이 따른다.

"그건 아무도 모르죠."

"내일 오전 중으로 결정해야 해. 난, 아무래도……."

책임이 무거운 만큼, 압박이 늘어 갔다. 이 순간 전까지는 차마 입 밖으로 내지 못할 정도로 그 중압감이 두려웠다.

"그럼 최태하 씨가 결정하지 마요."

"뭐?"

생각지도 못한 초연의 답에 저도 모르게 번쩍 눈을 뜬 태하였다.

"그게 싫은 거잖아요. 그러니까 직접 결정하지 마요."

"그럼, 주무시는 영감님 깨워서 여쭤 보나?"

"그것도 좋은 방법이고."

초연의 말은 너무 쉬웠다. 픽, 실소하고 만 태하가 다소 시니컬하게 대꾸한 이유기도 했다.

"내가 새 손녀라서 아직 최태하 씨만큼 많이 할아버지를 아는 건 아니지만…… 할아버지가 그때 껍데기 먹으면서 말씀하셨거든요. 당신은 유언장을 아직도 찍지 않았다. 그럴 때가 되면 하지, 아직은 아니라고."

사실이다. 재두의 평소 입버릇이기도 했지만, 변호사가 확인한 바이기도 했다. 설마, 정말로 이렇게 대책이 없는 영감인 줄 몰랐다고.

"하지만. 만약, 내 선택이 틀렸다면?"

의료진은 안전제일주의다. 재두의 평소 발언으론 없는 일도 크게 만들 것들이라고 했었다. 하지만…… 만약, 내 선택이 틀렸다면. 그때는 어떻게 되는 건가.

"그럴 수도 있고, 아닐 수도 있죠."

너무 당연한 말이다.

"어차피 선택은 해야 해요."

"나도 알아. 그 선택이 어려울 뿐."

"그럼 쉬운 것부터 할래요? 아까는 바로 선택했잖아요."

"그건…… 진짜 쉬운 거였으니까 그렇지."

태하의 낮은 목소리에 초연이 슬쩍, 무릎을 빼고는 태하를 일으켜 앉혔다. 나란히 같은 곳을 바라보는 채로 앉아 있는 건, 참 오랜만이었다.

"이번에도 쉬운 거예요."

"어떤 건데."

"지금 선택하거나, 선택지가 단 하나밖에 남지 않는 상황까지 기다리는 걸 선택하거나."

이 또한 당연한 말인데, 조금 어렵다.

"그것도 전공 시간 때 배운 건가."

"아뇨, 우리 아빠가 가르쳐 주신 거예요."

"아버님은……."

"네, 아빠는 사고로 돌아가셨어요. 하지만 그 과정이 한 문장으로 끝나는 건 아니잖아요."

누구보다 태하가 잘 알고 있었다. 그저 잠이 들었다 깨어 보니 부모님이 돌아가셨다는 말은 그저 말에 불과할 뿐, 상실은 무엇으로도 표현할 수도 채울 수도 없음을.

"극장 간판을 그리는 중에 로프가 끊어졌대요. 내가 연락을 받고 갔을 때 아빠는 이미 의식이 없었어요. ……그리고 결정해야 했어요."

그때 초연은 지금보다 훨씬 어렸을 것이다. 지금의 초연보다, 태하보다 훨씬 더.

"그러다 어느 날, 잠깐 의식이 돌아온 적이 있었어요. 비가 내리는 날이었는데…… 아빠는 괜찮다고 했어요. 사람의 운명은 어쩔 수 없는 거니까, 그냥 보내 주면 된다고. 아빠가 원하는 건, 이대로 편안히 보내 주는 일이라고. 나머지 삶은 미안하지만 나 혼자 씩씩하게 살아가야 한다고."

초연의 목소리 끝이 조금 떨리는 것 같았다.

"난…… 무서웠어요."

지금 태하가 느끼는 두려움을 고스란히 들여다볼 수 있던 건, 초연 또한 같은 곳에 서 보았기 때문이었다. 초연은 지금 태하가 서 있는 낭떠러지에 혼자 선 적이 있었다.

"그래서 고집을 부렸어요. 모두가 그렇게 해야 한다고 말했지만, 내가 고집을 부린 거예요. 확률이 낮지만, 수술을 해 주겠다는 병원을 찾아갔거든요. 지금 생각해 보면 난 선택을 한 게 아니라 도망친 거죠. 아빠가 사라지는 결과를 무작정 미루고 싶었어요."

태하가 말없이 초연의 손을 잡았다.

"난 그때 아빠의 보물이었던 그림 한 점을 팔았고, 아빠는 결국 돌아가셨어요."

"어쩔 수 없는 일이잖아."

"맞아요."

제 손을 꾹 쥐는 태하의 커다란 손등을 보던 초연이 고개를 끄덕이고는 이내 태하를 본다.

"하지만 그때로 돌아간다면 내가 선택하고 싶어요. 같은 사고, 같은 결과, 같은 후회라도…… 도망치지 않았으면 해요."

초연의 시선은 결코 흔들리는 법 없이, 태하의 가장 깊은 곳을 들여다보았다.

"……하긴. 이대로 도망치면, 영감님한테 면목이 없지."

겨우 웃을 수 있던 건 정말이지 초연 덕분이다. 그리고 손톱만큼, 품에 안은 토순이의 효과도.

"같이 가 줄래?"

큰마음을 먹고 말하는 태하를 보고 초연은 코웃음을 쳤다. 이제야, 서로의 모습을 찾았다.

"당연히 가야죠, 나도 손녀거든요?"

태하가 서 있는 곳이 낭떠러지라도 상관없었다. 매일 밤, 태하가 마주하던 불면과 함께 싸워 준 초연이 곁에 있으니.

다음 날 아침까지, 태하와 초연은 나름의 분투를 했다.

"왜, 이런 생각은 못 했던 걸까."

너무 한 가지 틀에 갇혀 있었던 자신을 자책하는 태하의 말이었다. 충분히 다른 방법이 있었음에도 스스로 갇혀 버렸다.

"그야."

초연이 태하의 손에 든 커피 잔을 빼앗으며 대꾸했다.

"잠을 못 자서겠죠."

"그 말이 맞군."

낮게 웃는 태하를 보던 초연이 핸드폰을 확인하고 다시 태하를 보았다.

"정 교수님께서 도착하셨대요."

"그래?"

"네, 일행분들도 함께요."

"잘됐네."

태하도 자신의 핸드폰을 확인하고 말했다.

"법무팀도 마침 도착했다니까."

평창동의 2층엔 오늘따라 유난히 햇살이 따스하게 비쳤다.

"고마워."

재두가 잠든 방에 들어서기 전, 태하가 뒤를 돌아보며 말했다.

"내가 스스로 선택할 수 있게 해 줘서. 영감님을 믿고, 내가 결정할 수 있게 해 줘서. 그리고……."

잠깐이지만, 태하는 초연의 손을 잡았다 놓았다.

"곁에 있어 줘서."

다시 한번 말하지만, 햇살이 유난히 따스한 오전이었다.

* * * *

재두가 잠든 방에 여러 사람이 모였다. 마지막으로 등장한 게 태하와 초연이였다.

"전, 결정했습니다."

재두의 침대 양쪽으로 본래의 의료진과 정 교수가 데려온 의료진이 마주 보고 있었다. 그 발치엔 법무팀의 수장인 김 변호사와 함께 태하와 초연이 있었다.

"사실, 굳이 결정할 필요가 없던 결정이었죠."

지난밤은 길었다. 수많은 사실들이 수많은 전문가들에 의해서 낱낱이 해부되고 합쳐지기를 반복했다.

"오늘부로 기존의 의료팀을 해임하겠습니다. 이는, 법률적으로 아무런 문제가 없는 사안이니 추후 협의는 불가합니다."

"저희 의료팀을 불신하시는 겁니까? 저희는 회장님의 안위를 누구보다도……."

"불신해서가 아니라, 내가 선택하지 않겠다는 말입니다. 당신들이 우수한 건 나도 잘 압니다."

"지금이 최선의 의료 처치입니다. 만에 하나라는 확률이라도 환자가 VIP라면 당연히……."

"맞아요. 그래서 나도 그런 착각을 했었죠."

말 그대로 재두는 VIP였다. 그룹의 총수이자 오너. 막강한 부와 권력을 손에 가지고 흔드는 사람들은 의식을 잃는 일이 있어도 무조건적으로 그 수명을 연장해야 했다. 그게 소위 말하는 VIP를 대하는 의료진의 자세였던 것이다.

“하지만, 여기 누워 계시는 영감님은 내겐 그냥 할아버지일 뿐입니다.”

“그러니 1%의 위험이라도 감수하지 않는 것이…….”

“감수할 겁니다. 영감님이 나라도 그랬을 거라 믿어 의심치 않습니다.”

“환자분은 이미 고령입니다, 저희 의료진은 그런 VIP 특화로…….”

“그동안, 내게 겁을 주느라 고생 많았습니다.”

김 변호사가 고개를 끄덕이자, 태하가 손짓을 했고 덕분에 기존의 의료진들은 이 방에서 싹 사라지게 됐다. 그게 본의든 아니든 간에.

“최 이사, 나도 겁을 주려는 건 아닌데.”

정 교수가 입을 열었다.

“의사는 신이 아니야.”

“압니다.”

“저들이 틀렸다고, 우리가 옳다고도 못 해.”

“그것도 압니다.”

태하가 고개를 끄덕이는 사이, 머리가 벗겨진 중년의 남자가 불쑥 나섰다.

“하지만, 뇌혈관 전문의로서 혈관상의 문제는 없다고 장담합니다.”

그 후로 안경을 쓴 남자가 또 불쑥 나섰다.

"후두부에 약간의 타박상이 관측됐지만, 다른 소견은 없어요. 노년의 환자에게서 자주 보이는 단순 낙상일 수도 있습니다."

"다른 검사 결과도 마찬가지예요."

이들은 모두 정 교수가 지난 밤 내내 호출을 해서 불러낸 일선의 의사들이었다.

"마지막으로 마취과 전문인 제가 나서자면……."

정 교수와 동년배로 보이는 여성이 재두의 몸에 달린 기기들을 살펴보고 말했다.

"과도한 안정을 시킨 것 같네요. 이게 풍문으로만 듣던 VIP 사고의 처치법인가 봐, 정 교수?"

"나도 눈으로는 처음 보네."

그리고 또 잠시 정적이 흘렀다. 무겁게 가라앉은 분위기를 가르고 정 교수의 목소리가 차분하게 퍼져 나갔다.

"결정은 최 이사 몫이야. 말했듯이, 우리 의견도 무조건 옳다는 보장은 없으니까."

태하는 대답 대신 잠든 재두의 얼굴을 봤다.

"하지만 선택은 내가 합니다."

그리고 변호사의 입회 아래에 모든 절차가 진행됐다. 정 교수는 보증을 맡았고, 나머지 각 분야의 전문가들이 조치를 취하는 동안 태하는 옆에 놓인 소파에서 초연과 나란히 의료 장치를 하나둘 떼는 재두를 바라봤다.

"우리 판단이 맞다면, 곧 의식이 돌아오실 겁니다."

틀렸다면, 돌아오지 않는다는 뜻이었다.

"의료진은 바로 문 앞에서 대기할 겁니다. 여기 비상벨."

"이건, 제가 받을게요."

의외로 나선 건 초연이였다. 정 교수는 그런 초연을 향해 고개를 끄덕이고는 방을 나섰다. 이제, 이 방에는 세 명뿐이었다.

"영감님."

먼저 입을 뗀 건 태하였다.

"이제 그쯤 해 두시죠."

재두의 손끝에 연결된 장치를 제거하지 않은 터라, 심박만은 모니터에 고스란히 뜬다.

"새 의료진이 왔다고 해서 부활이 아니라고요! 십 분 내로 수치가 변하지 않으면, 영감님은……!"

차마 말을 잇지 못하는 태하의 마음이 급박했다.

"영감님이 나 부모 없이도 잘 키워 준다면서요. 근데 유언장도 작성 안 하고 가서 이 손자를 힘들게 만듭니까? 아니, 상식적으로 총수가 유언장 안 쓰기도 있습니까?"

급기야 태하가 재두의 손을 흔든다.

"영감님, 김 변호사도 지금 답이 없대요. 그런데……."

시간이 쫓아올수록 태하가 다급해지는데, 순간 존재도 잊고 있던 초연이 끼어들었다.

"비켜요."

"지금 한시가 촉박해."

"그러니까 비키라고요. 최태하 씨 같으면 그런 소리 듣고 일어나고 싶겠어요?"

정곡을 찌른 초연의 말에 태하가 잠시 주춤한 사이, 초연이 재두의 손을 잡는다.

"할아버지, 저 초연이예요. 할아버지가 점찍어 줬던 새 손녀 초연이요."

그리고 태하의 방식과는 정반대로 잠든 재두의 귓가에 나직하게 속삭였다.

"할아버지 지금 꼭 일어나셔야 돼요. 왜냐면……."

거의 재두와 머리를 맞댄 듯이 말하는 초연은 평소와 다름없이 말간 웃음을 머금고 있었다.

"〈아버님은 내 사위〉, 연장 방송 하거든요. 20회 연장한대요, 장난 아니죠?"

태하는 속으로 헛숨을 삼켰다. 저건 아무래도 거짓말 같았다. 어쨌거나 여전히 재두는 답이 없다. 바이탈도 모니터도 초연도 재두도 태하가 보기엔 선뜻 의미를 알 수가 없었다.

"근데, 할아버지 안 일어나면 내가 반칙할 거예요."

순간적으로 작게 솟구치는 바이탈 수치를, 태하는 몰랐다.

"다음 화에서 춘삼이가…… 아, 이거 진짜 말하면 안 되는데. 뭐, 할아버지가 안 일어나면 어쩔 수 없나?"

움찔, 재두의 발가락이 움직이는 걸 태하가 분명히 봤다. 너무 놀라운 광경이라 차마 소리도 안 나오는 틈에, 초연이 잘도 속삭였다.

"아니, 글쎄 춘삼이가 갑자기 어머님을 붙들고서……!"

그리고 기적은 일어났다.

"어……."

재두의 벌어진 입술 사이로 말이 새어 나왔다.

"영감님!"

"할아버지!"

간신히 눈을 뜬 재두의 시야엔, 태하와 초연의 똑같이 놀란 표정이 들어왔다.

"할아버지, 정신이 드세요?"

태하가 의료진을 부르는 사이, 초연이 재두의 손을 꼭 붙들고 말했다. 재두는 간신히 두 글자를 말했을 뿐이다.

"그……만……."

"그만……이요?"

그리고 눈빛으로 초연에게 말했다. 스포일러는, 이제 그만이라고.

* * * *

그 후, 사건의 전말은 무서운 회복세를 보인 재두에 의해 너무도 간단히 밝혀졌다.

"난, 그냥 미끄러졌을 뿐이야! 넘어진 거 가지고 호들갑들은!"

모두가 말을 잃은 사이 재두가 속사포처럼 그동안 못 했던 말들을 쏟아 냈다.

"이런 돌팔이들 같으니라고, 뇌졸중은 뭔 개풀 뜯어 먹는 소리야! 몇 달 전에 하도 사정을 하기에 건강검진까지 해 줬더니 누굴 빈사 상태의 노인네로 보고 병풍 뒤에 눕혀서 향냄새나 맡게 할 일 있냐고!"

태하가 데려온 새로운 의료진들은 보다 정확한 진단을 할 수는 있었지만, 재두의 불같은 성질을 진정시키는 데는 무리였다.

"잠깐만요, 일단 넘어지셨다는 부분부터 자세히 듣고 싶은데요."

이런 일에 익숙한 태하가 묻자 재두는 흥, 하고 코웃음을 쳤다.

"말 그대로 그냥 넘어진 거다. 밤에 잠이 안 오기에 내내 손바닥만 한 전화기를 들여다보고 있었더니, 뻐근해져서 잠깐 마당 산책이나 하려고 했던 것뿐인데, 별 소란을!"

"그걸 제공한 게 회장님이시잖습니까. 그리고 회장님께서 밤새 핸드폰을 보고 계실 일이 뭐가…… 설마, 계단 내려가면서도 핸드폰 보시다가 넘어지신 겁니까? 아니죠?"

흠! 불리할 때 헛기침을 하는 버릇은 유전이었나 보다.

"왜요, 그럴 수도 있죠! 최태하 씨도 걸어가면서 핸드폰 볼 때 많잖아요."

이런 때 불쑥 나서 주는 건 초연뿐이다. 게다가 재두를 보며 고개를 끄덕이는 눈에는 무한한 이해가 담겨 있었다. 분명, 스마트폰 어플로만 생중계를 해 주는 〈아버님은 내 사위〉 미공개 영상을 보신 거겠지. 충분히 한밤중의 계단에서 넘어질 만큼 치명적인 영상이라는 걸 초연은 이해했다.

"이렇게 되고 보니 믿을 놈 하나 없어."

만일 태하의 결단이 아니었다면 재두의 병석이 얼마나 길어졌을지 아무도 알 수 없는 일이었다.

"내 이번 일로 깨달은 게 많구먼."

재두가 드디어 어른스러운 눈길로 태하를 응시했다.

"결국 이 늙은이 생각을 진정으로 해 주는 건……."

물론, 그건 태하의 착각이었다.

"우리 손녀 아가뿐이지, 암."

"할아버지!"

쪼르르 달려가 재두의 손을 붙드는 초연을 보면서, 태하는 무언가 잘못됐다는 걸 느꼈지만 바로잡을 힘조차 없었다.

"앞으로도 오래오래 사셔야 해요!"

"당연하지, 우리 손녀가 시집가서 아가 낳는 것까진 봐야 이 노인네 직성이 풀리지!"

"할아버지……."

이 아름다운 광경 앞에서, 태하는 차라리 잘된 거라 스스로를 위안했다. 어차피 저런 역할은 시켜 줘도 못할 테니 초연이 있어 다행이라고도.

"헌데, 정말이냐. 내 아까 정신이 혼미해서 혹 너무 듣고 싶은 환청을 들었나……."

한참 눈물 없이는 보기 힘든 장면을 만들어 내던 재두가 태하에게 힐긋 시선을 던지고는 중얼거렸다. 태하는 크게 한번 심호흡을 하고는 허리를 쭉 폈다. 태하가 불길한 예감을 안은 채 슬쩍 초연을 보자 초연이 눈치를 줬다. 그러면 그렇지. 뭐가 허전하다 했더니, 초연이 벌인 일을 수습할 차례가 왔다. 그래, 이게 빠지면 서운하지.

"20회나 연장한다는 말을 들은 거 같은데…… 아가, 그게 정말……."

"할아버지 그게요."

초연은 뒤를 생각하지 않고 일을 저지르는 타입이었고.

"그렇게 됐답니다. 제가 그런 드라마를 계속 방영하는 방송사의 주주라는 게 창피할 정도입니다만."

그걸 수습하는 건 아마 앞으로도 죽 태하의 몫이 될 것 같았다.

"네놈이 뭘 안다고! 잔소리나 할 거면 가서 일이나 해라."

"안 그래도 그러려고 했습니다. 본의 아니게 급한 일이 생겨서요."

그 말을 하며 초연을 보자 초연이 애처로운 눈동자 빔을 마구 쏘아 댔다.

"여긴 제가 있을게요. 정 교수님도 아까 허락해 주셨고……. 할아버지, 저 죽은 잘 끓이는데 그거 먹으면서 재방송 달릴까요?"

"역시 우리 아가밖에 없다니까!"

〈인간극장〉의 한 장면 같은 모습이 태하의 눈앞에서 펼쳐지고 있었다. 아니, 〈인간극장〉보단 〈아버님은 내 사위〉에 가까운 장면일지도 모른다. 분명한 건, 그가 지금 여기를 나서자마자 그 빌어먹을 드라마의 20회 연장을 위해 갖은 애를 써야 한다는 사실이겠지.

"그럼, 방해꾼은 이만 가 보겠습니다."

태하의 말은 들리지도 않는지, 재두와 초연은 둘이 속닥거리며 웃느라 정신이 없었다. 열받지만, 열받고 억울하지만…… 그래도 다행이다. 그가 할 수 없는 걸 해 주는 사람이 있어서, 정말 다행이었다.

* * *

태풍은 간신히 제이드 그룹을 비켜 갔다. 재두와 태하의 운명 역시도. 다행히 그 태풍이 존재했다는 사실조차 세간에 알려지지 않아

며칠만 버텨 낸다면 다시 일상으로 돌아갈 수 있을 터였다. 그리고 그 사실은 이미 지칠 대로 지친 태하에게 큰 위안이 되었다.

"남은 일이…… 뭐가 있지?"

안 실장이 시동을 걸며 곤란한 듯 웃었다. 아주 많다는 뜻이다.

"우선순위대로, 오늘 꼭 해야 할 것만 꼽는다면?"

질문의 범위가 좁혀지자 안 실장이 잠시 생각에 잠겼다 입을 열었다.

"신제품 마케팅이 나가기 전 최종 결재를 해 주셔야 하고, 다음 주로 내정됐던 주주총회를 미뤄야 할 이유와 통보 시기를 생각하셔야 하고, 그 외에 이미 확인하신 건들의 최종 결재가 몇 개 남아 있는 상태입니다."

태하의 예상을 크게 벗어나지 않는 내용이었다.

"아, 그리고 추가된 사항을 가장 우선적으로 처리하셔야겠습니다."

"……내가 생각하는 그건가?"

"예, 그겁니다."

하, 어이가 없어 헛웃음이 나왔다. 그런 걸 비장의 카드랍시고 꺼낸 초연도, 그렇다고 정말 깨어난 재두도, 그 뒷수습을 모조리 해야 할 제 모습도 전부 우습기 그지없었다.

"다행한 일은, 이미 연장에 대한 논의가 기사화될 정도로 활발했다는 겁니다. 하지만 제작사에서 선뜻 결정을 내리지 못한 것 같더군요. 아무래도 자금 문제로 추측됩니다만……."

"차라리 낫군."

태하는 약간의 안도감을 느끼며 아까부터 목을 죄던 타이를 느슨하게 풀었다.

“제작사에 전화해서 연장하는 만큼, 완결 편까지 앞뒤로 광고 우리가 다 산다고 해.”

“예.”

“신제품 마케팅 건은 어제 메일로 확인했으니 그대로 결재 주고, 그 광고로 넣어. 어차피 한 번에 때려 넣을 생각이었는데 잘됐어.”

한 번에 두 가지 일을 해결하자 조금씩 더 숨통이 트였다. 참 우습다. 사흘 동안 죽도록 돌파구를 찾았는데, 그러기 위해서 한 번도 만나지 않았던 초연의 앞에 서는 순간부터 모든 게 이렇듯 단순해지다니.

“예.”

거의 감정을 드러내지 않는 안 실장도 모처럼 기분 좋게 웃었다.

“정말 다행입니다.”

따라서 웃는 태하의 주머니 속에서 짧은 진동이 울렸다.

[최태하 씨, 일 언제 끝나요?]

그리고 답장을 할 사이도 없이 몇 번을 연달아 메시지가 계속 도착했다.

[할아버지가 저녁엔 다른 분 오신다고 해서.]

[참, 할아버지 너무 건강하고 좋으세요! 다행이죠!]

[맞다, 그래서 말인데요.]

태하가 응, 이라는 단답을 보내려는 찰나, 또 새로운 메시지가 왔다.

[오늘 최태하 씨 집에서 자도 돼요?]

내용을 읽고 아차 하는 사이 한 박자 늦게 전송된 태하의 답이 액정에 떴다.

[응.]

괜히 주르륵 대화를 올려 보던 태하가 자기 메시지 옆의 1이 사라지지 않았는지 확인했다. 너무 바로 대답하려는 생각은 아니었는데, 뭐 그렇다고 싫은 건 아니었지만.

[좋아요!]

말도 말인데, 뽀뽀를 쪽쪽 날려 대는 토끼 귀를 쓴 이모티콘에 자꾸 눈이 갔다. 쪽쪽, 할 때마다 하트가 날아가는 이모티콘이 멈출 때까지 태하는 액정에서 시선을 떼지 못했다.

안 실장이 꼽은 우선순위에 들었던 일들을 해결하자 가까스로 저녁 시간이 되었다. 정확히는 약간 어중간한 저녁 시간이었다. 태하는 식사에 대한 안 실장의 물음을 뒤로한 채, 초연에게 전화를 걸었다. 요란한 메시지 창보단 직접 전화를 하고 마는 게 태하에겐 더 익숙했다.

"나 이제 퇴근할 건데, 저녁 먹었어?"

― 네, 좀 아까 할아버지랑요. 최태하 씨는요?

"아직."

― 그럼, 우리 치킨 먹을래요?

"밥 먹었다면서."

― 밥 말고 죽 먹은 거거든요!

아, 잠시 잊을 뻔했다. 이초연은 한없이 육식동물에 가깝다는 것을.

"오 분 내로 도착할 거야."
— 어딜요?
"어디긴, 영감네 댁이지."
곧, 초연이 있는 곳이었다.
— 나 데리러 오는 거예요?
"뭐……."
평소라면 아니라고 변명을 덧붙였겠지만, 오늘은 그러고 싶지 않았다.
"그런 거지."
순순히 답한 태하의 수화기 너머로 작은 웃음소리가 들리는 것 같았다.

** * *

이상한 일이다. 집은 집이고, 거실은 거실일 뿐인데, 왜 초연의 존재가 모든 걸 다르게 만드는 건지.
"근데 진짜 대단하지 않아요?"
"뭐가."
초연이 있기 전엔, 단 한 번도 이 거실의 테이블 위에 치킨이 담긴 조악한 종이 상자를 놓을 거라는 생각을 해 본 적이 없었다.
"〈아버님은 내 사위〉가 진짜 20회 연장한대요! 난 그냥…… 내 소원이고 할아버지의 바람이라서 말한 건데, 진짜 이루어졌어요."
태하는 그걸 이루기 위해서 자신이 고군분투했단 사실은 말하지 않기로 했다.

"정말, 소원은 이루어지나 봐요."

저 해맑은 웃음을 두고서 무슨 말을 할 수가 없었다. 그 망할 드라마의 제작사에 얼마를 때려 부었다는 이야기도, 앞뒤로 광고를 종방까지 죽 붙이기로 했다는 것도.

"참, 그래서 잠은 좀 잤어요?"

"대충은."

실은 못 잤다. 초연이 있을 때까지 잤고, 그 후로는 깊이 잠들어 본 적이 없다.

"어쩐지, 그때 진짜 잘 자더라고요. 그거 알아요? 최태하 씨, 가끔 깊이 잠들면 도롱도롱하는 거?"

"도롱도롱이 뭔데."

"코 고는 건 아닌데, 뭐랄까 새근새근의 확장판이라고 해야 하나. 아무튼 있어요, 강아지처럼."

치킨엔 꼭 맥주가 있어야 한다던 초연의 말에 따라 콜라 대신 맥주를 머금은 태하의 시선이 똑바로 초연을 응시했다.

"그럼, 계속 여기 살아야겠네."

반은 농담이고 반은 진담이고, 나머지 무언가는 취중에 아무렇게나 나온 말 같았다. 사흘을 내리 잠도 못 자고, 제대로 먹지도 못하고 신경을 조이고 살았더니 훅 다가온 안도감에 태하의 마음도 풀렸다.

"안 그래도 내 집처럼 생각하고 있었어요."

초연의 발그레한 뺨이 자꾸만 태하의 시선을 끌었다.

"최태하 씨가 내 집처럼 생각하고 편하게 있으라고 했잖아요."

어느 순간부터 태하에겐 말을 뱉는 입술만 보였다.

“내 집보다 내 집 같달까? 사실 최태하 씨한테 말 안 했지만, 내 집은 아직 공사가 덜 끝나서 에어컨 설치한다고 벽에 구멍을 뚫어 놨지 뭐예요. 거기로 늦가을 모기가 막 들어오는데……!”

“그럼.”

태하가 불쑥 초연의 앞으로 다가가 말을 끊었다. 이러려는 생각은 아니었는데, 자꾸만 말이 먼저 태하의 입을 벗어났다.

“에어컨 구멍이 없었으면, 오늘 내 집에서 안 잤을 거고?”

“그건 아니죠, 우리 수면 관측도 해야 되잖아요.”

“수면 관측이 없었으면?”

한번 시작된 태하의 본심이 자꾸만 초연의 마음을 쿡쿡 찔러 댔다.

“그럼, 오늘 내 집에서 안 잤을 거야?”

“그건…….”

술은 한 잔도 더 마시지 않았는데, 초연의 뺨이 한층 더 붉어졌다.

“몰라요.”

솔직한 초연의 입술은 늘 그렇듯 말간 분홍빛이었다.

“모르……겠어요.”

그 말을 하는 초연을 두고 태하가 먼저 몸을 일으켰다.

“자.”

대신, 이번엔 먼저 등을 돌리지 않았다.

“가자.”

초연에게 내민 태하의 손은 언제나처럼 커 보였다.

“어디로…… 가는 건데요?”

그의 말에 담긴 뜻이 뭔가 다르다는 느낌이 들었다. 태하를 올려본 초연의 눈동자엔 그 이질적인 모습을 받아들이려는 본능과 위험을 감지하는 또 다른 본능이 충돌하고 있었다.

"이초연 씨가 날 재워 줄 곳."

그랬으면 좋겠다.

"그건, 수면 관측이잖아요."

"오늘은 다른 점이 하나 있어."

아직도 태하가 뻗은 손은 그대로였다.

"카메라를 끌 거야."

허공에 머문 태하의 손 대신 목소리가 초연에게 닿는다.

"전부, 다."

일종의 선전포고였지만, 초연의 눈동자는 의외로 흔들리지 않았다.

"상관없어요."

"……왜?"

그 말에 남은 맥주를 들이켠 초연이 다시 태하를 본다.

"음…… 정말로 상관없으니까."

그러고는 허공에 뻗어 있던 태하의 손을 잡았다. 너무도 쉽게 허락하는 초연을 보고 태하의 머릿속엔 만감이 교차하는데…….

"그래도 일지 정도는 써 두는 게 좋겠죠? 관측 방식에 따라 효과가 더 있을 수도 있는 거니까."

그러면 그렇지. 초연은 태하의 말뜻을 전혀 알아듣지 못한 게 틀림없었다. 이쯤 되면 자존심이 상하려고도 했다. 한창때의 남녀가 한 침대에서 잠든 게 몇 번인데, 이 정도면 강아지라도 애틋한 마음이 생길 법도 하지 않느냔 말이다.

"이초연 씨."

"왜요?"

나이트 팩까지 붙이고 있는 초연은 태하의 눈에는 정말 그에게 잘 보일 마음이 없는 듯했다.

"이초연 씨는 정말 아무렇지도 않아?"

"뭐가요."

"나랑 같이 자는 거……."

"에이, 어감이 그렇잖아요! 수면 관측이죠. 일종의 의료 실험인데요 뭐."

초연은 가볍게 팩을 두드리며 입가에 생긴 주름을 폈다. 마스크 팩이 그녀의 표정을 감춰 줘서 다행이었다. 잘못한 건 없는데 괜히 뜨끔하는 이 마음도.

"그런데 그 실험을 하는 우리 둘이 아주 많이 친한 사이잖아? 굳이 정의를 내리자면……."

이상하게 가슴이 쿵쾅거려 태하의 입을 막고 싶었지만, 거리가 너무 멀었다.

"키스까지 간 데다 이따금 동침하는 애인 사이?"

스륵, 초연의 표정이 굳어지며 마스크 팩이 툭 떨어졌다. 초연이 어떤 표정을 짓고 있는지는 태하만이 알았다. 그런 태하가 웃고 있는 걸 보면 꽤 만족스러운 반응이었나 보다.

"그거랑 그거랑은 뉘앙스가 다르잖아요!"

"틀린 말 한 것도 아닌데, 뭐."

최태하가 이렇게 능글맞은 성격이었나. 초연은 슬쩍 태하를 흘겨 보고는 침대의 모서리에 누웠다.

"브레이크 없애 줘."

"싫다면요. 강 실장님이 스킨십에 전진은 있어도 후진은 없는 거랬어요."

"그럼 시동 끄고 키를 초연 씨가 가져. 됐지?"

이런 개인적인 요구를 하는 태하가 처음이라 어버버 자기도 모르게 밀리고 마는 초연이였다. 태하 나름대로 불안 속에서 보내야 했던 며칠에 대한 투정이라는 건 몰랐지만, 어쨌든 그에게 져 줄 수밖에 없었다.

"손은 잡아도 되지?"

"뭐, 그 정도는……."

그 말이 끝나기 무섭게 태하가 초연의 옆에 있던 밉살스럽게 큰 쿠션을 바닥으로 차 버리고 침대에 누웠다. 그리고 정말로 딱 손만 잡았다.

"잠이 안 와."

나직한 혼잣말에 초연은 혼자 키득 웃었다. 맞닿은 손바닥의 온기가 따스했다.

"아무 얘기나 해 봐."

"이게 무슨 셰에라자드인 줄 알아요?"

"아님, 말고."

탈칵, 취침 등마저 꺼지자 어둠 속에서 둘만 남았다. 그리고 둘 사이를 오가는 건 고른 숨소리와 여전히 맞닿은 손바닥의 체온이었다.

"정 잠이 안 오면 최태하 씨가 아무 얘기나 해 보든가요."

"아무 얘기라……."

누군가와 비생산적인 대화를 나눈 건 몇 년 전 심리 상담을 받았을 때뿐이었다.

"아, 아버님은 내 사위인지 뭔지 연장시킨 거 나야."

"그럴 줄 알았어요. 최태하 씨, 진짜 효자네."

"내 팔자에 그딴 걸 내 손으로 연장하게 되다니……."

투덜거리긴 해도 제법 싫지 않은 목소리였다.

"많이…… 불안했죠."

이번엔 답이 없었다. 듣기로 태하에게 남은 가족은 할아버지뿐이라는데, 불안하지 않았을 리가.

"영감님 일어나셨으니 됐어."

일부러 태연히 답하는 태하의 숨소리는 어둠 속에서도 약간 가라앉아 있었다.

"정말은…… 무서웠죠."

이번에도 딱히 답은 없었다. 초연은 어떤 말 대신 태하에게 잡히지 않은 손을 들어 태하의 이마를 가만히 쓸어내렸다.

"난 무서웠거든요. 불안하고 무섭고…… 그냥 너무 무서웠어요."

초연의 고백엔 진정성이 있었다.

"그래서 최태하 씨가 서 있던 낭떠러지가 어딘지, 알 것 같아요."

그곳은 모두가 떠난 후 완벽한 혼자가 되어야만 갈 수 있는 곳이었다.

"그럴 일이 없었으면 하지만, 또 그런 곳에 가게 되면 나도 데려가 줄래요?"

"……왜."

절망 그 자체의 풍경은 숨을 쉬기조차 버거웠는데, 굳이 왜 그런 데를 또.

"난 익숙해져서 그런지 그 옆에서 캠핑 정도는 거뜬히 할 수 있게 됐거든요. 내가 최태하 씨를 도와줄게요."

거의 태하의 목가에 입술을 묻은 듯이 들리는 초연의 목소리는 잊고 있던 가슴속의 무언가를 일렁이게 했다.

"라면도 잘 끓인다고요."

이런 말을 웃으면서 할 수 있는 여자라니, 이쯤 되면 그가 천재 심리 상담가를 만난 건가 싶었다.

"동행의 조건은?"

"텐트는 최태하 씨가 치기."

"의외로 간단한데."

"그리고…… 나한테 비밀로 하고 혼자서만 사라지지 않기."

지난 사흘간, 태하가 고통스러웠던 만큼 초연의 걱정도 깊었다.

"미안해."

순순한 사과에 초연이 고개를 끄덕였다.

"봐주는 건, 한 번만이에요."

"응."

그 말과 동시에 태하가 초연의 어깨를 감싸 안았다. 초연은 잠시 움찔했지만 굳이 밀어 내진 않았다. 가까이서 듣는 태하의 낮은 목소리가 좋았다.

"아, 조건이 하나 더 있어요."

"뭔데."

"여태까지는 항상 내 얘기만 했으니까, 오늘은 잠 올 때까지 최태하 씨가 셰에라자드 역할이에요."

"……여자 아냐?"

"그게 뭐가 중요해요! 밤에 얘기해 주는 건 똑같잖아요."

천일야화가 여기서 툭 튀어나올 줄은 몰랐다. 하지만 굳이 정색을 해서 이 온기를 놓치고 싶지도 않았다. 태하는 잠시 허공과 옆에 브레이크 없이 누운 초연을 보다가 어렵사리 입을 뗐다.

"나도 졸리긴 해."

"오, 정말요? 그건 신기하다."

"안 졸린 게 아니라…… 뭐랄까 잠들려고 하는 그 순간에 뭔가 불안한 거지."

이런 증상은 몇 년 전 정신과 의사에게 말한 후로 처음이다. 그들은 심인성 불면증이라 했고 태하도 더 알려고는 하지 않았다. 그저 병이니 지나가리라 믿었던 게 잘못이었다.

"우리 부모님은 내가 열 살 때 돌아가셨어. 말한 적 있나?"

"네."

"바쁜 아버지가 모처럼 시간을 내서 함께 나들이를 갔다가 교통사고를 당했대. 깨어 보니 시간은 두 달이나 지나 있었고 부모님은 돌아가신 후였지."

막상 이야기를 시작하니 술술 나온다. 그동안, 누구에게도 쉽게 하지 않았던 이야기가.

"그리고…… 콜리라는 개가 있었어. 말 그대로 콜리 종이었는데 부모님이 돌아가셔서 나한테 남겨진 건 그 강아지랑 영감님뿐이었지."

조금씩 느려지는 태하의 목소리에 아련함이 묻어난다.

"이상해. 콜리는 보더콜리 종인데 좀 하얀색이었거든."

그래서 처음 초연이 낯설지 않았다고 하면 초연이 싫어하려나. 태하는 제법 여유 있는 생각을 하며 드문드문 어둠 속에서 말을 이어 나갔다.

"콜리가 죽은 건 팔 년 전이야."

문득, 태하가 수면 센터를 다닌 지 팔 년이 되었다는 사실이 떠올랐다.

"그때도 이미 개로서 평균 수명을 초과했지만, 사실 마음의 준비 같은 건 하나도 안 됐었는지도 몰라. 할 수 있는 건 다 했다고 생각했지. 그렇게라도 믿고 싶었어. 주사, 약, 수의사 한 무더기…… 해 보지 않은 게 없었어."

반쯤 잠에 들려던 초연의 정신이 또렷해졌다.

"콜리가 죽은 건, 잠든 내 곁에서였어."

담담해서 더 슬픈 말투였다.

"언젠가 닥칠 일이라는 걸 알았는데, 가장 먼저 떠오른 게 뭔지 알아?"

"뭐……였는데요."

"내가 어제 약을 제대로 먹였던가. 아님, 일을 핑계로 들어오자마자 하루쯤은 괜찮다며 잔 걸까. 밥그릇은 가득 차 있었을까. 어차피 이제 먹지도 못하게 된 밥그릇이지만. 마지막에 뭔가 하고 싶었던 건 아닐까, 최소한 나를 깨울 수도 있었을 텐데……."

초연이 태하의 이마를 쓰다듬던 손길을 아래로 내려 그의 입술을 덮었다. 더 이상 말하게 뒀다가는 그의 죄책감만 늘어날 것이었다.

"그 모든 일은 최태하 씨 책임이 아니에요."

"……알아."

눈 감은 채, 태하가 답했다.

"그리고 나는 사라지지 않을게요."

태하가 초연의 손을 치우고 시선을 맞춘다.

"적어도 같이 잠들고 나서, 최태하 씨보다 먼저 사라지지 않을게요."

"약속인가."

"네."

초연이 고개를 끄덕일 적엔 진심과 동시에 애정이 묻어나는 눈동자가 함께 반짝였다.

"그러니까 내가 있는 동안은 편하게 잠들어도 돼요. 나는 최태하 씨가 일어나도 그 자리에서 그대로 자고 있을 테니까."

태하의 심장을 한가운데로 따스한 기운이 퍼졌다. 지금 그와 마주한 초연의 말간 눈동자엔 오롯한 진심이 가득, 찰랑이고 있었다.

"무슨 일이 있어도?"

"네, 약속이니까."

처음으로 타인이 사랑스럽게 느껴졌다. 그것도 살갗을 맞대고 한 침대에 누워서 속삭이는 초연이.

"이미 약속한 거다?"

"그렇다니까요."

필시 달콤함을 품고 있을 초연의 입술이 호선을 그리자, 그대로 태하가 대답을 받아 내려는 듯 제 입술을 맞췄다.

"잠…… 잠깐만요, 최태하 씨!"

"이건 후진도 전지도 아니고 중립이잖아."

논리적으로는 완벽했다. 적어도 태하의 생각에는 그랬다.

"그리고 아까 카메라 껐다는 거, 정말이야."

두근, 이번엔 다른 의미로 초연의 심장의 뛰었다.

"약속, 잊으면 안 돼?"

마지막, 태하의 한마디가 초연의 목덜미를 파고들었다.

잠시 후. 이 중립 기어는 아무래도 좀 위험한 것 같다고, 어둠 속에서 초연이 생각했다. 손만 잡고 자기로 한 것까지는 좋았는데 초연이 생각하는 손만 잡기와 태하가 생각하는 손만 잡기가 달랐나 보다.

톡톡. 기다란 손가락이 자꾸 초연의 손등을 두드리는가 싶으면 곡선을 그리듯 매만지고, 또 강아지라도 되는 것처럼 쓰다듬는 것을 반복했다. 솔직히 이쯤 되면 아무리 둔한 초연이라도 모른 체 넘어갈 수가 없을 지경이었다.

"저기, 최태하 씨."

대답은 없는데, 태하의 손가락이 멈추지 않는다.

"이 중립 기어 좀 이상한 거 같지 않아요?"

"전혀."

스륵, 그 말을 하며 오히려 기세 좋게 초연의 팔목을 따라 어깨를 끌어안는 태하의 손길은 빠르고 자연스러웠다.

"아니, 확실하게 이상한 거 같은데요. 이 어깨에 손은 뭐예요."

"뭐긴 중립 기어지."

"그러니까 손만 잡고 중립이어야죠."

그 와중에도 아랑곳 않고 초연을 가까이 끌어당긴 태하가 태연히 답했다.

“아, 혹시 이초연 씨 면허 없나?”

“네. 근데 그게 지금 왜…….”

태하가 말을 할 때마다 초연의 목덜미 근처가 간질거렸다.

“차를 중립 기어로 놓고, 브레이크를 빼 버리면 어떻게 되는 줄 알아?”

“어떻게 되다니…….”

“경사가 있는 곳을 따라서 흘러가지.”

“네? 거짓말!”

쿵쿵, 점점 커지던 초연의 심장 박동이 순간적으로 왈칵 새 나왔다.

“정말이야.”

반동으로 몸을 일으키려던 초연을 붙들어 다시 품에 가둔 태하가 씩 웃고 있는 줄, 초연은 절대 모를 것이었다.

“전, 몰랐…….”

“이제라도 알았으니 됐어.”

“아니, 그래도……!”

순순히 납득하지 않으려는 초연의 입술에 뭔가 쪽, 부딪혀 왔다. 이제는 익숙해질 법도 한데 순간적으로 말을 잃게 만드는 태하의 필살기였다.

“봐, 이것도 중립.”

초연의 눈동자는 어둠 속에서도 동그랗게 커졌다. 태하의 번져가는 미소도 마찬가지였다. 매번 놀라는 품속의 여자가 태하는 순간순간 사랑스럽게 느껴졌다.

“이렇게 손이 미끄러지는 것도 중립.”

작은 어깨를 안았던 손에 약간 힘을 주자 초연이 태하의 품에 빠듯하게 안겼다.

“그리고…….”

태하의 입술이 다시 다가오는 게 느껴지자 초연의 가슴이 또 세차게 뛴다. 아무래도 이건 적응이 안 될 것만 같았다. 적어도 아직은 이렇게 꼭 끌어안기는 것도 당장 무슨 사고를 칠 것 같은 분위기도 감당할 수가 없었다.

“잠깐, 브레이크를 지금이라도 걸면…….”

“그건 아까 던져 버렸잖아.”

그제야 초연은 아까 자신이 한 게 정확히 어떤 행동인지 깨달았다.

“아…….”

정신이 나가며 반쯤 벌어진 입술을 태하가 놓치지 않고 파고들었다. 아까 쪽 소리가 나게 맞췄던 것과는 전혀 다르게 자꾸만 깊이 파고드는 체온과 특유의 체취에 초연은 머리가 점차 아득해졌다. 처음, 밀어 내려고 했던 손에서 힘이 자꾸만 빠지는 걸 보면 정말로.

“이 손은 브레이크가 아닌데.”

잠시 입술을 뗀 태하가, 여전히 닿을 듯 가까운 거리에서 초연의 손을 쥐며 나직이 말했다. 그리고 다시 다가오는 순간, 초연이 저도 모르게 눈을 질끈 감았다. 동시에 태하에게 잡힌 손에도 꾹 힘이 들어갔다.

"……싫어서?"

입술이 닿는 대신 돌아온 질문에 초연이 간신히 눈을 뜨자, 태하가 어둠 속에서도 다정함이 느껴지는 눈동자로 자신을 보고 있었다.

"최태하 씨가 싫은 건…… 아니에요."

"그럼, 무서워서?"

"그게 아주 아니라고는 못 하겠지만……."

머리로는 지금 무슨 일이 일어나고 있는지 잘 알고 있는 초연이였지만, 막상 실감이 나지도 엄두가 나지도 않았다.

"그냥…… 브레이크가 없으니까 너무 떨려요. 그리고 또……."

"또?"

너무 쑥스러워 차마 입 밖으로 뱉기 어려웠지만, 초연은 한 번 더 눈을 질끈 감기로 했다. 잘 모르는 일에는 솔직히 모른다고 하는 게 맞으니까.

"처음이라…… 아무것도 모른단 말이에요, 난."

순간, 뭐라 대답해야 할지 몰라 태하가 잠시 입술을 멈췄다.

"너무 떨리고……."

그 말처럼 정말 초연의 목소리 끝이 가느다랗게 떨리고 있었다. 그게 얼마나 사랑스러운지 아마 초연은 모르겠지만, 지금 태하의 눈에 비치는 초연은 그 어느 때보다 귀엽고, 또 사랑스러웠다.

"나도 떨려."

"거짓말."

이런 때는 그저 보여 주면 된다. 태하는 초연의 손을 끌어다 제 왼쪽 가슴 위에 갖다 댔다. 쿵쿵, 빠르고 크게 뛰는 심장 박동은 태하도 초연만큼이나 떨리고 있다는 걸 확실히 증명하고 있었다.

"거봐. 나도 떨린다니까."

막연했던 두려움이 태하의 미소에 조금씩 바래진다.

"싫거나 무서운 게 아니라면……."

태하가 초연의 이마에 살며시 입술을 맞추며 속삭였다.

"나한테도 키스해 줘."

지금 태하는 초연에게 묻고 있었다.

"내가 널 안을 수 있게."

당신과 똑같이 심장이 떨리는 이 순간에 대한 허락을, 묻는다.

"진심……이에요?"

태하를 올려 보는 초연의 눈동자는 어둠 속에서도 흐려지지 않았다.

"응."

태하의 답도 마찬가지였다.

"나도요."

그 선명한 대답에, 초연도 확신이 섰다. 서로의 눈동자가 말에 채 담기지 않은 진심을 담고 있었다. 불안이나 의심이 채 끼어들 틈도 없어서 초연은 가쁜 심장 박동을 애써 누른 채 답을 전했다. 서툴지만, 달콤한 키스였다.

*＊ * *

푸르스름한 어둠 속에서, 두 사람의 숨소리만이 유난히 뜨겁게 새 나온다. 태하가 언제 어떻게 했는지는 몰라도 포개어진 상체의 살갗 사이엔 이미 방해물이 없었다. 부드럽고, 따스하고, 지금 나와 똑같이 뛰고 있는 심장이 고스란히 느껴져서 두려움이 희석되었다.

"괜찮아."

태하가 초연의 가슴에 입술을 묻으며 속삭였다. 태하의 손길과 입술이 닿을 때마다 파르라니 떨리는 초연을 안심시키듯 다정한 목소리였다.

"그래도……."

두렵진 않았지만, 떨림이 멎지도 않았다. 초연의 가슴을 그러쥐었던 태하는 잠시 후 입을 맞췄고, 잠시 떨어지는가 싶으면 어느새 등을 따라 내려가는 손길과 함께 귓가에 깊은 키스를 퍼부었다.

"아……."

태어나 처음 느끼는 감각에 초연의 등에 오소소 소름이 돋아나는 동시에 이상한 소리가 새 나갔다. 그 소리에 스스로 놀랄 틈조차 없이, 태하의 손은 한순간도 쉬지 않고 초연의 맨 살갗을 어루만졌다. 그 손길은 초연의 온몸을 나른하게 했다가, 찌릿하게 만들기도 했고, 자꾸만 숨을 가쁘게 만들었다.

"나…… 머리가 어지러워요."

한숨 같은 초연의 말에 태하가 나직이 웃다가, 이내 초연의 가느다란 발목을 쥐고는 한쪽 다리를 세웠다. 여전히 태하가 입술을 묻은 가슴과, 나머지 한 손이 쉴 새 없이 쓸어내리는 허리가 간지러웠고, 그런데도 떨리고 또 심장이 터질 것만 같았다.

"괜찮아."

발목을 쥐고 있던 태하의 손이 허벅지 안쪽을 따라 올라올 무렵, 초연이 움찔 다리를 닫으려 하자 태하는 부드러운 힘으로 원위치시키며 같은 말을 반복했다.

"힘 빼, 괜찮으니까."

"정말……?"

태하를 올려 보는 초연의 눈동자가 조금 촉촉했다.

"어, 정말."

그리고 태하의 손끝이 조심스럽게 닿은, 초연의 깊은 곳도 비슷한 물기를 머금고 있었다. 마치 꽃잎에 이슬이 맺혀 있는 것처럼, 톡 하고 조금만 건드려도 물기가 번져 갔다.

"아……."

물론, 번져 가는 건 물기만이 아니었다.

"최태하 씨, 잠깐만…… 좀 이상……."

"이상한 거 아니야."

태어나서 처음 느껴보는 농밀한 달콤함이 태하의 손끝에서 시작돼, 초연의 전신으로 퍼져 나가고 있었다. 초연은 저도 모르게 태하의 한 팔을 꾹 움켜쥔 채, 눈을 감아도 보고 다리를 접어도 보았다. 하지만 이미 반쯤 제압당한 상태라 그와의 접촉에서 벗어날 수는 없었다.

"그래도…… 아……."

손길 한 번에 몸이 녹아내리고 머리속이 하얗게 바래진다. 그중에서 가장 생경한 건, 어느 순간부터 조금 더 원하는 자신의 본능이었다. 간신히 뜬 눈에도 시야가 어지럽던 무렵, 초연은 저도 모르게 본능적으로 태하의 목을 끌어당겼다.

태하는 자연스럽게 초연의 품에 안기듯 입을 맞춰 왔다. 서로의 가쁜 호흡과 열기가 고스란히 전해지는 깊은 입맞춤 사이로, 태하가 초연의 무릎을 살짝 들고 상반신의 위치를 맞추는 게 느껴졌다.

어지러운 머릿속으로도 어렴풋이, 다음 일을 예감한 초연의 전신이 긴장으로 조여들었다.

"아, 잠깐……."

"쉿."

어느새 초연의 귓불을 입술에 머금은 태하의 숨소리가 아이러니하게도 이 열기를 더욱 부추겼다.

"무섭게 안 할게."

마지막 순간까지 태하는 초연의 허락을 구하는 것 같았다. 그 어떤 달콤한 감각보다 그 사실이 초연의 마음을 녹였다.

"아프게는…… 최대한 안 하도록 노력할게."

마주친 눈동자 사이로, 쾌락과는 비교할 수 없는 애정의 따스함이 초연의 전신을 지배한다.

"……응."

겨우 용기를 낸 듯 초연이 고개를 끄덕이자 태하가 다시 초연의 이마에 입을 맞췄다. 그리고 천천히, 아주 천천히 초연에게 몸을 묻어 왔다.

"……아, 으."

처음 닿았던 이질감도 잠시, 이내 힘겹게 태하를 받아들이기 시작한 초연이 제 입술을 꾹 깨문 채 밭은 숨을 내쉬었다. 온몸은 태하를 밀어 내는 것 같았는데, 태하는 밀려 나지 않은 채 단단한 존재감으로 초연을 파고들었다.

"아…… 최태하 씨, 나……."

"알아."

마지막까지 닿고서야, 간신히 태하의 움직임이 멈췄다. 초연의 손톱이 이미 태하의 어깨를 죄 파고든 줄은 아직 아무도 몰랐다. 그저 달뜬 열기와 가눌 수 없는 애정이 이 순간에 가득했다.

"나도 똑같이 떨려."

잠시 멈췄던 태하의 하반신이 천천히 움직임을 시작하자 초연의 허리에 힘이 들어갔다.

"아, 최태하 씨……. 아아…… 나, 자꾸……."

"하, 나도 똑같다니까……."

조금 엇나가 있었던 박자가, 어느 순간부터 톱니바퀴 맞물리듯 자연스럽게 합쳐졌다. 초연을 짓누르던 처음의 고통도, 태하의 압박도 그때부턴 모두 잊혔다.

모든 건 아주 자연스러웠다. 자연스럽게 달아올랐고, 서로를 안고 있으면서도 더 깊이 안기려 파고들었고, 달뜬 숨을 고를 순간만 있으면 또다시 입을 맞추곤 했다.

"아, 지금…… 아으, 나……."

이제는 눈앞이 아득해질 무렵, 초연이 내뱉는 말은 숨결에 가까웠다.

"어, 나도……."

절정을 향해 치달은 태하의 숨은 거칠었지만, 여전히 따스했다.

"너랑……."

"아, 최태…… 아……."

"똑같아."

더 이상 치달을 곳이 없다고 느낀 순간, 격정적인 움직임이 뚝 멎었다. 초연은 그 잠시 동안 세계가 멈춰 버리는 줄로만 알았다.

"정……말이야."

아직도 가쁜 숨을 몰아쉬며 초연의 뺨에 제 얼굴을 묻은 태하가 말하기 전까진.

"나도 너랑 똑같아."

아련하게 남은 달콤한 감각과 그에 비례하는 통증, 그리고 태하의 몸이 주는 무게감과 나른함이 일순간에 초연을 덮쳤다.

"나랑 너랑……."

하지만 유일하게 사라지지 않는 건, 흘러넘치는 애정이다.

"내 이초연이랑."

눈을 감은 채로도 태하가 웃고 있다는 걸 안다. 초연의 뺨에 묻은 태하의 입술이 따스한 곡선을 그리고 있었으니까.

"그럼, 오늘 밤은 잘 자요."

태하의 어깨를 꼭 안고 있던 초연의 손이 스르륵 풀리는가 싶더니, 이내 태하의 등을 토닥토닥 두드렸다.

"나랑 내 최태하 씨랑 똑같이."

깜박.

또 한 번만 눈을 감았다 뜨면, 두 사람 모두 꿈나라로 갈 수 있는 달콤한 밤에.

* * * *

연인이 보낸 첫날밤은 그렇게 지나갔다.

그러나 그 남자와 그 여자의 아침은 각자 다르게 시작되었다.

"아, 내 삭신……."

그 여자, 이초연의 아침은 이미 쏟아지는 햇살과 낯선 통증으로 시작됐다. 그리고 겨우 정신이 들기 시작하는 것과 맞먹는 속도로 부끄러움이 쏟아졌다. 도대체 지난밤에 자신이 얼마나 대형 사고를 친 건지, 아 맞다, 그것보다…… 역시.

"미치겠다."

이부자리를 들춰 보자 혈흔이 군데군데 묻어 있어 초연의 얼굴이 한층 더 화끈거린다.

"근데……."

조금 숨을 고르고서야 문득, 여기에 있어야 할 한 사람의 부재가 느껴졌다.

"내 최태하 씨라더니, 바보……."

오늘 아침도, 이 커다란 침대에서 태하가 남긴 잔향에 조금 외로워지는, 그런 하루인가 보다.

"토순아, 언니 팔자가……."

습관처럼 혼잣말을 하던 초연이 혼자 화들짝 놀라선 제 입을 틀어막았다. 인형인 건 알지만 명색이 언닌데 이런 꼴을 다 보였다면 나는…….

"아, 다행이다."

간신히 한숨을 돌린 초연의 시야엔 고개를 의자에 파묻고 있는 토순이가 보였다. 이걸로 양심의 가책은 던 셈이다.

"아무튼 토순아. 언니가……."

다행히 이 아침은 계속 평화로울 예정이다.

그 남자, 최태하의 아침은 사실 초연의 아침보다 훨씬 빨리 밝았다. 이제 막 비치기 시작한 햇살보다 그 아래에서 새근새근 잠이 든 내 여자의 얼굴이 더 사랑스러웠던, 그런 완벽한 아침이었다.

"그러고 보니, 깜박 잠들었네."

이렇게 오래 잠이 들었던 건 처음이다. 꿈조차 꾸지 않았던 것도 처음이지만, 지난밤 자체가 꿈같기도 했으니 더 바랄 게 없었다.

"내 이초연은 약속을 잘 지키는군."

잠든 초연의 머리를 쓰다듬는 태하의 입가에 따스한 미소가 번졌다. 정말 약속대로 자신이 눈을 떴을 때도 세상모르고 자고 있는 이 여자가 더 이상 사랑스러울 수가 없을 것 같았다.

"아……."

기지개를 켜며 숙면의 쾌감을 한없이 느끼던 태하가 문득 구석에 놓인 토순이와 잠든 초연을 번갈아 보았다.

"그래, 토순아 넌 못 본 걸로 하자."

토순이를 의자에 파묻어 놓고서, 겨우 방을 나서는 태하였다.

"그럼, 간만에……."

또다시 켜는 기지개가 상쾌했다. 이토록 완벽한 아침이 또 있었던가.

"아침이라도 만들어 볼까."

휘파람을 불며 층계를 내려온 태하가 냉장고의 문을 열어 내용물을 살폈다. 우리 육식동물을 위한 베이컨이 있으면 좋을 텐데, 그런 표정으로.

물론, 아직 초연이 쿨쿨 잠들어 있을 때의 일이다. 그리고 이제, 쓸쓸해하고 있는 초연에게 배달된 요리를 만들던 때이기도 했다.

오늘, 각자 시작했던 아침은 함께 끝이 날 예정이었다.

** * *

에취이, 초연의 요란한 재채기 소리가 울렸다.

"감기 걸렸나? 아닌데."

코를 훌쩍이던 초연이 다시 에취, 에취이 연달아 재채기를 했다.

"이건 누가 내 욕을 하는 게 틀림없어. 어떤 나쁜 사람이야?"

그때, 자수라도 하듯이 초연의 전화벨이 울렸다.

"최태하 씨, 방금 내 욕 했죠?"

— ……뭐? 내가 뭘 했다고?

"괜히 재채기가 자꾸 나오는데, 그 순간에 최태하 씨가 전화했잖아요. 내 욕 하고 찔려서 전화한 거 아니에요?"

평소의 태하였다면 헛소리하지 말라고 일갈했을 것이다.

— 어떻게 알았지. 그래도 양심에 좀 찔려서 미안하다고 전화한 거야.

제 욕을 했다는데도 마냥 기분 좋은 미소가 나오는 건 왜일까. 태하가 변한 것처럼 이유를 모를 노릇이다.

"정말로 내 욕 했어요?"

— 했을까?

"뭐야, 지금 나 놀리는 거죠?"

어느새 눈치를 챈 초연의 해맑은 웃음이 수화기 너머로도 고스란히 전해진 것 같았다.

— 그런 셈 쳐야지, 뭐…… 오늘도 같은 시간에 끝나?

"네! 아, 아니다. 잠깐 여행사 들러야 해요."

— 무슨 여행사? 내일 가면 안 돼?

몇 번 말한 것 같은데, 요즘 통 정신이 없던 태하인지라 일일이 기억이 안 나나 보다. 초연이 고개를 끄덕였다. 오늘은 기분도 좋으니까 한번 봐줘야지.

"나 미국 가는 거 비자 받아야 된다고 했잖아요!"

— 비자? 뭔데 비자까지…….

"아, 정 교수님 부르신다. 이따 끝나고 봐요!"

정신없이 전화를 끊고 달려가는 초연은 아직 태하와 자신에게 닥칠 위기를 전혀 눈치채지 못했다.

* * * *

문득, 어젯밤 할아버지와 시청했던 〈아버님은 내 사위〉의 명대사가 떠오른다.

"역시, 행복은 적금이야."

하루하루가 남들보다 외롭고 서럽던 적이 유독 많았던 초연이다. 그런데 요즘은 매일 하루하루가 이렇게 행복해도 되는 걸까 싶을 정도로 행복이 흘러넘친다. 꼭 혼자였던 지난날을 보상받는 것처럼.

빠앙, 길가에 서서 기다리던 초연에게 낯선 차가 경적을 울렸다. 분홍색의 귀여운 경차는 심지어 뚜껑에 태엽 같은 커다란 장식이 달려 있어 말 그대로 장난감 같았다.

"뭐 해, 안 타고."

그 운전석에 태하가 앉아 있다는 사실이 가장 비현실적이었지만, 어느새 웃음이 터진 초연의 눈엔 아무래도 좋았다.

"최태하 씨, 나요."

"그만."

타자마자 들뜬 목소리로 말하는 초연을 보며 태하가 선수를 쳤다.

"사정이 있어서 그래. 참고로 두 번 다시는 이 차 안 탈 거니까 기대하지 마."

"……한 번도?"

"어, 두 번 다시는."

칫, 하고 비죽 입을 내미는 초연을 흘깃 본 태하는 파란불을 향해 액셀을 밟았다.

"근데 우리 어디 가요?"

"남산."

"진짜?"

아무것도 아닌 말에 눈을 동그랗게 뜨는 건 초연의 특기다. 뭐 그리 작은 일이 좋고 기쁜 건지. ……귀엽게.

"나 남산 진짜 가 보고 싶었는데! 어떻게 알았어요?"

"다 알아."

"남산타워 처음 가 보는 것도 알아요?"

"당연하지."

"와, 어떻게 다 알지."

어떻게 알긴, 밤마다 한강 근처를 지나칠 때면 건너편의 남산타워를 홀린 듯 바라보던 초연이니 이쯤 되면 모르는 게 멍청이였다.

"기대해."

오늘 밤, 남산타워보다 중요한 이야기를 가슴에 품은 태하가 나직이 말했다.

"네."

마주친 시선의 끝에서 초연이 언제나처럼 해사한 웃음을 머금고 있어, 하루 종일 머릿속을 휘젓던 결심에 더욱 힘이 실린다. 누가 들으면 미친 짓이라고 할지도 모르겠지만, 이 갑작스러운 결심은 태하를 단번에 사로잡았다.

"뭔 줄 알고?"

활짝 웃는 초연의 뺨은 늘 분홍빛으로 물들어 있다. 때로는 아이처럼 말하면서, 어떤 때는 놀랄 만큼 차분한 눈길로 태하를 본다. 토순이를 동생이라고 하는 주제에 강아지처럼 뛰어다니고, 언제 그랬냐는 듯이 뚝뚝 눈물을 떨어트리기도 한다. 확실한 건, 시시각각 넘치는 감정과 에너지를 발산하는 이 여자가 시계토끼보다 더 빠르고 붉은 여왕보다 더 변덕스럽게 태하의 세상을 바꿔 놓았다는 것이다.

"일단 기대해 보죠, 뭐."

가장 좋은 건, 지금처럼 태하를 보는 초연의 눈빛이었다. 무슨 말을 하든 반짝이는 저 눈망울이 좋았고, 습관처럼 끄덕이는 고갯짓도 좋았다.

"이상한 이야기라도?"

"네!"

초연은 망설이지 않는다. 태하도 그런 초연을 닮으려고 했다.

"나, 이상한 거 완전 좋아해요."

지금 이 말간 미소가 계속 머무르기를 바란다. 언제나 어느 순간에나, 앞으로도 항상.

"참, 최태하 씨."

"응."

이초연이 계속 자신의 이름을 불러 줬으면 좋겠다.

"방금 생각난 건데……."

그러고 보니 태하도 하고 싶은 말 한 가지가 더 생각났다. 가장 좋은 건 초연의 눈빛이고, 그보다 더 좋은 건 이초연의 곁에서 달콤한 잠에 드는 거고, 그보다 훨씬 좋은 건 아득한 꿈결 속에서도 다정한 숨결이 들린다는 거라는 게.

"뭐?"

굽이굽이 남산을 올라가던 차가 드디어 멈췄다. 반짝이는 타워를 보는 초연의 눈동자가 똑같이 반짝였다.

"남산타워 정말 돌아가요?"

천진난만한 초연의 말에 태하는 그저 말없이 미소를 지었다. 이런 어린아이 같은 이초연도 좋아서, 가장 좋지는 않지만 다섯 손가락에는 꼽을 수 있는 좋은 점이니까.

"가서 확인해 볼까."

에취이, 초연이 재채기를 내뱉는 것과 동시에 태하가 초연의 어깨 위로 자신의 재킷을 걸쳐 주었다. 그 작은 어깨를 팔로 두르는 건 덤이다.

"……좋아요."

초연이 조금 망설이다 답한 건, 이 짧은 찰나가 너무 좋아서였다. 한 번 더, 숨을 들이쉬고 내쉬는 것조차 가슴이 벅찰 정도로 좋기만 한 순간이라서. 물론 최태하 씨한테는 절대로 비밀이지만.

"참, 하나 더……."

"뭔데."

빤히 태하를 올려 보는 초연의 눈에, 그는 아직도 설렌다. 왜 처음엔 몰랐을까. 이 설레는 눈빛이 사랑스럽다는 걸, 어떻게 몰랐는지.

"오늘 밤은, 너무 행복해요."

"이제 시작인데, 벌써?"

"응!"

초연이 눈매를 가늘게 휘어 보이며 고개를 연신 끄덕인다.

"벌써 행복해요. 이미, 완전 많이……!"

물끄러미 그를 올려 보는 초연의 머리 위로 태하가 살짝 손을 얹자, 체온이 전해진다. 초연과 함께하는 매 순간은 마치 동화 속처럼 느껴졌다. 우리의 엔딩은 어떻게 되려나…… 물론, 대개의 동화가 그렇듯이 해피엔딩이 당연하겠지. 태하는 초연의 어깨를 안은 채, 반짝이는 타워를 향했다.

모든 게 완벽한 저녁이었다. 태하는 야경 아래에서 자그만 손으로 포크질을 하는 초연을 보며 미소를 숨길 수가 없었다. 영감님이 대형 사건을 일으키신 후로 많은 게 달라졌다. 낭떠러지 끝에서 천국을 만났다면 이런 기분일까. 모든 것들이 제자리로 돌아가고 잃어버렸던 행복을 되찾고, 이젠 곤히 잠들 밤이 기다려지는 동시에 내일의 새로운 하루를 기대하게 된다.

"음…… 그건 당연한 거 아니에요?"

저 말들을 구구절절 다 할 태하의 성격이 아니므로 줄이고 줄여서 전달했더니 초연이 시큰둥하게 반응했다.

"나한텐 아니야."

식기 위에서 움직임이 멎자, 자연스럽게 초연이 태하를 보았다. 여느 때보다 훨씬 진지한 표정의 태하를.

"나는 이 당연하고 평범한 일상을 되찾기 위해서 앞으로 살날들을 다 바칠 생각까지 했었어. 그만큼…… 어렵고, 나한테만큼은 가질 수 없는 걸로 보였지."

"하지만 이제는 아니라는 거죠? 어렵지도 않고, 이미 행복해진 거죠?"

누군가에게 직설적으로 행복하냐는 질문을 들은 게 언제인지 기억나지 않는다. 하지만 이 순간은 태하에게 오랫동안 기억에 남을 것이었다.

"응."

"다행이에요."

배시시, 초연의 말간 미소가 와인 잔에 비쳐 더 투명하게 보였다.

"그래서 말인데……."

태하가 어렵사리 말을 꺼냈다. 더 미뤘다간 괜히 그답지 않게 초조해질 것 같아서. 당장 프러포즈를 하겠다는 미친 생각까진 아니었어도, 이 관계가 앞으로의 평생을 두고 이어질 거라는 말을 꼭 하려고 결심한 까닭이었다. 이 번개 같은 발상과 그보다 더 빠른 추진력이 태하의 장점이자 단점이었다. 뭐, 단순히 보면 성질이 급한 거지만.

"와, 너무 예쁘다……. 잠깐, 사진 찍어도 돼요?"

하지만 그의 용기는 너무 쉽게 묻혀 버렸다. 하필 디저트로 건드리기도 아까울 정도로 예쁜 레드벨벳 케이크가 등장하는 바람에 초연이 온 관심을 빼앗긴 최악의 타이밍이었다.

"됐……다. 아, 정말 먹기가 아까울 정도로 예뻐요."

그런 것쯤 앞으로 평생 매일 사다 달라면 사 줄 수도 있건만, 초연은 야속하게도 지금 태하의 그 맘을 모르니.

"아, 그래서 말인데……."

"참, 태하 씨."

이번엔 또 말이 동시에 튀어나왔다. 함께 분위기 좋은 곳에서 식사를 하고 태하의 결심을 이야기한다, 이게 이렇게 타이밍이 자꾸 틀어질 정도로 어려운 미션이었던가.

"나 비자 받았어요, 짜잔!"

태하가 뭐라 답하기도 전에 초연이 테이블 위에 여권과 비자를 함께 올려놓았다.

"아…… 정 교수님이랑 미국 갔다 온다고 했던가?"

"네, 이제 우리 데이터도 충분히 모였고요. 너무 떨려요!"

"근데 무슨 비자를 여행사씩이나 가서……."

초연의 수비가 시작되기도 전에 태하가 자연스럽게 여권을 슥 가져갔다.

"아, 안 돼요! 사진 보지 마요, 진짜!"

"이미 펼쳤는데? 그러게 이런 걸 먼저 꺼내지 말았어야지."

여기가 집이었으면 괴수의 난동을 볼 수 있었겠지만, 초연도 그 정도 상식은 있었다. 대신 볼이 퉁퉁해진 채 사진을 훑어보는 태하를 노려볼 뿐이다.

"똑같은데, 뭐가."

"똑같다고요? 저 사진이랑?"

"어, 같은 사람이니까 당연하지, 뭘 그렇게 숨기려고……."

그 말에 초연의 표정이 급격히 어두워졌다. 태하는 초연의 반응에 무언가 잘못되었다는 걸 깨달았다.

'어, 내가 뭐 실수했나.'

"너무해. 어떻게 내가 저렇게 생겼다고……."

"……어? 아니, 이건 이초연 씨 사진이니까 당연히."

"그래서, 내가 저렇게 이상하게 생겼다고요? 나 저렇게 안 생겼거든요!"

태하의 사고가 정지해 버렸다. 이게 틀림없는 오답이었던 건 확실한데, 본인을 본인이라 한 게 화를 낼 일인지.

"아니, 그러니까……."

"그러니까 뭐요!"

"당연히 실물이 나은데, 누군지 대충 알아볼 정도로는 찍혔다…… 이 말이지."

와, 태하는 속으로 자신의 유려한 답변에 감탄했다. 평소의 태하였다면 이런 모범 답안을 찾아낼 수 없었을 것이다. 고마워요, 영감님. 사랑해요, 방송국. 그동안 수많은 시청각 자료로 이런 때를 대비한 교육을 해 주신 거, 잊지 않겠습니다.

"아, 난 또 뭐라고. 그렇죠? 여권 사진은 진짜 이상하다니까요."

초연이 단순한 것도 다행이었다.

"근데……."

하지만 안심하고 다시 꼼꼼하게 여권을 읽어 보니, 지금 가장 큰 문제점은 정작 태하의 눈앞에 있었다.

"비자가 왜 이래?"

"왜요, 뭐 잘못됐어요? 아까 여행사에서 다 잘됐다고 했는데."

"고작 며칠 다녀오는 건데 뭐 이렇게 긴 비자를 해 왔어."

"네?"

초연은 태하의 물음에, 태하는 초연의 반문에 두 사람 모두 고개를 들어 의아한 표정으로 서로를 바라보았다.

"며칠 가는 거 아닌데요?"

"……뭐? 무슨 교수인지 나부랭인지 만나러 세미나 간다며. 세미나가 해 봤자 며칠이지 뭐 있어?"

"그거 연장하기로 했잖아요."

"……뭐? 뭘 연장해, 누구 마음대로?"

확, 높아진 태하의 언성이 다행히 피아노 선율에 묻혔다.

"정 교수님이 제 논문 지도해 주기로 하셨다고 했잖아요. 그래서 개강해도 학교 나가는 대신에 미국 가는 연수에 참여하기로 했어요. 운이 정말 좋게도 그쪽에서 비슷한 연구를 하고 있어서 교류 실습을 할 수 있을 거 같아요. 일단 비자는 3개월이긴 한데 나중에 미국 학교 측에서 연장시켜 줄 수 있다고……."

"미쳤어? 3개월도 제정신이 아닌데, 뭘 더 연장해?"

"왜 화를 내고 그래요?"

"그럼 안 내게 생겼어? 지금 나 모르게 3개월, 아니 그 이상 미국에 있다가 오겠다는 소리 아냐?"

태하가 홧김에 와인을 벌컥벌컥 들이켰다. 그사이 초연은 어처구니가 없는 표정으로 태하를 가만히 보고 있을 뿐이다.

"말했잖아요."

"언제."

"어제도 말했고, 그제 저녁 먹기 전에도 말했고, 그그제 아침에도 말했잖아요. 나 미국 간다고, 정 교수님이 내 새로운 지도 교수 되셨다고, 운이 좋아서 연구 교류를 할 수 있을지도 모른다고, 오늘만 해도 비자 받으러 간다고도 했잖아요."

이번엔 태하가 멍해졌다. 기억에 분명히 남아 있진 않지만, 요 며칠 초연의 입에서 미국, 비자, 교수님, 논문이란 단어가 자주 나왔던 것도 같은데.

"최태하 씨가 안 들은 거잖아요. 난 말하려고 했는데, 적당히 듣고 알았다면서요. 그게 어떻게 내가 최태하 씨 모르게 미국에 가는 게 돼요?"

"이렇게 길어질 수 있다는 말은……."

"했어요."

"내가 정신없을 때 한 건 아니고?"

"그랬겠죠. 최태하 씨는 늘 일 때문에 정신이 없으니까. 퇴근하고 매일 보고 곁에 있지만, 내 이야기를 다 들어 주기엔 너무 바쁜 사람이었으니까."

잠시 정적 끝에 초연이 포크를 내려놓았다.

"그리고 한 번도 물어봐 주지 않았잖아요. 그렇게 자주 얘기하면 한 번쯤은 물어볼 수도 있는데 물어보지 않았잖아요. 그래서 난 별로 상관없다고 생각한 거예요. 지금 최태하 씨가 화를 내는 게 정말 이상하게 느껴질 정도로."

서운하지 않았다면 거짓말이겠지만, 태하는 그만큼 바빴고 그럼에도 초연을 위해 충분히 시간을 내 주고 있었으니 괜찮다 여겼다. 하지만 정말 몰랐다니, 그런 주제에 화까지 내다니, 이건 서운하지 않을 수가 없는 거잖아.

"하지만, 이건 너무 길잖아. 그동안 난 혼자일 테고."

태하의 입에서 뜻밖의 말이 먼저 나왔다.

"그건 내가 할 말 아니에요?"

"지금 미국에 가는 건 내가 아닐 텐데."

문득, 초연은 태하의 눈동자에서 깊은 서운함을 보았다. 그 사실이 지금 초연을 더욱 서운하게 만들고 있다는 사실을 그는 모를 것이다.

"그럼, 나는요. 나는 혼자가 되고 싶어서 가는 거예요?"

"그렇게 비약할 것까진……."

서러운 초연의 눈동자를 본 태하는 지금 너무도 당황스러웠다.

"최태하 씨는 항상 바빴잖아요. 앞으로도 바쁠 거고…… 그럼 최태하 씨가 날 혼자 두는 건 되는 거예요?"

괜찮은 줄 알았다. 초연은 늘 환하게 웃고 있었기에 외로움을 타지 않는 줄 알았다. 그게 태하만의 이기적인 생각이었다는 걸, 뒤늦게 깨달은 태하는 멍한 표정을 감출 수 없었다. 그런 태하를 보던 초연이 천천히 입을 뗐다.

"아니에요."

언제나처럼 솔직하면 된다. 초연은 그렇게 생각했다.

"난, 아니에요."

"……뭐가."

"난 최태하 씨가 날 혼자 내버려 두는 거라고 생각하지 않아요. 그런…… 거 맞죠?"

이런 때의 초연은 깜짝 놀랄 만큼 어른스러웠다. 고작 이런 일로 서운하다 여긴 태하 자신이 한심스러울 정도였다.

"난, 내가 최태하 씨를 떠난다고 생각해 본 적 없어요."

이게 초연의 마음이었다.

"나도, 똑같은 마음이었어. 한 번도, 널 혼자 둔다고 생각한 적 없어. 늘, 내가 돌아갈 수 있는 곳이라 믿고 있었으니까."

그제야 겨우 초연이 웃어 줬다. 결국, 두 사람은 처음부터 같은 마음을 하고 있었던 것이었다.

"그럼 이번엔 최태하 씨가 나를 기다려 줘요."

초연은 늘 똑바로 태하를 바라본다. 그 속눈썹 하나하나의 수를 헤아릴 수도 있을 만큼, 상대가 자신을 바라봐 줄 때까지 흔들리지 않는다.

"난 아무리 거리가 멀어져도, 시간이 걸려도, 최태하 씨 곁을 떠난다는 생각은 한 번도 해 본 적이 없어."

태하는 그 어떤 대답보다 자신의 마음이 가득 담긴 따뜻한 손으로 초연의 손을 잡았다. 먼 거리도 이 애정을 갈라놓을 수 없을 거라는 확실한 믿음이 두 사람 몫의 체온만큼 넘쳤다.

"나도 그럴게."

두 사람은 서로의 손을 놓지 않은 채로, 곧 시작될 불꽃놀이를 위해 야외로 나갔다.

— 오늘 이 자리에 모인, 지금 사랑하고 있는 모든 분들을 위해서 잠시 후 축포를 쏘겠습니다.

흘러나오던 음악과 함께 들리던 목소리는 아무래도 좋았다. 그냥 오돌오돌 떨고 있는 초연의 뒷모습을 꼭 안아 주고 싶었다.

"뭐가 아니라 감기 걸려서 괜히 나 옮기지 말라고."

태하가 괜히 머쓱해서 하는 말이라는 걸, 이제 초연도 다 알았다.

"누가 옮긴대요?"

말은 그렇게 하면서도, 태하가 얹어 준 재킷을 소중하게 품는 초연이다.

— 다 같이 카운트다운 해 주세요!

캄캄한 밤하늘을 레이저 광선이 이리저리 비추었다. 반사적으로 돌아보는 초연의 등을, 태하는 다시 한번 더 세게 끌어안았다.

— 3, 2…… 1!

저 멀리서 펑, 하고 터지는 화려한 불꽃보다 태하의 품에 안은 초연의 심장 박동이 더 크게 울렸다. 그리고 한참 동안 색색의 불꽃이 하늘을 수놓았다. 이미 초연의 마음도 그렇게 피어나는 중이었다. 등을 감싸는 따스한 체온에 마음이 사르르 녹다 못해 피어났다.

— 이제 마지막 불꽃입니다. 돌아가시는 길엔 모두, 사랑하고 사랑하는 사람의 곁에서 그 사랑을 꼭 잡가 주세요.

방송이 끝나기 무섭게, 가장 큰 불꽃이 터졌다 이내 사라진다.

초연은 그 모습을 조금 안타까운 듯 보다가 이내 태하의 품에서 떨어졌다. 태하는 마지막 불꽃보다 그 사실이 아쉬웠다.

"이제 가요."

초연이 건물 안으로 향하는 입구를 손가락으로 가리켰다.

"그쪽 아닌데?"

"어, 아니었어요?"

"나가는 길은 그쪽 아니야."

태하가 가리킨 쪽은 맞은편의 층계였다. 초연은 잠시 고민하다 태하의 손짓을 따라서 먼저 층계를 내려갔다.

"주차장이 이쪽인 거 맞아요?"

"이쪽이 나가는 길이라니까."

초연의 어깨를 살살 떠미는 태하는 언제부턴지 슬쩍 미소를 짓고 있었다.

"아닌 거 같은데……."

"맞아."

태하가 가리키는 쪽은 아무도 서 있지 않은, 그야말로 이 시설의 모서리였다. 그리고 반대쪽엔 사람들이 북적거렸다. 아마, 아까 말했던 자물쇠를 채우는 행사가 열리는 철조망이 있는 곳인가 보다.

"저쪽으로 가고 싶어?"

"아뇨…… 어차피 자물쇠도 없으니까."

초연의 어깨를 붙드는 태하의 손은 여전히 따스하다.

"확실해?"

특유의 낮은 목소리도.

"네? 그야……."

"자물쇠 없는 거 확실한 거야?"

영문 모르는 초연의 눈만 동그랗다. 태하를 봐도, 모른 체하는 표정이고.

"혹시 어디 넣어 놓고 깜박한 거 아냐?"

"아니에요, 애초에 없었는데 왜……."

"깜박한 거 같은데. 주머니 같은 데 있을 거 같은데."

설마. 초연의 표정이 말하는데, 태하는 계속 웃고만 있었다. 초연이 반신반의하며 천천히 주머니에 손을 넣자, 낯설고 작은 물체가 닿았다. 금속성의, 아마도 그녀가 깜박한 자물쇠가.

"어떻게……."

"내가 기억력이 좋잖아."

그냥 기억이 나서 샀다. 초연이 밤에 한강 근처를 달릴 때마다 남산타워를 바라봤던 걸 기억했듯이, 자물쇠를 걸고 싶어 한다는 걸 기억했을 뿐이다.

"최태하 씨, 진짜."

주머니에서 꺼낸 자물쇠는 초연의 손바닥 위에서 유독 크게 보였다.

"뭘 이렇게까지………."

초연의 감동도 그만큼 컸으면 좋겠다고, 태하가 생각하던 무렵.

"튼튼한 걸 준비했어요."

역시 이초연이었다.

"진짜 바보 아냐. 무슨 철조망에 걸 자물쇠를 이렇게 성의 있게 만들고 난리야."

"좀…… 과했나."

"많이 과해요."

초연이 손바닥 위에 올려 둔 티타늄 자물쇠는 여느 금고에나 어울릴 것 같았다.

"……그래도 난 좋아."

그 목소리는 아주 작아서, 태하밖에 못 들었을 것이다. 잠깐 굳었던 태하의 표정이 다시 풀어지다 못해 녹았다.

"마음에 들어? 저기 걸면 돼."

태하가 아무도 없는 철조망을 가리킨다.

"저긴 아무도 없잖아요."

"어. 내가 샀어, 저 철조망을. 한가운데, 우리만 걸 수 있도록."

참 태하다운 발상이었다. 그리고 태하가 초연의 손을 잡아끌었다. 아무것도 걸리지 않은 철조망 한가운데로.

"참, 이니셜도 이미 새겼어. 바닥에."

"역시 최태하 씨……."

이런 순간엔 괜히 쑥스러워서 작은 말에도 웃음이 났다.

"웃고만 있지 말고, 얼른 잠가."

"이거 잠그면, 앞으로도 계속 우려먹으려고 그러죠!"

"알면 됐고. 그래서 안 잠글 거야? 싫으면 다시 나 주고."

탈칵, 초연의 손 안에서 자물쇠가 열린다.

"누가 싫대요!"

한 발짝을 떼자, 새로운 바람이 불어오는 것 같았다. 시리지만은 않은 바람이었다. 등 뒤에 버티고 선 최태하 씨 덕분에, 그녀는 이젠 마냥 춥지가 않다.

"최태하 씨."

초연이 자물쇠 한쪽을 철조망에 걸고, 태하를 봤다.

“이걸 여기 잠그듯이, 나도 최태하 씨한테 잠겨 있는 거예요.”

두 사람이 눈을 마주친다.

“내가 어딜 가도, 난 최태하 씨 곁을 떠나는 게 아니야. 그러니까…….”

밤바람이 차서, 괜히 그렁그렁해진 눈인가. 아니면, 그저 사랑스러워서 그렇게 보이는 걸까.

“나, 최태하 씨를 잠가도 돼요?”

“미안하지만…….”

이을 말을 대신해, 태하가 초연의 한 손을 잡았다. 그리고 나란히 서서 작은 손에 들린 자물쇠를 보았다.

“이미 잠겨 있어.”

찰칵, 초연의 손 위에 손을 보탠 태하가 자물쇠를 잠갔다. 끝에 달린 한 쌍의 작은 열쇠를 빼서 초연의 손바닥에 놓아 준 것도 태하였다.

“그 증거물을 지금 제출합니다.”

한 쌍의 열쇠를 본 초연이 배시시 웃었다. 그리고, 이내 생각지도 못한 행동을 했다. 허공에 작은 팔을 휘두르자, 반짝……하고 열쇠가 사라졌다. 정말 저 너머로 던져 버렸다.

“이제 열 수 없어요.”

살면서 마법 같은 순간들이 있다면, 분명히 이런 때다.

“그거 마음에 드네.”

초연의 미소가 마법적으로 예쁘게 보였다.

“나, 방금 하고 싶은 게 하나 더 떠올랐어요.”

반짝반짝 빛났다. 여느 불꽃보다 더 어여쁜, 이초연의 눈동자가.

"뭐든지."

"이 철조망, 정말 내 거예요?"

"당연하지."

초연이 잠시 생각한 끝에 짓궂은 미소를 지었다. 그리고 이내 손을 번쩍 들었다.

"여러분, 여기도 자물쇠를 거실 수 있어요!"

화통이라도 삶아 먹은 듯한 또랑또랑한 목소리에 반대편의 작은 철조망을 향하던 인파들이 웅성대더니, 곧 방향을 바꿔 우르르 돌진해 왔다.

"우리만 있으면 쓸쓸하잖아요."

이초연다운 발상이다.

"그게 하고 싶었던 일이야?"

"아니요."

하지만 진짜는 아직 남아 있었다. 순식간에 몰려들기 시작한 인파의 사이에서 태하가 초연을 보호하려 품에 가두고, 다시 눈을 마주치던 순간에.

"내가 정말 하고 싶었던 건."

초연의 손이 태하의 코트 깃을 붙들었다.

"이렇게 많은 사람들 사이에서……."

부쩍, 발돋움을 하는 초연이다. 덕분에 시선이 가까워졌다. 틈이 바짝, 좁혀졌다.

"최태하 씨한테 키스하는 거야."

태하는 그 마법적인 말에 대답할 수 없었다. 그 말이 끝나자마자 더 마법적인 입술이 부딪쳐 온 탓이다. 첫 키스도 아닌데, 말캉거리는 입술이 따스했고 또 무조건적으로 심장을 뛰게 했다. 서로의 숨결조차 마법적으로 달콤했던 순간이었다.

헤아릴 수 없이 많은 사람들 사이에서, 헤아릴 수 없이 많은 자물쇠들 사이에서, 헤아릴 수 없이 많았던 불꽃들 너머로…… 가장 마법적인 순간이었다.

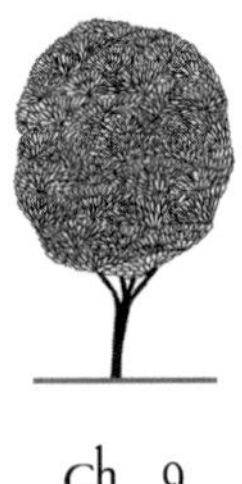

ch. 9

하인리히의 법칙에 따르자면 모든 중대한 사고가 일어나기 전에는 그 징후로 비슷한 사고와 더 작고 사소한 사고들이 발생한다. 그 비율은 1:29:300이다. 즉, 한 번의 큰 사고가 일어나기 전까지 그만큼의 작은 사건 사고들이 산적해 있었다는 뜻이다.

이 법칙은 세상의 곳곳에 적용된다. 태하와 초연에게도 마찬가지였다.

"또 이렇게 온 집 안에다 물을 뚝뚝……."

초연의 칠칠맞지 못한 행동은 평소와 똑같았지만 오늘 아침 태하는 유난히 저기압이었다.

"왜 아침부터 잔소리예요. 안 그래도 오늘 일찍 나가야 돼서 밤까지 새웠는데."

"덕분에 나까지 밤을 새웠지."

더 이상 레포트를 미룰 수 없다던 초연은 기어이 각방을 선언했다. 당장 며칠 후면 미국으로 날아갈 주제에 각방이라니, 그런 바보 같은 이유로 이제 와서 또 잠을 잘 수가 없다니!

"태하 씨는 자면 되잖아요."

"그게 맘처럼 되면 내가 이러고 있나? 그러게 과제 같은 건 좀 진작 해 두면 안 돼?"

"그게 맘처럼 되면, 나야말로 이러고 있겠어요?"

뾰족한 한마디와 함께 두 사람이 등을 홱 돌렸다. 다 큰 어른들끼리 하는 싸움치고는 퍽 유치한데, 불면이 이렇게 무서운 것이었다. 특히나 평소 잘 자던 초연의 컨디션은 그야말로 최악이었다. 쾅! 문을 닫고 나가는 초연은 그 무섭다던 중학교 2학년만큼이나 살벌했다.

"문 쾅 닫지 말랬지!"

"언제요?"

"지금! 그 문도, 이 집도 다 내 건데 꼭 그렇게 부서져라 닫아야 돼?"

이건 확실히 유치했다.

"그래, 안 닫으면 되잖아, 안 닫으면!"

이번엔 진짜 화가 난 초연이 가방을 낚아채곤 씩씩거리는 발걸음으로 현관을 나섰다. 보란 듯이, 문을 닫지 않은 채로 한 번 더 태하를 쏘아보는 걸 잊지 않고서.

"자. 이제 맘대로 닫아요. 그럼, 전 맘대로 안 되는 레포트 쓰러 이만."

유치한 싸움일수록 활활 불타오르는, 그런 아침이었다. 이게 비

극의 작은 전조 중 하나라는 걸, 이때까지만 해도 두 사람은 몰랐다.

태하가 오늘따라 저기압이라는 소문은 빠르게 퍼졌다. 하지만 바꿔 생각하면 최근이 이상했던 것이다. 사적인 감정을 굳이 드러내진 않는 태하였지만, 매사에 날이 서 있던 사람이 요즘 유독 유해졌던 게 이상한 것이었다.

"이사님, 연말 프로모션 관련해서 결재 서류 올라왔습니다."

"또?"

날카로운 태하의 목소리에 안 실장에 짧게 예, 하고 대답을 했다. 재두가 한번 쓰러진 후로 태하의 결재 범위가 늘어나기도 했지만 일 자체가 많아진 것도 사실이다.

"전부 내가 일일이 확인해야 합니까?"

"회장님께선 그렇게 하셨습니다만."

후, 태하가 짧은 한숨을 내쉬었다.

"오늘은 꼼짝없이 야근이군."

"예, 정확한 판단이십니다."

안 실장이 서류철을 놓으며 빙긋 미소를 지은 후 이사실을 나섰다. 태하는 그제야 아무도 보지 않는 곳에서 자신의 진심을 내뱉을 수 있었다.

"이게 다 이초연 때문이야."

장난이 아니다. 백이십 퍼센트 진심이었다.

"일이 많은 것도, 영감님 몫을 내가 떠맡은 것도, 그 망할 드라마가 연장 방송을 하는 것도, 내가 잠을 못 자는 것도 전부 다……!"

부르르, 태하의 빈주먹이 떨렸다.

"이초연 때문이야!"

*＊ * *

깜박, 졸았나. 태하가 지친 눈을 다시 부릅뜨자 모니터 위에 커서만 속절없이 깜박였다. 벌써 자정에 가까운 시각, 퇴근할 사람들은 이미 다 했고 못 하는 사람은 이미 틀렸다.

"저, 이사님?"

"왜."

"설마 방금 잠깐 조신 건 아니시죠."

"아냐."

거짓말이다. 이것도 이초연 때문이었다. 뻔뻔한 이초연과 이토순에게 배운 나쁜 버릇이란 말이다. 잠을 못 자던 그가 졸았으니, 당연히 자게 해 주는 이초연의 잘못이었다.

"방금 제가 드린 말씀도 들으신 거 맞습니까?"

"어."

"지금 이사님께서 흡사 꾸벅 조시는 형태로 밀친 마우스 덕분에 드러난 작업 표시줄에 있던 숨겨 둔 창에 관한 말씀인데도요?"

"……어?"

슬쩍, 모니터를 보자 결재 건 대신 엉뚱한 창이 올라와 있다.

"이건, 그냥……."

"아, 물론 이사님이 그런 의도는 아니셨겠지요. 적어도 사리 분별이 되는 성인이라면 말입니다."

뜨끔. 안 실장의 말에 태하가 괜히 딴 데를 보았다.

"전 그냥 의문이 들어서 그랬습니다. 하필 야근을 불사하는 이때에 설마하니 이사님께서 업무 중에 다른 흥밋거리를 찾으셨다는 것도 그렇고, 그 유창하신 어학 실력으로 그런 조악한 문장을 쓰셨다는 것도 그렇고요."

물론 이것도 이초연 때문이다. 그걸 말로 할 수 없는 태하의 속이 답답했다.

"I will find you. And I will kill you. ……어느 영화에 나올 만큼 퍽 인상적인 문장이긴 합니다만. 왜 하필 메일 수신인이 백악관인지 또 의문이네요."

"그러게."

이제 그만하란 뜻이었지만 안 실장은 놓을 생각이 없나 보다.

"게다가 발신인이 왜 제가 아는 여성분의 이름인지도 궁금한데. 설마…… 영화에서 나온 방법으로 백악관에 협박 메일을 보내면 미국 비자 취소가 된다, 라는 도시 전설을 실험해 보고 싶으신 건 아니시겠죠."

왜 아니겠나. 정확히 말하면 실험이 아니라 장고 끝에 내린 수였다.

"설마."

이를 악문 채 태하가 웃었다. 안 실장도 마주 보고 웃었다. 결국, 새 창은 끌 수밖에 없었다. 이렇게 잠결에 시도했던 계획은 실패로 돌아갔다. 이 또한 이초연 탓이다. 나쁜 이초연. 나쁜 이토순.

"이사님."

그렇게 속으로 나쁘다 노래를 부를 때였다.

"왜."

"제가 술 한잔 사 드릴까요."

안 실장의 입에서 처음 듣는 말이 나왔다.

* * * *

작은 이자까야의 바에 나란히 앉은 태하와 안 실장이 어색하게 첫 잔을 들었다.

"제가 제안했지만 잠시 제정신이 아니었나 봅니다."

이 뜻밖의 술자리는 생각보다 더 어색했다.

"하지만 그보다 더 제정신이 아닌 것 같은 이사님을 보니, 잠시 이성적 판단이 마비됐습니다."

내 탓이라는 소리군. 태하는 속으로 생각하며 잔을 들이켰다. 사실은 이초연 때문인데, 억울했다.

"물론 이 모든 일은 다 이초연 씨 때문이겠죠."

어떻게 알았지. 태하는 뜨끔한 마음을 숨기려 다시 술잔을 들었다. 태하의 표정을 다 읽을 정도로 안 실장은 성실한 비서였다.

"하지만 그 전에 이사님 때문이기도 합니다. 참, 이건 올해 연봉 동결 협상과는 무관한 사견임을 말씀드리고 싶습니다만."

"됐고, 이게 왜 전부 나 때문이지?"

"그건……."

빙긋, 웃는 안 실장은 회사에서와는 조금 다른 사람으로 보인다.

"이사님이 보통 사람이 아니기 때문입니다. 그리고 이초연 씨는 보통 사람이기 때문이죠."

"뭐, 내가 불면증이 좀 있긴 하지만 이초연도 보통 사람이 아니라는데 내 주식을 다 걸지."

"어떤 의미로는 보통 사람입니다. 그걸 모르시는 것도 이사님이 보통 사람이 아니라는 증거고요."

알 듯 모를 듯 한 표정의 태하가 다시 술잔을 비운다.

"이사님은 좋은 분입니다. 회장님도 마찬가지고요. 하지만 그렇다고 해서 같아지진 않습니다. 따지자면 저도 보통 사람입니다. 이초연 씨처럼…… 확실하지 않은 미래에 불안해하고, 청춘의 하루라도 그 미래에 걸고 싶은, 그런 보통 사람이요."

"하지만 이초연은……."

"아직 대학원생이잖습니까. 석사 논문은 아주 중요한 기로입니다. 이사님이 생각하시는 것보다 훨씬 무거울 겁니다. 저도 그 석사 논문이 없었으면 이사님을 뵐 기회조차 없었을 테니까요."

그런 생각은 해 본 적이 없었다. 태하가 아는 초연은 늘 밝고 가볍고 활기차고 또…… 걱정이라고는 하나도 없는 표정으로 잠들던 사람이라서.

"지금 자신이 누구인지 확인하지 못하면, 평생 아무도 될 수 없을 거라는 불안을 느끼는 시기입니다. 그게…… 대부분의 보통 사람이죠."

이초연에게도 불안이라는 게 있었던가.

"반대로 이사님이 보통 사람보다 많은 중압감을 짊어지신 걸 알지만, 사람으로서 느끼는 부담은 누구의 것이 더 무겁다고 할 수는 없는 법이니까요."

"하지만, 그 미래에 내가 있는데."

다시 한번, 안 실장이 웃는다.

"결국 그게 서운하셨던 거군요."

아니라고 부정할 타이밍을 놓쳤다.

"전 오히려 이초연 씨의 마음이 이해가 갑니다만."

왜냐고 묻기엔 또 자존심이 상했다.

"미래에 누군가의 곁에 서고 싶다면, 그 전에 자신부터 찾아야 하지 않을까요."

"이초연은 지금도 충분히……."

"지금보다 더 좋은 사람이 되는 게 목표였을 수도 있잖습니까."

더는 반박할 말이 없었다.

"이사님과 저를 포함한 모든 사람들이 그렇듯이요."

무언가 둔탁한 걸로 뒤통수를 맞은 기분이 들었다. 가령, 토순이로 풀스윙을 당한다면 이런 느낌이겠지.

"만약에."

지난밤 한숨도 못 자고 술을 마신 탓인지 태하는 생각보다 취기가 빨리 도는 것 같았다.

"만약에 나도 불안하면……."

"걱정 마십시오. 원래, 미래란 누구에게나 불안한 게 정상입니다."

미래라는 단어가 유독 낯설게 태하의 머릿속을 울렸다. 그리고 어째서인지 당장 이초연의 얼굴을 봐야겠다는 생각이 들었다. 백악관에 이 메일을 보낼 생각을 했을 때보다 백이십 퍼센트 분명한 결심이었다.

＊＊＊＊

초연이 돌아왔을 때, 집은 텅 비어 있었다. 오늘 하루 동안 태하는 초연의 시야에서도 핸드폰에서도 그림자조차 비치질 않았다. 이럴 거면 남산에서의 화해는 뭐였단 말인가. 그렇게 계속 꽁해 있고, 받아들일 생각조차 없었던 것이다.

"아무것도 모르면서."

어른인 줄 알았는데, 아니었다. 정말 아무것도 모르면서.

"진짜, 최태하 바보! 완전 바보!"

쩌렁쩌렁 온 거실을 울리는 제 목소리 덕에 듣지 못했다. 방금, 귀가한 태하의 기척을.

"……뭐?"

오 마이 갓. 하지만 이런 상황에도 살아 나갈 방도는 있다. 아마도. 꼭 있어야 했다.

"뭐가요?"

모르쇠 작전이다. 초연의 뻔뻔한 표정을 보자 태하는 흡사 환청을 들은 기분이 들었다. 아마 이초연이 원래 어떤 사람인 줄 몰랐다면 자신의 청력을 의심했을 것이다.

"어디서 오리발이야. 방금 내 욕하는 거 다 들었거든?"

"누가요?"

"네가."

"내가요? 언제요?"

평소라면 귀엽게 넘어갈 수 있었으련만, 오늘따라 그 얼굴이 얄미웠다.

"잠깐 앉아 봐."

"왜요, 최태하 씨 술 마셨죠? 얼른 자요."

"안 취했으니까 앉아 봐. 얘기 좀 하게."

"나 오늘도 레포트 마감 못 하면 진짜 학교 짤려요."

들은 체도 안 하고 등을 돌려 욕실로 향하는 초연의 뒷모습이 또 서운했다. 태하의 깊은 본심이 나왔던 건 그래서였나 보다.

"그거야말로 내가 바라는 바네."

초연 역시 평소였다면 웃으며 넘어갔을 말인데, 며칠을 죽자 사자 매달리던 처지라 그 말이 날카롭게 날아와 꽂혔다.

"그래요?"

문득 돌아본 초연의 얼굴이 생각보다 싸늘해서 뭔가 잘못됐다는 걸 알았다.

"내 불행을 바라는 사람이랑 한 지붕 밑에 살고 있는 줄은 몰랐네요."

"아니, 난……."

태하가 변명을 할 틈도 없이 초연이 고개를 돌리자, 다급한 마음에 태하가 그 뒤를 쫓았다.

"잠깐, 들어 봐."

이 순간을 놓치면 오해가 커질 것 같아서 이대로 보낼 수가 없었다.

"지금 얘기하기 싫어요."

태하가 붙잡는 손을 뿌리치고 욕실로 들어서는 초연을 기어이 쫓아 들어갔지만, 초연은 눈길도 주지 않았다. 오히려 태하가 다시 뻗은 손을 뿌리쳤다.

"이대로 오해하지 말고, 내 말 들어."

하지만 포기할 태하가 아니기에, 그는 다시 한번 초연의 팔을 세게 붙잡았다.

"싫다니까요!"

초연이 한층 더 거세게 그 팔을 떨어 내려는데, 힘을 너무 준 나머지 그만 몸의 중심이 기울어졌다. 아차, 싶은 사이에 뒷걸음질이 절로 쳐졌고 하필 발을 짚은 곳은 아침에 그녀가 만들어 둔 물바다였다.

"엄마!"

뒤로 미끌, 하는 섬뜩한 감각이 느껴지는 순간 태하의 팔이 한층 더 강하게 초연을 붙들었다. 초연의 놀란 눈을 보고서 지극히 본능적으로 나간 손이라 태하의 중심도 크게 휘청였다. 이대로면 이초연이 뒤로 넘어진다 싶을 때, 딱 한 끗이 모자라다 싶어 몸을 더 기울인 게 문제였나 보다.

"후."

초연의 목을 끌어안은 태하가 안도의 한숨을 내쉬었다. 어디라도 짚는다고 짚었는데, 다행히도 아슬아슬하게 세이프였다.

"최태하 씨……."

그런데 아직 그의 품에 안긴 채 토끼 눈을 한 초연은, 어쩐지 감동을 받은 표정이 아니라 놀란 것 같았다.

"지금…… 피 나요."

"……어?"

파르르 떨리는 초연의 시선 끝을 따라가자 아니나 다를까. 오른 손등에서 피가 철철 나고 있었다. 그제야, 살갗이 찢어지는 통증이 밀려왔다. 여태 몰랐던 게 신기할 정도로 저릿한 통증이었다.

"아, 어떡해⋯⋯ 아니, 잠깐 그대로 있어요. 지혈을 해야 하는데⋯⋯ 아, 어떡하지⋯⋯."

당황해서 어쩔 줄을 모르는 초연을 두고 태하는 천천히 사태를 파악하기 시작했다. 하필 짚는다고 짚은 데가 거울이었고, 영화에서보다 훨씬 더 디테일하게 쪼개지는 유리 조각 덕분에 손등이 죄 찢어진 느낌이 들 정도의 상황이었다.

"일단 진정해."

"아, 지혈을⋯⋯ 119도 불러야⋯⋯."

"괜찮으니까, 일단 숨부터 크게 쉬어 봐."

금방이라도 파랗게 질릴 것 같은 초연이 쉴 틈 없이 시선을 돌리다가 태하를 토끼 눈으로 보았다.

"천천히 숨부터 쉬어."

"그치만⋯⋯."

"천천히 들이마시고."

흔들리는 동공을 한 채로 초연이 태하의 말을 따랐다.

"다시 내쉬어. 천천히."

"후⋯⋯."

하지만 손끝이 덜덜 떨리는 건 여전했다. 어쩔 줄 모르는 표정도.

"찬장에 수건 있어. 그걸로 지혈하면 돼."

"유리는⋯⋯ 119부터 부르면? 아, 수건⋯⋯ 수건 여기 있어요."

"길게 접어서 손바닥부터 해서, 감싸 줘."

"유리 조각이 있으면⋯⋯ 아니, 일단 씻⋯⋯ 아니."

"그냥 감싸 줘."

금방이라도 울 것 같은 초연의 얼굴이 지금 상처보다 더 위급해 보였다.

"나 안 죽으니까 걱정하지 말고."

"……네. 119 지금 부를까요?"

간신히 지혈을 마친 태하가 다시 간신히 초연을 뜯어말렸다.

"거실에 내 핸드폰 있어. 거기서 안 실장한테 전화해, 지금 상황 최대한 간략하게 설명하면 데리러 올 거야."

"하지만……."

"그게 119보다 빨라. 애초에 그렇게 긴급한 사태도 아니고."

"……네."

아픈 건 태하인데, 어째 금방이라도 초연이 울게 생겼다. 그리고 잠시 후, 안 실장도 같은 생각을 했다. 이사님이 부상을 입으셨는데, 어째 전화를 한 사람이 더 아픈 것 같이 울먹이더라는 그런 생각을.

*＊ * *

손이 바들바들 떨린다. 산산이 깨진 거울과 태하의 손등에서 뚝뚝 떨어지던 빨간 피를 본 후로부터 떨림이 멈추질 않았다. 차마 자세히 들여다보지도 못했는데, 초연은 어느새 안 실장과 함께 온 직원의 차에 타서 응급실까지 와 있었다.

미리 대기하고 있던 의료진이 순식간에 태하를 데려가고 난 뒤로는 또 괜히 눈물이 났다.

"괜찮으십니까?"

병원 의자에 앉아 있던 초연의 곁에 어느새 안 실장이 와서 종이 컵에 담긴 커피를 건넨다.

"내키지 않더라도 받으세요. 따뜻한 걸 드시면 좀 나을 겁니다."

"저…… 최태하 씨는요?"

"일단 이 커피부터 받으시면 말씀드리겠습니다."

안 실장의 말에 종이컵을 건네받자, 온기가 퍼졌다. 바들바들 떨리던 손끝이 조금은 가라앉는 것 같았다.

"응급처치는 일단 끝났습니다만, 인대가 약간 파열돼서 곧 수지 접합술을 전문으로 하는 의사가 와서 수술을 진행하기로 했습니다."

"……네?"

머리가 멍해졌다.

"큰 지장이 있는 정도는 아닙니다."

"하지만…… 작은 일도 아니잖아요."

왜 그런 일이 갑자기 생긴 걸까. 왜. 이렇게까지 될 줄은 몰랐는데. 티격태격하고 싸우긴 했어도, 엄청 얄밉긴 했어도…… 이런 일이 생길 줄은 몰랐는데.

"저 때문이에요."

"그냥 사고입니다."

"아니요, 저 때문에……."

이런 걸 바라던 게 아니었다. 태하가 미운 말을 했어도, 그게 진심은 아니라는 걸 초연도 마음으로는 알았던 것처럼. 정말로 이런 걸 바란 게 아니었는데.

"이사님은 그냥 사고라 생각하십니다. 이초연 씨도 그렇게 생각하시길 바라시고요."

말이 나오질 않았다. 그렇게 피가 철철 나면서도, 인대까지 끊어졌을 정도면서, 어리버리하는 바보 같은 그녀에게 깊이 숨을 쉬라며 달래 주었다. 내가 화를 낸 건데, 내가 먼저 뿌리쳤는데도.

"그러니 웃어 주세요. 아니면, 비서로서 수술 전의 이사님을 보여 드릴 수 없습니다만."

또륵, 눈물이 나는 걸 애써 훔쳐본다.

"만날래요."

그리고 억지로라도 웃어 보았다. 울다가 웃으면 안 된다고 했는데, 지금은 꼭 웃어야만 할 것 같아서. 그런데 자꾸 눈물이 나서.

"바보……."

안 실장의 뒤를 따르며 작게 혼잣말을 하고는 또 눈물을 닦는 초연이였다. 바보 최태하. 그냥 미끄러지게 뒀으면 피는 안 봤을 걸, 뭐가 예쁘다고 뿌리치는데 굳이 잡아서는 이렇게 눈물을 빼는지.

"진짜, 바보같이……."

더 바보 이초연. 자신은 정말 바보의 바보보다 더 못한 사람이었다. 그러니까 모른다. 아마 평생 모를 것이다. 하인리히의 법칙이 이초연의 삶에서도 입증되고 있었음을, 앞으로도 영원히.

다시 한번…… 하인리히의 법칙에 따르자면 모든 중대한 사고가 일어나기 전에는 그 징후로 비슷한 사고와 더 작고 사소한 사고들이 발생한다. 그 비율은 1:29:300이다. 즉, 한 번의 큰 사고가 일어나기 전까지 그만큼의 작은 사건 사고들이 산적해 있었다는 뜻이다. 이 법칙은 세상의 곳곳에 적용된다. 태하와 초연에게도 마찬가지였다.

이초연은 올해 들어 300번쯤 부주의로 부딪혀 찰과상을 입었다. 29번쯤은 그로 인해 피를 보기도 했으며, 소위 큰일 날 뻔했다며 농담으로 넘길 만한 상황을 맞이했었다. 예를 들면 드라이기 코드를 물에 빠트릴 뻔한 일, 술을 마시고 계단에서 굴러 대리석 책상 모서리에 머리를 박을 뻔한 일, 빙판에서 미끄러져 골절을 간신히 면한 일 등이 그랬다.

그리고 마지막 한 번의 큰 사고는 태하에게 발생했다. 300번의 부주의와 29번의 위기는 이초연이 만들었지만, 마지막의 큰 사고는 기적 같은 애정의 힘으로 법칙을 반 정도 거스르고 최태하가 가져갈 수 있었다.

수술을 마치고 오른손에 붕대를 칭칭 감은 태하가 초연을 보자마자 조금 난감한 웃음을 지었다.

"괜찮아."

금방이라도 눈물을 쏟을 것 같은 초연을 향해 멀쩡한 왼손을 뻗으며 태하가 다시 말했다.

"정말 괜찮다니까."

초연은 아직도 그렁한 눈으로 태하를 보다가 간신히 옆자리에 앉았다. 이런 때 자신이 위로를 받으면 안 된다는 걸 자각하지도 못할 만큼 이 상황이, 그리고 태하의 붕대를 감은 낯선 손이 아팠다.

"미안해요."

겨우 입을 열었는데 애써 참아 봐도 자꾸 울먹이는 목소리가 나왔다.

"최태하 씨가 맨날 잔소리했는데도 내가…… 맨날 물 뿌려 놓고, 아까도 내가 뿌리치다가……."

"그렇게 따지면 억지로 붙잡은 나도 잘못한 거지."

"나 혼자 넘어지게 두지……."

"그러게."

울상인 초연과는 다르게 태하는 제법 웃을 여유까지 있나 보다.

"그러려고 했는데, 먼저 손이 나가더라고."

"미안……해요."

그러라고 한 말이 아닌데 다시 울상을 하는 초연을 보고 태하가 왼손으로 머리를 가만히 쓰다듬어 주었다.

"그럼 이제 집에 물 떨어트리고 다니지 않기."

"당연하죠."

"덤벙대지 말기."

"네."

연신 고개를 끄덕이는 초연을 보자, 언제 그랬냐는 듯이 마음이 풀리는 태하였다. 솔직히, 처음부터 그리 꿍할 일도 아니었건만.

"그리고 이젠 사소한 일로 싸우지 말자."

초연이야 그렇다 쳐도 태하까지 어린애처럼 유치하게 싸움을 걸었던 건 잘못이었다. 그 결과 오른손에 칭칭 감긴 붕대를 보면서, 또 금방이라도 울 것같이 그렁한 눈을 하고 있는 초연을 보면서, 태하는 스스로에게 다짐하듯 말했다.

"서운해도, 미워도, 아주 가끔은 싸워도 되는데…… 서로 등 돌리지는 말자."

또륵, 태하를 보며 고개를 끄덕이던 초연의 눈동자에서 기어이 눈물 한 방울이 툭 떨어져 내렸다.

"울지도 말고."

차마 목이 메어 대답은 못 하는 초연이 고개만 끄덕이자 태하가 그런 초연을 품에 안았다. 이렇게 따뜻하고 안정이 되는 품인데, 왜 그땐 미워만 보였을까. 안기자마자 이렇게나 안심이 되는 유일한 사람인데.

"최태하 씨."

"어?"

"집에 가면 내가 밥도 해 주고, 오른손 다쳤으니까 떠먹여도 주고, 머리도 감겨 줄게요. 그리고 또……."

"어쩌지, 나도 그러고 싶은데."

곤란한 듯 미소 짓는 태하를 보자 초연은 백이십 배쯤 더 미안해졌다.

"오늘은 집에 못 가겠다."

뜻밖의 입원 생활은 그렇게 시작됐다.

* * * *

겨우 이틀이 지났을 뿐인데, 환자인 태하보다 어째 초연의 얼굴이 더 초췌해졌다. 태하는 말렸지만 도저히 양심의 가책이 허락하지 않던 초연은 연구소가 끝나자마자 병원으로 달려왔고, 새벽이 되어서야 돌아가는 생활을 반복 중이었다.

"쯧쯧, 유난스러운 놈…… 내일모레면 퇴원할 일 가지고 우리 아가는 왜 고생을 시키누."

그사이 짧은 등장을 했던 재두는 오히려 태하에겐 서러움만 남기고 갔다.

"저도 말렸는데, 굳이……."

"더 말렸어야지! 찬바람 드는데 이러다 우리 아가 감기라도 걸리면 네놈이 책임질 거냐! 곧 미국도 가야 되는 애한테."

아, 미국. 잊고 있던 사실이 떠오르자 태하의 얼굴에 수심이 드리웠다. 재두는 그게 자신 때문인 줄 알았는지 몇 번 더 혀를 차다가 급하게 돌아갔다.

"그렇게 중요한 사실을 잊고 있었다니."

곧 이초연이 머나먼 곳으로 가 버린다. 지금 움직이지 않는 오른손보다, 한 번 더 수술을 해야 할지도 모른다는 의사의 말보다, 밀린 회사 일보다 그 사실이 훨씬 더 태하를 압박하고 있었다.

"최태하 씨, 나 왔어요!"

초연은 그런 속까진 모르는지 오자마자 손을 씻고 테이블 위에 이것저것을 펼치기 시작한다.

"초밥 사 왔는데, 안 실장님 말로는 최태하 씨가 좋아하는 데라면서요? 뭐부터 먹을래요?"

"아니, 그보다."

"밥은 잘 먹어야죠! 그럼 내가 골라 주는 대로 먹어요."

"일단 얘기 좀……."

"아, 해 봐요. 아!"

손을 다친 거지 어린아이가 된 게 아닌데, 초연은 정말로 밥까지 떠먹여 주며 깊은 반성을 보여 주고 있었다. 태하는 초연이 집어 준 초밥을 하나 우물거리며, 어떤 발칙한 생각을 떠올렸다.

"오늘은 레포트 안 써?"

"밤에 쓰면 돼요. 최태하 씨 잘 때."

"나 잠 안 오면?"

"올 때까지 옆에서 같이 양 세 줄게요. 자, 다시 아…… 해요."

지금의 초연이라면 뭐든지 들어줄 기세다. 또 하나의 초밥을 우물거리는 태하의 사고방식은 이미 어린애가 다 되어 있었다.

"양 세는 거 말고……."

그러면서 슬쩍 초연의 목덜미를 건드리자 이번엔 도끼눈이 된다. 아, 이 정도까진 안 되는구나.

"꿈도 꾸지 마요."

어젯밤에도 몰래 키스를 시도했다가 똑같은 눈을 봤었다. 안 되는 건 역시 안 되는 거였다.

그렇게 조용한 식사를 마치고서, 초연이 자리를 정리했다. 그녀는 이제는 제법 익숙하게 태하의 옆에 비스듬히 누웠다. 다음 스케줄은 태하와 함께 시사 경제 뉴스를 시청하며 하품을 참는 것이었다.

— 미 대선 결과가 발표됨에 따라서 국제 정세에 어떤 영향을 줄지 귀추가 주목되고 있습니다.

며칠 전부터 반복되는 주제에 초연은 이미 졸린 눈을 하고 있었다. 〈아버님은 내 사위〉에서 매회 따귀 장면이 나오는 것과 비슷하기도 하지만, 그땐 상대라도 다르단 말이다.

"아쉽다."

"뭐가요? 최태하 씨는 힐러리 뽑고 싶었어요?"

"아니, 시민권자도 아닌데 무슨."

"그럼 뭐가 아쉬운데요?"

티브이에 시선을 고정한 태하가 반쯤 무의식중에 대답을 뱉었다.

"혹시 알아. 트럼프가 대통령 된 후였으면 비자 발급이 강화돼서 이초연이 미국에 못 갔을 수도 있는데."

그리고 잠시 정적이 찾아왔다. 태하가 그 사실을 깨달았을 때는 꽤 시간이 지난 후였다.

"아, 장난이야. 진심으로 한 말이 아니고……."

뒤늦게 화들짝 놀라 돌아본 초연의 얼굴은 굳어 있었다. 어찌할 바를 모르는 아이처럼, 꼭 그렇게 입을 꾹 다문 채로.

"그냥 잊어버려, 방금 한 말은. 알았지?"

"역시……."

천천히 입을 떼는 초연을 보자 태하는 알 수 없는 불안감과 조바심이 차올랐다.

"최태하 씨는 내가 떠나는 게 싫은 거죠."

이미 모든 걸 다 알고 있는 것 같은 목소리였다. 태하가 요 며칠 품었던 아주 발칙한 생각을 다 읽기라도 한 듯이. 이렇게 모든 걸 다 들어주는 초연이니까 혹시 가지 말라고 하면…… 그런 어린아이 같은 태하의 마음을 이미 다 알았던 것처럼.

"싫기는 하지만, 네가 가겠다고 하면……."

"아뇨, 나도 이해해요."

하지만 뜻밖에 초연은 화를 내지 않았다.

"안 그래도 교수님께 참여 못 하게 될지도 모른다고 상의하고 오는 길이에요. 최태하 씨가 나 때문에 다쳤는데 내가 멀리 갈 수는 없잖아요."

"……뭐?"

분명 태하가 꿈에도 바란 일이었다. 그런데 막상 그 상상이 현실로 바뀌자 기이한 느낌이 들었다. 태하가 어떤 대답을 할 틈도 주지 않고 초연은 결론을 내려 버렸다. 그것도 초연이 그토록 원하던 일에 대해서.

"괜찮아요. 기회는 나중에도 있는 거고, 교수님 말씀처럼 전 아직 어리니까."

그 말을 하고서 초연은 아주 힘없는 미소를 지었다.

"걱정 마요. 나도 최태하 씨 곁을 떠나기 싫은 거니까."

초연이 그런 식으로 웃는 건 처음 봤다. 한없이 차분하게 가라앉은 눈동자로 허공을 응시하며, 마지막 숨을 내쉬듯이 담담히 웃어내는 건…… 예상보다 훨씬 더 태하의 마음을 파고들었다. 그것도 아주 시리고 아프게.

* * * *

태하의 등쌀에 결국 집으로 돌아온 초연은 쓸쓸함을 느꼈다. 보내고 싶지 않다. 더 이상 혼자 남고 싶지는 않다. 초연 또한 그와 같은 마음이었다. 초연은 이제야 자신이 있을 곳을 찾았는데, 떠나고 싶지 않았다.

"토순아."

아주 오래도록 가족은 토순이와 단둘이었다. 누군가의 온기가 스며든 공간은 초연에게 없었다. 빈도가 줄어들긴 했지만, 아직도 이따금 악몽을 꾸는 태하도 어쩌면 외로웠으리라. 그것도 이렇게 커다란 집에서라면 나보다 훨씬 외로웠겠지.

"뭐가 맞는 걸까."

태하가 조금 미웠지만, 그 마음은 이해가 갔다. 사실, 정말로 떠나고 싶지 않은 건 초연이였다.

"난…… 그 사람이랑 함께하고 싶은데."

괜히 토순이를 세게 끌어안은 초연이 잠시 입술을 깨물었다.

"언니가 욕심이 너무 많은가 봐."

토순이는 여느 때처럼 아무 말도 없이 착하고 까만 눈으로 초연을 바라봐 주었다.

태하가 없는 침실은 너무 넓었고, 어둠은 무거웠다. 결국 뜬눈으로 지새우던 초연이 핸드폰을 들었다.

[최태하 씨, 자요?]

[아니.]

일 초 만에 날아온 답을 보면, 태하도 자신과 같은 밤을 보내고 있는 게 틀림없었다.

[내가 생각해 봤는데요.]

이번에는 답이 바로 오지 않았다. 초연이 더 말을 적을까 망설이는 사이, 또 한참이 지났나 보다. 태하의 메시지가 먼저 도착했다.

[나도 할 말 있으니까, 지금 와 줘.]

태하도 그녀와 같은 생각을 하고 있었을지도 모른다. 아니, 분명히 그랬을 것이다. 초연은 옷가지를 챙겨 입고 현관에서 신을 신는 동안에 짧고 확실한 결심을 굳혔다. 이 집을 떠나고 싶지 않다. 자신이 돌아왔을 때, 혹은 태하가 이곳에 머무르고 있을 때, 웃으며 이 현관으로 들어오고 싶었다.

가장 소중한 것은, 모두 이곳에 있었다.

** * *

태하가 부른 곳은 병실이 아닌, 새로 지은 건물과 기존 건물을 연결하는 기나긴 통로의 입구였다. 아무도 없는 복도엔 중간중간 은은한 조명이 켜져 있었고, 벽을 따라서는 그림들이 죽 걸려 있었다.

"여기서 뭐 해요?"

"그냥, 산책이나 하자고. 환자가 산책할 데가 병원밖에 없잖아."

그리고 퍽 자연스럽게 태하가 초연의 한 손을 잡고 걸음을 떼었다.

"혹시 오해할까 봐 말해 두는데, 이 그림은 내가 건 거 아니니까 만져 볼 수는 없어."

태하의 왼손이 따뜻하다.

"다 모작이긴 하지만, 이걸 사면 일정 기금은 병원에 후원이 된대. 좋은 취지지?"

"응, 난 그림은 다 좋아요."

예감이 들어맞자, 태하의 입에 다시 미소가 피어오른다.

"태하 씨, 내가 아까 생각해 봤다고 한 거 있잖아요."

"나부터 말하면 안 될까."

한 발짝, 두 발짝, 소리 없는 걸음걸음에 마음이 차분히 가라앉았다. 둘이서 손을 잡고 걷는 것만으로도 이미 충분히 행복해서.

"미국 가."

"……그건."

본론부터 나오는 태하의 말에 초연이 멈칫하자 그가 다시 손을 이끌어 주었다.

"나도 안 갔으면 좋겠어. 항상 같이 있고 싶어, 그런데……."

어린애처럼, 이렇게 됐으니 붙들어도 되지 않을까 생각했더랬다.

"그보다 내가 더 바라는 게 있었어."

그날, 초연의 힘없는 미소가 태하는 좀처럼 잊히지 않았다.

"네가…… 이초연이 행복했으면 좋겠어."

태하의 진심이 나직이 울렸다.

"내가 최태하 씨 옆에 있는 게 행복하다면요."

"그럼 나도 행복하지."

잡은 손의 온기는 식을 줄을 몰랐다. 다행히도, 아니었으면 눈물이 날 뻔했으니까.

"하지만 더 행복해질 수도 있어. 네 말처럼, 네가 날 떠나는 게 아니니까…… 함께 있으면서 네 꿈을 이룰 수도 있어."

그건 욕심이라고 생각했었다. 두 가지 모두를 바라는 자신이 너무 욕심이 많은 거라고.

"난 그랬으면 좋겠어, 그게 내 결론이야."

하지만 맞잡은 손의 온기는 다른 말을 속삭이고 있었다.

"진심으로…… 이초연이 행복했으면 좋겠어. 이 세상 누구보다도."

초연은 누군가가, 자신에게 이토록 큰 애정을 주는 날이 올 줄 몰랐다. 그녀는 늘 혼자였고, 이 세상에서 만나는 사람들은 전부 타인이었으므로.

"왜…… 그렇게 생각했어요."

목소리가 울음이 되기 전에, 초연이 태하의 눈을 보고 물었다.

"가지 말라고 하면 안 갈 건데, 나도 최태하 씨 옆에 있고 싶은데…… 왜 그렇게 생각했어요. 나는 지금도 과분하게 행복한데, 왜."

잠시, 태하는 대답 대신 손을 꾹 잡아 주었다. 언제나 크고 따스한 손, 깊이 잠들던 밤에 들리던 숨소리처럼 평온한 살갗의 기척.

"솔직히 떼써 보고 싶었는데."

장난처럼 웃는 태하가, 실은 아주 많이 다정하단 걸 초연은 안다.

"다시 생각해 보니까, 이초연이 행복해야 내가 더 이득인 거 같더라고."

그녀가 어린애처럼 훌쩍이는 사이, 이 남자는 어느새 훌쩍 더 멀리 나아가 그녀에게 손을 뻗어 주었다.

"왜냐면 난 행복한 이초연이 있어야 되거든."

너무 행복하면 자꾸 눈물이 난다. 울지 말라고 했으니까, 애써 참고 또 한 발짝을 떼지만.

"네가 행복할수록, 널 가진 내가 행복해져."

토순이와 단둘이 남은 이후로, 누구도 초연의 행복을 우선으로 생각해 주지 않았었다. 사람들은 친절했지만 초연을 위해 무언가를 희생해 주진 않았다. 웃는 그녀만을 좋아했었다, 이렇게 바보 같은 모습이 아니라.

"왜…… 이렇게 나한테 잘해 줘요."

마주친 시선 너머, 태하의 눈동자가 따스했다.

"날 잠들게 해 줄 수 있는 유일한 사람이니까."

무어라 답하고 싶은데, 잡은 손을 더 힘주어 꾹 잡는 것 외에는 모르겠다.

"그리고……."

그런 초연의 손을 잡은 채, 태하가 이 기다란 회랑을 걸어 나갔다. 그들만의 갤러리를.

"이런 길을 줄곧 함께 걷고 싶어."

태하가 손을 이끌면서 걷던 걸음이, 어느새 나란하게 되었다.

"파란 하늘 아래 아몬드 나무가 있는 이런 날에도 보고 싶고."

고흐가 그린 아몬드 나무를 지나며 태하가 말했다. '너는 파란 하늘을 좋아하잖아.' 라는 말을 덧붙이면서.

"가끔은 시월의 하늘 아래에서 양산을 쓴 네 모습을 보고 싶기도 하고."

모네의 그림이었다. 양산을 쓴 여자의 얼굴은 보이지 않았지만, '난 네 얼굴로 보여.' 라고 태하가 눈으로 말했다.

"참, 내 꿈속에서 너는 이렇게 날아다녀."

이번에는 샤갈의 그림이다.

"나랑, 염소랑, 지붕이랑, 너랑…… 날아다니는 그런 거지."

이 몽환적인 그림 속에서 초연은 날아다니는 모양이었다.

"정확히는 토순이도 포함해서."

그제야 초연이 웃는다.

"할아버지는요?"

"……뭐, 있긴 있어. 근데 제일 먼저 나는 분이라서 잘 안 보여."

다시 눈이 마주치자 누가 먼저랄 것도 없이 키득였다.

"그러니까 날아가도 돼."

"갑자기?"

초연이 묘한 표정을 지었다. 참 이상했다. 자신이 간다고 한 건데, 자신의 꿈이라고 우긴 건데, 그런데 막상 그가 등을 떠미니까 발길이 안 떨어져서.

"어, 날아가도 돼. 내가 다시 잡으러 가면 되거든."

"바보."

"그래도 그 바보랑 걸을 거잖아."

"그건…… 맞아요."

두 사람의 앞에 남은 그림은 딱 한 점이었다. 그 앞에 서자, 거짓말처럼 두 사람 모두 말이 없어졌다. 그렇게 얼마나 정적이 흘렀을까. 그 사이로 얼마나 많은 온기가 오갔는지, 아무 소리 없이도 그 얼마나 많은 애정이 고였는지.

"전부터 하고 싶은 말이 있었어."

간신히 입을 뗀 태하의 목소리에 초연은 잠자코 고개를 끄덕였다.

"지금 할 거야."

두 사람의 옆에 구스타프 클림트의 키스가 한 벽을 채우고 서 있었다.

"가도 돼. 어디든, 얼마건……."

아직도 손을 잡고 있는 채였다. 그저 태하가 초연을 똑바로 보았을 뿐. 달라진 건 그것뿐인데, 가슴이 주체할 수 없이 뛰기 시작했다.

"그 대신 약속해 줘."

그림 속의 연인은 낭떠러지에 선 채로, 입을 맞추기 직전이었다. 아름답고, 또 아름다운 그림.

"네."

"이 약속은 꼭 지켜야 해. 돌아오면…… 나랑, 결혼해 줘."

"약속할게요, 뭐든지."

거의 동시에 터져 나온 두 사람의 말에 초연은 멍하니 눈을 깜박였다. 너무 빠르게 대답해 버린 것일까. 방금 들었던 태하의 말을 천천히 이해하기 시작한 초연의 눈이 점차 동그랗게 커졌다.

그리고 잠시 정적이 감돌았다. 마치 그림 속의 연인들처럼.

"……네?"

"나랑 결혼해 달라고."

하지만 그림과는 달리 눈물이 그렁그렁 찼다. 차오르고 또 차올라서, 멈출 수가 없었다.

"왜, 싫어?"

그럴 리 없단 걸 알면서도 태하가 불안한 듯 묻자 초연이 고개를 가로저었다. 눈물이 뚝뚝 흐르는 채로.

"아니요……."

못난 눈물은 왜 이렇게 자주 흐르는 건지, 이런 때는 웃어 주고 싶은데. 나도 모르게 자꾸 눈물이 나서.

"좋아서, 너무 좋아서…… 그래서 우는 거니까 오해하지 마요."

가슴 한가운데부터 따뜻한 색채가 퍼져 나갔다. 마치, 태하의 손을 잡았을 때처럼 가슴이 조금 두근거리고 또 죽을 만큼 안심이 되는 온기였다.

"그럼, 나랑 결혼……."

긴장한 건 혼자가 아니라 다행이다.

"아니, 잠깐."

오히려 잠시 주의를 환기시키는 건 태하였다. 헛기침을 조금 하고, 숨을 들이마시고, 다시 입술을 깨물었다가 초연을 보았다.

"정식으로 물어볼게."

그리고 한쪽 무릎을 꿇었다.

“이초연 씨.”

태하는 자신이 이런 프러포즈를 하게 될 줄은 꿈에도 몰랐다. 수트를 빼입은 것도 아닌, 고작 환자복 차림에 간신히 주머니에서 반지 케이스를 꺼내게 될 줄은.

“나랑 결혼해 줘.”

가장 신기한 사실은, 꿈에서조차 상상하지 못한 이 프러포즈 장면이 태하에겐 전혀 어색하지 않다는 것이었다. 부끄럽지도, 창피하지도 않았고 그저 자연스럽게 태하의 가슴속에서 소중하게 간직해 온 말들이 툭 하고 터져 나온 것만 같았다. 갑작스러운 프러포즈라 고작 이런 말밖에는 준비했던 말을 전부 잊어버리고 말았지만, 다행히 반지만은 자리를 지키고 있었다.

태하가 조금 떨리는 손길로 반지 케이스를 열자 딸깍, 소리와 함께 진작부터 주고 싶었던 반지가 반짝였다.

“아, 아니…….”

태하가 말을 가다듬었다. 그는 그녀에게 마음을 전하기에 조금 더 적절한 단어를 고르려 애썼다. 이렇게나 긴장되는 일일 줄도 몰랐는데.

“결혼해 줘요.”

기어이 태하가 말을 뱉었다. 그러자 초연의 눈에서 뚝뚝, 눈물이 더 떨어진다. 울리려고 한 건 아닌데, 정말로 아닌데.

“……할……게요.”

손을 꼭 잡은 채로, 초연이 운다.

“꼭, 최태하 씨랑 결혼할 거예요.”

그 손에 반지를 끼워 주자, 눈물에 얼룩진 얼굴로도 초연이 웃어 주었다.

"그래, 꼭."

자연스레, 초연이 태하의 눈높이에 맞춰 앉았다.

"우리 결혼하자."

그렇게 두 사람은 입을 맞췄다. 아름다운 연인들이 아름다운 입맞춤을 기다리는 그림 앞에서, 단둘이서 입을 맞추고, 반지를 끼워 준 손을 몇 번이고 잡아 봤다.

"우리, 결혼하는 거다."

문득, 그런 말을 귓가에 속삭이는 태하를 두고 초연은 조금 간지럽다는 듯이 웃었다.

"싫다고 해도 할 거예요."

아무래도 우리는 꼭 결혼을 하게 됐나 보다. 아니, 꼭 할 것이다.

* * * *

초연이 떠나기 전 마지막 주말은 가족과 함께였다. 초연을 가운데 앉혀 놓고서 서로 기싸움을 하는 두 남자는 처음부터 초연의 가족이었다는 듯이 그녀에게 행복한 주말을 선사하는 중이었다.

"회장님, 일 안 바쁘십니까."

"우리 아가가 곧 미국에 가는데 더 바쁜 일이 어디 있어."

"너무 눈치가 없단 생각은 안 하시고요?"

분위기를 잡고 와인을 오픈하려던 찰나 들이닥친 재두를 보고 태하는 나라를 잃은 표정을 했었다. 초연에게는 퍽 우스웠지만 본인은 진심이었나 보다.

“게다가 오늘은 〈아버님은 내 사위〉 마지막 회가 아니냐. 우리 아가와 내겐 특별한 날이야!”

“맞아요, 할아버지랑 꼭 같이 보기로 약속했단 말이에요.”

맞장구를 치는 초연이 야속하지만, 이 광경이 싫지만은 않은 태하였다. 초연이 이 집에 괴수처럼 난입하던 게 엊그제 같은데, 고질라보다 무섭게 느껴졌던 이 여자의 존재가 이 커다란 집에 온기를 불어넣게 될 줄이야.

“아니, 애야 철이 없어 그런다지만 어른이 돼 가지고 영감님까지 동조하시면…….”

태하가 비장의 카드로 재두의 귓가에 무언가 속삭이려던 찰나, 초연이 호들갑을 떨며 손뼉을 쳤다.

“태하 씨, 조용히 해 봐요. 아, 드디어 시작한다!”

“아가, 볼륨 올려라!”

“네, 할아버지!”

들썩들썩 재두의 어깨가 움직인다. 초연도 박자에 맞춰 박수를 치기 시작했다. 하지만 가장 놀라운 일은 그다음이었다.

“왜 너는 나를 만나서…….”

무심결에 태하의 입에서 주제가의 첫 소절이 나온 것이다. 스스로 당황한 나머지 표정을 굳힌 태하를 보며, 초연과 재두가 마주 웃었다.

“네놈에게도 내 피가 흐르긴 하나 보다.”

“제가 옆에서 세뇌 교육 시켰거든요. 효과가 있나 봐요.”

그래, 두 사람이 행복하다면 이 정도 망신쯤이야.

— 그런 게 사랑이니까요.

절절한 장모님의 대사에 이제 모든 걸 포기한 듯이, 태하는 브라운관을 뚫어져라 보는 두 사람을 번갈아 바라봤다. 물론 주로 관찰하는 대상은 초연이였다.

— 아무리 멀리 떨어져도, 오랜 시간이 지나도, 진짜 사랑이라면 변하지 않아요.

고개를 끄덕이는 초연의 눈망울이 애틋하다.

— 설령 세상에서 이해해 주지 않을 관계라고 해도…… 장모님을 향한 사랑은 진짜라는 걸 믿어 주세요.

이 대사엔 차마 공감하지 못하겠지만, 어렴풋이 사랑이란 무엇인지 알 것 같다는 기분이 들었다.

거실에 나란히 앉아서 세상은 요지경 같은 연속극을 보며 울고 웃는 것. 멀리 떨어지게 되더라도, 오랜 시간이 지나게 되더라도 변하지 않을 것이라 믿는 것. 순간순간이 애틋하고 아름답게 느껴지는 것. 그 모든 것을 품고 있는 지금이 너무도 따스하다는 것.

아마도, 사랑은 그런 게 아닐까.

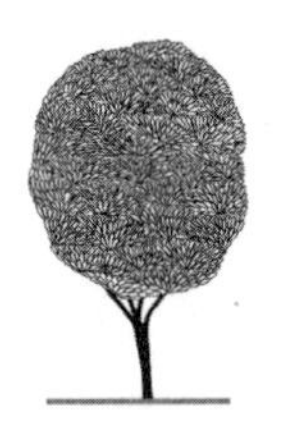

에필로그

계절이 바뀌었지만, 생각보다 크게 변한 건 없었다. 초연은 똑같은 잠옷을 입고 토순이의 목이 졸릴 듯이 세게 끌어안으며 잠자리에 들었다. 물론, 오늘 해야 할 리포트는 내일로 미룬 채였다.

"서울에 첫눈이 왔다고요? 여긴 아직인데 좋겠다."

눕자마자 벌써 졸린 목소리를 하는 초연은 정말 변한 게 없었다.

— 뭐가 좋아, 눈 오면 차만 막혀.

아, 한 가지 사소한 변화가 있다면 그런 초연의 고개 옆에 있는 노트북의 존재였다. 인터넷으로 하나 되는 세계를 몸소 보여 주듯이, 초연은 집에 오면 항상 습관처럼 노트북을 켜고 그 안의 태하와 대화하는 걸 일상으로 삼았다. 태하는 일을 할 때도, 집에서 쉬는 얼마 안 되는 시간에도 화상 채팅을 켜 두었고, 초연은 그걸 보면서 숙제를 하고 밥을 먹고 잠들었다.

— 내일 몇 시에 일어날 거야. 또 숙제 다 안 했지?

"아…… 할 거예요."

— 언제!

"……언젠가는?"

눈을 비비는 초연이 지금 바로 곁에 있다면 얼마나 좋을까. 목소리도 모습도 이렇게 가까운데 체온이 없다는 게 아쉬운 순간들이었다.

"맞다, 태하 씨 '사위의 유혹' 다운받아 놨어요?"

— 그런 것 좀 안 시키면 안 돼?

"외장하드 하나는 할아버지 드리고 하나는 나 보내 주기로 약속했잖아요!"

그건 며칠 전, 태하가 술에 취해 잠자리에 들었을 때였다. 모처럼 태하가 잠들 때까지 지켜봐 준다던 초연이 그가 잠이 들기 직전에 떼를 쓰기에 생각 없이 대답을 한 게, 태하에게는 화근이 되었던 것이다.

— 그런 건 잘 기억하더라.

"똑똑해서 그래요. 여기 교수님도 나 똑똑하댔어요."

— 어, 그래…….

"진짜예요, 이대로 여기서 박사까지 따도 되겠다고!"

잠결에 훅 내뱉는 초연의 말에 잠시 어색한 정적이 흘렀다.

"아니, 그냥 그 교수님이 그랬다고요. 빈말이겠죠, 뭐. 아직도 학부생처럼 레포트나 밀리는 내가 박사는 무슨."

그녀가 미국으로 온 후 벌써 계절이 바뀌고 첫눈이 내렸지만, 초연은 태하의 아쉬운 마음이 달라지지 않았다는 걸 알고 있었다. 밤

새도록 노트북을 옆에 두고 잠드는 서로의 마음도, 손을 뻗어도 닿지 않는다는 안타까움도.

"참, 태하 씨 병원 갔던 건 어떻게 됐어요?"

— 괜찮대, 후유 장애도 없을 거라던데.

"다행이다."

화제가 전환되자 초연이 다시 늘어지게 하품을 했다.

— 얼른 자.

"태하 씨 안 심심해요?"

— 내가 어린애야, 심심하게. 안 그래도 바빠 죽겠는데.

거짓말이었다. 다 거짓말이라고 태하의 이마에 아주 크게 쓰여 있었다.

"왜요, 난 마음은 아직도 어린이인데."

그래서 억지로 졸음을 몰아내며 초연이 대답하는 것이다.

— 어, 그래 보여. 어린이니까 산타 할아버지한테 소원이나 빌고 얼른 자. 산타 혹시 시간 비면 나한테도 들르라고 말해 주고.

"최태하 씨도 산타한테 빌고 싶은 소원 같은 게 다 있어요?"

— 그럼, 나쁜 어른도 소원은 항상 있는 거거든.

그 말을 끝으로 초연의 기억이 희미해졌다. 스르륵 눈이 감기기 직전, 마음만은 어린이인 초연은 소원을 생각했다.

"산타 할아버지……."

* * * *

모니터 안의 초연이 잠들자, 노트북을 한쪽에 치워 두려던 태하가 멈칫했다. 뒤척이던 초연이 무언가 웅얼거리고 있었다. 마음만이 아니라 잠버릇도 어린이 같은지 꼭 저렇게 잠꼬대를 하더라.

— 산타 할아버지…….

지구 반대편에서 그 잠꼬대를 듣는 태하의 얼굴에 다정한 미소가 떠올랐단 건 이미 잠든 초연은 모를 터였다.

— 전 마음만 어린이지만…… 덜 외롭게 해 주세요. 그리고 더 행복하게 해 주세요.

참 귀여운 소원이라고 생각했다. 이초연다운, 어린이 같은 소원이라고.

— ……최태하 씨를.

하지만 다음 순간, 작은 웅얼거림을 듣자마자 심장이 쿵 내려앉았다. 누군가 뒤통수를 세게 가격하는 것 같기도 했고 동시에 뭔가 울컥하며 가슴속에서 격한 감정이 치밀어 올랐다.

"역시, 안 되겠다."

머릿속은 복잡했지만, 결심은 빨랐다.

"안 실장."

전화기를 든 태하가 안 실장이 답할 틈도 없이 말을 이어 나갔다.

"지금 당장 필요한 게 있는데."

그 후로 안 실장은 자신의 귀를 의심해야 했지만, 이 고집 센 상사의 말을 거스를 수도 없는 노릇이었다.

— 이사님, 그건 돌이킬 수 없는 결정인데…… 후회 없으실까요.

다만 소심하게 되물었을 뿐이다.

"상관없어."

태하의 대답은 의외였다.

"후회하게 되더라도, 이대로는 안 되니까 어쩔 수 없지."

— 예, 준비하겠습니다.

전화를 끊은 태하가 잠시 거실을 서성였다. 안 실장의 말대로 돌이킬 수 없는 결정이다. 언젠가는 후회할지도 몰랐다. 하지만.

"역시, 어쩔 수 없어."

산타의 존재를 더는 믿지 않는 어른 최태하는 스스로 결정을 내려야 했다.

****

회장실에서 재두를 보는 건 오랜만이었다. 초연과 함께 있을 때의 친근한 노인의 모습을 생각하면 큰 괴리가 있는 위압감이 느껴졌다.

"날 보자고 했다지."

"예, 회장님. 긴히 드릴 말씀이 있습니다."

심각한 태하의 표정에 재두는 올 게 왔다고 짐작했다. 나이가 드니 좋은 점은 뭐든 예상이 가능해졌다는 것이다.

"그 봉투가 그거냐?"

"예."

태하는 손에 들린 하얀 봉투를 재두의 책상에 내려놓고 숨을 들이마셨다.

"어떻게 처리하실지는 물론 회장님의 뜻에 따르겠습니다."

재두가 봉투를 열자 예상대로 사직서가 들어 있었다.

"넌 내 손자라는 이유만으로 이 자리까지 오른 게 아니다."

"당연히 알고 있습니다."

"넌 내가 고용한 이사들 중 한 명일 뿐이야. 즉, 마음대로 돌아올 수 없다는 뜻이다. 다른 이사들과 똑같이 말이다."

"그것도 잘 알고 있습니다."

재두는 태하를 잠시 응시하다가 고개를 끄덕였다.

"뭐, 네 인생이니 네 뜻대로 하거라."

"수리해 주실 겁니까."

"가는 놈 붙들 이유 없다. 이사 자리에서 내려가면 후일 경영권 상속에서도 불리하다는 것 정도, 충분히 감안한 게 아니냐?"

"예, 좀 아쉬웠지만. 그리고 또 하나 별개의 제안이 있습니다."

태하가 숨을 한 번 내쉬었다. 이제 그는 승부수를 띄우려 했다.

"뭐냐."

"미국 지부 지사장으로 발령 내 주십시오."

"내가 왜 그래야 하지?"

"저만큼 유능한 이사도 없고, 제가 다른 회사로 이적하면 회장님의 큰 손실일 뿐만 아니라, 제가 미국 지사장이 되면 회장님의 염원인 미국 진출을 보다 성공적으로 이끌어 낼 수 있기 때문이죠."

틀린 말은 아닌데 저 뻔뻔한 낯짝이 손자라지만 얄밉다.

"내 심사가 뒤틀려서 싫다면?"

"미국 진출, 늘 하고 싶어 하지 않으셨습니까. 그래서 회장님 이름을 따서 JADE 그룹이라고 개명한 거 세상이 다 압니다."

"미국엔 너만 갈 수 있는 게 아니다."

"그럼 할 수 없겠지만…… 한 가지 좋은 게 더 있는데 보시겠습니까?"

여기 넘어가면 진다는 걸 알면서도 호기심이 재두를 이겼다.
"보기나 하자."
태하가 안주머니에서 또 하나의 봉투를 꺼내 이번엔 직접 들고 재두의 눈앞에 펼쳤다. 노안 탓에 잠시 눈살을 찌푸렸던 재두의 눈이 글자를 하나하나 읽어 내릴수록 동그랗게 커졌다.
"진작 이걸 보여 줬어야지!"
"비장의 카드는 마지막에 내라고 가르치신 건 회장님입니다."
"정……말이냐?"
"예, 회장님만 허락해 주신다면."
이제 확연히 승자의 미소를 짓고 있는 건 태하였다.
"나쁜 놈의 손주 같으니, 이 할애비를 놀려! 괘씸한 자식…… 못돼 처먹은 기특한 자식 같으니라고!"
그렇다고 재두가 패자라는 건 아니었다. 어찌 보면 오늘의 진정한 승자는 재두였다.

* * * *

온 동네에 크리스마스 캐럴이 울려 퍼진다. 상점들마다 커다란 트리를 내놓았고, 아이들은 반짝이는 전구 장식에서 눈을 떼지 못했다. 초연은 캐럴을 따라서 흥얼거리다가 이내 조금 아쉬운 미소를 지었다. 미국의 가장 큰 명절이니만큼 모두가 가족이나 연인과 함께하는 크리스마스이브에, 그녀는 고작 도서관에 갔다 집에 가는 게 전부라니 조금 쓸쓸했다.
"아냐, 괜찮아. 토순이가 있으니까."

초연은 현관문을 열면서 혼잣말을 해 보았다. 오늘은 태하가 덜 바쁜 날이라면 좋겠다. 만질 수는 없어도 오늘 같은 날 함께 캐럴을 듣고 조잘조잘 수다를 떨면 조금이라도 따뜻해질 테니까.

"Santa Baby……."

초연은 캐럴을 흥얼거리며 샤워를 마치고 나왔다. 코코아를 타서 쥐고 노트북을 켠다. 여기까진 좋았는데 뭔가 허전한 기분이 들었다.

"아, 토순이!"

외출할 때면 늘 토순이를 대신 노트북 앞에 앉혀 놨는데 집 안 어디를 뒤져도 보이질 않는다. 이럴 리가 없는데, 도둑이라도 든 걸까. 아니, 애초에 도둑이 왜 토순이만 훔쳐 갔지.

"토순아, 어디 갔니……. 산타랑 알바 뛰러 간 건 아니지……? 언니가 널 어디 처박아 둔 거니……."

벽장까지 모조리 뒤졌지만 토순이는 없었다. 마지막으로 혹시 몰라 다용도실을 열어 보는데, 그 순간 정말이지 심장이 멎을 뻔했다.

"꺅!"

난 이대로 죽는 걸까. 눈앞이 깜깜해지고 다리에 힘이 풀려서 쓰러지기 직전, 커다란 팔이 초연을 낚아챘다. 이 체온은 진짜다. 이 그리운 냄새도 기척도 전부 현실이다.

"서프라이즈!"

"어…… 어떻게……."

"미안, 내가 너무 과했나. 일단 진정해. 기절해 버리면 무리해서 여기까지 온 보람이 없잖아."

일단 초연을 앉히고서 안색을 살피는 사람은 분명 태하였다. 토순이도 그 품 안에 잠자코 안겨 있는 걸 보면, 그 최태하가 확실했다.

"정말……."

"어, 나야. 변장한 산타가 아니라서 유감이지만."

"어떻게……."

"비행기 타고 왔지."

"회사는요? 바쁘다고 했잖아요."

정신이 돌아오는지 쉴 틈 없이 질문을 쏟아 내는 초연을 보자 웃음이 터졌다. 태하는 무엇부터 말해야 할까 망설이며 그리웠던 초연의 눈동자를 응시했다. 하고 싶은 말은 아주 많았지만, 역시 초연은 단도직입적인 걸 가장 좋아할 것이다.

"사표 냈어."

"……뭘 내요?"

"사표. 하지만 영감님은 내가 필요하니까 다른 지부로 발령 내는 걸로 끝냈지. 나도 그럴 줄은 알고 베팅한 거지만, 월급은 좀 줄었어. 이해하지?"

"아니, 지금 오자마자 그런 소리를 하면."

"영감님이 원래 묘한 데서 치사한 구석이 있거든."

"그게 문제가 아니잖아요! 갑자기 이런 폭탄 발언을 하면 어떡해요."

놀란 토끼 눈이라는 말이 초연에게 딱 어울렸다. 태하가 좋아하게 되었던 그때의 모습이 지금도 남아 있었다. 아마 앞으로도 평생, 이렇게 귀엽고 예쁘게 보여서 화도 못 내겠지.

"벌써 놀라면 곤란한데."

"뭐가 또…… 남았어요?"

"어, 영감님한테 보여 드린 게 사표만이 아니거든."

장난스레 말하는 태하를 앉은 채로 올려 보던 초연이 자못 심각한 표정을 했다.

"잠깐, 심호흡 먼저 할게요."

"그래, 마음의 준비 되면 말해."

"토순이부터 줘요."

선선히 토순이를 건네자 꼭 끌어안은 초연이 깊게 숨을 세 번 정도 들이쉬고 내쉬었다.

"이제…… 해 봐요."

"일단 봐."

태하가 하얀 봉투를 하나 건넸다. 초연은 조금 떨리는 손으로 그 봉투를 열었다.

"뭔데 그래요. 이거 최태하 씨 서류…… 어, 내 이름?"

화들짝 놀라 태하를 보자, 여전히 웃는 채였다.

"이거 설마……."

"약속했잖아."

초연의 손이 파르르 떨릴 때마다 손에 들린 종잇장도 파르르 떨렸다. 그 종이의 가장 위에는 혼인신고서라는 글자가 크게 적혀 있었고, 아래에 나란히 태하와 초연의 이름이 있었다.

"약속했으니까 이제 와서 절대 못 물러."

"왜 이렇게 갑자기……."

"미국은 신년까지 연휴니까 그사이에 돌아가서 결혼하자. 신혼집은 미국에 구할 거니까 연말에 바쁠 거야. 참, 신혼여행도 가야지."

비행기로 먼 길을 오면서 속으로 생각했던 것들이 한꺼번에 입으로 튀어나왔다. 얼마나 이 순간을 기다렸는지, 그동안 얼마나 이렇게 하고 싶었는지.

"신혼여행은 휴양지가 좋겠지? 내 친구가 몰디브 근처에 섬을 하나 갖고 있는데……."

혼자서 들뜬 목소리로 계속 말하던 태하의 말이 문득 멈추었다. 초연이 아직도 놀란 눈을 한 채로 정지 상태라는 걸 뒤늦게 깨달은 탓이었다.

"너무…… 내 마음대로 밀어붙였나."

그에게 초연의 부재는 생각보다 컸고, 혼자 잠드는 밤이면 늘 약속을 떠올렸다. 그렇게 조금이라도 잠들 수 있던 태하였다.

"나도 혼자 멋대로 지르면 안 된다는 건 알았지만…… 널 보내 놓고 나니까 도저히 자제가 안 됐어. 혼자 잠드는 널 보면서, 그냥 어느 순간 이러지 않을 수가 없었어. 안 그러면 일도 손에 안 잡히고 잠도 못 잘 것 같았단 말이야."

순순히 진심을 털어놓는 태하라서 마냥 밉다고 할 수가 없었다. 솔직히 밉지도 않았다. 이렇게 놀라게 한 건 미운데, 태하는 밉지가 않은 초연이였다.

"바보."

그런 초연도 바보였지만, 지금 눈앞에서 놀란 눈을 꿈벅이는 태하도 바보였다.

"좋아서 그러는 것도 모른대."

"……좋아?"

그 말 한마디에 거짓말처럼 환해지는 태하의 미소가 또 눈물샘을 자극했다. 바보. 괜히 놀라게 해 준다고 눈물이나 나게 하고. 진짜 바보, 이렇게 좋을 때 또 눈물이나 나고.

"정말 좋은 거 맞지?"

"응, 너무 좋아요. 너무 좋아서…… 눈물도 나는 거니까, 오늘은 운다고 뭐라고 하지 말아요."

울컥, 태하의 안에서 또 무언가가 치솟았다. 몇 번이고, 초연과 함께하면서 느꼈던 생소한 감정이 뭔지 이제는 어렴풋이 알 것 같았다. 그리고 이런 때 어떻게 행동해야 하는지도 이젠 알았다.

태하는 그동안 줄곧 가장 하고 싶었던 일을 했다. 팔을 뻗어 와락 초연을 끌어안는다. 잠시, 숨을 쉴 틈도 없을 만큼 빠듯하게 끌어안고 그리운 체온을 품는다. 울컥 치솟았던 마음이 사르르 녹을 때까지, 그렇게.

"정말로…… 산타 할아버지가 내 소원을 들어줬나 봐요."

"소원, 뭐라고 빌었는데?"

"그건……."

알면서도 물어보는 태하였지만, 그걸 까맣게 모르는 초연은 괜히 쑥스러운 마음에 태하의 등을 더 세게 끌어안았다. 이 커다랗고 따뜻한 등을 가진 남자가 이제는 그녀의 남자가 된다. 그 어떤 선물을 받는대도 이렇게 행복할 수는 없겠지.

"비밀이에요."

살짝 품에서 놓자 다시 두 사람의 시선이 마주쳤다. 늘 보고 있었지만, 늘 그리웠던 눈동자에 서로가 담겨 있었다.

"괜찮아, 산타는 아니지만 한국에 있는 어떤 영감님이 신이 나서 온갖 선물을 알아보고 계신걸."

울다가 웃으면 안 된다는데, 아직 눈물을 달고 있는 초연의 뺨이 장밋빛으로 활짝 물들었다. 더 이상 예쁠 수 없을 것 같은 미소를 지은 초연이 태하를 응시했다.

"선물은 이미 다 받았잖아요."

"어?"

태하가 바라보자, 더 이상 피어날 수 없을 것 같았던 초연의 미소가 한층 더 환하게 퍼졌다. 태하를 반하게 만들었던 바로 그 미소가 고스란히 머물러 있었다.

"태하 씨가 여기 있잖아요. 내 인생 최고의 선물이."

진심이 담긴 고백은 화려하지 않아도 서로의 마음에 스며들었다. 심장이 뛸 때마다 온몸으로 퍼져 나가는 다정함이, 이 애정이 그 무엇보다 찬란했다. 초연의 미소가 눈부셔 태하는 한 번 숨을 크게 들이쉬었다 내쉬었다.

"그거, 우연이네. 나도 최고의 선물을 받았는데."

세상에서 가장 귀한 보석을 만지듯 조심스럽게, 태하가 초연의 손을 갖다 제 심장에 대어 본다.

"바로 여기에."

초연의 손끝에서 그녀와 태하의 심장 박동이 맞닿았다. 두 사람의 심장이 똑같이 쿵쿵, 뛰고 있었다.

"크리스마스가 이렇게 행복한 건 줄 몰랐어요."

초연의 말간 입술이 한 마디 한 마디를 또렷하게 발음하며 태하의 눈을 벅차게 응시하자 쪽, 가볍게 초연의 뺨에 입술을 맞춘 태하가 간질이듯 속삭였다.

"메리 크리스마스."

"나도 메리크리스마스."

달콤한 목소리가 태하의 귓가를 적셨다. 그 순간, 태하의 마음속에 한 가지 결심이 섰다. 아주 오랜 시간 용기 내지 못했던 일을, 지금이라면 비로소 할 수 있을 것 같았다.

"난 하나 더 있어."

입술을 떼고 다시 초연의 두 눈을 진지하게 바라보던 태하가 깊은 호흡을 했다.

"이초연."

마지막으로 선물해 주고 싶은 말이 꼭 한마디 더 남았다. 평생 그런 말을 할 수 있을 거라는 생각조차 못 했었는데, 함께 지내면서도 내내 마음에만 감돌던 그 감정이 뭔지 마침내 깨달았다. 가슴에 차오르던 그 마음을 드디어 입술로 발음할 수 있게 됐다.

"사랑해."

한마디. 그 한마디보다 더 좋은 선물은 이 세상에 없었다.

"나도…… 사랑해요, 최태하 씨."

그리고 더 이상의 말은 필요 없었다. 말간 미소를 짓는 초연의 입술에 태하의 입술을 맞추면 이 완벽한 크리스마스에 마침표가 찍힌다. 키스는 달콤했고, 서로를 안은 체온은 따스했으며, 가슴은 반짝이는 애정으로 일렁였다.

오늘, 이브의 밤에는 아주 예쁜 꿈을 꿀 것만 같았다. 서로의 품에서 맞이하는 까만 밤은 더 이상 두렵지도 길지도 않을 터였다. 오늘도, 내일도, 앞으로 남은 길고 긴 날들 동안, 결코 바래지 않을 애정과 끝나지 않을 달콤한 꿈들이 함께할 테니…….

자장자장, 그 마법 같은 속삭임처럼 영원히.

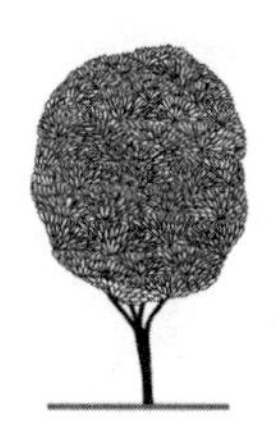

외전
새근새근

온 가족이 모인 크리스마스는 말 그대로 행복이 넘쳤다. 초연은 인천 공항에 도착하자마자 삼겹살을 찾았고, 만류에도 불구하고 공항까지 몸소 마중을 나온 재두와 함께 세 사람은 배가 터지도록 성탄의 만찬을 즐겼다.

"할아버지……."

"우리 아가……."

두 사람 사이에 낀 태하는 솔직히 좀 어이가 없었다. 누가 보면 이산가족 상봉이라도 하는 줄 알 것 같은 모습으로, 재두와 초연은 그간 그리웠던 만큼 쌈장 듬뿍 찍은 쌈을 서로 먹여 주며 이 크리스마스를 만끽하고 있었다.

"큼, 저기."

참다못한 태하가 존재감을 어필해 보지만, 둘의 핑크빛 기류는

흩어질 기미가 없다.

"두 분 다, 저는 안 보이시는지."

"어, 아직 있었냐."

재두의 농담에 초연이 쌈을 우물거리다가 키득키득 웃었다. 참 나. 태하는 이 농담이 하나도 우습지 않았지만, 이초연이 웃는 걸 보니 괜히 웃음이 따라 나는 것까진 어쩔 수가 없었다. 크리스마스의 본래 취지와는 전혀 어울리지 않는 삼겹살 불판 앞에서, 두 남자는 그렇게 한 여자로 인해서 몹시도 행복했다.

"정말로 행복한 크리스마스 연휴예요."

꿀꺽, 커다란 쌈을 삼킨 초연이 불판에 발갛게 달아오른 뺨을 하고서 말했다. 두 남자의 눈에는 그 모습이 세상에서 가장 사랑스러웠다.

"그럼, 우리 아가를 위해서 당일은 아니지만 메리 크리스마스!"

재두의 기세 좋은 건배사에 태하가 순서를 놓쳤지만, 초연과의 아이컨택만은 놓치지 않았다. 이렇듯 치열한 경쟁 속에서 연말의 밤은 깊어 갔다. 한 여자의 사랑과 관심을 조금이라도 더 얻기 위한 두 남자의 사투이자, 이초연의 인생에 있어 가장 행복한 하룻밤 중 하나였다.

"메리 크리스마스!"

초연의 낭랑한 목소리는 태하의 집 거실에서까지 쩌렁쩌렁 울렸다. 물론 이 집의 주인인 태하는 재두의 동행에 아까부터 못마땅한 눈치였지만, 이러거나 저러거나 이초연은 행복하다.

"회장님, 혹시 잊으셨을까 봐 말씀드립니다만."

초연이 잠시 부엌에 맥주를 가지러 간 사이에, 불만 가득한 눈초리의 태하가 재두를 보고 말했다.

"저희, 신혼이거든요. 그것도 장거리 끝에 재회한 신혼."

"네놈도 잊었나 본데, 오늘 S 방송국 연기대상 하는 날이다."

"그게 무슨 상관입니까."

"〈아버님은 내 사위〉가 S 방송국에서 했으니까!"

흥, 코웃음을 치는 재두에게 태하가 무어라 더 말하려던 찰나, 초연이 부엌에서 맥주 캔을 한 아름 안고 돌아왔다.

"아이고, 우리 아가 그런 무거운 건 저놈 시키면 되지."

"아니에요, 이 정도는 거뜬한걸요! 벌써 시작했어요?"

"아직 광고 중이니까 멀었어."

태하의 뚱한 대꾸에도 아랑곳 않던 초연이 주섬주섬 무언가를 꺼내기 시작했다.

"짜잔, 선물 증정의 시간입니다!"

상자는 공평하게 같은 사이즈, 같은 색상으로 두 개였다. 태하는 그 점도 마음에 들지 않았지만 기뻐하시는 영감님의 얼굴을 보고서 한번 양보해 주기로 했다.

"이건, 우리 할아버지 거!"

재두가 무슨 물건을 받고 저렇게 기뻐하는 모습은, 태하 평생 처음 봤다.

"그리고 이건, 우리 태하 씨 거!"

재두도 마찬가지의 심정이라는 걸, 태하는 모를 것이다.

"다들 풀어 보세요!"

양손을 앞으로 펼치는 초연은 이미 한껏 기분이 들뜬 상태였다.

그 말에 따라 남자 둘이 포장을 풀자 털 뭉치가 나왔다. 정확히는 곱게 포장된 정체를 알 수 없는 털 뭉치였다.

"아가, 이건 정말……."

재두의 목소리가 꼭 감격에 겨워서 끊기는 건 아니었다. 그는 솔직히 이 괴상한 털 뭉치가 무슨 물건인지 짐작도 가지 않았다.

"어때요, 입어 보세요!"

아, 입는 거구나. 그제야 힌트를 찾은 재두가 주섬주섬 스웨터로 추정되는 털 뭉치를 입자 초연의 얼굴이 한층 밝아졌다.

"너무 잘 어울려요. 솔직히 좀 서툴러서 이상한 데가 있긴 하지만……."

"아냐, 내가 이런 스웨터를 꼭 갖고 싶었거든!"

"어쩜, 할아버지는."

사슴인지 강아지인지 모를 문양이 가슴에 새겨진 스웨터를 걸친 재두가 참 행복해 보이니 다행이었다. 이제, 다음 차례는 태하였다.

"내 건……."

이건 또 무엇일까.

"얼른 써 봐요."

아하, 쓰는 건가 보다. 어설프게 눈치를 보던 태하가 정체불명의 털 뭉치를 머리에 뒤집어쓰자 초연이 활짝 웃었다. 그렇게 두 남자는 서로 간의 비밀스러운 눈짓을 주고받았다.

"정말로……."

태하가 운을 떼었고.

"최고의 크리스마스 선물이야."

재두가 마무리했다. 초연은 행복하니, 이것으로 아름다운 가족의 모습이 완성됐다.

“두 분 다 기뻐해 주시니까 제가 더 기뻐요.”

여기서 더 어떤 감상을 말해야 할지 두 남자가 망설이는 사이에, 다행히도 티브이가 초연의 시선을 끌어 주었다.

“어, 연기대상 언제 시작했대?”

벌써 몇 개의 상을 수상한 연기대상은 매년 그렇듯 비슷한 전개로 흘러가고 있었다.

“아, 춘삼이다! 할아버지, 봤어요?”

“암, 우리 춘삼이 오늘따라 때깔이 멋지다.”

카메라에 〈아버님은 내 사위〉의 출연진이 비치자 일제히 신이 난 두 사람이었다.

— 다음 순서는 극본상입니다. 올 한 해를 뜨겁고, 찬란하게 빛내 주신 극본상의 주인공은…… .

두구두구, 효과음을 따라 테이블을 두드리는 두 사람을 보던 태하가 피식 웃음을 삼켰다.

— 예! 김수정 작가님!

호명되자 일제히 터져 나오는 환호성에, 재두와 초연도 좋다고 박수를 친다.

— 김수정 작가님은 올 한 해, 일일 연속극인 〈아버님은 내 사위〉를 통해서 시청자 여러분께 크나큰 즐거움을 선사해 주셨죠. 네, 지금 단상으로 올라오고 계십니다.

본인들이 상을 타기라도 한 것처럼 두 손을 모으고 있는 재두와 초연을 보고 있자니 태하는 지난번에 했던 인생 최고의 멍청한 짓이 영 쓸모없지만은 않은 것 같았다.

— 네, 수상 소감 들어 볼까요.

단상에 천천히 오르는 작가는 자리에 맞게 잘 차려입었지만, 차마 눈 밑의 다크 서클까지 감추진 못한 것 같았다.

— 우선, 함께 작품을 만들어 주셨던, 박 국장님, 또 고생해 주신 현장 스탭 여러분께 감사 말씀드립니다. 정말 팔색조 같은 매력을 보여 주셨던 우리 김 배우님, 또 너무 예쁘고 사랑스러웠던 차 배우님도 감사드립니다. 그리고, 또…… 외로운 작업실, 함께 밤을 지새워 주었던 우리 가람이 수영이 너무 고맙고, 부모님도…….

울컥, 하는 티브이 속 수상자의 감정에 백 프로 이입한 재두와 초연은 벌써 눈가가 촉촉하다.

“누가 우리 작가님을 괴롭힌 거야…….”

초연의 혼잣말을, 태하는 들었다.

— 아, 잠시 작가님께서 너무 감정이 북받치시는가 봅니다. 예, 그럴 만도 하지요. 역대급 인기를 구가한 이 <아버님은 내 사위>는 심지어 팬들의 성원에 힘입어 20회 연장 방송을 하는 기염을 토하기도 했잖습니까!

유창한 사회자의 진행과 함께 트로피가 전달되는가 싶더니, 울컥하는 표정으로 김수정 작가가 다시 마이크를 잡았다.

— 네, 마지막으로 꼭 감사를 전하고 싶은 분이 있습니다. 한마디만 더 해도 될까요?
— 예, 물론이죠!

퀭한 눈의 작가가 카메라를 정면으로 쳐다보더니 마이크를 쥔 손에 힘이 꾹 들어갔다.

— 정말…… 뜻밖의 20회 연장이었습니다. 제 작가 인생에 이런 일은 두 번 다시 없을 거 같았고요, 갑작스러웠던 만큼 죽고 싶…….
— 아, 작가님이 또 감정이 울컥하시나 봅니다! 예, 갑작스러웠던 만큼 더 감격적이었다, 이런 뜻이시죠?

다행히 노련한 진행자가 방송 사고를 막았다.

— ……네.

지금 티브이를 시청하는 세 사람 중, 태하만 유일하게 저 작가의 진심을 알 것 같았다.

— 끝으로, 말씀하셨던 감사를 전하고 싶으신 분은 누구실까요?
— 아, 예…… 20회 연장의 영광을 심리학을 전공 중이신 이초연 님께 이 영광을 돌리겠습니다.

티브이 속 작가의 표정은 전혀 감사하는 게 아니었음에도, 초연은 순간 저도 모르게 자리에서 튕겨져 나갔다.
"대박! 내가 방송국 게시판에 쓴 글을 읽으셨나 봐요!"
"역시, 우리 아가다!"
아니. 역시, 진실은 태하의 눈에만 보이는 것이었다.
'정말로 감. 사. 드. 립. 니. 다.'
끝까지 원망 섞인 작가의 눈빛에도 제 가슴에 손을 짚어 보는 열혈 팬의 심정을, 태하는 아마 죽을 때까지 모를 것 같았다. 그리고 조금 죄책감이 들었다. 방송국까지 꼬여서 억지로 20회 연장을 밀어붙이며 했던 말이 뒤늦게 떠오른 탓이었다.

'무조건 연장하세요. 안 그러면 내가 이초연한테 죽으니까.'

곧 쓰러질 듯한 작가가 티브이에서 사라지고 나서야 태하는 약간 죄책감에서 해방될 수 있었다.
태하는 이제 다 봤다는 듯이 채널을 이리저리 돌리는 초연과 재두를 힐끔 쳐다보았다. 두 사람의 주된 관심사였던 〈아버님은 내 사위〉 팀의 시상이 끝나니, 그나마 한숨을 돌릴 수 있을 것 같은데.

"아이고, 벌써 시간이 이렇게 됐네."

재두가 일어서며 하는 소리는 태하의 눈에도 약간 어색했다.

"에이, 벌써요? 할아버지 그러지 마시고 오늘 주무시고 가요!"

"아니다, 일없어."

"그러면 좀만 더 있다 가세요. 네?"

주렁주렁 재두의 팔에 매달리는 초연은 역시 태하의 맘과 같지 않았다. 야속하기도 하지. 하지만 그 순간, 우연히 재두와 눈이 마주친 태하다. 역시, 남자들의 의리는 아직 남아 있었던 건가.

"이 할아비가 약속이 있어서 그래."

"네? 지금 새벽인데요?"

"어, 바쁘지. 노인네도 바빠."

지금 이 순간, 태하의 눈에는 재두가 가장 멋져 보였다.

"할아버지, 편히 들어가십시오!"

"……오냐."

요즘 들어 부쩍 태하가 재두를 할아버지라 부르는 것도, 지금 두 남자 사이에 슬쩍 윙크 같은 게 스쳐 간 것도 수상했지만 초연은 넘어가기로 했다.

"어쨌거나, 정말 최고의 하루였어요."

재두를 배웅하고 돌아와 예상대로 신이 난 초연이 기지개를 죽 켜며 말하자 태하가 그녀의 등 뒤로 다가가 가벼운 포옹을 하며 웃었다.

"그래? 아직 선물은 하나 더 남았는데?"

"아까 선물 교환 끝났잖아요."

그 증거로 태하 역시 초연이 뜬 사슴인지 신화 속 괴물인지 모를 무늬의 털모자를 쓰고 있었다.

"하나 더 있어."

"내 선물이요?"

초연의 눈동자가 기대감에 반짝반짝 빛났다. 그런데 문득 마주친, 살짝 흑심을 품은 태하의 눈동자가 묘하게 마음에 걸린다.

"그 전에, 내 선물부터 확인해 볼까."

"모자 줬잖아요. 그거로는 부족해요?"

"아니, 전혀! 매일 쓰고 싶을 정도로 마음에 들어!"

강한 부정은 강한 긍정이라고 누가 말했었나. 그 사람은 천재임이 틀림없다는 걸 느끼며 태하는 화제를 전환하기로 했다. 말보다는 몸으로, 백허그를 하고 있던 초연을 꽉 끌어안는 것과 동시에 번쩍 들어 버린 것이다.

"엄마야! 선물 확인한다면서요!"

"어, 지금 확인하려고 하는 중이야."

아직 그의 흑심이 뭔지 정확히 이해하지 못한 초연의 천진한 표정마저 사랑스러웠다. 태하는 씩, 웃음을 삼키고는 초연을 번쩍 안은 채 2층의 침실로 향하는 계단을 오르기 시작했다.

"역시 포장지는 침대 위에서 벗기는 좋겠지?"

이제야 초연의 뺨도 붉어진다.

"이 선물은 그때 산타 할아버지한테……."

차마 끝까지 말하기는 아직 쑥스러운 초연이다. 태하는 그런 초연을 아랑곳 않고 침대에 내려놓더니 천천히 이마에 입을 맞췄다.

"그건 산타고, 오늘은 나야."

이 평범한 한마디가 초연의 심장을 쿵 흔들어 놓는 것 같았다. 태하가 기획한, 태하를 위한 이 특별한 선물은 아마 초연에게도 평생 잊지 못할 밤이 될 것이다.

"산타가 귀띔해 줬는데……."

초연의 블라우스 단추를 천천히 풀어 나가며, 태하가 귓가에 속삭였다.

"이 선물은 아주 달콤하대."

그리고 초연의 입술에 깊게 키스를 퍼부었다.

다음 날, 초연이 눈을 뜬 것은 정오 무렵이었다. 배가 고파서라도 깨는 초연이고, 본래 잠을 길게 자지 않는 태하인데 이날만큼은 다 그럴 만한 이유가 있었다. 어제 그 산타의 조언인지 뭔지를 들은 태하가 아주 특. 별. 한. 밤을 만들어 준 덕분이었다.

"아이고, 내 삭신."

초연은 잠들어 있는 태하를 깨우지 않고 층계를 내려와 물을 마셨다. 헌데, 어제는 그냥 못 보고 지나쳤던 작은 상자가 트리 장식 아래에 있었다. 호기심은 못 참는 초연인지라, 그대로 쪼르르 가서 상자를 살펴보기로 했다.

"아무리 봐도 나 선물이라고 쓰여 있는데…… 내 선물이겠지? 당연히?"

먼저 풀어 보고 싶어 안달 난 자신을 향한 합리화였다. 그걸 어느샌가 계단에 서서 듣고 있었는지 쿡, 하고 태하의 웃음소리가 등 뒤로 들렸다.

"……내 선물이죠?"

"어."

괜한 민망함을 숨기며 묻는 초연에게 태하는 웃으며 고개를 끄덕였다.

"그럼 지금 풀어 봐도 돼요?"

"그러든지."

야호, 같은 작은 소리를 내며 초연이 상자를 풀었을 때 뭔가 이상한 물체가 나왔다. 예쁘긴 한데, 전혀 용도를 모르겠달까.

"마음에 들어?"

"어…… 예쁜데…… 이게 뭐예요."

선물의 용도를 고민하는 초연의 뒤로 태하가 다가와 다정하게 백허그를 해 줬다.

"맞혀 볼래?"

"힌트는 없어요?"

"힌트라…… 목에 거는 거야."

고개를 갸웃하던 초연이 커다란 원형의 물건을 제 목에 대어 본다.

"이렇게요?"

이건 비밀이지만, 태하는 그 순간 어젯밤의 재방송을 시작할 뻔했다.

"네 선물이지만 꼭 네가 쓰는 건 아닐 수도 있지."

태하는 인내심을 최대한 발휘하여 초연의 목에 대어진 목걸이를 끌어 내렸다. 초연이 보지 못했던 곳에는 뼈다귀 모양의 장식이 달려 있었다.

"아, 강아지 목걸이!"

그제야 답을 찾은 초연은 손뼉을 치며 환하게 웃었다. 그간 길만 가는 강아지만 보면 제가 쫓아갈 기세로 좋아했으니 기쁜 건 당연한 일일 것이다.

"……근데 우린 강아지 없잖아요."

"데리러 가기로 했어. 미국에 돌아가면 바로."

잠시 시무룩해졌던 초연의 얼굴이 태하의 말 한마디에 다시 환해졌다.

"그때까지 잘 기다릴 수 있지?"

"네!"

이제, 최태하는 이초연을 다루는 방법을 거의 완벽하게 숙지한 것 같았다.

* * * *

재두와 눈물의 이별을 했던 것도 잠시, 미국에 도착하자마자 두 사람은 살림을 합치는 이사로 분주했다. 대부분은 태하가 먼저 준비해 둔 인력의 도움을 받았지만 본래 이사라는 게 수월한 게 아니다. 그래서 초연이 고대하던 강아지와의 만남은 그로부터 한 달 후의 주말이 되었다.

"와…… 다들 너무 예뻐서…… 태하 씨, 여기 있는 강아지들 다."

"안 돼, 일단은 한 마리만이야."

초연이 예상했다는 듯 묵묵히 고개를 끄덕였지만, 눈은 쉴 새 없이 여기저기에 있는 강아지들을 살피기에 여념이 없었다. 꼭 동물원에 처음 온 어린아이 같은 모습에 태하는 피식 웃음을 지으려다,

순간 거울에 비친 털모자를 쓴 제 모습을 보고 몰래 인상을 구겼다.

「어때요, 마음이 맞는 아이가 있는 것 같나요?」

보호소의 담당 직원은 풍채가 좋은 아주머니였다. 초연은 강아지들에게서 눈을 떼지 못한 채로 고개를 저었다.

「도저히, 못 고르겠어요. 다들 너무 예쁜걸요.」

「흔히 있는 일이에요. 강아지를 키워 보는 건 처음인가요?」

「네, 저는.」

담당 직원이 태하 쪽을 보자 태하는 유창한 영어로 과거 대형견을 기른 적이 있다고 답했다.

「그럼, 경험은 굉장히 풍부하시겠군요. 음…….」

담당 직원은 조금 고민하는 것 같다가 초연을 향해 제안을 했다.

「여기에 없는 아이가 하나 더 있는데, 그 아이도 보시겠어요?」

「네. 그런데 왜 그 아이만 여기 없나요?」

「보시면 알 수 있을 거예요. 다만 상처가 많은 아이니까, 반겨주지 않아도 이해해 주세요.」

「네…….」

무슨 뜻인지는 잘 모르겠지만 초연은 선뜻 담당 직원을 따라 작은 방으로 들어갔다. 직원이 말한 강아지를 보는 순간 초연의 눈이 동그랗게 커졌다.

"우와, 진짜 반짝반짝…… 털이 햇살 같아요."

"골든리트리버야."

대형견에 속해 몸집이 꽤 큰 강아지는 새로운 손님들을 흘깃 봤지만, 밖에 있는 다른 강아지들처럼 달려들거나 하지는 않았다.

「대형견은 입양이 쉽지 않아요. 특히나…….」

직원이 초연에게 다가가도 괜찮다는 사인을 주자 초연이 다가가 개와 눈을 맞추었다. 새카맣고, 커다랗고, 아주 착한 눈이었다. 그 눈이 하나만 남았다는 게 가슴 아플 정도로.

「아, 눈이…….」

「네, 길에서 구조됐을 때 이미 한쪽 눈을 살릴 수 없었어요. 그래서 더 입양이 쉽지 않네요. 한창 귀엽기만 할 새끼 강아지 시기도 아니어서 더더욱.」

그때, 강아지가 초연의 손등을 핥았다. 따스하고 축축한 혓바닥은 눈동자만큼이나 많은 걸 말해 주고 있었다.

「괜찮다면 제가 데려가고 싶어요.」

그리고 질문의 의미로 태하를 보는 초연은 이미 강아지의 머리를 끌어안고 있었다.

"네?"

이초연 특유의 친화력은 미국 땅의 개에게도 통한다는 사실을 새삼 실감한 태하였다.

"새끼 강아지를 키우고 싶었던 거 아니었어?"

얼마 전부터 초연이 노래를 부르던 일이었다.

"강순이도 우리에 비하면 한참 새끼인걸요, 뭐. 그렇지? 아이, 언니 좋아?"

이미 절친 노트까지 찍을 기세인 둘을 보던 태하가 직원을 마주 봤다.

「이제, 꼼짝없이 데려가야겠네요.」

태하가 준비한 강아지 목걸이는 신기하리만큼 강순이에게 꼭 어울렸다. 그렇게 두 사람에겐 새로운 가족이 생겼다.

그 후로 며칠은, 태하가 질투할 만큼 강순이에게 초연이 푹 빠진 채 지나갔다. 하지만 태하도 그런 말을 할 처지가 안 되는 것이, 똑같이 빠져서 강순이의 사랑을 두고 초연과 경쟁하는 신세였기 때문이다.

"태하 씨, 이거 봐요! 강순이랑 토순이랑 엄청 친해졌어요!"

아까부터 거실에 배를 깔고 누워 뭘 하나 봤더니 저러고 있다. 태하는 부엌에서 빼꼼 내다보고는 다시 점심 준비에 몰두했다. 요리는 자신이 하는 게 낫다는 건, 태하 스스로가 내린 판단이었다.

"강순이랑은 이따가 놀아 주고, 지금은 밥부터 먹지?"

"알았어요."

"그 소리만 세 번짼 거 알지?"

"……네. 강순아, 이제 언니 밥 먹고 올 테니까 토순이랑은 잠깐 바이바이야."

그 말을 이해했는지, 강순이가 어리광을 부리듯이 매달렸다. 아마 토순이가 퍽 마음에 든 모양이었다.

"조금 있다 또 놀자. 알았지?"

아쉬움을 안고 초연이 강순이에게서 토순이를 빼내는 사이, 순간적으로 사고가 일어났다.

"토순아……!"

강순이가 강아지 특유의 본능인 물어뜯기를 시전했다. 강순이는 초연의 비명 소리와 함께 큰 죄를 진 눈빛으로 언제 그랬냐는 듯 소파 구석에 머리를 박고 숨어 버렸다. 어쩔 줄 모르는 뒷모습에, 축 늘어진 꼬리에 마음이 너무나 아프지만…… 지금 거실에서 한쪽 팔이 뜯어져 솜이 튀어나온 채 널브러진 토순이의 비주얼 역시 초연에겐 너무나 충격적이었다.

끼잉, 끼잉…….

강순이는 초연을 쳐다보지도 못하고 괴로운 울음소리만 냈다. 어느샌가 부엌에서 나와 상황을 지켜보던 태하가 초연의 어깨에 손을 얹었다.

"자기가 잘못한 걸 알고 있는 거야. 벌을 받을까 봐 무서워하는 거기도 하고."

"아, 그런 건 아닌데……."

"그럼 가서 알려 줄래? 그동안 우리 토순이 응급처치는 나한테 맡기고."

초연은 소파 구석에 틀어박힌 강순이에게 조심스럽게 다가갔다. 등에 손을 얹으려 하자, 두려웠다는 듯이 움찔하는 강순이의 반응이 초연의 마음을 더 아프게 한다.

"아니야, 강순아 너 혼내는 거 아니야. 장난치다가 실수한 거잖아, 그지."

그 마음이 전해졌는지 강순이가 조심스럽게 고개를 들어 초연을 봤다.

"괜찮아, 일부러 그런 거 아니잖아. 강순이 너는 걱정하지 마. 언니가 어른이니까 알아서 할게!"

풀쩍, 초연의 품에 파고들어 코끝을 핥는 강순이는 확실히 초연의 마음을 아는 게 분명했다.

그날 밤, 초연은 자꾸만 뒤척였다. 더 이상 망가지지 않도록 치워 둔 토순이의 부재가 생각보다 컸나 보다.

"최태하 씨."

한껏 풀 죽은 목소리에 이번엔 태하의 마음이 좀 아팠다.

"나 자장자장 해 줘요."

이번에야말로 역할이 바뀐 것 같았지만, 태하는 새 임무를 기꺼이 받아들이기로 했다. 토닥토닥 차분한 손길과 함께 자장자장을 되뇌자 초연은 간신히 잠들 수 있었다.

그 후로 일주일간, 태하는 팔자에 없는 자장자장을 익혀야 했다.

* * * *

"생각보다 사태가 심각한데."

미국 지사의 오피스에 앉은 태하가 근심에 잠겼다. 이대로라면 손목이 남아나지 않을 게 틀림없었다.

「Sir, 무슨 고민이라도?」

미국 지사의 비서는 중년을 넘긴 부인이었다. 깐깐함과 유머 감각을 동시에 갖춘 그녀는 한국에선 보기 힘든 타입의 비서였지만 꽤 유능했다.

「난 아니고 내 친구 얘긴데.」

차마 본인의 이야기라고 할 뻔뻔함까지는 없는 태하였다.

「친구 집 딸이 애지중지하는 인형이 망가졌대, 그 집 강아지랑 장난치다가. 그 후로 그렇게 시무룩한다지 뭐야?」

「우리 아들도 그랬던 적이 있죠. 참고로 우리 남편이 새걸 사 준다고 했다가 온 집이 떠나가라 울었고요.」

「아…… 그럴 땐 어떡해야 하지?」

비서가 핸드폰을 조작하는가 싶더니, 이내 태하의 핸드폰에 메시지가 울렸다.

「선배로서 팁이에요.」

「아니, 내가 아니라 내 친구가…….」

「아무튼, 이따 다시 결재 서류 올릴게요.」

뭐 이미 버린 체면, 태하는 비서가 보내 준 메시지를 봤다.

"인형 병원……?"

세상은 넓고, 태하가 모르는 곳은 많았다. 하지만 이건 그중에서도 초연의 마음에 쏙 들 만한 곳이다. 태하는 당장 초연에게 전화를 걸었다.

"나 곧 퇴근하니까 토순이랑 같이 나와."

— 왜요.

"토순이 병원 가자!"

인형 병원엔 정말로 간판부터 초록색 십자가가 붙어 있었다. 병원이라기보단 아기자기한 공방 느낌이었지만, 부모의 손을 잡고 온 어린이들이 자못 심각한 표정으로 머무는 걸 보니 비서가 정확한 곳을 알려 주긴 한 모양이었다.

「무슨 일로 오셨나요?」

초연은 자신의 차례가 되자 아까부터 소중하게 끌어안고 있던 상자를 탁자 위에 내려놓았다. 하지만 이곳의 손님 중 어른은 그녀뿐이라 쉽사리 말이 떨어지질 않았다.

「입원을 시키려고 하는데요.」

그 순간, 믿기지 않게도 불쑥 끼어든 건 태하였다. 하얀 가운을 입은 주인이 상자를 열어서 토순이를 상세하게 살폈다.

「이름은 토순이라고 합니다. 얼마 전 장난을 치다 강아지에게 물렸어요.」

「아…… 좀 다쳤네요, 정말.」

「나을 수 있을까요.」

두 어른의 담담한 대화에 초연만 눈이 글썽글썽했다. 주인은 그런 초연과 태하를 한 번 보더니 마치 산타 같은 미소를 지었다.

「물론이죠, 조금만 입원하면 전보다 더 튼튼하게 돌아갈 겁니다.」

그 말에 태하와 초연 모두에게 환한 미소가 피었다.

"걱정 마, 토순이 꼭 나와서 다시 올 거야."

돌아오는 길 내내 그를 빤히 보던 초연을 향해 태하가 말하자 초연이 고개를 저었다.

"아뇨, 그게 아니라."

"그럼?"

"고마워요. 바보 같다고 하지 않고…… 이렇게 같이해 줘서."

"당연하지. 토순이는 내 처제라고."

예전의 태하는 결코 이런 사람이 아니었다. 그건 초연도 잘 알고 있었다. 초연은 지금 이 순간 그 변화에 가장 감사했다. 그건 곁에 있는 소중한 누군가를 서로 닮아 가는, 기적이라는 이름의 변화였다.

* * * *

그로부터 얼마 후, 토순이는 무사히 귀환할 수 있었다. 여느 날처럼 강순이와 함께 태하를 마중했던 초연이 얼마나 행복해했는지, 그 모습이 태하를 더 행복하게 할 정도였다.

"토순아……."

초연은 몇 번이고 뺨을 비볐다. 토순이는 완전히 새것 같아지진 않았지만, 그 편이 더 초연의 마음엔 쏙 들었다. 훨씬 튼튼해진 이음새와 약간 통통해진 배도 정말 완벽하게 마음에 든다.

"그렇게 좋아?"

"응. 우리 토순이 고쳐 줘서 정말 고마워요, 최태하 씨."

초연이 토순이를 안은 채로 태하에게 와락 안겼다. 강순이도 질세라 그 주위를 돌며 컹컹 짖기 시작하니, 지금 이 집안의 인기 1순위는 명실공히 태하였다.

"그럼 답례가 있어야겠지?"

요즘 들어 슬쩍 음흉해지기 시작한 태하가 초연도 싫지만은 않았다. 신혼이라는 게, 이런 건가.

"무슨…… 답례요."

괜히 시선을 피해 보지만, 초연의 빨개진 귓불이 이미 다 알아들었다는 걸 증명하고 있었다. 태하는 오늘도 넘치는 힘을 발휘해 초연과 토순이를 한 번에 번쩍 들어 침대로 옮겼다.

신혼의 밤은 짧고, 달콤했다.

적어도 그 새벽, 한국에서 전화가 걸려오기 전까지는 그랬다.

"여……보세요."

지쳐서 새근새근 잠든 초연을 깨우기 싫어 복도로 나가며 전화를 받았는데, 수화기 너머 재두의 음성이 심상치가 않았다.

"할아버지, 혹시 무슨 일이라도……."

— 그래, 아주 급한 소식이 두 개나 있다!

헌데 목소리에 기운이 아주 넘치신다. 남의 잠은 홀딱 깨우신 주제에 화통이라도 삶아 드신 것 같은 목청을 듣자니 그거 참 안심이 된다.

"참고로 여기는 한밤중입니다만."

— 아, 거기 새벽이냐. 그럼 우리 아가는 깨우지 말고 내일 아침에 알려 주거라.

"그럴 거면 저한테도 내일 알려 주시는 게……."

태하가 중얼거렸지만 그의 말은 무시될 것이 뻔했다.

— 거, 왜 〈아버님은 내 사위〉 후속진 제작진을 교체하니 마니 난리가 났었잖냐? 그게 이번에 해결이 돼서 다음 주에 제작 발표회를 하기로 했단다! 우리 아가가 알면 얼마나 좋아할꼬.

"아, 할아버지 제발……."

— 이놈아, 안 끝났어. 이다음이 중요하니까 귓구멍 파고 똑똑히 들어라.

이 소식도 별거 없을 것이다. 태하는 그저 빨리 전화를 끊고 다시 자러 가고 싶은 마음뿐이었다.

— 내가 꿈을 꿨는데, 하도 신묘한 느낌이 들어서 그 왜 철학원 김 박사 있지? 가서 물어봤더니 글쎄……. 우리 집에 새 식구가 생긴다는구나! 아이고 기특한 것들!

아차, 이건 위험한 생각인데. 재두의 상상이 폭주하기 전에 빨리 시정해야 한다.

"저기, 할아버지."

— 작명은 이 할아비가 참여해도 되지? 아, 물론 우리 아가의 의

견이 가장 중요하지만. 참, 미국에는 언제까지 있을 게냐? 아니면 이참에 아예 이 할아비도 같이 미국에 가서 우리 아가랑 놀아 주랴?

태하는 재두가 이렇게 말을 빠르고 신나게 하는 걸 한 번도 보지 못했다. 그래서 더더욱 다음 말이 떨어지지 않았지만, 태하는 그 말을 꼭 해야만 했다.

"일단 진정하세요. 그리고…… 그 새 식구, 강아지에요."

— ……뭐라?

"얼마 전에 집에 강아지를 새로 입양……."

— 그럴 리가! 분명 태몽이라고 김 박사가 제 경력까지 걸고 선……!

부들부들, 재두의 분노가 수화기를 타고 태하에게까지 전해졌다.

"아니, 새 식구라면서요. 새로운 강아지 식구…… 이름은 강순인데, 사진이라도 보내 드려요?"

물론 태하 쪽에서도 그냥 해 본 소리였다.

— 필요 없다! 영 쓸모없는 놈 같으니라고!

예상대로 재두의 전화는 분노의 일갈과 함께 일방적으로 끊어졌다.

아침, 비몽사몽 눈을 뜨더니 물 한 잔을 마시고 다시 눕는 초연의 옆모습이 사랑스러웠다. 그 와중에도 꼬물락거리면서 토순이의 귀를 만지는 걸 보니 정말 기쁘긴 한가 보다. 초연은 토순이를 안고, 태하는 그런 초연의 등을 안고, 강순이는 침대 발치에서 잠이 든 채 여유로운 휴일의 오전이 흘러간다.

"……해서 영감님 기분이 좋으셨나 봐. 새벽에 전화를 다 하시고."

태하가 대령한 토스트를 입에 물고서도 아직 졸고 있는 것 같은 초연이 고개를 끄덕였다.

"듣고 있어?"

"……아, 할아버지가 내 꿈 꾸셨다고요? 나도 할아버지 보고 싶은데."

"아니, 네 꿈이 아니라 뭐라더라. 아무튼 신묘한 꿈을 꾸셔서 아는 철학원에 가셨는데 새 식구가 들어올 꿈이라고 했다는 거야. 그래서 난리가 나신 거지."

초연은 또다시 잠이 쏟아지는지 대답이 없었다.

"그런데 의외로 꿈 같은 게 맞기도 하나? 우리 강순이까지 맞힐 정도면."

제 이름은 아는지 강순이가 발치에서 컹! 하고 짖자 잠시 나갔던 초연의 정신이 돌아왔다.

"아무튼 영감님은 괜히 태몽이라고 헛물켜셔서 속이 좀 쓰리신가 본데, 성질도 급하셔."

"오늘, 며칠이죠?"

"13일. 갑자기 왜?"

졸고 있는 줄 알았더니 초연의 목소리가 제법 또렷했다.

"아니에요, 나 잠깐 화장실 좀 다녀올게요."

그리고 잠시 후, 화장실에서 까악! 하는 초연의 비명이 온 집 안을 뒤집어 놨다. 태하와 강순이 모두 그 소리에 놀라 튕기듯 화장실로 달려갔다. 조금 분하게도 도착은 강순이가 더 빨랐다.

"왜, 무슨 일이야. 벌레 나왔어?"

"아, 아니……."

넋이라도 빠진 듯이 그대로 주저앉은 초연을 보고 태하는 안절부절을 못 했다.

"그럼, 뭐 이상한 거라도 봤어?"

더 대답할 기력도 없는 초연이 고개만 절레절레 저었다.

"그게 아니라……."

"왜, 왜 그러는데."

초연이 파르르 떨리는 손길로 애써 세면대 위를 가리키자, 정체불명의 기다란 막대기 같은 물건이 있었다.

"어, 이게 뭐?"

"그게…… 있잖아요."

차마 일어설 기운도 없는 듯 초연이 손짓하자 태하가 허리를 숙여 그녀의 얼굴에 제 귀를 갖다 댔다. 소곤소곤, 초연이 몇 마디를 하자 이번엔 태하가 얼음처럼 굳은 채 그대로 주저앉는다. 다행히, 소리는 지르지 않았다.

"아, 세상에."

강순이만이 미리 행복을 감지한 듯, 두 사람 주위를 에워싸며 신이 나서 돌기 시작했다. '우리 집'에는 이렇게 또 하나의 새 식구가 생겼다.

* * * *

그로부터 몇 년 후. 태하의 오늘은 그리 특별하지도, 유난스럽지도 않은 일상적인 하루였다. 다른 점이 있다면 일이 밀려 태하가 야근을 했다는 거고, 그로 인해 귀가 시간이 늦었다는 것뿐.

"쉿, 강순아 조용……."

태하는 그의 귀가를 가장 먼저 눈치채고 나선 강순이를 진정시켰다. 잘 준비를 마친 태하가 살금살금 도둑이라도 되는 듯이 침실로 들어섰다. 이 또한 새삼스럽지 않은 일이었지만, 요즘은 그 이유가 바뀌었다. 이초연이라는 괴수의 잔소리 말고, 또 하나의 깨우지 말아야 할 작은 괴수의 울음이 무서우니까.

"우웅…… 여보 왔어요……."

"응, 더 자."

잠든 초연이 안고 있는 것은, 태하의 심장을 강타하는 어마어마한 파괴력을 가진 두 사람의 사랑스러운 아이였다. 작게 꼬물, 하는 손가락짓만 봐도 또다시 가슴이 녹아내릴 것 같아서, 태하는 어둠 속에서 조용히 미소하고는 초연의 등을 안고 누웠다.

쿵쿵, 어둠 속에서도 서로의 심장 소리는 선명했다. 새근새근하는 초연과 아이의 달콤한 숨소리가 들린다. 바닥의 매트에서 토순이를 끌어안고 잠을 청하는 강순이까지, 행복이 넘치는 이 침실은 태하에게 가장 소중한 곳이었다.

이 세상 그 무엇과도 바꿀 수 없는…… 사랑하는 사람들이 새근새근 함께 잠들 수 있는 곳.

태하는 불면의 끝에서 결국 천국을 찾아냈다. 사랑과 온기를 담아 매일 밤 속삭이는 말, 자장자장……과 함께.

작가 후기

지치고 상처 입은 사람들에게 가장 절실하고 달콤한 건, 깊은 잠이겠지요. 위로와 애정을 담으면서도 예쁘게 반짝이는 마음을 담고 싶어서 이 이야기를 적게 됐습니다.

제 작은 이야기를 읽어 주셔서 고맙습니다. 이 이야기의 제목이자 시작이고 끝인 자장자장은 제가 사랑하는 사람에게 늘 들려주는 말이기도 해요. 읽어 주신 분들께도 진심을 담아서 전하고 싶습니다. 자장자장, 오늘 밤도 예쁜 꿈 꾸세요.

아은 올림.

www.bbulmedia.com

www.bbulmedia.com